먹고 기도하고 사기쳐라

먹고 기도하고 사기쳐라

이홍석 장편소설

나무옆의자

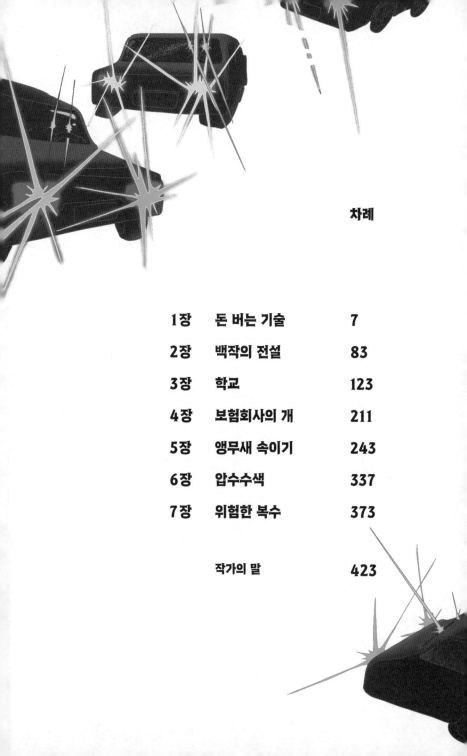

차례

1장 돈 버는 기술

1

여섯 시가 되자 어김없이 눈이 떠진다.

주치의가 다녀간 뒤 몸이 가벼워진 느낌이다.

몇 년 전 요가 강습 때 배운 대로 두 주먹을 쥔 상태에서 검지와 중지만 편 채 팔다리를 위아래로 쭉 늘인다. 그 상태에서 허리를 좌우로 비튼다. 머리가 시원해지며 배꼽 아래에서부터 뜨거운 것이 허벅지로 뻗쳐나간다. 살에 힘이 쏠리며 남근이 불끈 일어선다. ……살아 있다. 이불 속으로 손을 넣어 적당한 압력으로 놈을 쥐어본다. 심장의 맥동에 따라 팔딱거림이 느껴진다. 터질 것 같은 이 팽창감, 언제였는지 아득하다. 아내 기자는 건넛방에 있다. 그녀는 아주머니가 아침을 가져올 때까지는 코를 골며 자고 있을 것이다. 갑자기 배출하고 싶다는 욕구가 생긴다.

몸을 일으킨다.

버티컬이 내려진 창 너머로 여명이 밝아온다. 창가에 침대가 있다는 건 기분 좋은 일이다. 초등학교에 다닐 때부터 창가에 앉는 걸 좋아했다. 수업이 하나씩 끝날 때마다 창으로 들어온 햇살은 나무 책상에서 조도를 달리하며 명암으로 사라져갔다. 창틀 그림자의 기하학적 무늬가 점점 짧아지며 책상 끄트머리로 사라질 때면 어김없이 점심시간이었다.

앉은 채 기지개를 한 번 켜고 팔과 다리를 쓸어준다. 손가락 끝마디를 차례로 지압해준다. 머리가 시원해지는 것을 느낀다. 마지막으로 손바닥과 발바닥 한가운데를 엄지손가락으로, 아플 만치 눌러준다. 아침 방송 건강 프로그램에서 중요한 혈자리라고 가르쳐준 곳이다.

침대에서 일어나 슬리퍼를 신고 버티컬을 걷어 올린다. 정사각의 통유리로 여름 정원수의 녹음綠陰이 시원하게 들어온다. 간밤에 비가 살짝 내린 탓인지 정원과 그 너머로 옅은 물안개가 상서롭게 피어오르고 있다. 환기용 쪽창을 열자 시원한 바람이 불어오는 동시에 새들의 지저귐이 들려온다. 무음의 자연 다큐멘터리에 생명력이 가미되는 순간이다. 갈색 화분에서 뻗어나온 초록 난이 바람에 산들거린다. 작은 자갈들 사이로 새순이 돋고 있다. 난초 잎을 손가락으로 쓸어본다. 질기면서 매끄러운 감촉이 촉수로 전해져온다.

요의를 느껴 화장실로 향한다. 방이 큰 탓에 화장실까지 열다섯 걸음이나 걸어야 한다. 걷는 내내 목에 통증이 온다. 화장실 문을 열자 크레졸 냄새가 풍긴다. 어제 오후 아주머니가 소독약을 뿌려가며 청소를 한 기억이 난다. 한 손으로 변기 뚜껑을 열고 바지춤을 내려 발기가 반쯤 사그라진 놈을 꺼내 변기통에 조준한다. 밤새 신장에서 걸러낸 노폐물이 노란 오줌 줄기로 쏟아지자 하얗게 거품이 인다. 비눗방울을 불며 좋아라 하던 어릴 적 생각이 난다. 부글거리며 끓어오르다 이내 톡톡 터져버린 내 삶만큼이나 허무하다.

방광이 비워지자 놈이 축 늘어진다. 나를 잠시나마 뜨겁게 달구던 놈의 팽창은 자연 방뇨를 제어하기 위한 신체의 메커니즘일 뿐이었다. 놈은 신이 주신 두 개의 기능 중 하나는 잃어버린 듯했다. 기자와의 마지막 섹스가 언제였는지 기억도 나지 않는다. 바지춤을 올리고 레버를 내린다. 드르륵 소리를 내며 오수가 배수구로 빨려 들어간다. 치이익, 하는 소리와 함께 변기에 새 물이 차오른다. 세면대에서 손을 씻고 비누 없이 대충 세수를 한다.

고개를 숙인 탓인지 뒷목이 욱신거린다.

"며칠 동안은 뒷목이 뻐근할 겁니다. 그럴 때는 손바닥을 펴서 위아래로 주물러주세요. 혈액순환만 잘돼도 통증이 많이 완화됩니다."

주치의인 정형외과 김영수 과장은 이렇게 충고했었다.

손바닥으로 뒷목을 쓸며 머리를 뒤로 젖혀본다. 우두둑 소리가 들린다. 아무래도 물리치료를 집중적으로 받아야 할 것 같다.

수건으로 물기를 닦는 대신 손바닥으로 얼굴을 톡톡 두드려준다. 그러면 어느 순간 습기가 사라지며 피부가 탱탱해진다. '아모레 카운슬러'인 명희가 가르쳐준 노화 방지 팁이다. '어쩜'이란 단어와 '대박'이란 단어를 적절하게 섞어가며 내 피부를 칭찬하던 명희의 얼굴이 떠오른다. 명희는 초등학교 동창으로 보험설계사이기도 하다.

탱탱해진 피부에 기분이 좋아진다. 한결 가벼워진 몸으로 침대로 돌아간다. 하루 전에 아주머니가 갈아준 침대 시트는 뽀송뽀송하고 깔끔하다. 기교를 부리지 않은 단순한 디자인이 맘에 든다.

슬리퍼를 신은 채 침대 시트에 걸터앉아 사이드 테이블의 서랍에서 가방을 꺼낸다. 갈색 바탕에 노란 문양이 있는 루이비통 미니 백이다. 사회적 위치를 생각해 이 정도는 들고 다녀달라며 아내 기자가 선물한 것이다. 장인의 장례식 다음 날 기자는 오빠들과의 설전에서 승리해 부의금을 갈라 왔고, 그중 일부가 이 백을 구입하는 데 쓰였다. 나머지는 그녀의 명품 컬렉션에 사용되었다. 남들은 이게 짝퉁인 줄 안다. 그도 그럴 것이 가죽 곳곳에 이물질이 잔뜩 묻어 있고 긁힌 흔적들이 난무해 거저 준대도 안 가져갈 게 뻔한 몰골이기 때문이다.

가방을 열어 에센스와 아이 크림을 꺼낸다. 홍삼과 꿀이 들어가 125밀리리터 한 병에 30만 원을 호가한다는 설화 한방 화장품이다. 에센스를 고루 펴 얼굴에 바른 후 아이 크림을 눈가에 발라 정성스레 마사지하듯 문지른다. 행사에 불려 가려면 피부 관리는 필수다. 물론 그럴 가능성은 제로지만 말이다.

'야! 정품 좀 사 써라, 제발!' 명희의 짜증 섞인 목소리가 귓전에 울린다. 말은 그렇게 하지만 명희는 신상품 샘플이 나올 때마다 가장 먼저 나를 찾는다. 얼른 방송 복귀해야지, 라는 말과 함께.

샘플을 가방에 다시 넣고 침대에 벌렁 드러눕는다.

기자는 일어났을까? 소희는?

문득 고개를 돌려 맞은편 병실 문을 바라본다. '703'이라는 호수와 입원환자 현황을 표시한 사각 팻말이 눈에 들어온다. 거리가 멀어 '이기자'와 '노소희'라는 글자는 보이지 않는다.

시곗바늘이 여섯 시 반을 가리키고 있다. 동쪽 소아병동 건물 사이로 햇살이 들어와 눈이 부시다. 에어컨이 작동을 시작했는지 환풍기에 매달린 리본들이 춤을 추기 시작한다. 최신식 자동 온도조절 시스템 덕에 실내는 최적의 온도와 습도로 세팅되어 있지만…… 나는 춥다. 방송국에서 잘린 후 언제부터인가 몸이 으슬으슬 춥고 옷을 아무리 많이 껴입어도 뼛속까지 시린 증상이 생겼다. 닷새 전 교통사고로 이곳에 입원했을 때도 그랬다. 낮 기온이 33도까지 올랐지만 환자복 위에 스웨터를 걸쳐도 한기가 가시지 않았다. 담당의에게 몇 번을 물어봤지만 돌아오는 대답은 언제나 찌푸린 표정뿐이었다. 마음이 추워서 그래. 이틀 전 병문안을 왔던 명희가 명쾌하게 진단을 내려주었다.

윤치영 씨가 자기 키의 두 배나 되는 수액걸이를 질질 끌며 화장실로 걸어가고 있다. 그는 입원한 지 6개월이 넘는, 이 병실 최장기 입원환자다. 항상 링거액을 달고 사는 것도 신기하지만, 골절도 없는 환자가 6개월씩이나 입원하고 있는 것이 더 신기하다. 다른 경환자輕患者들은 보험회사 직원의 회유와 강박에 못 이겨 일주일을 넘기지 못하고 퇴원하는 게 보통이다.

옆 병상의 이주삼이 다리를 쓰다듬으며 윤치영 씨 뒷모습을 말끄러미 바라보고 있다. 이주삼은 4개월 전 지하 주차장에서 초보 운전자의 차에 다리가 깔리는 사고를 당했다. 정강이뼈가 골절되어 핀을 박는 수술을 했는데 아직도 절뚝거리며 걷는다. 30대 중반쯤 되어 보이는 그는 덩치도 있고 수염이 덥수룩하게 자라 있어 삼국지의 장비가 연상된다. 이주삼 맞은편, 그러니까 내 병상 대각선에는 정호연이라는 잘생긴 얼굴의 남자가 누워 있다. 네임카드를 보면 스물아홉 살인데 그것보다 훨씬 어려 보인다. 그는 자주 병실을 비우고, 환자복 대신 비싸 보이는 실내복을 입고 있을 때가 많다. 신기한 건 간호사 누구도 그걸 두고 뭐라 하지 않는다는 것이었다. 정호연은 병실 사람들과 대화도 별로 없는 데다, 회진 도는 의사도 그에게는 말 한마디 않고 그냥 나가기 일쑤다. 입원 첫날 말을 붙여보려 한 적이 있는데 태블릿PC에 빠져 눈길도 주지 않는 그에게 무안만 당한 후로는 나도 그를 본체만체한다. 얼굴만 미끈한 정말 재수 없는 녀석. 아니지, 재수는 내 이름이니까 '버릇없다'로 바꾸어야 겠다. 정말 버릇없는 녀석.

입원 5일 차인 나는 병원 생활이 익숙하지도, 그렇다고 어색하지도 않은 어정쩡한 입장이다. 명희의 권유로 입원하기는 했지만 부러진 데 하나 없이 병실 생활을 한다는 게 녹록한 일은 못되었다. 갑갑한 것보다도 건강한 몸으로 환자 행세를 한다는 게 더 힘들었다. 3일 차부터 다른 환자들의 눈치가 보이기 시작했다. 화장실에 갈 때마다 허리가 아픈 듯 다리를 절어보기도 하고 물리치료를 받으러 갈 때마다 목을 주무르기도 했지만 낯 간지러워 이내 그만두었다. 엄밀히 말하자면 나는 윤치영 씨처럼 완전 나이롱환자는 아니다. 허리도 아프고 목도 간간이 아프기를 반복했다. 그럴 때마다 나는 통증이 반가웠다. 이따금 가슴도 시려왔다. 의사가 내린 진단명은 '경추염좌 및 흉부 타박상으로 인한 2주'였다. 마음은 심장에 있고 심장은 흉부에 있는데 그 흉부에 타박상을 입었으니 마음이 아픈 것은 당연했다. 만약 '마음 타박상'이라는 병명이 있다면 아마 12주쯤 진단이 나왔을 것이다.

마음이 아프기 시작한 게 언제부터였는지는 모르겠다. 그날도 기자의 성화에 못 이겨 새로 생겼다는 H 아웃렛 매장을 가던 중이었다. 체크카드의 간당간당한 잔액을 머릿속으로 계산하며 사거리에서 황색 점멸등을 발견하고 브레이크를 밟았다. 순간 뒤에서 쿵, 하는 소리와 함께 차량이 앞으로 밀려 나갔다. 뒤따르던 티볼리가 내 차 후미를 추돌한 것이었다. 차에서 내려보니 쏘나타 뒤범퍼에 금이 조금 가 있었다. 중고차 매매 일을 하는 친구에게서 반강제로 빼앗다시피 한 구형 쏘나타였다. 티볼리는 앞범퍼에 흠집만 조금 나 있었다. 티볼리 운전자가 차에서 내려 땟국물이 좔좔 흐르는 쏘나타 뒤범퍼와 광이 살아 있는 티볼리 앞범퍼를 번갈아 보았다. 미안하게 됐습니다, 라고 사과하면서도 티볼리 운전자는 속 쓰린 표정으로 자신의 차에서 눈을 떼지 못했다. 내가 오히려 미안한 생각이 들 정도였다. 티볼리 운전자가 어디론가 전화를 걸더니 나를 바꿔주었다. 상대방 보험회사 직원인 듯했다. 내 차량 번호와 연락처를 묻더니 공업사에 차를 입고시키고 자기에게 문자메시지를 달라고 했다. 그러다가 잠시 생각하더니 어디 아픈 데 없느냐고 다시 물었다. 나는 없다고 대답했다. 티볼리가 가던 길로 떠났고 나는 운전석에 앉았다. 조수석에는 기자가 굳은 표정으로 앞만 바라보고 있었다. 소희는 뒷좌석에서 모바일게임에 빠져 있었다. 시동을 걸고 아웃렛으로 가야 할지 공업사로 가야 할지 선택을 못 하고 있는데 기자가 말했다. 기분 망쳤어, 집으로 갈래. 나는 기자의 마음이 변하기 전에 서둘러 차를 돌렸다. 당분간은 체크카드의 잔액이 '100만' 이상으로 유지될 거라는 생각에 나도 모르게 미소가 지어졌다. 지난 열흘간 공사장과 대리운전 일로 모은 돈이었다.

"야, 입원해! 너 바보 아냐? 어차피 지금 실업자나 진배없잖아!"

초등학교 동창 명희는 벗겨진 상처에 소금을 뿌리듯 모진 말을 쏟아내면서도 귀가 솔깃한 제안을 했다. 입원……? 어쩌면 교통사고가 난 순간부터 슬쩍 끼어들었을지 모를, 그러나 양심이라는 가리개 속으로 얼른 숨겨놓았을지 모를 이기심을 명희가 정확히 끄집어내주었다.

그날 저녁 우리 세 사람은 한밭병원에 나란히 입원했다. 기자는 못 이기는 척 따라나섰고 여름방학 보충수업만 빠질 수 있다면 영혼이라도 팔 것 같은 소희는 자발적, 적극적으로 입원에 동참했다. 기자도 나처럼 병원 생활을 힘들어했지만, 소희는 달랐다. 냉방 잘되는 병실에서 아주머니 환자들과 수다 떠는 일에 시간 가는 줄 몰라 했고, 끼니때마다 제공되는 따뜻한 밥과 매일 바뀌는 식단에 입맛을 되찾는 것 같았다. 하루가 멀다 하고 문을 두드리는 집주인의 월세 독촉 소리를 듣지 않아도 되었고, 매일같이 모임에 참석하느라 빵과 시리얼로 도배한 기자의 식단을 더 이상 따르지 않아도 되었다. 소희에게는 이곳이 천국 또는 지상낙원이었다. 이곳 생활에 너무 익숙해져 보험회사와 합의가 끝났을 때 소희가 퇴원을 거부하면 어쩌나 하는 기우도 들었지만, 한 사람당 200만 원씩만 받아도 600만 원이라는 큰돈이 들어온다는 생각을 하면 그런 사소한 걱정은 말끔히 사라졌다. 그 돈이면 1년치 월세가 아닌가. 보험회사 문제는 명희가 다 알아서 해준다고 했다.

명희는 언제나 내 등 뒤에서 나를 지켜주었다. 돌부리에 걸려 넘어지면 어느새 나타나 나를 일으켜주었고 아이스크림 가게 앞에서 침을 흘리고 있으면 양손에 부라보콘을 들고 나타났다. 나를 괴롭히던 덩치 두 녀석을 개천에 메다꽂은 것도 명희였다. "당신은 맨날 왜 그 모양이야?"라며 매일같이 자존심을 건드리는 기자보다도 오히려 더 우리 가족의 미래를 책임지려는 양 발 벗고 나서는 명희의 태도는, 〈툼레이더〉의 라라 크로프트나 〈레지던트 이블〉의 앨리스보다 더 듬직한 여전사 같다. 친구들은 '설하마'라며 명희를 놀려댔지만 나는 그런 명희가 듬직하고 좋았다.

화장실에서 물 내리는 소리가 들린다.

"어허, 시원하다."

오줌 쌌다고 온 병실에 광고라도 하려는 듯 윤치영 씨가 소리를 낸다. 밤새 흡수한 수액을 죄다 배설했으니 시원하기도 할 것이다.

윤치영 씨는 무슨 재주로 6개월씩이나 입원을 하고 있는 걸까? 바로 어제만 해도 무단 외박한 환자가 보험회사에 적발되어 강제 퇴원 조치를 당했다. 윤치영 씨는 3일 전에도 무단 외박을 했고 이전에도 몇 번 그런 일이 있다고 했다. 그런데도 윤치영 씨는 누구한테도 제재를 받지 않았다. 어쩌면 보이는 것보다 윤치영 씨의 몸 상태가 나쁜 것일 수도 있다. 간이나 콩팥이 손상되어 수술을 받고 시한부 인생을 사는 것인지도 모른다. 초췌한 얼굴에 검은 기운이 도는 것으로 보아 그럴 확률이 높다. 갑자기 윤치영 씨가 불쌍하다는 생각이 든다. 에고, 지금 내가 남 걱정할 때인가. 나는 명희가 시키는 대로 이곳에서 2주만 버티면 된다. 흠, 600만 원이라…….

사이드 테이블의 서랍에서 미니 노트를 꺼낸다. 입원할 때 적어둔 메모가 눈에 들어온다.

—김용남 100, 이충식 15, 박용식 50, 슈퍼 5, 소희 3…….

나는 하나하나 얼굴을 떠올리며 메모를 읽는다.

"이게 다 뭔가?"

윤치영 씨가 고개를 쭉 빼고 노트를 들여다보고 있다. 바짓단을 둘둘 말아 올렸는데도 환자복이 바닥에 끌린다. 나는 얼른 노트를 덮는다.

"받을 돈입니다."

받을 돈? 맞다. 근데 이 사람들이 나한테서 받을 돈이다.

"인제 보니 노재수 씨 부자구먼!"

윤치영 씨가 부러운 시선으로 나를 바라본다.

"근데, 소희는 노 씨 딸 아녀?"

윤치영 씨가 의아하다는 표정을 짓는다.

보름 전 휘발유를 넣고 계산을 하려는데 체크카드에 잔액이 없었다. 간밤에 고향 친구가 찾아와 한우를 먹었는데 체크카드 잔액을 모두 소진하고도 모자라 주머니에서 현금 2만 원을 보태어 값을 치른 기억이 났다. 나는 난감한 표정으로 주유원과 기자를 번갈아 바라보았다. 기자는 흥, 하며 차창 밖으로 고개를 돌렸다. 나이 어린 주유원이 운전석과 주유기, 조수석을 번갈아 보며 무전無錢 주유하는 고객을 어떻게 처리해야 할지 고민하는 것 같았다. 나는 얼굴만 붉힌 채 난감해하고 있었다. 그때 등 뒤에서 무언가가 불쑥 튀어나왔다. 소희의 주먹이었다. 뒤를 돌아보려는데, 주먹이 펴지며 꼬깃꼬깃 접힌 1만 원권 지폐 세 장이 무릎 위로 떨어졌다. 기자는 여전히 나의 시선을 피해 창밖을 응시하고 있었다. 다행이었다. 기자가 보지 않아 다행이었고, 주유를 3만 원어치만 한 게 다행이었고, 소희에게 3만 원이 있어 다행이었다. 휘발윳값을 치르고 고맙다는 말을 하기 위해 뒤를 돌아보려는데, 소희가 두 팔을 뻗어 나의 머리를 정면으로 획 돌려놓았다. 운전이나 똑바로 해, 라는 충고와 함께. 어찌나 세게 돌렸는지 목에서 우두둑 소리가 났다. 지금의 목 부상은 어쩌면 그때 발생한 것인지도 모르겠다.

"이 씨도 돈 필요하면 이 친구한테 빌려."

루이비통 미니 백과 노트를 힐끗 보면서 윤치영 씨가 자리로 돌아갔다. 윤치영 씨는 나를 정말 부자로 생각하는 것 같았다. 나는 힐끗 이주삼을 바라보았다.

이주삼은 아무 대꾸 없이 환자복을 걷어 올리더니 수술 흉터를 손바닥으로 쓸었다. 핀을 박을 때 생긴 흉터로, 20센티쯤 돼 보였다. 헝클어진 머리칼 때문에 그의 표정은 보이지 않았다.

"형씨, 부자슈?"

이주삼이 흉터에서 눈을 떼지 않은 채 내게 물었다. 도전적이며 카리스마가 느껴지는 톤이었다.

"아니……요."

나는 이주삼의 눈치를 살피며 루이비통 미니 백을 서랍에 살며시 넣었다.

이주삼이 길게 한숨을 내쉬며 고개를 들어 창밖을 바라보았다. 힘이 없고 어딘가 텅 빈 표정이었다.

아버지도 항상 저런 얼굴을 하고 계셨다.

아버지는 건설 현장 소장이었다. 대기업 하청 업체 소장은 허울만 좋았지 막노동꾼이나 다름없었다. 급여도 적었지만 공사 기간을 맞추느라 휴일을 반납하기 일쑤였다. 대한민국의 아버지들 대부분이 그렇듯 나의 아버지도 집 밖에서 '사람 좋다'는 평을 들었다. 문제는 그 피해가 가족에게 돌아온다는 것이다. 친구나 일꾼들과의 술자리에선 항상 앞장서서 계산을 했고, 돈 떼어먹은 사람에게는 돌려달라는 말 한마디 못 했고, 휴일 근무를 대신 서달라는 동료의 부탁도 거절하지 못했다. 그런 아버지가 내가 대학 2학년 때 현장에서 돌아가셨다. 지하 3층 깊이의 터파기 공사 현장에서 안전고리도 없이 H빔 위를 걷다 새벽에 내린 서리에 발이 미끄러져 추락한 것이다. 안전모도 착용하지 않았다고 했다. 회사에서는 본인 과실이 크다는 이유로 산재 처리만 해주었을 뿐 다른 보상은 일절 없었다. 아버지의 동료들은 회사를 상대로 싸우라고 부추겼지만, 나는 그럴 의지가 없었다. 저항하지 않은 대가로 회사에서 내민 포상은 아버지의 일당을 조금 더 올려 신고해주는 것이었다.

아버지는 내가 직업군인이 되기를 바랐다. 매사 의욕이 없고 경쟁에 뒤처지는 자식이 밥 굶지 않을 직업은 군인뿐이라고 확신해서였다. ROTC에 지원했을 때 아버지는 잘했다며 내 어깨를 두드려주었다. 처음이자 마지막으로 받아본 칭찬이었다. 그러나 임관 후 중위로 제대해버렸으니 아버지의 바람은 물거품이 되었고 내게는 아버지의 걱정대로 밥 굶을 걱정이 코앞에 닥쳤다.

내가 한숨을 쉴 때마다 기자는, 제발 숨 좀 그렇게 쉬지 마! 퉁을 놓았다. 길게 한숨을 내뱉을 때마다 가슴속 응어리가 한소끔 빠져나간다는 걸 기자는 모른다. 이곳에서는 방을 따로 쓰고 있으니까 마음껏 한숨을 쉬어도 뭐라 할 사람이 없다.

소희는 잘 잤을까?

'선천적 낙천 과잉 증후군'을 가진 아이니 별로 걱정은 들지 않는다. 소희는 고민, 걱정, 불안, 미래 등의 단어와는 너무도 안 어울리는 아이다. 그렇다고 우등, 모범, 현재, 만족 등의 단어와 어울리는 것도 아니다. 걔는 그냥 아무 생각 없는 중1이다. BTS 공연 티켓 산다며 모으고 있던 3만 원을 쾌척한 걸 보면 생각이 전혀 없는 애 같지는 않다. 기자가 달라고 했으면 절대 주지 않았을 것이다. 엄마 딸이 친구들 앞에서 궁상떨면 엄마 얼굴이 뭐가 되겠어, 라며 기자에게서 용돈 뜯어내는 일을, 이를테면 내가 죽었다 깨어나도 해내지 못할 일을 척척 해내는 걸 보면 소희는 아마 천재일지도 모른다.

출입구가 열리며 하얀 가운을 걸친 의사가 두 명의 간호사를 대동하고 들어왔다. 정형외과 김영수 과장이다. 간호사 둘이 경과기록지를 체크하며 김영수 과장의 입을 주시했다.

김영수 과장이 이주삼에게 다가가 환자복 바짓단을 올려 무릎을 만져봤다.

"좀 어떠십니까?"

김영수 과장이 물었다.

차도가 없다고 이주삼이 대답하자 이번에는 발가락을 밀어 올려 발목관절을 구부려보았다. 이주삼이 통증을 느낀 듯 이마를 찡그렸다. 김영수 과장이 고개를 갸우뚱했다.

"아직도 꺾기가 안 되시네. 수술할 때 비골신경이 좀 세게 눌린 모양입니다. EMG 한번 해보셔야겠습니다."

김영수 과장이 간호사에게 EMG, 즉 근전도검사를 지시했다.

이주삼이 체념한 표정으로 바짓단을 내렸다. 조금 전까지만 해도 멀쩡하던 윤치영 씨는 어느새 자리에 누워 앓는 소리를 내고 있었다. 정호연은 시트를 뒤집어쓴 채 움직임이 없었다.

김영수 과장이 등을 돌려 나를 바라보았다. 심장이 쿵쾅대기 시작했다.

"어디 봅시다."

김영수 과장이 차트와 나를 번갈아 바라보았다. 침이 바싹 마르는 것 같았다. 나한테는 어떠냐고 묻지 않고 왜 어디 봅시다, 라고 하는 거지? 뭐가 잘못됐나? 퇴원하라고 하는 거 아닐까?

"목은 좀 어떠십니까?"

김영수 과장의 얼굴이 점점 부풀어 코끼리만 해졌다. 저 무게에 눌리면 압사할 것 같았다. 무슨 말이든 해야 하는데 말이 나오지 않았다. 그때 맞은편에서 꾀병을 부리고 있는 윤치영 씨를 보자 용기가 생겼다.

"쑤시고…… 목이 잘…… 안 돌아갑니다."

그렇게 말하자 정말 목이 쑤시고 굳어지는 것 같았다.

"염좌는 일주일은 갑니다." 김영수 과장이 내 등을 토닥였다. "사나흘 후면 퇴원하실 수 있을 겁니다."

"퇴원……요?"

김영수 과장이 아무 걱정하지 말라는 듯 인자한 표정을 지으며 윤치영 씨 쪽으로 몸을 돌렸다.

명희 말대로라면 2주일은 입원해야 한다. 그래야 합의금도 제대로 받고 상해보험 '입원 일당'도 받을 수 있다. 내가 가입한 상해보험은 홈쇼핑에서 파는 월 1만 원짜리 저가 상품이지만 하루 입원 일당이 3만 원이다. 잘나가던 시절 명희를 통해 제법 큰 보장성 상품 여러 개에 가입했었지만 방송국에서 잘리고 모두 해약했다. 명희는 내 형편이 필 때까지 자기가 대납해준다고 제안했지만 나는 그럴 수 없었다. 해약환급금이 당장 필요했기 때문이다.

김영수 과장은 윤치영 씨의 상태를 확인한 후 정호연에게는 아무 말도 하지 않고 그대로 나갔다. 김영수 과장이 사라지자 윤치영 씨가 벌떡 일어났다.

"밥 나올 때가 됐는디."

윤치영 씨의 말이 떨어지자마자 아주머니가 식판을 들고 들어왔다. 아주머니가 차례로 이름을 부르며 식판을 침대 탁자 위에 올려놓고 나갔다. 하얀 쌀밥과 미역국, 닭볶음, 열무김치, 고등어전, 깍두기가 오늘의 메뉴였다. 윤치영 씨는 벌써 밥을 반이나 먹고 닭 한 덩이를 입에 넣고 우물거리고 있었다. 윤치영 씨에게 중병이 있다 해도 소화기계통은 절대 아닐 것이다. 이주삼은 입맛이 없는지 닭볶음과 고등어전은 그대로 둔 채 미역국만 떠먹고 있었다.

퇴원 이야기를 들으니 입맛이 싹 달아났다. 어떻게든 2주일은 입원해야 하는데, 그래야 600만 원이 들어오고 한 1년은 월세 걱정 없이 살 수 있는데.

억지로 밥 몇 술을 입에 떠 넣었다. 입에 침이 돌지 않아 모래를 씹는 것 같았다. 미역국 국물만 후루룩 마시고 수저를 놓았다. 남길 거면 자기가 먹겠다며 윤치영 씨가 닭볶음과 고등어전을 자기 식판에 옮겨 갔다. 이주삼이 닭볶음을 젓가락으로 들어 자기 것도 가져다 드시라고 했다. 윤치영 씨는 순간 고민하는 듯하더니 과식은 금물이라며 거절했다.

"내 닭에는 똥이 묻었나?"

이주삼이 불쾌한 표정을 지으며 들고 있던 닭볶음을 식판에 툭 던졌다.

식사를 더 할 기분이 아니었다. 나는 내 식판과 이주삼 식판을 양손에 들고 복도로 나갔다. 식기 반납함을 향해 걸어가는데 703호에서 기자의 목소리가 들렸다. 싸우는 소리 같았다. 나는 식판을 든 채 703호 문으로 고개를 들이밀었다. 기자가 식판 나르는 아주머니와 대거리를 하고 있었다.

"이게 제너럴 하스피탈에서 내올 식단이에요?"

기자가 들고 있던 식판을 아주머니에게 불쑥 들이밀었다.

"미역국에 파를 넣다니요? 파가 미역의 칼슘 흡수를 방해한다는 것도 몰라요? 영양사 불러오세요. 당장요!"

아주머니는 난감한 표정을 지으며 구원자라도 찾는 표정으로 다른 환자들을 번갈아 보았다. 그러나 기자의 기세에 눌려 누구도 선뜻 나서지 않았다.

"그만 좀 해, 쪽팔려 죽겠어!"

모두의 시선이 창가 쪽 침대에 앉아 있는 소녀에게 향했다. 소희였다. 며칠 동안 머리를 감지 않았는지 헝클어진 단발머리가 얼굴의 반을 덮고 있었다. 꼭 영화 〈주온〉에 등장하는 귀신 같았다.

"여기가 호텔이야? 우리가 밥 먹으러 여기 왔어?"

소희가 기자를 쏘아보며 말했다.

"너 엄마한테 무슨 말버릇이야?"

기자가 식판을 든 채 소희를 바라보며 말했다. 목소리는 나직했지만 이를 앙다물고 화를 누르는 모습이었다.

"식단이 어때서? 맛있으면 됐지 무슨 상관이야? 엄만 나한테 한 번이라도 이런 밥상 차려줘봤어?"

순간 기자의 얼굴이 하얗게 변했다. 3초 정도 정적이 흘렀다. 기자는 들고 있던 식판을 침대 탁자에 내려놓고 도망치듯 문 쪽으로 걸어왔다. 그러다 나와 눈이 마주쳤다. 기자가 내 양손에 들린 식판을 바라보았다. "잘났어, 정말!"이라고 할 줄 알았는데 기자는 아무 말 없이 복도 끝으로 사라졌다. 소희가 내 손에 들려 있던 식판 두 개를 뺏다시피 해서 가져다 반납했다.

"아빠, 신경 쓰지 마. 엄만 배를 안 곯아봐서 그래."

소희가 자리로 돌아가며 리모컨을 눌러 TV를 켰다.

옛날 교실로 꾸며진 세트장에서 MC가 교복 차림의 중년들을 모아놓고 퀴즈 게임을 하고 있었다. 〈동창 열전〉이라는 프로로 내가 현직에 있을 때 일본 프로그램을 모방해 만든 예능프로였다. 출연자마다 학교에 다닐 때 경험한 재미난 추억거리를 작가가 사전 조사해 질문표를 만들고 진행자가 담임이 되어 질문하는 식이었다. 예를 들면, '초등학교 3학년 봄 미술 시간에 오줌 쌌다고 혼난 사람은?' 같은 질문이다. 출연자가 답을 맞히면 크레파스 같은 학용품을 상품으로 주고 틀리면 교실 뒤로 보내 손을 들고 벌서는 방식이었다. 〈동창 열전〉은 어릴 적 향수를 불러일으키며 시청률 대박을 터뜨렸다. 워낙 인기가 많아 서울 본사에서도 관심을 가지고 지켜보는 프로였다. 방송 사고만 아니었어도…….

나는 TV에 시선을 꽂은 채 온몸이 경직되었다. 소희가 얼른 리모컨을 눌러 채널을 돌렸다. 앞이 캄캄해져왔다.

"아빠, 괜찮아?"

2

눈을 뜨고 병실을 둘러본다. 내가 잠시 사라졌다가 다시 나타난 느낌이다.

이주삼은 재활치료를 받으러 갔고 윤치영 씨는 침상에 걸터앉은 채 누군가와 통화를 하고 있다. 벽시계가 오전 열 시를 가리키고 있다. 기자와 소희는 지금쯤 아무 일도 없다는 듯 네일 아트를 하고 있거나 쇼핑 책자를 보며 키득거리고 있을 터였다. 둘은 서로 잡아먹을 듯이 으르렁대다가도 언제 그랬냐는 듯 금세 친해진다. 그런 두 여자를 볼 때마다 TV 채널 돌리듯 감정의 방향을 자유자재로 바꾸는 능력에 감탄한다. 그게 아니라면 두 사람은 쇼를 하고 있는 것이리라. 감정 숨기기 쇼.

몸을 일으키며 기지개를 켰다. 인기척을 느낀 윤치영 씨가 황급히 전화를 끊었다.

"노 씨, 괜찮은겨?"

휴대폰을 상의 주머니에 집어넣으며 윤치영 씨가 물었다.

"소희가 노 씨 곁에서 두 시간이나 꼼짝 않고 있다 조금 전에 갔어. 좀 있으면 일어날 거라더니 딱 맞구먼. 근데, 무슨 잠을 그리 죽은 듯 자는가?"

윤치영 씨가 침대에서 내려와 수액걸이를 끌며 내게 다가왔다.

"노 씨, 혹시 무슨 병 있나?"

윤치영 씨가 누워 있는 나를 위아래로 훑으며 물었다.

"머리에 뇌종양이나 간질병 같은 거 말여."

윤치영 씨가 호기심 가득한 눈빛으로 나를 바라보았다. 멀쩡하게 식판 들고 나간 사람이 쓰러져 들려왔으니 신기할 만도 할 것이다.

"없는데요?"

기대한 대답이 아니었는지 윤치영 씨가 실망한 표정으로 자리로 돌아갔다.

"저 친구 참 미스터리여, 안 그런가?"

윤치영 씨가 정호연의 빈 침대를 바라보며 내게 동의를 구했다.

"딱 봐도 나이롱인데 말여. 의사고 간호사고 쩔쩔매는 거 같단 말이지. 재활치료도 없는 사람이 한나절씩 어디 가서 뭘 하다 오는지도 미스터리고. 하, 진짜 그것이 알고 싶네."

윤치영 씨가 무릎을 탁 치며 정말 궁금하다는 표정을 지었다.

전화가 왔다. 명희였다.

"잘 잤어? 밥은 먹고? 몸은 좀 어때?"

나는 대답 대신 언제 올 거냐고 물었다.

"하하하. 내가 보고 싶은가 보네? 오전에 단체보험 계약 건이 하나 있어. 나한텐 큰 건이야. 오후에 들를게."

나는 오후 몇 시쯤에 올 거냐고 물으려다 그만두었다.

점심을 먹고 TV를 보는데, 출입문이 열리며 누군가 들어왔다. 삼영화재 박종하 과장이었다. 그는 5일 전과 똑같은 차림이었다. 검은 뿔테 안경에 군청색 체크무늬 바지, 파란 와이셔츠. 그의 손에 들린 갈색 파일도 그대로였다. 입원하던 첫날 그는 나에게 이것저것 물었었다.

중점적으로 물은 건 안전벨트 착용 여부와 운행 목적지, 그리고 직업에 관한 것이었다. 나는 안전벨트는 착용했고 목적지는 아웃렛 매장이었다고 대답한 후 잠시 침묵했다. 박종하 과장이 파일에 필기를 하다 말고 나를 바라보며 직업은예, 라고 재차 물었다. 나는 더듬거리며 대답했다. 엠씨……요. 박종하 과장이 경상도 사투리가 섞인 억양으로 다시 물었다. 엠, 머라꼬예? 나는 그의 손에서 볼펜을 빼앗아 쥐고 마이크 잡는 시늉을 했다. 아, MC……! 박종하 과장이 그제야 알겠다는 듯 다소 과장된 반응을 보였다. 그리고 내 손에서 볼펜을 쏙 빼 갔다. 볼펜이 손바닥에서 미끄덩 빠져나가는 허탈하고도 잔인한 촉감을 느끼며 나는 시선을 창가로 돌렸다. 그라모 어느 방송국 소속입니꺼? 박종하 과장이 물었다. 나는 유리창에서 시선을 돌려 박종하 과장을 바라보았다. 창가로 시선을 돌릴 때의 감정은 분노였는데, 다시 되돌릴 때는 체념이었다. 분노는 나를 자른 편집부장을 향한 것이었고 체념은 그 원인 제공자가 바로 나였다는 데서 오는 자조였다. 지금은 프리로 뛰고 있습니다. 박종하 과장이 파일에 열심히 메모를 했다. 그라모 개인사업자입니꺼? 나는 고개를 떨구며 가로저었다.

HBC를 그만둘 때만 해도 제법 굵직한 행사가 꽤 있었는데 시간이 흐르며 그것마저 뚝 끊겼다. 마이크 잡고 무대만 서면 울렁증에 시달리는 한물간 MC를 누가 선뜻 섭외하겠는가. 지금은 과거에 도움을 줬던 몇몇 기획사 대표의 소개로 많게는 30만 원, 적게는 10만 원짜리 행사 아르바이트를 뛰고 있다. 그 외의 시간에는 건설 일용직과 대리운전 일을 한다. 한번은 전 직장 홍보국장 모친의 칠순 잔치 사회를 본 적이 있다. 홍보국장은 선물용 수건 세트 안에 봉투를 넣어주며 기름값이나 하라고 했다. 집에 와서 봉투를 열어보니 만 원짜리 지폐 일곱 장이 들어 있었다. 주유 경고등이 들어오고 나서 가득 주유하면 9만 원이 넘게 나올 때였다. 나는 몇 번이고 봉투 안을 살폈으나 벽에 붙어 딸려 나오지 않은 지폐는 한 장도 없었다. 나는 사진첩 속 비상금 봉투에 있던 3만 원을 더해 10만 원짜리 봉투를 만들어 기자에게 건넸다. 새끼손톱에 칠한 매니큐어가 행여 지워질까 봐 검지와 엄지로 봉투를 조심스럽게 받아 든 기자가 입으로 훅 불어 내용물을 확인하더니 자기 이젠 10만 원짜리밖에 안 되는구나, 하고 말했다. 그런 기자에게 나는 속으로 말했다. 찬밥 더운밥 가리다 보면 언 밥도 못 얻어먹어. 그때 나는 사람들로부터 영원히 잊힐 수도 있다는 것을 두려워했다. 사업자등록은 하지 않았습니다. 나는 개미 기어가는 소리로 대답했다. 건설직 일용과 대리운전을 부업으로 한다고 말할까 하다 그만두었다. 그러면 웬지 꿀릴 것 같았다. 어쩌면 찬밥 더운밥 가리고 있는 건 나인지도 모르겠다. 그라모 월 얼마나 버십니꺼? 나는 대답을 하지 않고 루이비통 미니 백을 열어 화장품 샘플을 꺼냈다. 얼굴에서 뜨거운 열이 올라오고 가슴이 쿵쾅댔다. 나는 월 얼마짜리 인생일까. 손바닥에 샘플 통을 탁탁 두드리자 우유처럼 하얀 로션이 흘러나왔다. 나는 로션을 손바닥으로 문질러 얼굴에 발랐다. 양이 많아 미끈거릴 정도였다. 손바닥으로 얼굴을 사정없이 두드렸다. 탁탁탁, 하는 소리와 함께 볼에 묻어 있던 로션이 분무처럼 허공에 튀었다. 가슴속에서 화가 밀려 올라왔다. 나는 더 세게 얼굴을 두드렸다. 정신이 달아날 지경이었다. 박종하 과장이 놀란 듯 한 걸음 뒤로 물러났다. 아, 걱정하지 마이소. 소득 자료가 없으모 정부에서 발표하는 건설업 시중노임 단가로 결정하니까 괘않심더. 월 300만 원 정도 된다 아입니꺼. 그라모 다음에 오겠심더. 그렇게 말한 후 박종하 과장은 서둘러 밖으로 나갔다. 그리고 5일 만에 다시 나타난 거였다.

박종하 과장이 내 침대 앞에 서더니 볼펜을 꺼내며 물었다.

"그간 몸조리 잘하셨습니꺼?"

그는 한마디도 놓치지 않고 적겠다는 듯 파일 너머로 나를 응시했다. 저 파일에는 뭐가 적혀 있을까?

나는 "네"라고 짧게 대답했다.

윤치영 씨가 수액걸이를 질질 끌며 박종하 과장 주변을 어슬렁거렸다.

"어디 보험회사셔?"

박종하 과장이 윤치영 씨를 흘끗 바라보았다. 상대가 작은 키의 허름한 노인임을 알고는 대답할 가치를 못 느꼈는지 이내 내게로 시선을 돌렸다.

"노재수 씨 꽤 유명하신 분이데예. 이모님이 팬이셨답니더."

박종하 과장은 군이 과거형을 사용했다.

"인터넷 검색해봤심더. HBC 간판 MC로 이름을 날리셨데예?"

비록 지방 방송이었지만 촉망받는 MC라며 인터넷 기사 검색어에 오르내리던 시절이 있었다. 한창때는 중앙방송국에도 곧잘 불려 올라가곤 했다. 그때 그 사건만 아니었다면……

그러나 모든 인터넷 기사는 과거형이다. 과거의 영광. 과거의 사랑. 과거의 잘못.

"노 씨, 방송 탄 사람이었어? 하, 어쩐지 연예인처럼 잘생겼다 했지."

윤치영 씨가 수액걸이를 끌고 얼굴이 맞닿는 거리까지 다가와 말했다.

박종하 과장이 비굴한 표정으로 나를 바라보았다.

"그나저나 인제 그만 퇴원하셔야 하지 않겠습니꺼?"

'퇴원'이란 말에 몸이 움찔했다.

"얼마 드리면 될까예?"

나는 아무 대답도 하지 못하고 박종하 과장의 얼굴만 바라보았다. 명희는 한 사람당 200만 원씩은 받아야 한다고 했는데…….

"닷새 치 일당하고 위자료, 향후 치료비 해서 100만 원, 어떻습니꺼? 703호 이기자 씨하고 노소희 씨도 일행 맞지예?"

나는 고개를 끄덕였다.

"노소희 씨는 아직 학생이니까 50만 원 드릴께예. 닷새 동안 잘 치료받고 250만 원이 들어오는 깁니더."

대답이 없자 박종하 과장이 파일을 덮었다.

"사고 운전자 항의도 만만치 않심더. 범퍼에 기스만 살짝 났는데 온 가족이 다 입원했다 카면서 보험사기로 고발한다 안 캅니꺼?"

'보험사기'란 말에 심장이 쿵쾅거렸다.

"……기스만 난 게 아니고…… 범퍼에 금이 갔는데요?"

모기만 한 소리로 내가 말했다. 박종하 과장이 어이없다는 표정을 지었다.

"그기나 그기나 매한가지 아입니꺼? '보험사기방지 특별법' 아시지예? 요즘은 보험사기로 의심되면 바로 고발 들어갑니더."

사기니 특별법이니 고발이니, 나는 하나도 알아들을 수 없었다.

굳이 말하자면 나는 사기를 당하고 살아온 인생이다. 믿었던 ROTC 동기한테 모아놓은 적금을 모두 털렸고, 중국 도자기 총판 사업에 투자했다가 원금을 모두 날렸다. 나를 메인 MC 자리에서 쫓아낸 건 가장 믿었던 홍수철 편집부장이었다. 부부 싸움을 할 때마다 기자는 사기 결혼을 당했다며 '이혼'이란 말을 밥 먹듯 꺼냈다. 자기는 유명 MC와 결혼한 거지 실업자와 결혼한 게 아니라는 게 그녀의 논리였다.

"혹시, 일부러 브레이크 밟은 거 아입니꺼?"

나는 박종하 과장의 기세에 눌려 아무 말도 하지 못했다. 그때 누군가 출입문을 열어젖히고 들어왔다.

"일부러 브레이크를 밟다뇨? 그 말, 책임질 수 있어요?"

나와 박종하 과장이 동시에 출입구로 고개를 돌렸다. 설명희였다. 박종하 과장은 씩씩거리며 들어오는 커다란 덩치를 보고 본능적으로 방어 태세를 갖추었다. 명희의 얼굴을 보자 나는 흑기사를 만난 것처럼 안도감, 편안함, 자신감 같은 게 마구 솟아나는 걸 느꼈다.

"명함 주세요!"

박종하 과장이 꼬리를 내리며 파일에서 명함을 꺼내 명희에게 건넸다.

"삼영화재 대인팀 박종하 과장."

명희가 또박또박 명함에 있는 글자를 읽었다. 거침없는 명희의 태도에 박종하 과장은 기세가 꺾였다.

"거기 팀장님이 이석희죠? 저랑 잘 알아요. 한밭지에이코리아 설명희 팀장이라면 알아들으실 거예요."

나는 '이석희'를 '이새끼'로 알아듣고 깜짝 놀랐다.

"그리고 방금 전 근거 없는 말로 피해자를 압박해 터무니없는 금액에 합의를 종용하셨죠?"

박종하 과장이 하얗게 질려 서둘러 파일을 가방에 넣었다.

"그게 아이고예, 저희 피보험자께서 자꾸 항의 전화를 하셔서 그랬습니더. 마, 이해하이소."

박종하 과장이 치료 잘 받으라는 말을 남기고 문밖으로 사라졌다.

"야, 바보같이 사기꾼이라고 하는데 가만있냐?"

명희가 침대에 걸터앉으며 옷깃을 펄렁거렸다. 헐렁한 원피스 속에서 커다란 가슴이 출렁거렸다.

"경우 빠지고 당당한 사람 없다고 했어. 아닌 걸 기라고 하는데 당당히 맞서야지 가만있냐?"

명희가 씩씩거렸다. 맞선다는 말, 내게는 추상적 언어였다.

"두 사람 딱 봐도 농창인디 내 눈에는 어째 댁이 누나 같어?"

윤치영 씨가 정말 궁금하다는 듯 물었다. 나는 얼른 명희의 표정을 살폈다.

"하하, 네. 칭찬으로 받아들일게요. 할아버지."

명희는 백을 열더니 화장품 샘플을 잔뜩 꺼내 테이블에 가지 런히 올려놓았다.

"다 떨어졌지? 내가 아모레 카운슬러 그만두지 못하는 이유 가 다 이거 때문이다. 우리 같은 서민들, 이거 정품 죽었다 깨어 나도 못 써."

명희는 잠깐 생각하는 듯하더니 샘플 두어 개를 골라 윤치영 씨에게 건넸다. 안티에이징 크림이었다.

"이건 할아버지 쓰세요. 칠순 넘으면 안면 피부가 팍 썩거든 요."

화장품을 덥석 받아 든 윤치영 씨가 명희 몸을 위아래로 훑어 보며 인상을 썼다.

"보아하니 애도 안 낳은 것 같구먼, 사람 보는 눈이 그렇게 없 어서야. 나, 만으로 쉰아홉이여!"

명희가 팔짱을 끼며 흥, 하는 듯한 표정을 지었다. 윤치영 씨 가 화장품 샘플을 신기한 듯 들여다보며 자리로 돌아갔다.

"이석희 팀장 진짜 잘 알아?" 내가 물었다.

"아니."

어이없는 대답에 헛웃음이 나왔다.

"진짜 물어보면 어쩌려고?"

"절대 안 물어볼걸?"

명희가 풋, 하고 웃었다.

"넌 너무 물러서 탈이야."

명희가 혀를 끌끌 차며 나를 바라보았다.

"딱, 나 같은 여자하고 결혼했어야 하는데."

그제야 명희가 솔로라는 사실이 새삼 다가왔다. 사실 명희가 덩치가 좀 있어서 그렇지 얼굴은 예쁜 편에 속했다. 적당히 쌍꺼풀이 있고 적당히 콧날이 오뚝하고 적당히 입술이 두툼했다. 친구들이 명희를 못생겼다고 놀린 건 어쩌면 명희가 의도한 것인지도 모른다. 명희는 자신의 얼굴을 늘 강한 인상으로 만들고 싶어 했다. 예를 들면 한쪽 눈만 크게 뜨고 입술을 그 방향으로 일그러뜨린다거나, 고개를 끄덕이며 입술을 앞으로 죽 내밀고 다닌다거나 하는 행동 말이다. 그러면 영락없이 여자 조폭처럼 보였다. 가만 생각해보면 명희는 나를 만날 때만 얼굴에 그런 상을 만들지 않은 것 같다.

"난 기자 쟤, 처음부터 맘에 안 들었어." 명희가 703호 문 쪽을 바라보며 말했다. "너가 결혼할 여자라며 친구들한테 데려오던 날 생각나니? 호프집 오는 여자가 하얀 드레스를 입고 와서는 '전 시메이만 마셔요'라고 하는데 다들 기절하는 줄 알았잖아."

명희가 침대 끝에 걸터앉았다.

"단체보험 받으러 간 건 잘됐어?"

"아, 그거?"

명희가 고개를 저었다.

"아니."

통화할 때만 해도 다 성사된 계약처럼 말하던 명희였다.

"총무부장이라는 놈이 대가를 요구하잖아."

명희가 살짝 고개를 떨구었다. 평소 그녀답지 않은 태도였다.

"좀 떼주지. 큰 건이라며."

명희가 고개를 들며 내 등을 후려쳤다. 폐 속부터 기침이 울려 나왔다.

"야, 세상엔 줄 수 있는 게 있고 없는 게 있어!"

나는 아프다는 표정을 지으며 명희를 바라보았다.

"넌 세상에 대해 모르는 게 너무 많아. 방송만 잘하면 뭐 해. 윗사람한테 아부도 할 줄 알고 부당한 공격에 당당히 맞설 줄도 알아야지. 나는 얻어맞거나 사기를 당한 사람한테도 20퍼센트의 책임은 있다고 봐. 일종의 원인 제공인 셈이지. 우린 나룻배고 세상은 물이야. 밑창에 조금만 틈이 생겨도 물이 밀고 들어온다고."

"근데 왜 20퍼센트야?" 내가 물었다.

명희가 일어서더니 양손으로 내 어깨를 꽉 잡았다.

"자존심 같은 거 다 버려. 마음 단단히 먹고, 알았지?"

자존심 버리는 건 얼마든지 할 수 있는데 마음 단단히 먹는 건 아무래도 힘들 것 같다.

명희가 턱으로 윤치영 씨를 가리켰다.

"저 할아버지를 봐. 딱 봐도 나이롱인데 꿋꿋하게 잘 버티시잖아."

　윤치영 씨가 버럭 화를 냈다.

　"나 같은 중환자한테 나이롱이라니, 눈이 삐었구먼. 그리고 나 아직 며느리도 못 봤어. 할아버지라고 자꾸 그러지 마."

　윤치영 씨가 수액걸이를 끌며 밖으로 나갔다.

　"나이롱이라는 말은 너무 심하잖아."

　질책하듯 내가 말했다. 명희가 내 손등을 살며시 잡았다.

　"내 말은 2주 동안 잘 버티라는 거야. 의사들이 자꾸 퇴원하라고 하는 것도 보험회사에서 압력이 들어가니까 그런 거거든. 오늘 박종하 과장한테 한소리 했으니까 당분간 퇴원 얘기는 안 나올 거야. 그리고 100만 원이 뭐냐? 이건 순전히 너를 무시해서 그런 거야. 내가 다 알아서 할 테니까 넌 내가 시키는 대로만 해, 알았지?"

　순간 눈물이 핑 돌았다. 명희가 티슈를 뽑아 내게 건넸다.

　"무슨 일 있으면 바로 연락하고!"

　명희가 문밖으로 나가다 돌아보며 말했다.

3

나는 복도로 나왔다. 소희가 입원해 있는 병실에 가볼까 하다
그냥 지나쳤다.

간호사 대기실을 지나 엘리베이터 입구로 걸어가는데, 할머
니 한 명이 느리게 걸어오다 나를 발견하고는 빠른 걸음으로 다
가왔다. 언뜻 봐도 팔순은 넘을 것 같았다.

"어디 갔다 이제 왔어? 아이구, 하나님 감사합니다."

할머니는 내 손을 꽉 잡더니 다른 한 손으로 내 얼굴을 어루만
졌다.

"내게 강 같은 평화, 내게 강 같은 평화."

할머니는 두 팔을 휘저으며 찬송가를 부르기 시작했다. 자신

의 팔순 잔치로 착각하는 게 아닌가 하는 생각이 들었다. 할머니의 돌발 행동에 당황해하고 있는데 주홍색 간병사 복장의 아주머니가 급하게 달려왔다.

"아이고, 어르신, 여기 계셨네. 조금만 해찰하면 이러신다니까."

간병사가 미안하다며 할머니를 부축했다. 그러자 할머니가 내 바짓단을 움켜잡았다.

"어르신, 이러시면 안 되지요?"

간병사의 만류에도 할머니는 바짓단 잡은 손을 놓지 않았다. 할머니의 악력이 어찌나 센지 하마터면 바지가 벗겨질 뻔했다. 가까스로 할머니의 손을 바짓단에서 분리하는 데 성공한 간병사가 연신 죄송하다며 할머니를 데리고 엘리베이터 쪽으로 걸어갔다.

"여기선 다들 고정원 권사로 통해요."

다른 간병사 아주머니였다.

"새로운 아드님 생기셨네." 터져 나오는 웃음을 참으려는 듯 간병사 아주머니가 손으로 입을 가렸다. 아주머니의 태도로 보아 자주 벌어지는 상황인 듯싶었다. 할머니는 9층 치매병동 장기 입원 환자였다. 일찍 남편을 여의고 하나 있는 아들마저 레바논에 파병 나갔다 전사했다고 한다.

"낭시 아들 또래 남자만 보면 살아 돌아왔다며 반색을 한다니까요. 아들이 살아 있대도 쉰이 훨씬 넘었을 나이인데." 아주머니가 혀를 쯧쯧 찼다.

"노 씨, 예 있었구면."

윤치영 씨가 나를 발견하고는 소매를 잡아채 반대편 복도로 끌고 갔다. 한 손에는 여전히 수액걸이를 잡고 있었다. 복도 중앙에 배선실과 휴게실이 있었는데 윤치영 씨는 그곳으로 들어가지 않고 복도 끝으로 향했다. 복도 끝에도 휴게실이 하나 더 있었다. 그곳에는 기다란 인조가죽 의자가 복도와 유리창을 따라 배치되고 자판기 몇 대가 설치되어 있어, 간이 휴게실 정도 되는 곳이었다.

목발을 짚거나 휠체어에 탄 열 명 남짓한 환자들이 한 사내를 빙 둘러싸고 있었다. 다가가보니 이주삼이 방충 스프레이 통을 들고 뭐라 떠들고 있었다. 무슨 상황이냐고 물으려는데 윤치영 씨가 내 입을 막았다. 자세히 보니 이주삼이 들고 있는 스프레이 통은 방충용이 아니었다. 통 표면에 강아지 그림이 그려져 있고 영어인지 독일어인지 모를 언어의 상표가 붙어 있었다. 윤치영 씨가 재미있는 놀이라도 발견한 표정으로 잘 들어보라는 시늉을 했다.

이주삼은 상대를 주눅 들게 하기에 충분한 카리스마로 좌중을 압도했다. 그를 바라보는 환자들 모두 스승 앞에 선 제자처럼 하나같이 공손하고 진지했다.

"자 다들 똑바로 보시오!"

이주삼이 한 손으로 오른쪽 다리를 들어 의자에 턱 올려놓더니 바짓단을 걷어 올렸다. 검고 투박한 근육들이 불끈거렸고 흑돼지 같은 검은 털이 하퇴부에 무성하게 나 있었다. 이주삼의 무릎에서 발목까지 20센티 정도 이어진 수술 자국이 보였다. 검은 피부에 연분홍으로 도톰하게 살이 튀어나온 수술 자국은 지렁이처럼 보였다. 이주삼은 들고 있던 스프레이 통을 서너 번 흔들더니 아래에서 위로, 위에서 아래로 정성스럽게 뿌려주었다. 뿌연 연기 같은 게 분사기 입구에서 뿜어져 나오자마자 공기 중으로 이내 사라졌고 이주삼의 종아리가 습기로 번들거렸다. 이주삼은 이죽거리는 표정을 지으며 오른 손바닥으로 자신의 바깥 종아리를 위아래로 쓸었다. 애완견의 목덜미를 쓰다듬는 듯한 동작이었다.

"그렇게 하면 정말 감각이 사라지는가?"

휠체어에 앉은 채 가만히 지켜보고 있던 노인 하나가 물었다.

"한번 꼬집어보슈!"

이주삼이 장딴지를 남자 앞에 들이밀었다. 노인이 기세에 눌려 망설이자 윤치영 씨가 앞으로 나섰다.

"내가 해볼까?"

윤치영 씨가 이주삼의 종아리를 꼬집었다. 이주삼이 아무 감각도 못 느끼겠다는 듯 허공을 바라보며 헛기침을 했다.

"꼬집은 거 맞으슈?"

윤치영 씨가 고개를 갸우뚱하더니 결심한 듯 종아리를 정말 세게 꼬집었다. 이주삼은 여전히 아무렇지 않다는 표정이었다.

"거 신기허네?"

윤치영 씨가 수액걸이를 끌고 자리로 돌아왔다. 이주삼이 눈을 부릅뜨고 관객들을 훑어보았다. 그 모습이 떠돌이 약장수처럼 보였다.

"내가 올해로 서른다섯이오. 개장사 한 지 10년 좀 넘었수다. 미친개도 나한테는 꼬랑지를 내린단 말이외다."

희번덕거리는 이주삼의 눈동자와 '개장사'라는 단어가 버무려지자 두려움이 만들어졌다. 여기서 누구 하나 토를 단다면 이주삼의 저 무쇠 같은 주먹에 단방에 나가떨어질 것이다. 다들 호기심과 두려움 가득한 눈빛으로 이주삼의 입을 바라보고 있었다.

그때 뒤에서 누군가가 어깨를 툭 쳤다. 돌아보니 소희였다.

"여기서 뭐 하고 있어? 한참 찾았잖아."

소희가 내 귀에 대고 질책하듯 속삭였다. 나는 손가락을 입에 대고 조용히 하라는 신호를 보냈다. 소희는 그런 나의 신호를 무시한 채 궁금해 죽겠다는 표정으로 맨 앞줄로 나갔다. 그러자 이주삼이 간이 의자를 소희에게 내밀며 앉으라고 권했다. 나는 이주삼의 눈치를 살피며 소희에게 앉지 말라는 눈짓을 보냈다. 소희가 거리낌 없이 이주삼이 내미는 의자에 앉았다.

"아저씨 약장수예요?"

순간 찬물이라도 끼얹은 듯 주변이 조용해졌다. 경멸로 여겨질 수도 있는 '약장수'라는 단어에 누구 하나 숨소리를 내지 않왔다. 나도 숨을 고르며 이주삼을 바라보았다. 이주삼이 스프레이 통을 창가에 세워놓았다. 그리고 소희 앞에 쪼그려 앉았다. 그는 틀림없이 화가 나 있을 터였다. 다리가 후들거렸다. 나는 주변을 둘러보며 만일의 사태에 대비할 물건을 찾아보았다. 아주머니가 대걸레로 복도를 닦고 있는 게 보였다. 주변 환자들도 긴장된 표정으로 상황을 지켜보고 있었지만, 소희에게 무슨 일이 생겼을 때 달려들 만한 인물이 하나도 안 보였다. 이주삼이 헝클어진 머리칼 사이로 웃는 게 언뜻 보였다.

"아저씨는 약을 파는 게 아니란다."

친절과 관용이 배어 있는 목소리였다. 마치 삼촌이 조카에게 말하는 듯했다.

"그럼 뭘 파는데요?"

소희 역시 이주삼에 대해 조금의 경계심도 없었다.

"아저씨는 돈 버는 기술을 판단다."

소희의 눈이 반짝거렸다.

"돈 버는 기술요?"

"응. ……이를테면 잡종견을 포메라니안으로 바꾸는 기술?"

"와, 대박! 그거 우리 아빠한테도 파세요, 네?"

이주삼이 손가락으로 소희의 볼을 톡 두드리더니 자리에서 일어섰다. 나는 안도의 한숨을 쉬었다. 다른 사람들도 같은 표정이었다. 이주삼이 창가에 세워둔 스프레이 통을 다시 집어 들었다.

"이건 내가 개장사 할 때 쓰던 독일제 마취 스프레이요. 한번 뿌리면 신경이 마비되어 감각을 못 느끼오. 나는 정강이뼈가 골절되는 사고로 수술을 받았소. 이 상처 안에는 커다란 쇠막대가 하나 들어 있단 말이오. 수술을 하다 보면 신경이 손상되는 경우가 종종 있소. 대부분은 눌리고 재수 없으면 끊어진단 말이오. 나? 나는 살짝 눌린 케이스요. 끊어졌으면 제길, 보상이 많이 나오겠으나 실력 좋은 의사 덕분에 눌린 신경이 많이 살아나고 있소. 나는 오늘 신경 검사를 할 예정이오. 피부에 전극을 꽂아 전류를 흘려 보내는 검사인데 의사들은 전문용어로 'EMG'라고 합디다. 두 시간 전에 이 스프레이를 뿌려주면 신경이 마비되어 검사 결과가 안 좋게 나오외다."

이주삼이 말을 하다 말고 자판기 쪽을 바라보았다. 양복 입은 남자가 맨 뒤에서 흥미롭다는 듯 이쪽을 바라보고 있었다.

"어이 형씨! 여기는 관계자 외 출입 금지요. 환자복 외에는 저리 가슈!"

양복 입은 남자가 무슨 상관이냐는 듯 그대로 서 있었다. 이주삼이 팔을 걷어 올리며 "이의 있소?"라고 말했다. 이주삼의 험악함에 양복 입은 남자는 서둘러 반대편 복도 끝으로 사라졌다.

"난 선천적으로 양복 입은 놈들을 싫어하오. 다 도둑놈으로 보인단 말이오. 안 그렇소?"

모두 와, 하고 웃었다. 이주삼이 의기양양한 표정으로 눈앞의 관객들을 둘러보았다. 신기한 건 그의 험악한 표정과 자신감 속에 거만함 같은 건 들어 있지 않다는 것이었다. 그에게 느꼈던 공포심도 어느새 사라졌다. 나와 일행이 입고 있는 환자복이 부족의 문양처럼 묘한 일체감을 형성해주고 있었다. 부족 중 누군가가 상처를 입는다면 내가 아플 것 같고, 내게 무슨 일이 생긴다면 이들이 나서줄 것 같았다. 생면부지의 사람들이 같은 복장 하나로 이런 일체감을 느낄 수 있다는 게 신기했다. 지금 이 순간만큼은 이주삼이 부족의 족장이었다.

"하던 얘기 마저 하겠소. 우리는 거대 보험회사를 상대로 싸우고 있는 거요. 그들로부터 정당한 보상을 받아내는 게 우리의 권리이자 의무란 말이외다."

족장의 말에 부족민들의 표정이 숙연해졌다.

"그거, 보험사기 아닙니까?"

부족민 중 하나가 이의를 제기했다. 20대 후반의 남자 환자였다. 다들 이주삼의 얼굴을 바라보았다.

"줘야 할 돈 안 주는 것도 사기요."

이주삼이 남자를 응시하며 말했다. 화가 나거나 악의가 있는 눈빛이 아니었다.

"이 동상은 아직 모르나 보오. 세상이 사기꾼들 천지라는 걸. 안 그렇소?"

박수가 쏟아져 나왔다. 부족장은 흩어지려는 부족민들의 민심을 다시 하나로 규합했다.

이주삼이 발을 들어 의자에 다시 올려놓았다.

"어제 보험회사 담당자 놈이 찾아와서 천 500만 원 줄 테니 합의하자고 했소. 핀 뽑는 비용하고 흉터 수술비까지 포함해서 넉넉하게 넣었다고 합디다. 하지만 나는 벌려준다고 아무 구멍에나 내 물건 들이박는 똥개가 아니란 말이외다!"

일행이 다시 와, 하고 웃었다. 나는 순간 고개를 돌려 소희를 바라보았다. 소희는 의자에 앉은 채 시니컬한 표정으로 이주삼을 바라보고 있었다. 그 정도 '19금' 표현은 이미 알고 있다는 표정이었다.

"나는 조금 있다 검사를 받으러 갈 거요. 합의금이 어떻게 올라가는지 똑똑히들 보시오. 자기 몸값은 자기가 올리는 거외다."

이주삼은 바짓단을 내리고 스프레이 통을 챙겨 복도로 걸어갔다.

4

시청자 여러분 안녕하십니까? YBN 추적보도, 오늘은 그 세 번째 시간으로 보험사기에 대한 집중 취재를 통해 보험사기의 행태와 방법, 그리고 사기범을 잡기 위한 보험회사 특수조사 팀의 활약상을 알아보기로 하겠습니다. 얼마 전 저희 종편 뉴스에서도 다뤘던 삼부자 보험사기단 기사는 가히 충격적이었는데요, 설계사를 하는 아버지와 30대 두 아들이 열 개 보험회사에서 보장성보험 30여 개에 가입하고 2016년부터 지난해 10월까지 부산 해운대구의 개인 병원 등 16개 병원에서 63회에 걸쳐 911일간 입퇴원을 반복하며 2억 5천만 원 상당의 보험금을 타낸 사건이었죠. 더욱 충격적이었던 건 이들이 월세 아파트에서 합숙 생활을 하며 보험사기를 설계하고 실행했다는 것인데요, 한 편의 영화 같다고나 해야 할까요? 또 다른 사기 수법을 알아보죠. 35세 여성 A씨는 목욕탕에서 넘어져 코뼈가 부러졌다며 보장성보험금 천여 만 원을 청구했는데요, 알고 보니 사흘 전 남편과 부부 싸움으로 입은 부상을 숨기고 보험에 가입한 후 부상당했다며 보험금을 청구한 것이었습니다. 세 번째 유형을 보시면 시청자 여러분도 깜짝 놀라실 겁니다. 자료 화면 보시죠. 하반신 마비인 B씨가 휠체어에 실려 장애인용 승합차에 타는 게 보이실 겁니다. 승합차를 따라가보겠습니다. 승합차가 아파트 지하 주차장으로 들어가는 게 보이실 텐데요, 잠시 기다려보겠습니다. ……시청자 여러분, 보이십니까? 조금 전 휠체어에 실려 들어간 환자 B씨가 허름한 옷으로 갈아입고 걸어 나오고 있습니다. 기다렸다는 듯 택시가 B씨를 태우고 어디론가 떠나는군요. ……자, 앞에서 보신 내용은 현재 벌어지고 있는 보험사기 중 극히 일부에 속한다고 합니다. 이들은 모두 보험조사전문회사인 (주)SIS의 특수조사팀에 의해 전모가 밝혀져 검찰에 송치된 사건들입니다. 이 자리에 차설록 조사부장님을 모셨습니다. 어서 오십시오. 차설록 부장님은 과거 삼영화재 보상센터에 재직하셨다가 현재 회사로 옮기셨다고 들었습니다. 수많은 보험사기 검거로 금융감독위원장 표창, 서울대 총장상 등을 수상하기도 하셨는데요, 보험사기범을 잡아내는 비결을 여쭤봐도 될까요?

흠, 간단합니다. 내가 사기범 입장이라면 어떻게 했을까를 고민해봅니다. 그 과정을 거꾸로 추적해보면 어디선가 꼬리가 잡힙니다. 삼부자 보험사기 사건의 큰아들은 결혼해 자녀까지 두고 있었는데 범행을 위해 가족과 따로 살고 있었습니다. 입원한 것으로 기록된 시간에 신용카드를 쓰면서 술집과 백화점을 드나들었다가 덜미를 잡혔죠. 코뼈 골절 사건은 인근 병원을 다 뒤졌습니다. 결국 보험 가입 사흘 전에 모 정형외과에서 코뼈 골절로 응급치료를 받은 사실이 밝혀졌죠. 마지막 하지마비 사건은 캠코더를 들고 환자가 외출할 때마다 미행했습니다. 처음엔 완벽하게 연기를 했는데 그날은 경계심이 풀어진 탓인지 실수를 하더군요.

부장님은 고등학교 때 부모님이 돌아가신 뒤 불우한 여건 속에서 고등학교와 대학교를 마친 것으로 아는데요, 이 길을 선택하신 이유를 여쭤봐도 될까요?

저는 남을 속이는 인간을 경멸합니다. 그런 사람은 지구 끝까지라도 쫓아가 찾아내서 법의 심판을 받게 하자는 게 제 소신입니다.

혹시 기억에 남는 사건 같은 게 있으신가요? 이를테면 검거하지 못한.

……!

아, 제가 괜한 걸 물어본 것 같군요. 한쪽 다리가 불편하신 것 같은데……?

보험사기범을 추적하다 부상을 당했습니다.

아, 예, 그렇군요. 바쁘실 텐데 나와주셔서 감사합니다.

윤치영 씨가 리모컨을 한 손에 잡은 채 벽에 걸린 TV를 응시하고 있다. 저녁 식판에 담긴 음식이 그대로 남아 있었다. 평소같으면 자기 식판을 다 비우고 주변에 남은 반찬 없나 살피던 그였다. 진행자가 클로징멘트를 한 후 엔딩 음악이 깔리며 차설록에게 다가가 악수하는 장면이 화면에 나오고 있었다. 차설록도 커다란 덩치를 일으켜 진행자의 악수를 받았다. 쥐색 양복이 주인을 잘못 만난 듯 차설록의 몸에 끼어 답답해 보였다. 잠시 후 차설록이 한쪽 발을 절며 데스크에서 걸어 나오는 장면이 수 초 정도 보이다 바로 광고로 바뀌었다. 윤치영 씨는 그제야 시선을 거두고 식판을 비우기 시작했다. 중간중간 나를 보며 눈치를 살피는 듯했다.

나는 병실을 나와 703호 출입문을 빼꼼 열고 안을 살폈다. 나를 알아본 아주머니가 기자는 전화를 받고 나갔고 소희도 바로 뒤따라 나갔다고 전해주었다. 로비 카페에서 수다 떨고 있을 기자와 수완을 부려 토피넛라테 한 잔 얻어먹고 있을 소희가 머릿속에 그려졌다.

조명이 한 칸씩 건너뛰며 소등된 탓에 복도가 어두침침했다. 무료함과 갑갑함이 밀려왔다. 1층으로 내려가려다 기자와 마주칠 것 같아 옥상에 올라가기로 했다. 10층의 옥상에는 미니 정원이 조성되어 몇 종류의 꽃과 작은 수목들, 벤치가 곳곳에 놓여 있어 여름밤 더위를 식히기에 괜찮았다. 나는 엘리베이터를 이용하는 대신 비상계단을 오르기로 했다. 아무 생각 없이 계단을 오르다 보면 복잡했던 머릿속이 맑아지고 허벅지로 번지는 뻐근함에 기분이 좋아지기 때문이다.

　비상계단은 복도 양 끝에 하나씩 설치되어 있었다. 나는 병실에서 가까운 동쪽 비상계단으로 향했다. 비상계단으로 나가는 곳엔 두 개의 철문이 맞닿아 있고 한쪽 철문만 이용할 수 있게 되어 있었다. 철문 위쪽 벽에 'EXIT'라고 쓰인 초록색 등이 은은하게 빛나고 있었다. 손잡이를 돌려 철문을 열었다. 계단을 타고 아래에서 불어오는 바람이 제법 강하게 느껴졌다. 철문이 닫히자 계단은 다시 어둡고 조용해졌다. 나는 한 계단씩 발걸음을 옮겼다. 다섯 계단쯤 오르자 층계참 천장에서 팟, 하고 센서 등이 들어왔다. 층계참을 돌아 계속 계단을 오르자 8층 출입구가 나타났고 아래층 센서 등이 꺼졌다. 나는 다시 9층을 향해 계단을 올라갔다. 다섯 계단쯤 오르자 또다시 층계참 천장에서 팟, 하고 센서 등이 켜졌다. 나는 순간 기절할 정도로 놀랐다. 층계참 바닥에, 남자가 벽에 등을 기댄 채 쪼그려 앉아 무릎 사이에 머리를 파묻고 있었던 것이다. 센서 등이 꺼져 있는 것으로 보아 남자는 그 자리에서 미동도 않고 있었던 듯싶었다. 9층이면 신경외과병동이었다. 그때 남자가 고개를 들어 나를 바라보았다. 헝클어진 머리칼 사이로 남자의 눈물이 보였다. 나는 얼음이라도 된 듯 몸이 경직되었다. 심장이 쿵쾅대고 이마에 땀이 맺혔다. 나는 뒷걸음치다시피 해서 계단을 내려와 단숨에 1층에 도달했다. 숨이 턱까지 차올랐다. 나는 왜 도망치듯 그 자리를 떴을까. 이 이상야릇한 기분은 뭐라 표현하기 어려웠다.

1층 카페를 살펴봐도 기자와 소희는 보이지 않았다. 나는 로비 정수기에서 냉수 한 컵을 뽑아 들이켠 후 밖으로 나갔다. 열대야가 아직은 발생하지 않아 밤공기가 적당히 좋았다. 병원 로비에서 나오면 왕복 2차로의 구내 도로가 있고 도로 건너편에 등나무 벤치가 놓인 작은 정원이 있다. 가로등이 곳곳에 설치되어 있어 어둡지는 않았다. 나는 등나무 쪽으로 걸어갔다. 등나무 아래에 남녀가 앉아 대화를 나누고 있었다. 여자의 웃음소리가 점점 크게 들려왔다. 가만히 들어보니 기자의 웃음소리 같았다. 간간이 남자의 웃음소리도 섞여 있었다. 나는 반사적으로 방향을 틀어 로비로 향하려 했다. 그러나 알 수 없는 힘이 나를 다시 돌려세웠다. 로비로 걸어가야 하는데 발이 자꾸만 기자 쪽으로 움직였다. 호호호, 깔깔깔, 어머 얘. 기자의 교태 섞인 목소리가 점점 가까워지고 있었다. 그때 발에 뭔가가 툭 걸리며 나는 중심을 잃고 앞으로 고꾸라졌다. 도로와 정원을 가르는 연석에 발이 걸린 모양이었다. 대화를 나누던 두 사람이 깜짝 놀라 나를 바라보았다. 나는 손바닥에 찡, 하고 느껴지는 통증을 참으며 바닥에서 일어섰다.

"당신, 뭐야?"

나를 알아본 기자가 벤치에서 일어섰다.

나는 환자복에 묻은 흙을 털며 두 사람을 바라보았다. 남자는 기자의 남자 동창이었다. 2년 전인가 동창 모임 때 기자를 태워다 준 적이 있는데 자신의 '절친'이었다고 기자가 소개해준 기억이 났다. 이름이…….

"허영무입니다. 재작년에 한 번 뵀었죠?"

남자는 뒤통수를 긁적거리며 멋쩍게 악수를 청했지만 눈빛은 당당했다.

"당신, 나 미행한 거야?"

기자가 허영무를 한 번 보더니 벤치에 도로 앉으며 나를 노려보았다.

나는 남자를 향해 미안하다는 표정을 지어 보이고 로비 쪽으로 발길을 돌렸다. 기자의 목소리가 들렸을 때 바로 그랬어야 했다. 그것이 그녀의 프라이버시를 지켜주는 일이었다. 돌에 걸려 넘어지지만 않았어도 나는 두 사람을 우연히 발견한 듯—실제로 그랬으니까—쿨하게 통성명을 한 후 내 갈 길을 가면 되는 거였다. 그것이 멋진 남편의 모습이다. 그런데 세상일이란 게 어디 내 맘대로 되던가. 나는 늘 그래왔다. 내 삶은 이름만큼이나 재수가 없었다.

다섯 걸음쯤 떼었을 때 뒤에서 기자의 목소리가 들렸다.

"당신 땜에!"

이를 악물고 교양을 찾을 때 나오는 톤이었다.

"쪽팔려 죽겠어!"

전에도 몇 번 들은 말이었다. 나의 경제적 무능과 그로 인해 자신의 체면에 스크래치가 날 때마다 내뱉던 말. 한데 기자는 왜 지금 이 상황에서 저런 말을 하는 걸까. 쪽팔린 건 나인데.

기자의 말 한마디에 내 몸이 경직되어 스텝이 꼬였다. 비유적 표현이 아니고 진짜로 발걸음이 꼬였다. 왼발을 먼저 내딛어야 할지 오른발을 내딛어야 할지, 뛰어야 할지 걸어야 할지 생각이 나지 않았다. 나는 눈을 질끈 감고 뛰었다.

로비에는 몇몇 환자와 보호자가 의자에 앉아 TV를 시청하고 있었다. 나는 자판기에서 믹스커피를 뽑아 들고 창가로 갔다. 유리는 투명하여 창밖의 암흑이 그대로 투사되었고 그 속에서 내 모습이 검게 실루엣으로 보였다. 이따금 유리창 너머로 방문 차량의 불빛들이 하얗게 부서지곤 했다. 기자의 교태 섞인 웃음소리가 파편이 되어 귓전을 어지럽혔다.

누군가의 시선이 느껴져 뒤를 돌아보았다. 정호연이 의자에서 다리를 꼰 채 나를 바라보고 있었다. 신기한 동물을 바라보고 있는 듯한 눈빛이었다. 밖에서 벌어진 상황을 모조리 지켜보고 있었을 거라는 느낌이 들었다. 얼굴이 확 달아올랐다. 나는 한 손을 들어 올리며 멋쩍게 인사를 했다. 정호연은 긴 머리를 쓸어 넘기며 TV 쪽으로 고개를 돌렸다. 그때 누군가의 주먹이 눈앞에 쑥 나타났다. 방송에 지쳐 녹초가 되었을 때 사탕을 집어 주던 주먹, 부부 싸움에 풀이 죽어 있을 때 소주잔을 살며시 들이밀던 주먹, 휘발윳값이 없어 당황하고 있을 때 3만 원을 쾌척하던 주먹, 내가 세상에서 가장 사랑하는 주먹이었다.

"펴봐."

나는 소희의 주먹 쥔 손가락을 하나씩 폈다. 그러자 꼬깃꼬깃한 복권 한 장이 나왔다. 소희가 얼굴을 코앞에 들이밀며 웃음을 강요했다.

"아빠, 파이팅!"

소희가 내 손에 복권을 쥐여주었다.

"네가 어떻게 복권을 샀어?"

"간호사 언니한테 부탁했지."

소희가 대수롭지 않다는 투로 말했다.

"당첨되면 나 학교 그만둔다?"

당첨되길 바라야 할지 말아야 할지 혼란스러운 말이었다.

정호연이 통로 중 한 곳으로 걸어갔다. 그쪽은 암병동으로 이어지는 통로였다. 나는 복권을 주머니에 넣으며 정호연의 뒷모습을 바라보았다.

"저 오빠, 아빠 병실 테리우스 맞지?"

소희가 눈을 반짝거리며 물었다.

동쪽 로비의 강당에서 사람들이 쏟아져 나왔다. 수요 저녁 예배를 마친 환자와 가족들이었다.

5

생일 선물로 병아리를 사달라고 하고 싶지는 않았다. 존재물
이 있기 이전, 그 은밀하고도 내밀한 탄생의 과정을 직접 파헤
쳐보고 싶었다. 도토리는 어떻게 참나무가 되는지, 홀씨는 어떻
게 민들레가 되는지, 시집간 옆집 누나의 몸속에서 어떻게 아기
가 만들어지는지, 이 모든 것들에 대한 호기심은 〈날아라 슈퍼
보드〉나 〈울트라맨〉과는 상대도 되지 않았다. 아기 만드는 과정
을 직접 체험해보고 싶었지만 육체적으로나 정신적으로 나는
아직 미숙했다. 내가 할 수 있는 건 병아리를 탄생시켜 그 비밀
을 파헤치는 것이었다. 아기든 병아리든 없다가 생기는 건 마찬
가지였으니까. 시작은 달걀이었다. 삶거나 구운 달걀에는 생명

이 없다는 것쯤은 나도 알고 있었다. 앞니로 톡톡 쪼개 식도로 후루룩 넘기던 아버지의 날달걀에도 생명이 없기는 마찬가지였다. 그렇지 않았다면 아버지는 매일 화장실에서 병아리 똥을 쌌을 테니까. 무생물에서 생물을 창조하는 과정, 이 음흉하고도 우주적인 과업을 혼자 수행할 수 있다는 사실에, 나는 환희로 치를 떨었다. 그것은 엄마 따라간 여탕에서 또래 아이의 음부를 훔쳐보던 가슴 떨림과는 비교도 할 수 없는 것이었다.

이 장대한 우주적 과업에는 슈퍼마켓의 분리수거 통에서 발굴한 스티로폼 박스와 백열전구, 마지막 겨울을 버텨낸 어머니의 털목도리가 동원되었다. 나는 옆집 형의 책장에 꽂혀 있던 과학 도감 『병아리 부화 길라잡이』를 펼쳐놓고 프라모델 조립하듯 신중하게 작업을 시작했다. 먼저 백열전구를 스티로폼 박스의 벽에 설치하고 바닥에 털목도리를 깐 후 그 위에 유정란 다섯 알을 얹어놓았다. 내 생일에 맞춰 부화하도록 세팅을 했다. 사흘에 한 번 뚜껑을 열고 스프레이로 생수를 분무했다. 37도로 온도를 맞추라는 과학 도감의 지시는 열악한 환경에서는 무용지물이었다. 뜨거운 백열전구 때문에 온도 유지가 쉽지 않았다. 어떤 날은 달걀이 반숙되는 꿈에 시달리기도 했다. 생일 전날, 나는 탄생의 순간을 목격하리라 다짐하며 스티로폼 박스 곁에서 잠이 들었다. 삐악삐악, 어디선가 들려오는 소리에 나는 잠을 깼다. 스티로폼 박스 안에서 나는 소리였다. 나는 화들짝 놀라 스티로폼 박스 뚜껑을 열어보았다. 막 파각破却을 끝낸 병아리 한 마리가 축축한 몸으로 비틀거리며 첫울음을 내고 있었다. 다른 네 개의 달걀에서는 아무 일도 일어나지 않았다. 나는 병아리에게 '생일'이라는 이름을 지어주었다. 그날이 내 생일이었기 때문이다.

넉 달쯤 지나자 생일이는 좁은 빌라에서 더는 키울 수 없게 되었다. 가족회의 끝에 생일이는 공주의 할아버지 댁으로 보내졌다. 아버지가 읍내에서 예쁜 그물망을 사다 생일이 집을 만들어주었고 모이도 충분히 사다 놓았다. 나는 주말마다 할아버지 댁을 방문해 생일이와 놀아주었다. 생일이도 나를 알아보고 뒤뚱거리며 다가와 내 발에 목을 비벼댔다. 여름방학, 아버지 손을 잡고 할아버지 댁을 방문했을 때 닭장은 텅 비어 있었고 나를 위해 차려진 밥상 위에는 삼계탕 한 그릇이 올려져 있었다.

"노 씨, 무슨 생각을 그렇게 하는가?"

나는 창밖으로 향해 있던 시선을 거두어 병실을 바라보았다.

윤치영 씨가 통화를 멈추고 나를 뚫어져라 바라보고 있었다. 이주삼은 자신의 오른쪽 다리를 만지작거리고 있었다. 그러다 이따금 동작을 멈추고 무언가 골똘히 생각하는 듯했다. 나는 행여 그와 눈이 마주칠까 봐 흠칫 다른 곳으로 눈을 돌리곤 했다.

어젯밤 그는 계단에서 왜 울고 있었을까?

그렇게 강해 보이던 사내가 층계참에 쪼그려 앉아 울고 있는 모습은 처연하기까지 했다. 그러나 이주삼은 아무 일 없다는 듯 아침 식판을 깔끔하게 비웠고 자판기에서 커피까지 뽑아 와 TV를 보며 홀짝홀짝 마셨다.

정호연은 태블릿PC 게임에 열중해 있었다. TV에서는 간밤에 있었던 사건사고 뉴스가 나오고 있었다. 김영수 과장과 간호사가 회진을 왔다.

"노재수 씨 다리 저리다는데요?"

이주삼이 나를 흘긋 바라보며 김영수 과장에게 말했다. 샘플 화장품을 손바닥에 탁탁거리고 있던 나는 당황스러움을 감추며 이주삼을 바라보았다. 이주삼은 애써 내 눈을 피하며 험악한 표정으로 김영수 과장에게 쐐기를 박듯 말했다.

"입원한 지 일주일이 넘었는데 다리가 저리다면 MRI를 찍어 봐야 하는 거 아닙니까?"

김영수 과장이 난처한 표정을 지었다.

"MRI는 보험회사에서 인정을……."

"그러다 추간판이라도 터졌으면 선생님이 책임지실 겁니까?"

김영수 과장이 고민하는 것 같았다.

"일단 찍어보시고 이상 없으면 내가 책임지겠습니다."

이주삼의 단호함에 김영수 과장이 체념한 듯 간호사에게 '오더'를 내렸다. MRI는 영상의학과에서 시간을 알아봐야 하니 기다려 달라고 간호사가 말했다. 상황이 불쾌했는지 김영수 과장이 서둘러 병실을 나갔다.

나는 간밤에 층계참에서 보았던 이주삼의 눈빛을 상기했다. 지금의 저 강렬한 눈빛과는 전혀 다른, 슬픔과 체념이 혼재한 눈빛이었다.

"저, 다리 저린 거 없는데……요."

스프레이를 다리에 뿌리며 포효하던 이주삼의 거친 얼굴을 떠올리자 말꼬리가 흐려졌다.

"거 앞으로 말 놓으슈. 형님이라고 부를 테니."

그가 강렬한 눈빛으로 나를 바라보았다. 그 눈빛에서 신뢰감 같은 게 느껴졌다.

"주삼이, 나한테도 형님이라고 불러."

윤치영 씨가 휴대폰을 주머니에 넣으며 이주삼을 바라보았다.

"됐수다, 영감님."

이주삼이 갑자기 얼굴을 찡그리며 두 손으로 머리를 감쌌다. 두통이 온 듯했다.

"거 빼딱, 하니까 머리가 아픈 게여."

윤치영 씨가 끙 소리를 내며 돌아앉았다.

벽시계가 오전 열 시를 가리키고 있었다.

"아빠, 심심하지?"

소희가 아이스크림을 빨며 병실로 들어왔다.

"우리 공연 보러 갈까?"

"공연? 무슨…… 공연?"

"노 씨는 모르는 것도 참 많네."

윤치영 씨가 끼어들었다.

"매주 금요일마다 1층 강당서 공연하잖어. 가수도 오고 무용단도 오고."

"참나, 영감님. 가수는 무슨 얼어 죽을 가수. 병원 위문 다니는 떠돌이들이지."

이주삼의 어투에 소희가 푸하하, 웃었다.

"아저씨, 스프레이로 돈 번다는 건 어떻게 됐어요?"

나는 깜짝 놀라 소희에게 나무라는 표정을 지었다.

"아, 그거?"

이주삼이 다정하게 소희를 바라보았다.

"조금만 기다리면 나오지."

"얼마 나오는데요?"

소희가 호기심 가득한 표정으로 이주삼을 바라보았다.

"글쎄."

이주삼의 고민하는 것 같던 얼굴이 짓궂은 표정으로 바뀌었다.

"소희 뭐 먹고 싶은 거 있나? 아저씨가 돈 들어오면 다 사줄게."

"어, 아저씨 제 이름도 아시네?"

소희가 신기하다는 듯 이주삼을 바라보았다. '스프레이 쇼'를 할 때처럼 소희는 이주삼에게 경계심이라곤 조금도 없었다. 소희가 윤치영 씨와 나를 끌고 문밖으로 향했다. 정호연은 태블릿 PC 게임에 빠져 우리 대화는 듣지도 않는 모양이었다. 이주삼은 두통이 심해 가지 않겠다고 했다.

"저기 '게임맨'도 데려가지 그러슈?"

이주삼이 정호연을 가리키며 말했다.

소희는 정호연 앞을 지나치며 잠시 고민하는 듯하더니 그냥 나갔다.

"소희는 이 친구 싫어하는구먼."

윤치영 씨가 이죽거리며 웃었다.

정호연의 손가락이 잠시 멈칫하더니 이내 다시 화면을 두드리기 시작했다.

강당은 생각보다 높고 넓었다.

전면에 가로 10미터, 세로 5미터 정도의 무대가 설치되어 있고 그 위에 강대상이 놓여 있었다. 무대 위에서 인부들이 5미터쯤 돼 보이는 십자가상을 벽에 고정하는 작업을 하고 있었다. 무대와 관람석 사이에 20여 평 정도 되어 보이는 공간이 있었다. 환자들이 공연에 호응하고 춤도 추는 장소인 것 같았다. 중앙에 놓인 100여 개의 간이 의자에는 50여 명의 환자와 보호자가 앉아 있었다. 휠체어 환자들은 무대 전면 우측에 따로 마련된 공간에 대충 열을 맞춰 20여 명 정도가 앉아 있었다. 양측 벽면과 후방 출입구 상단에 LED TV가 각각 두 대씩 설치되어 있었다. 무음無音 화면에서 예능프로가 나오고 있었다.

소희는 나와 윤치영 씨를 끌고 맨 앞자리에 앉았다.

나는 인부들이 십자가상 설치하는 장면을 신기하게 바라보았다. 십자가상은 청동 재질 같았는데 생각보다 거대했다. 가시 면류관을 쓴 예수까지 매달려 있어 무게감이 더 느껴졌다. 여섯 명의 인부가 달라붙어 땀을 뻘뻘 흘리고 있었다. 이곳은 기독교 계열의 종합병원이고 병원 이사장이 독실한 기독교 신자여서 몇 년 동안 소망하던 봉헌을 하는 거라고 윤치영 씨가 귀띔해주었다.

목에 이름표를 건 병원 관계자가 마이크를 잡고 무대 중앙으로 걸어왔다. 십자가 설치 작업 중이라 어수선한 점과 오늘의 사회자가 펑크를 내 원만한 진행이 어렵다는 점을 거듭 사과했다.

"여기 사회 보실 분 혹시 계시면 마이크를 가차 없이 빌려드리겠습니다!"

직원이 마이크를 객석 쪽으로 쭉 빼 들었다.

"여기 있어요!"

소희가 일어서며 손을 들었다. 사람들의 시선이 일제히 우리 쪽으로 쏠렸다.

"우리 아빠 왕년에 잘나가던 MC예요."

나는 화들짝 놀라 소희를 잡아 앉혔다. 직원이 내게 다가왔다. 나는 심장이 쿵쾅대기 시작했다. 소희가 내 이름을 말해주자 직원이 그제야 생각났다는 듯 화색이 돌았다.

"이분은 HBC 간판 MC였던 노재수 씨입니다. 오늘 사회를 맡아달라는 의미에서 박수 한번 부탁드리겠습니다!"

좌중이 와, 함성을 지르며 박수를 치기 시작했다. 나는 괜한 행동을 했다는 표정으로 소희를 바라보았다. 그런 맘을 아는지 모르는지 소희는 주먹을 쥐어 보이며 낮은 목소리로 파이팅, 하고 외쳤다. 윤치영 씨는 자기가 MC라도 된 양 싱글벙글했다. 직원이 오프닝멘트와 시간순으로 나열된 공연자 프로필이 적힌 진행표를 내게 건넸다. '대략난감'한 상황이었다.

"하이고, 우리 아들 여기 있네."

고정원 권사가 간병사의 손에 이끌려 정면 출입구로 들어오고 있었다.

"하나님, 감사합니다. 내게 강 같은 평화, 내게 강 같은 평화."

고정원 권사가 내 손을 꽉 잡았다. 순간 고정원 권사의 부르튼 손톱이 눈에 들어왔다.

내가 중학교 다닐 때까지 공주 할아버지 댁에는 증조할머니가 살아 계셨다. 방학이 되어 방문하면 증조할머니는 손톱을 깎아달라며 나를 졸졸 따라다녔다. 나는 그럴 때마다 심통을 부리며 건넌방으로 도망갔고 증조할머니는 기어이 내가 있는 건넌방으로 가위를 들고 따라왔다. 증조할머니는 손톱깎이를 놔두고 꼭 가위로 손톱을 깎아달라고 했다. 할 수 없이 가위를 들고 증조할머니 손톱을 깎으면 손톱이 툭툭 부러졌다. 나는 또 심통을 부렸다. 할머니 손톱은 왜 이렇게 깨지는 거야, 짜증 나게. 증조할머니는 그런 손주의 투정마저도 사랑스러운 눈길로 받아주곤 했다. 이듬해 증조할머니가 돌아가시고 나는 뒤꼍에서 평펑

울었다. 나중에야 알았다. 할머니 손톱이 툭툭 부러진 건 나이를 먹어 손톱에 영양 공급이 안 되어서라는 걸. 그리고 내가 그렇게도 심통을 부린 건 알량한 내 사춘기 때문이었다는 걸.

나는 고정원 권사의 긴 손톱을 검지로 쓸어보았다. 그 옛날 증조할머니의 손톱처럼 메마르고 투박했다.

"어르신? 이제 손 놓아드려야지. 아드님이 사회 보신대요."

간병사가 고정원 권사의 손을 내게서 빼내고 자리를 잡았다.

윤치영 씨가 무대 쪽으로 내 등을 떠밀었다. 나는 떨리는 가슴을 진정하며 무대 중앙으로 걸어갔다. 잘나가던 때만 기억하자. 여기에는 카메라도 없고, 어르신들께 봉사한다 치자. 그러자 마음이 조금 진정되었다.

"환우님과 가족 모두에게 주님의 영광이 함께하시길 기원하며 오늘 공연을 시작하겠습니다!"

진행표에 적힌 멘트가 입에 착 달라붙었다. 출발은 좋았다. 빠르게 쿵쾅거리던 심장도 정상 속도를 찾아가고 있었다. 명단을 보니 거의 알 수 없는 이름들이었고 그나마 과거 행사 때 눈인사만 몇 번 나누었던 이름이 두엇 보였다. 가수가 나와서 노래를 부를 때마다 환자들이 중앙으로 나와 흥겹게 춤을 추었다. 다리를 쩔뚝거리며 추는 사람, 허리에 보조기를 착용한 채 손만 흔드는 사람, 팔다리가 멀쩡한데도 바보처럼 추는 사람. 나는 이들의 춤에 어느새 어깨가 넝실거렸다. 흥이 났고 행복했다. 고정원 권사가 무대 위로 올라와 내 손을 잡고 흔들었다. 온 강당에 〈내게 강 같은 평화〉가 가득 퍼졌다. 가수도 이런 상황에 익숙한 듯 환자와 하나 되어 춤을 추었다. 그러면서도 자신의 페이스를 잃지 않았다.

오늘의 마지막 공연을 소개할 차례가 되었다. 마지막 공연은 사물놀이 패 공연으로 북, 꽹과리, 장구를 치며 좌중과 하나가 되는 순서였다. 관객들도 다음 순서를 익히 알고 있다는 듯 미리 일어서며 몸을 푸는 사람이 보였다. 강당 뒷문에서 정호연이 벽에 몸을 기댄 채 나를 바라보고 있는 게 보였다. 팔짱을 낀 채 언제나 그렇듯 시니컬한 표정이었다. 정호연이 서 있는 상단 벽에 설치된 TV 화면에 눈길이 갔다. 재미난 방송 사고를 모아 방영해주면서 출연자들끼리 낄낄거리는 예능프로였다. 바로 내가 2년 전에 일으킨 방송 사고 화면이 나왔다. 양측 벽을 바라보니 설치된 모든 스크린에서 같은 방송이 흘러나오고 있었다.

갑자기 가슴이 쿵쾅거리며 호흡이 가빠졌다. 손이 떨리고 발에서 힘이 빠졌다. 멘트를 이어나갈 수 없었다. 사람들이 웅성거리기 시작했다. 무대 측면에서 꼭두쇠가 뭐 하고 있느냐고 입 모양으로 나를 다그쳤다. 이마에 땀이 흐르며 주변 소리가 사라지기 시작했다. 소희가 "아빠!" 하고 소리치며 내게 뛰어왔다. 여기 누가 부축 좀 해주세요, 빨리요! 소희가 주머니에서 꺼낸 봉투를 부풀려 내 입에 대었다. 나는 가물가물 어둠 속으로 빠져 들어갔다.

무대에 각종 농산물이 세팅되어 있었다. HBC에서 대대적으로 준비한 추석 특집 프로였다. 전국에 네트워크로 연결된 방송이다 보니 편집국장은 물론 사장까지 나와 방송을 독려하고 있었다. 부여 토마토, 정안 알밤, 추부 깻잎, 금산 인삼 등 인근 지역에서 난 농산물이 전부 모여 있었다. 각 농산물 옆에는 요리 코너가 마련되어 있었다. 토마토주스, 군밤, '삼겹살에 제격인' 깻잎 등.

방송 전에 PD가 참가자들에게 주의 사항을 몇 가지 말해주었다. 자기 차례가 오기 전에 나서지 말 것, MC가 물으면 신명 나게 말할 것, 생방송 중이니 MC에게 음식을 권하지 말 것. 나는 다소 긴장된 마음을 가다듬고 '큐 사인'을 기다렸다. 이어폰으로 본사 방송 아나운서의 '한밭시를 연결하겠다'는 멘트가 들림과 동시에 PD가 큐 사인을 주었다.

긴장된 마음은 어느새 사라지고 나는 여유와 위트로 방송을 진행하기 시작했다. 정안 알밤을 소개할 때는 증조할머니가 화로에 구워주시던 군밤이 생각난다는, 대본에 없는 멘트도 튀어나왔다. PD와 홍수철 편집부장이 만족한 표정으로 모니터링을 하고 있었다. 금산 인삼 차례가 되었다. 테이블 위 커다란 솥단지에서 무언가 보글거리며 끓고 있었다. 불길한 느낌이 들었지만 애써 무시했다. 참가자는 금산 인삼영농조합 조합장이었다. 옆에서는 한복을 곱게 차려입은 두 명의 아주머니가 신이 나 있었다. 쌍둥이 자매로 보였는데 한 명의 얼굴에만 커다란 점이

나 있었다. 조합장이 금산은 토질이 거칠면서 차져서 인삼이 예쁘게 뿌리를 내리지 않는다고 했다. 사람처럼 다리 두 개가 미끈하게 뻗은 건 금산 인삼이 아니라고 설명했다. 금산 인삼은 투박하지만 밀도가 높아 그램 수는 제일이라며 한껏 어깨를 으쓱였다. 그때였다. 얼굴에 점이 난 아주머니가 솥뚜껑을 열더니 무언가를 꺼내 내 얼굴로 쑥 들이밀었다. 닭백숙이었다. 나는 순간 몸이 얼어붙으며 말이 나오지 않았다. 아주머니는 어서 맛있게 뜯으라는 듯 김이 모락모락 나는 닭 다리를 내 눈앞에서 흔들었다. 이마에서 식은땀이 나기 시작했다. PD와 홍 부장을 바라보았다. PD도 당황했는지 아주머니에게 손바닥으로 가위표를 만들어 보였다. 아주머니는 아예 카메라 쪽은 보지도 않고 인심 좋은 표정으로 닭 다리를 내 입 앞에까지 들이밀었다. 홍수철 부장이 그냥 받아먹으라는 신호를 보냈다. 나는 멘트도 못치고 얼어붙었다. 급기야 사장이 자리에서 일어섰다. 당황한 홍수철 부장이 얼굴에 인상을 쓰며 '그냥 먹으라고 새끼야!'라고 입 모양으로 말했다. 나는 입을 벌려 닭 다리를 받아먹었다. 인삼 삶은 냄새와 함께 고기의 뭉클거림이 입안 모든 신경으로 전해져왔다. 나는 그 자리에서 토해버렸다. 머릿속이 하얘지고 아무 소리도 들리지 않았다. 나는 그대로 쓰러졌다.

다음 날 출근하자마자 나는 홍수철 부장에게 불려 갔다. 이게 무슨 개망신이냐는 둥, 전국적인 비웃음거리가 됐다는 둥, 금산 인삼영농조합장으로부터 강한 항의가 들어왔다는 둥 하면서 손가락으로 내 아마를 툭툭 찔렀다. 며칠 후 메인 MC 자리가 다른 사람으로 바뀌었다. 나는 그날 사표를 냈다.

"노재수, 정신 들어?"

"아빠, 괜찮아?"

"노 씨, 눈 좀 떠봐."

눈을 뜨자 안개 속에서 얼굴들이 하나둘 선명해졌다.

"야, 사람 놀래냐?"

명희가 가슴팍을 툭 쳤다.

"어떻게 알고 왔어?"

"어떻게 알긴, 내가 너 지켜주는 여전사인 거 몰라?"

명희가 오른팔을 들어 알통 만드는 시늉을 했다.

"아빠, 미안해. 난……."

소희가 울먹이며 내 손을 잡았다.

"알아. 아빠 위해서 그런 거. 덕분에 아빠 진짜 간만에 행복했어. 그동안 방송이 고팠었거든."

"노 씨 인제 보니 약골이구면."

윤치영 씨가 상의 주머니에 손을 찌른 채 말끄러미 나를 바라보았다.

"죄송합니다. 공연은?"

"야! 지금 공연 걱정할 때냐?"

명희가 열을 토했다.

"소희야, 네 아빠 이 지경인데 너희 엄마는 코빼기도 안 보이냐?"

소희가 한숨을 쉬었다.

"냅두세요. 네일 아트하러 갔어요."

명희가 한심하다는 표정을 지으며 상의를 펄럭거렸다.

"할아버지, 뭘 보세요?"

명희가 윤치영 씨를 째려보며 옷깃을 여미었다. 윤치영 씨가 보긴 뭘 봤느냐며 자리로 돌아갔다. 정호연이 뚜벅뚜벅 걸어오더니 테이블에 무언가를 놓고 갔다. 갈색 약병이었다. 소희가 화들짝 놀라 약병을 집어 들었다.

"오, 청심환이네."

소희가 뚜껑을 따며 정호연 쪽을 흘끗 바라보았다.

"테리우스 오빠, 은근 츤데레인걸?"

인터폰이 울렸다. 받아보니 간호사였다. 16시에 MRI 예약이 잡혔으니 시계나 금속 제품은 병실에 두고 1층 영상의학과로 가라는 것이었다. 오전에 이주삼이 김영수 과장에게 강요하다시피 해서 오더를 받은 게 그제야 생각났다.

촬영대에 눕자 방사선사가 양쪽의 고정 밴드로 내 몸을 조여 묶었다. 갑자기 숨이 막혀왔다. 참기 힘들면 버튼을 누르라며 방사선사가 오른손에 리모컨을 쥐여주었다. 나는 엄지손가락으로 버튼의 까칠한 감촉을 느끼며 고개를 끄덕였다. 옴짝달싹할

틈도 없이 꽉 조여진 내 몸을 싣고 촬영대가 미끄러지듯 자기 공명영상장치 통 속으로 들어갔다. 이마 위로 하얀 통의 천장이 나타나더니 아래로 천천히 내려갔다. 통은 머리를 들면 이마에 부딪힐 정도로 가까웠다. 갑자기 숨이 막히며 죽어버릴 것 같은 공포감이 밀려왔다. 나는 버튼을 힘껏 눌렀다. 통이 이마 위로 사라지고 병실 천장이 나타났다. 미안해하는 내게 방사선사는 괜찮다며 알약을 먹여주었다. 잠시 후 같은 상황이 벌어졌는데도 이상하게 마음이 편해졌다. 코앞에 닿을 듯 나를 덮고 있는 자기공명 통 속에서도 공포심이 전혀 들지 않았다. 우웅, 하는 기계음도 편안하게 들렸다.

생일이가 태어나기 전 할아버지가 끓여주신 닭백숙을 맛있게 먹었던 기억이 떠오른다. 닭 다리 하나를 게 눈 감추듯 먹어치우는 손자를 흐뭇하게 바라보시던 할아버지 눈빛이 생각난다. 그때는 몸에 꽉 끼는 배수관 통 속을 기어 다니면서도 즐겁기만 했다.

웅, 하는 소리가 멈추더니 촬영대가 미끄러지듯 아래로 내려갔다. 수고하셨습니다. 방사선사가 밴드를 풀며 인사를 했다. 결과는 내일 나올 거라고 했다. 나는 방사선사에게 감사하다는 인사를 남기고 방사선실을 나왔다. 이주삼은 무슨 생각으로 원치도 않는 MRI 촬영을 고집한 것일까.

6

"형님 여기 보슈."

방사선 촬영 결과지를 바라보며 이주삼이 말했다.

나는 침대 옆에 엉거주춤 선 채 이주삼이 가리키는 글자를 바라보았다. MRI 촬영 결과지는 전부 영문으로 되어 있어 무슨 뜻인지 하나도 알 수가 없었다.

"L4, L5 HNP라고 보이슈?"

"그게…… 뭔데?"

내가 머리를 긁적거리며 물었다.

"허니에이티드 뉴클러스 펄포서스herniated nucleus pulposus' 라고, 일종의 디스크요."

"난 디스크 앓은 적 없는데."

이주삼이 답답하다는 표정으로 나를 바라보았다.

"어쨌든 형님은 잠자코 계슈. 제가 다 알아서 할 테니 말요."

이주삼이 휴대폰으로 결과지를 촬영하더니 박종하 과장에게 전송했다. 잠시 후 박종하 과장으로부터 전화가 걸려왔다. 이런 저런 알아들을 수 없는 실랑이 끝에 이주삼이 최후통첩을 보내 듯 던졌다.

"천만 원에 합시다!"

나는 '천만 원'이라는 액수에 깜짝 놀랐다. 죄를 지은 사람처럼 병실을 둘러보았다. 윤치영 씨가 귀를 쫑긋 세우고 이쪽을 바라보고 있고, 태블릿PC로 게임 중인 정호연 역시 흘끗흘끗 이쪽 상황에 관심을 보이고 있었다. 박종하 과장이 대답을 못 하고 머뭇거렸다.

"이 양반, 말귀 못 알아듣네. 이기자 씨하고 노소희도 촬영 들 어갈까?"

박종하 과장이 잠시 고민하는 듯하더니 "윗분과 상의하고 연 락 드리겠심더"라며 전화를 끊었다. 나는 경직된 주먹을 그제야 풀었다. 얼굴이 괜히 화끈거렸다.

"나는 200만 원만 받으면 되는데."

아무래도 말을 해주는 게 맞을 것이다. 애초 이곳에 올 때 명 희가 말한 금액이니 그 금액보다 많이 받는 건 어쩐지 정당하지 않은 것 같았다. 이주삼이 무슨 생각인가 하더니 나를 올려다보왔다.

"형님, 개돼지슈?"

나는 무슨 뜻인지 몰라 이주삼을 바라보았다.

"자기 몸값은 자기가 만들어야 한다고 내가 그랬잖수. 근수별로 값이 정해지는 건 개돼지란 말이외다. 형님이 200만 원에 합의하면 형님은 200만 원짜리가 되는 거고 천만 원에 합의하면 천만 원짜리가 되는 거유."

소희가 출입구로 들어오는 게 보였다. 팔을 뒤로 숨긴 채 성큼성큼 걸어오다 정호연을 힐끗 보더니 새침한 표정을 지었다. 윤치영 씨와 이주삼이 손을 흔들며 소희를 맞아주었다.

"지난번 복권 어떻게 됐어?"

사실 맞춰보지도 않았다. 난 5천 원짜리 운도 없는 놈이니까.

소희가 그럴 줄 알았다는 표정으로 뒷짐을 풀어 주먹을 내밀었다.

"사실 이건 꼭 당첨될 거 같은데, 내가 가지고 있으면 해외로 뜰 거 같단 말이지. 그래서 아빠한테 맡겨놓는 거야."

꼬깃꼬깃한 복권을 내 손에 쥐여주었다.

"당첨되면 우리 가족 행복해지겠지?"

소희가 초롱초롱한 눈빛으로 나를 바라보았다. 나는 이런 거 그만 사라고 말하려다 그만두었다. 누구에게나 희망은 필요한 거니까.

"소희야, 당첨되면 쌩까기 없기다잉?"

이주삼이 말했다.

"나도!"

윤치영 씨가 한 손을 번쩍 들며 말했다.

소희가 정호연을 바라보았다. 정호연이 동의의 뜻으로 한 손을 들었다가 내렸다.

"네. 당첨되면 세 분 모두에게 BTS 공연 티켓 쏠게요."

"나는 비타민 말고 치킨 시켜줘. 비타민 많아."

윤치영 씨가 냉장고 위에 쌓인 비타민 음료 박스를 가리키며 말했다. 소희가 어깨를 으쓱하며 흐음, 하고 한숨을 내쉬었다.

"그때까지 세 분 모두 우리 아빠 잘 부탁드리겠습니다."

소희가 두 손을 배꼽에 모아 90도 인사를 했다. 이주삼이 그런 소희를 말끄러미 바라보며 흐뭇하게 웃었다.

창밖으로 빗방울이 떨어지고 있다. 일기예보에 없던 비였다.

멀리 보이는 산등성이에 햇빛이 비치고 있는 것으로 보아 지나가는 비 같았다. 박종하 과장이 병실로 씩씩하게 들어오다 이주삼을 발견하고 멈칫했다.

"근데 말입니더, 금액이 좀……."

박종하 과장이 우물거렸다.

"천만 원에서 한 푼이라도 빠지면 내 심기가 상당히 불편할 거요."

이주삼이 박종하 과장을 노려보며 단단히 못 박았다.

나는 침을 꿀깍 삼키며 박종하 과장을 바라보았다.

"아입니더. 결재받아 왔심더."

박종하 과장이 가방에서 서류를 꺼내 내게 들이밀었다. 합의서였다.

"여기다 성함 쓰시고 사인하시고예, 금액란에 한글로 '일천만 원'이라고 적으이소. 아, 맨 아래 계좌번호도 적으이소."

박종하 과장이 볼펜을 내게 건네며 사인할 곳을 손가락으로 짚어주었다. 나는 떨리는 손으로 이름을 적고 사인을 한 후 금액란에 '일천만 원'이라고 썼다. 정말 이 돈이 내게 들어온다는 건가? 나는 사인을 하면서도 믿어지지가 않았다. 윤치영 씨가 수액걸이를 끌고 와 흥미를 보였다. 박종하 과장이 합의서 한 장을 넘기자 권리포기서가 나왔다. 무언가 무서운 일이 벌어지는 것만 같았다.

"별거 아입니더. 이 돈 받고 앞으로 일체의 권리를 포기한다는 약속 같은 겁니더."

박종하 과장이 말했다. 나는 이주삼을 바라보았다. 그는 괜찮다는 듯이 고개를 끄덕였다.

"입금은 언제까지 해주겠소?"

이주삼이 물었다.

"사무실 복귀해서 결재 올리면 네 시 전까진 입금될 낍니더. 그리고예, 이기자 씨는 200만 원, 노소희 양은 100만 원으로 마무리 하겠심더."

박종하 과장이 이주삼을 바라보며 말했다. 이주삼이 고개를 끄덕였다. 박종하 과장이 서둘러 서류를 챙겨 나갔다. 나는 아직도 이 상황이 현실처럼 느껴지지 않았다. 이주삼이 시키는 대로 MRI 촬영 한 번 했을 뿐인데, 천만 원이라는 거금이 내 통장으로 들어온다니.

'자기 몸값은 자기가 올리는 거외다.'

나는 이주삼을 새삼 바라보았다. 그는 바짓단을 걷어 올려 다리를 주무르고 있었다. 그런 그가 태산처럼 거대하게 느껴졌다. 그러면서도 그날 밤 층계참에서 울고 있던 그의 모습이 오버랩되었다.

"주삼 씨, 뭐라고 감사해야······."

이주삼이 손을 휘저으며 내 말을 잘랐다.

"됐수!"

나는 이주삼에게 무언가 보답을 해야 할 것 같았다. 세상에 공짜는 없다고 아버지가 늘 말씀하셨다.

"합의금 들어오면······."

"형님, 정 부담스러우시면 우리 파티나 한번 엽시다."

"파티?"

이주삼이 씩 웃으며 우리를 데리고 1층으로 갔다.

2장 백작의 전설

1

　등나무 그늘에 앉은 우리 네 사람은 시멘트 테이블 위에 놓인 각자의 주전부리를 흐뭇하게 바라보았다. 이주삼 앞에는 비비빅과 바나나우유, 윤치영 씨 앞에는 초코파이 세 개와 오렌지 주스 한 병, 새우깡 한 봉지, 오징어 한 마리, 그리고 정호연 앞에는 아이스아메리카노 한 잔이 놓여 있었다. 나는 맥콜 한 캔과 오징어볼을 골라 왔다. 윤치영 씨가 "노 씨의 천만 원을 위하여 건배!" 하고 외치자 다들 자기 앞에 놓인 주전부리를 하나씩 들어 건배에 응했다. 이주삼은 비비빅을 덥석 베어 물고 우물거리며 호쾌하게 웃었다. 정호연은 아메리카노를 쪽쪽 빨며 향이 괜찮다는 듯 고개를 끄덕거렸다. 윤치영 씨는 초코파이 한 개를 통째로 입에 밀어 넣고 우물거렸다.

"주삼 씨는 정체가 뭐여?"

윤치영 씨가 물었다. 모두의 시선이 이주삼에게 쏠렸다.

"개장수였다고 했잖수?"

이주삼이 비비빅을 어석어석 씹으며 말했다.

"개장사도 종류가 있잖어, 애완견이라든가 사냥개라든가?"

나는 오징어볼을 씹으려다 멈칫하며 이주삼을 보았다.

"거 너무 캐묻지 마슈. 다 지나간 과겁니다."

이주삼이 못 박듯 말했다.

"지난번에 검사한 건 어찌 되었나?"

말을 돌리듯 윤치영 씨가 물었다.

이주삼이 주머니에서 종이 한 장을 꺼내더니 팔랑거렸다. 영문으로 무언가 잔뜩 인쇄되어 있었다. 이주삼이 이죽거리며 맨 아래 글자를 가리켰다.

"커먼 페로니얼 너브 인저리common peroneal nerve injury라고 보이슈?"

윤치영 씨가 얼굴을 들이밀어 글자를 뚫어지게 바라보았다.

"뭔 말인가, 이게?"

"비골신경이 손상됐다, 이 말입니다."

이주삼이 바짓단을 걷어 올리며 호탕하게 웃었다.

"그럼 얼마나 나오는겨?" 윤치영 씨가 호기심 가득한 눈빛으로 물었다. 정호연도 궁금하다는 표정으로 이주삼을 바라보았다. 이주삼이 다섯 손가락을 쫙 폈다.

"5천?"

윤치영 씨가 놀라는 눈빛으로 나와 정호연을 번갈아 보았다. 나는 설마, 하는 표정으로 이주삼을 바라보았다.

"내일 오전에 담당자가 합의서 들고 찾아올 거요."

윤치형 씨가 허어, 하고 탄식을 내뱉었다. 셋 중 반응이 가장 무딘 사람은 정호연이었다. 그는 별거 아니라는 표정으로 아메리카노를 빨며 주변을 바라보았다. 윤치영 씨가 그런 정호연을 말끄러미 바라보았다.

"호연이 자넨 암이라도 걸린 겐가? 왜 암병동엘 그리 자주 들락거려? 그리고 가족 읎어? 어째 면회 오는 사람이 하나도 안 보여?"

윤치영 씨는 실례될 질문을 아무렇지 않게 쏟아냈다.

"암병동에 아는 분이 입원해 계세요."

정호연이 아메리카노를 든 채 잠시 생각하더니 말을 이었다.

"그리고 저, 고아예요."

세 사람의 놀란 눈이 일제히 정호연에게 쏠렸다.

외출복이며 신고 있는 운동화며 죄다 비싸 보이는데 거짓말하는 거 아니냐고 되묻자, 정호연은 물려받은 유산이 조금 있다고 받아넘겼다. 이후로는 거의, 윤치영 씨가 자기 살아온 이야기로 대화를 주도했다. 국민학교 때 여자아이가 과자를 사 와 같이 먹었는데 알고 보니 훔친 돈으로 샀단다. 몽둥이를 든 선생님께 자신은 공범이 아니며 얻어먹기만 했다고 항변했지만, 그러면 그 사실을 왜 이제야 말하는 거냐며 결국 매질을 당했다. 윤치영 씨는 그날 이후부터는 고발정신이 투철한 인생을 살기 시작했노라 말했다. 이 대목에서 우리는 눈물까지 흘리며 웃었다.

그때 구급차 한 대가 응급실 앞에 도착했고 뒤이어 검정색 모하비 한 대가 뒤따라왔다. 구급차 뒷좌석에서 흰 가운 입은 두 남자가 왜소한 남자를 끌어 내렸다. 두 남자는 간호사로 보였고 왜소한 남자는 환자 같았다. 왜소한 남자는 체념한 듯 고개를 숙이고 있었다. 모하비에서 건장한 신체의 중년 남자가 내리더니 절뚝거리며 세 사람에게 다가갔다. 그러자 왜소한 남자가 중년 남자에게 애원하듯 매달렸다. 중년 남자가 왜소한 남자의 멱살을 움켜잡더니 손바닥으로 뺨을 후려갈겼다. 왜소한 남자가 나가떨어졌다. 흰색 가운을 입은 남자 하나가 아스팔트에 나뒹구는 남자를 끌어 올려 응급실 쪽으로 데려갔다. 왜소한 남자는 끌려가면서도 뒤를 돌아보며 애원하듯 연신 소리를 질렀다. 그러나 중년 남자는 흔들림이 없었다. 남아 있던 남자가 중년 남자에게 무언가 설명을 한참 동안 하더니 서류에 사인을 받았다. 사인을 받은 남자는 중년 남자에게 깍듯이 인사를 하고는 자기도 응급실 쪽으로 들어갔다. 중년 남자가 주머니에서 담배를 꺼내 물더니 이쪽을 바라보았다. 멀리서 보아도 카리스마가 작렬했다. 남자는 낯이 익었다. 어디선가 본 얼굴이었다. 이주삼이 쏘아보듯 중년 남자를 노려보고 있었다. 낯선 사람을 잔뜩 경계하는 불독의 눈빛이었다. 윤치영 씨도 흥미롭게 중년 남자를 바라보고 있었다. 관심을 보이지 않는 건 정호연뿐이었다.

"응급실에 볼일이라도 있는 겐가?"

윤치영 씨가 아는 사람인 양 말했다.

"저 사람이 누군데요?"

내가 묻자, 질겅질겅 씹던 오징어 다리를 입에서 빼내며 윤치영 씨가 대답했다.

"차설록."

나는 깜짝 놀라 중년 남자를 다시 바라보았다.

YBN 추적보도에 등장했던 SIS 특수조사팀 차설록 부장.

TV에 등장했던 그를 이렇게 가까이서 보다니 신기했다. 이주삼은 여전히 차설록을 잡아먹을 듯 노려보고 있었다. 차설록이 담배꽁초를 바닥에 툭 떨어뜨린 후 구두로 비벼 껐다. 환자 보호자로 보이는 중년 여성이 차설록의 담배꽁초를 가리키며 질책하는 듯했으나 차설록은 꿈쩍도 하지 않았다. 차설록이 이쪽을 향해 손을 한 번 흔들더니 운전석 문을 열었다. 나는 깜짝 놀라 이주삼과 윤치영 씨를 바라보았다. 그는 두 사람 중 누구에게 손을 흔든 것일까.

"쯧쯧, 정신병 앓고 있는 동생이 있다더니."

윤치영 씨가 말했다.

"영감님, 차설록을 잘 아세요?"

윤치영 씨가 헛기침을 한 번 하더니 마지막 남은 초코파이를 한입에 욱여넣었다.

윤치영 씨는 들은 이야기라며, 그러나 그 이야기를 아는 사람은 대한민국에 몇 안 된다며 자못 거만한 표정으로 차설록의 과거에 대해 말을 하기 시작했다.

차설록은 경찰 지능범죄수사팀 형사 출신으로 삼영화재 특수조사팀에 경력직으로 입사하였다. 그 시절 그는 크고 작은 보험사기 건을 적발하여 삼영화재뿐 아니라 타 보험회사에도 소문이 자자했다. 어느 날 보험사기 제보를 받고 출동했다가 변산반도 해안 도로에서 교통사고를 당해 한쪽 다리를 못 쓰게 되었다. 이때 얻은 부상으로 성기능 불구까지 되었고 그 이유 때문인지 그는 결혼도 하지 않았다. 그런데 특이한 사실은 상대방 운전자를 찾을 수 없었다는 것이다. 차설록을 들이받은 상대 차량은 분명 낭떠러지로 추락해 바닷물 속에 잠겼는데, 인양해보니 운전자가 없었다. 수색 작업은 사흘간 이루어졌고 끝내 사체를 찾을 수 없어 실종으로 처리했다. 이것이 10년 전 일이었다. 그 사건 후 얼마 되지 않아 차설록은 삼영화재를 그만두고 현재 회사로 옮겼고, 그때부터 더욱 날카로워진 수사 기법으로 많은 보험사기단을 검거해 국내에서 보험사기 검거 전문가로 이름을 떨쳤다. 항간에는 차설록에게 앙심을 품은 누군가가 차설록의 차량을 들이받은 거라는 소문도 있었지만 차설록은 그에 대해 함구했다. 차설록은 자기를 치고 바다로 추락한 상대를 꼭

'백작'이라고 불렀다. 언젠가 술자리에서 거나하게 취한 차설록이 이렇게 말했다. 백작은 죽지 않고 어딘가에 살아 있다고. 그것이 구전되어 업계의 전설이 되었다.

"백작이요?"

"그 사람이 알고 보니 유명한 연극 배우였대. 거 뭐드라…… 몽테…….."

"몽테크리스토 백작."

내가 말했다.

"응, 맞구먼. 그 역을 많이 해서 다들 백작이라고 불렀다는구먼. 키도 크고 미남이었다고 그러더라고."

"그러니까, 그 백작이라는 사람이 자동차로 차설록을 치고 낭떠러지로 떨어졌는데 실종됐다는 말이네요?"

정호연이었다.

윤치영 씨가 고개를 끄덕였다.

"낭떠러지로 차가 떨어져 바닷물 속에 잠겼는데 거기서 어떻게 살아납니까?"

정호연이 말도 안 된다는 투로 따졌다.

"호연이, 내 말 잘 들어봐. 차설록도 처음엔 백작이 죽은 줄 알았대는 거여. 근디 1년 후 누군가 백작의 사망보험금을 찾아갔다 이 말여. 자그마치 20억이란 거금을 말여."

"그게 뭐가 이상한가요? 가족 중 누군가 찾아갔겠죠."

윤치영 씨가 모르는 소리 말라는 듯 손사래를 쳤다.

"백작에겐 노모 하나만 딸랑 있었는디 사고 나기 몇 년 전 사망하고 백작 혼자 살고 있었대."

20억 원이라는, 당시로서는 거액의 보험금이 지급됐다는 정보가 차설록에게도 흘러들어 갔고 차설록은 보험금 지급 정보를 조사했다. 백작이 가입한 보험은 '주말 교통상해 더블 보장' 상품이었고 실종이나 사망 시 20억 원이 지급되게끔 설계되었다. 보험수익자는 백작의 거주지 인근 주민인 박 모 씨였고 보험금을 수령한 사람도 동일 인물이었다. 지급처는 아산농협 남부지점이었다. 그러나 박 모 씨라는 사람은 보험금이 지급된 사실도, 자신이 보험수익자로 지정된 사실도 몰랐다.

"헐! 귀신이 비트코인 채굴하다 울고 갈 소리네요."

정호연이 커피가 든 플라스틱 컵을 바닥에 내려놓으며 입을 쩍 벌렸다.

"그럼 20억을 찾아간 사람이 누구란 거죠?"

"그게 백작이라는 거지."

"헐. 자기가 자기 사망보험금을 받아 갔다고요? 그게 어떻게 가능하죠?"

"백작이 박 모 씨로 신분을 위장해 보험금을 수령해 갔다고 보는 게여. 배우니께 변장술이 뛰어났을 거 아니겠는가?"

이주삼은 윤치영 씨의 이야기를 들으며 깊은 생각에 잠긴 듯했다. 차설록을 노려보던 강렬한 눈빛이 아니었다.

"근데 백작이란 사람은 왜 차설록이 탄 차를 들이받은 걸까요?"

윤치영 씨가 고개를 절레절레 흔들었다.

"그건 아무도 몰라. 술이 아무리 취해도 그 이유만큼은 한 번도 입 밖으로 꺼낸 적이 없다네."

나는 차설록이 사라진 병원 정문을 한참 동안 바라보았다.

2

내 통장에 천만 원이 찍힌 건 처음이었다.

나는 침대에 누운 채 통장에 찍힌 숫자를 바라보고 또 바라보
았다. 동그라미가 일곱 개.

나는 통장을 든 채 이주삼의 빈 침대를 바라보았다. 이 바닥
에서 잔뼈가 굵은 명희도 해결하지 못하는 걸 이주삼은 말 한마
디로 해결했다. 부자는 부지런한 사람이 되는 게 아니었다. 이
주삼은 돈 버는 기술을 알고 있었다. 박종하 과장이 천만 원이
라는 거금을 선뜻 결재받아 온 것은 이주삼의 험악함 때문이 아
니었다. 요청을 들어주지 않으면 더 큰 손해를 입을 수도 있다
는 계산이 깔렸던 것이다. 이주삼의 말대로라면 수일 내로 이주

삼의 통장에 5천만 원의 합의금이 들어올 것이다. 세상에 5천만 원이라니. 다리 골절상을 입기는 했으나 뼈가 붙으면 정상적으로 생활이 가능할 것이다. 그런데 이주삼은 마취약을 다리에 뿌려 신경 손상 검사에서 이상 소견을 받아냈고 장해진단까지 발급받아 보험회사를 속여 넘겼다. '속인다'는 말이 떠오르자 나도 모르게 침이 꼴깍 목구멍으로 넘어갔다. 손끝이 살짝 떨려왔다. 그때 누군가 통장을 톡 쳤다.

"간만에 남편답네?"

기자가 통장을 살랑살랑 흔들며 나를 내려다보고 있었다.

"샤넬 플랩 백 하나 봐둔 거 있는데."

"그거, 우리 집 1년 치 월세,"

"어휴, 당신은 방송업계에 종사했다는 사람이 샤테크도 못 들어봤어? 천만 원짜리 샤넬 백 하나 사놓으면 1년에 20퍼센트씩 오른다구. 그거로 월세 내도 되겠다."

언제나 그래왔듯 나는 기자의 말에 수긍하기로 했다. 1년 후에 가방 가격이 20퍼센트나 오른다면 그게 더 이득 아닌가. 월세야 어떻게든 마련하면 된다.

"나하고 소희는 오늘 퇴원할 거야. 당신은 14일 채우고 나와. 어차피 집에 가서 할 일도 없잖아?"

나는 순간 한 방 먹은 기분이었지만 늘 그렇듯 기자의 말을 곱씹어 보았다. 내가 입원한 지 딱 열흘째고 2주를 채우려면 나흘이나 남았다. 삼영화재 박종하 과장도 초진 기간까지는 입원

해도 된다고 말했다. 아마도 디스크 진단 때문인 것 같았다. 요즘은 장마 기간이라 건설 현장도 쉬는 곳이 많고 경기도 안 좋아 대리 콜도 많이 안 들어온다. 차라리 이곳에 입원하고 있으면 먹여주고 재워주는 데다 매일 3만 원씩 입원 일당이 나온다. 나는 기자의 말에 따르기로 했다.

기자가 부드러운 표정으로 나를 내려다보았다. 처음 나하고 사귈 때의 그런 표정이어서 문득 설렜다.

"그렇게 알고 갈게. 나도 이젠 뭐라도 해봐야겠어. 계속 놀 수만은 없잖아?"

기자가 또각또각 구두 굽 소리를 내며 출입구로 걸어갔고, 그때 이주삼이 들어오며 기자 손에 들린 통장을 흘끗 바라보았다.

"노 씨는 어째 통장을 뺏기고도 가만있는 겐가?"

통장을 빼앗아 가는 기자의 뒷모습을 바라보며 윤치영 씨가 혀를 끌끌 찼다. 이주삼은 아무 말도 하지 않고 침대로 갔다.

잠시 후 소희가 가벼운 걸음으로 들어왔다. 평상복 차림이었다.

"남은 기간도 우리 아빠 잘 부탁드립니다."

소희가 윤치영 씨와 이주삼을 향해 배꼽 인사를 깍듯하게 했다.

"이거 맛있는 거 사 먹어라."

이주삼이 주머니에서 5만 원권 두 장을 꺼내 소희에게 들이밀었다.

"헐, 삼촌 감사합니다."

소희가 이주삼을 꼭 끌어안았다. 이주삼이 얼굴을 붉히며 나를 바라보았다. 그 모습이 순진한 사춘기 소년처럼 보였다. 윤치영 씨가 멋쩍은 표정으로 일어서더니 서랍에서 꼬깃꼬깃한 5천 원권 지폐 두 장을 소희에게 주었다.

"나는 노인네라 돈이 요것뿐여."

"아유 할아버지, 안 주셔도 돼요."

소희가 사양하듯 손사래를 쳤다.

"안 받으면 적어서 그런 줄 알 거구먼."

윤치영 씨의 말이 떨어지기가 무섭게 소희가 돈을 낚아챘다.

그때 정호연이 들어와 소희에게 작은 봉투를 건넸다. 소희가 봉투를 열어보고는 기절할 것 같은 표정을 지었다.

"헐! B, T, S, 공, 연, 티, 켓? 와, 테리우스 오빠 너무너무 감사해요."

소희가 정호연에게 직각으로 허리를 숙였다. 정호연이 내게 걸어오더니 메모지 한 장을 건넸다. 자신의 휴대폰 번호였다.

"난 오늘 퇴원 안 해. 며칠 더 쉬었다 가려고."

정호연이 그러냐고 되묻더니 다시 병실을 나갔다.

"난 호연이 저 친구, 정체가 참 궁금하단 말씀이야."

윤치영 씨가 출입구를 보며 고개를 갸우뚱거렸다.

기자와 소희가 퇴원하고 그럭저럭 나흘이 지났다.

그동안 기자는 내 전화를 받지 않았고 소희만 간간이 아빠 어떠냐고 안부를 물었다.

어제는 강당에서 고정원 권사와 공연을 관람했다. 고정원 권사는 항상 그러듯 강대상 앞까지 걸어가 〈내게 강 같은 평화〉를 부르며 덩실덩실 춤을 추었다. 나는 공연 관람 후 고정원 권사의 손톱을 깎아주었다. 가위 대신 손톱깎이였다. 증조할머니처럼 고정원 권사의 손톱도 날을 견디지 못하고 부서졌다. 손톱이 부서질 때마다 가슴 한구석이 짠했다.

퇴원하기 위해 짐을 꾸리는 내내 윤치영 씨가 주변을 서성거렸다. 명희가 구석에서 꺼낸 러닝셔츠를 코로 가져갔다.

"어휴, 홀아비 냄새."

윤치영 씨가 그런 명희 얼굴을 말끄러미 바라보았다.

"내 눈에는 워째 커피 향을 음미하는 사람처럼 보여."

명희 얼굴이 빨개졌다. 침대에 앉아 있던 이주삼이 히죽히죽 웃었다.

나는 명희 손에서 러닝셔츠를 낚아채 쇼핑백에 구겨 넣었다.

이주삼은 흘끗흘끗 나를 보며 서운한 기색을 감추지 않았다.

명희는 내가 벗어놓은 환자복을 깔끔하게 갠 후 이주삼을 향해 지난번 합의금을 잘 받게 해준 것에 대해 감사를 표했다.

"워째 댁이 형수님 같수?"

명희는 그 말에 기분 나쁜 표정을 짓지 않았다.

"얘요? 저 없으면 기자하고 밤일도 못 할걸요?"

명희가 남은 옷가지들을 쇼핑백에 넣으며 나를 바라보았다.

MC로 잘나가던 시절, 방송국 행사 도우미로 처음 알게 된 기자가 술에 취해 "오빠, 나 오늘 집에 안 들어가도 돼"라고 말했을 때 명희에게 전화를 걸었다. 정확히 왜였는지는 모르지만, 그때 나는 나름 순진했고 기자는 대학생이었던 때라 명희가 와서 적당히 상황을 해결해줄 거라 판단했던 것 같다. 처음에 명희는 그런 전화를 왜 자기한테 했느냐며 화를 냈다. 그러다 이내 생각을 고쳐먹고는 기자가 얼굴도 예쁘고 '있는 집 자식'이니 너한텐 횡재 아니냐며 인근 모텔 위치까지 검색해 알려주었다. 나는 명희의 말에 용기를 얻어 기자를 데리고 모텔로 갔고 기자가 말한 '집에 안 들어가도 돼'를 실천해주었다. 다음 날 기자는 자신을 평생 행복하게 해달라며 결혼을 제안했고 나는 거기에 응했다.

"형님, 잠시 저 좀⋯⋯."

이주삼이 나를 불러내 간이 휴게실로 갔다. 스프레이 통을 들고 좌중을 호령하던 바로 그곳이었다.

"제가 지난번 소희한테 했던 말 기억하슈?"

나는 언뜻 떠오르는 게 없어 이주삼을 바라보았다.

"거 기억력 참 없으시네. 돈 버는 기술이라고 했잖수."

약장수냐고 묻는 소희에게 이주삼은 '돈 버는 기술'을 파는 사람이라고 했다.

"그런데 그게⋯⋯ 왜?"

나는 우물거리듯 되물었다.

"아, 형님한테도 그 기술을 전수하고 싶다, 그 말이외다."

"돈 버는 기술을 전수한다고?"

나는 눈을 동그랗게 뜨고 이주삼을 보았다.

"어따, 놀라긴 왜 그렇게 놀라슈?"

이주삼이 주변을 살피듯 둘러보았다.

"돈 버는 기술을 전문적으로 전수해주는 곳이 있다는 거 알기나 하슈?"

나는 이주삼이 하는 말을 바로 알아듣지는 못했지만 무언가옳지 못한 일 같다는 생각이 들었다.

"글쎄. 난 썩 내키지가……."

나는 한발 물러섰다. 이주삼이 강렬한 눈빛으로 나를 한참 바라보았다.

"알겠수. 선택은 형님 몫이니까. 근데 말요, 조만간 형님이 저를 꼭 다시 찾아올 것 같단 말씀이야."

이주삼이 내 얼굴에 자신의 얼굴을 바싹 들이밀고 씨익 웃었다.

애초 내 인생에 선택이라는 단어 자체가 없었다. '선택'은 늘 불행을 가져왔고 나는 언제나 선택 '되어지는' 쪽에 서 있었다. 그것이 편했고 또 잘못될 경우 책임에서 자유로워질 수 있었다.

"그럼, 잘 가슈."

이주삼이 악수를 청하고는 내 등을 토닥이더니 계단 쪽으로 걸어갔다.

"저기……?"

이주삼이 뒤를 돌아보았다. 층계참에서 눈물을 훔치던 그의 얼굴이 자꾸만 오버랩되었다.

그때 왜 울고 있었느냐고 물어보고 싶었다. 그러나 이주삼의 강렬한 얼굴을 보니 그러면 안 될 것 같았다. 강한 것은 강한 대로 약한 것은 약한 대로 본성을 유지하는 것이 좋다. 나의 한마디 질문으로 그가 어쩌면 무너져버릴지도 모른다는 소심한 걱정이 들었다. 이주삼은 내게 거목 같은 존재였다. 그 거목에 생채기를 내고 싶지 않았다.

"몸 잘 챙기라고."

나를 응시하던 이주삼이 이내 넉살스러운 표정으로 손사래를 치고는 계단으로 사라졌다.

병실로 걸어가는데 뒤에서 누군가 나를 불렀다. 돌아보니 고정원 권사를 간병하는 아주머니였다. 고정원 권사는 시무룩한 표정으로 간병사 옆에 서 있었다. 찬송가를 부르지도 않았다. 자세히 보니 손에 빨간색 복주머니를 들고 있었다.

"재수 씨 퇴원한다니까 꼭 줄 게 있다고 막무가내셔요."

간병사가 고정원 권사를 바라보며 얼른 주시라고 하자 고정원 권사가 복주머니에서 무언가를 꺼내 내게 들이밀었다. 꼬깃꼬깃한 만 원짜리 구권 지폐였다.

"하이고 세상에, 요즘 누가 이런 지폐를 쓴다고?"

간병사가 혀를 끌끌 찼다.

나는 고정원 권사가 내민 지폐를 두 손으로 받아 들며 "감사합니다, 어머니" 하고 말했다. 간병사가 고정원 권사를 부축해 엘리베이터로 사라졌다.

"기자 걔는 신랑 퇴원하는데 나와보지도 않니?"

운전대를 잡은 명희가 투덜댔다.

나는 차창으로 스치는 도시의 풍경을 무심하게 바라보았다.

"에어컨 좀 줄일까?"

명희가 공기조절 버튼을 몇 차례 눌렀다.

"요즘도 으슬으슬 춥고 그러니?"

나는 아무 대답도 하지 않았다.

"내가 그랬지? 그거 마음의 병이라고. 이제 천만 원도 생겼으니까 당분간 월세 걱정하지 말고 몸이나 잘 추슬러. 건강이 최고다, 너?"

어느덧 집 앞에 도착했다.

명희가 먼저 차에서 내리더니 뒷좌석에서 짐을 들고—짐이라고 해봐야 쇼핑백 하나였다—빌라 계단을 성큼성큼 올라갔다. 내가 따라 올라갔을 때 명희는 벌써 303호 초인종을 누르고 있었다.

"기자 앤 어디 간 거야? 서방님 퇴원하는 날인지 모르나?"

명희가 나를 돌아보며 열쇠 없느냐고 물었다. 나는 고개를 저었다. 입원하면서 집 열쇠를 별도로 챙길 필요가 없었다. 아주 잠깐 불길한 생각이 목 뒤로 스쳤다.

기자는 한참 만에 전화를 받았다.

"미안해. 당신 퇴원하기 전에 말했어야 하는 건데. 나 오빠 집으로 들어왔어. 빌라 보증금으로 작은 액세서리 가게라도 하나 해보려고. 내가 병원에서 잠깐 말했었잖아. 당신, 불편하더라도 며칠만 찜질방에서 잘래? 여기도 복잡하거든. 방 정리되는 대로 내가 전화할게."

기자는 전화를 끊었다.

명희가 어이없다는 표정으로 나를 바라보았다. 나는 명희 눈을 얼른 피했다.

"야, 노재수! 기자 쟤 지금 너한테 뭐라고 그러는 거니? 들으려고 해서 들은 건 아닌데, 너 지금 쫓겨난 거니?"

나는 한 방 먹은 느낌이었지만 늘 그랬듯 기자의 말을 곱씹어 보았다.

내가 실직자나 진배없으니 자기라도 벌어야 한다는 기자의 말은 하나도 틀린 게 없다. 그러려면 자금이 있어야 하는데 우리에게 자금이라고 할 만한 건 빌라 보증금이 전부였다. 다행히 그녀의 오빠가 그럭저럭 사니 그곳에서 신세 지며 차츰 돈을 모으다 보면 좋은 날이 올 것이다.

"명희야, 나 찜질방에 데려다줄래?"

명희는 기가 차다 못해 미쳐버리겠다는 표정으로 나를 바라보았다.

"야, 노재수! 정신 차려! 이게 말이 돼?"

명희가 내 휴대폰을 뺏어 기자에게 전화를 걸었다. 나는 명희 손에서 휴대폰을 낚아챘다.

"기자도 다 생각이 있어서 그런 거야. 너무 나무라지 마."

명희가 나를 노려보더니 계단 밑으로 사라졌다.

나는 한참 동안 하늘을 올려다보았다. 장교 시절 하계 훈련을 마치고 산 중턱에서 바라보던 하늘은 시릴 정도로 파랬다. 그 하늘이 점점 어룽지기 시작했다. 나도 모르게 입에서 노래가 흘러나왔다. 내게 강 같은 평화, 내게 강 같은 평화……. 나는 쇼핑백을 집어 들고 계단을 내려갔다.

명희가 가지 않고 차 앞에 서 있었다.

"야, 타!"

명희가 쇼핑백을 빼앗아 뒷좌석에 실었다.

"일단 우리 집으로 가자. 가서 밥 먹고 천천히 생각해보자."

그러고 보니 점심때를 훌쩍 넘긴 시각이었다.

명희가 사는 아파트는 집들이 때 가본 기억이 있다. 그 뒤로도 동창들과 몇 번 방문한 적이 있어 낯설지 않았다. 나름 억척스럽게 살아온 명희는 3년 전 특별 공급으로 아파트를 분양받았다. 32평형이지만 평수보다 꽤 넓게 빠졌다는 평이 난 곳이었다.

명희는 주방에서 이것저것 부산스럽게 음식 준비를 했다. 명희는 가끔 동창들을 불러 자신이 만든 요리를 대접하기를 좋아했다. 명희가 잘하는 건 꽃게장이었다. 그녀의 외가가 서천이어서 그녀는 어릴 적부터 꽃게장을 좋아했고 잘 만들 줄 알았다. 서천시장에서 갓 사온 꽃게를 간장에 담가두었다가 알맞게 익었을 때 먹으면 부드러운 속살이 입에서 사르르 녹았다.

"속이 든든해야 정신도 맑아지는 거야."

명희는 손가락으로 게 껍데기를 눌러 속살이 알맞게 밀려 나오게 만들어서 내게 건넸다.

나는 명희가 내민 게장을 받아들고 차마 먹지 못했다. 기자와 소희의 얼굴이 눈앞에 아른거렸다.

"너, 또, 가족 생각하지?"

명희가 눈을 흘겼다.

가족 이야기가 나오자 갑자기 가슴이 먹먹해졌다. 명희가 안쓰럽다는 표정으로 나를 보았다.

"걱정 그만하고 밥이나 먹자. 걱정한다고 걱정이 사라지면 걱정이 없겠다."

명희가 게살을 입에 넣고 맛있게 흡입했다. 그런 명희를 보니 갑자기 식욕이 돌았다. 한 입 한 입 먹다 보니 어느새 밥 한 그릇이 뚝딱 비워졌다. 명희가 더 먹으라며 밥 한 그릇을 더 퍼 왔다. 나는 양심상 반 그릇만 더 먹었다.

설거지를 마친 명희가 잠깐 어디를 다녀와야 한다며 밖으로 나갔다. 고객과 선약이 있는 모양이었다.

명희가 나가고 혼자 덩그러니 있자니 무료함이 밀려왔다. TV를 시청하다 책장에 꽂힌 여성지를 뒤적이다 밖으로 나가 바람을 쐬고 들어왔다.

날이 어둑해져서야 명희가 돌아왔다. 명희는 번호 키를 누르지 않고 초인종을 눌렀다. 나는 엉겁결에 현관문을 열어주었다. 순간 명희와 눈이 마주쳤다. 지금까지 봐왔던 눈빛과는 다른, 낯섦이 들어 있는 일별이었다. 나는 그것이 주인과 객의 위치가 바뀐 묘한 포지션 때문이라고 생각했다. 명희가 서둘러 거실로 들어갔다.

"많이 기다렸지?"

명희는 손에 든 비닐 봉투를 식탁에 올려놓고 화장실로 들어갔다. 소변을 보는 소리와 물 내리는 소리가 여과 없이 들렸다.

명희는 "잠깐만 기다려, 곧 저녁 차려줄게"라고 말하며 앞치마를 두르고 주방으로 들어갔다. 그녀는 내가 이곳에 임시로 온 것이며 찜질방으로 가야 한다는 걸 까먹기라도 한 것처럼 행동했다. 나는 지금의 상황이 어색하고 불편했지만 일단은 받아들이기로 했다.

명희가 저녁으로 차려준 음식은 아귀찜이었다. 집에서 이런 음식을 할 수 있다는 것도 신기했지만 전문점에서 먹는 것보다 맛있다는 게 더 신기했다. 우리는 반주로 소주 한 병을 마셨다. 명희는 초등학교 때 있었던 일들을 이야기하며 식사 내내 싱글벙글 웃어댔다. 그녀가 매번 빠뜨리지 않고 해주는 이야기는 제비 다리 이야기였다. 4학년 때 명희가 팔이 부러져 깁스를 하고 나타났는데 반 아이들이 "제비 다리, 제비 다리" 하며 놀렸다. 그때 나는 명희의 편에서 그 애들과 맞섰다.

"그때 내가 무슨 생각 했는지 아니?"

명희가 야릇한 표정을 지으며 물었다.

나는 소주잔을 든 채 어깨를 으쓱했다.

"글쎄?"

"어쭈? 저 시키, 쫌 멋진걸?"

명희가 그 말을 내뱉고는 푸흡, 하고 웃었다.

그 정도 주량에 취할 명희가 아니었지만 명희는 왠지 달뜬 것처럼 보였다.

어느새 시계가 열한 시를 가리키고 있었다.

"야, 어차피 오늘은 늦었으니까 그냥 여기서 자라. 너, 저쪽 방 좋아하잖아."

명희가 턱으로 현관 옆에 붙어 있는 작은 방을 가리켰다. 동창들과 이곳에서 술자리가 이어지면 술에 못 이긴 나는 그 방에서 잠이 들곤 했다. 친구들의 왁자지껄하는 소리가 가물거릴 즈음 나는 까무룩 잠이 들었고, 깨고 나면 모두 자리에서 일어설 때였다.

세수를 하고 나오자 명희가 화장품 샘플을 건네주었다.

"이젠 '방판'도 한물갔어. 영업 포인트를 SNS로 돌리려는 것 같아. 이 회사를 누가 키웠는데, 이젠 너희들 빠지란 거지. 자,

발라."

나는 명희가 내민 화장품을 바르고 작은 방에서 잠이 들었다.

나는 명희네 집에서의 생활에 점점 익숙해져갔다. 화장실도 따로 썼고 자고 일어나는 시간이 서로 달라 일어나보면 명희는 출근하고 없었다. 마냥 놀고만 있을 수도 없어서 편의점 아르바이트를 시작했다. 기자가 언제 들어오라고 할지 몰라 '땜빵'으로 하는 알바였다. 저녁에는 대리운전도 간간이 뛰었다. 명희에게 신세 지는 것 같아 저녁을 몇 번 먹고 들어가자, 자기가 불편하냐며 명희가 화를 냈다. 할 수 없이 저녁은 집에서 명희와 같이 먹었다. 명희는 내가 불편해할까 봐서인지 평소보다 더 호탕하게 행동했다. 내가 화장실에서 나올 때마다 "시원해?" 하며 웃어댔고, 이불을 갤 때마다 "어휴, 홀애비 냄새!" 하며 코를 실룩거렸다. 그런 명희가 나는 편했다.

기자로부터 전화가 걸려왔다. 명희네 집으로 온 지 열흘째 되던 날이었고 편의점에서 냉장식품 정리를 하던 중이었다.

"당신 명희 언니네 집에 머물고 있다며?"

나는 죄라도 지은 것처럼 화들짝 놀랐다.

"밥은 잘해주겠네. 그 언니 음식 잘하잖아."

나는 듣고만 있었다. 잠시 뜸을 들이던 기자가 입을 열었다.

"나 동창 집으로 들어가기로 했어. 당신도 알지? 허영무라고."

나는 내 귀를 의심했다. 오빠 집에 있겠다더니 그건 거짓말이었나?

"당신 이상한 생각 하는 건 아니지? 이건 그냥 비즈니스야. 허 대표가 사업 자금을 조금 대주기로 했어. 집도 넓어. 소희하고 나는 2층을 따로 쓰는 거니까 오해하지는 마."

나는 무슨 이야기라도 해야 했다.

"그래도 그건 아니지 않아? 우린……,"

"우린 뭐? 부부라고? 당신, 나한테 부부라는 말 참 쉽게 나오네. 우리 이렇게 된 게 다 누구 때문인데 그래? 보증 서서 모아 둔 돈 다 날려 먹고, 사업한다고 투자했다 죄다 사기당하고, 우리 결혼도 사기 아냐? 나 평생 행복하게 해주겠다며?"

나는 할 말을 잃고 진열대만 바라보았다. 유통기한 지난 삼각김밥이 덩그러니 나를 바라보고 있었다.

"나는 당신이 명희 언니하고 있어도 아무렇지 않아. 당신도 그래주면 고맙겠어."

"내 말 좀……,"

"내 말 좀, 내 말 좀, 하지 말고. 어디 가서 빌라 전세금이라도 구해 오든가."

기자는 전화를 끊었다.

나는 불안과 다급함에 다시 통화 버튼을 눌렀다. 세 번의 통화 시도에도 끝내 기자는 전화를 받지 않았다. 그때 진열대 안에 든 초록색 소주병이 눈에 들어왔다.

3

저 멀리 육교에서 트럭 한 대가 빠른 속도로 달려오는 게 어
슴푸레 보였다. 오후 두 시의 태양이 건물 유리에 반사되어 눈이
시렸다. 편의점에서 들이컨 소주가 몸에서 화학반응을 일으키
며 시야를 어지럽히고 홍채를 혼란에 빠뜨렸다. 혈중에 알코올
농도가 오른 탓에 심장이 쿵쾅대기 시작했다. '어디 가서 전세금
이라도 구해 오든가.' 기자의 말이 머릿속에서 떠나지 않고 나를
괴롭혔다. 내가 할 수 있는 게 아무것도 없다는 것에서 오는 자
괴감이 나를 짓눌렀다. 도로를 달리는 자동차도, 빛을 내뿜는 저
건물도, 하다못해 내가 밟고 서 있는 하수구 뚜껑도 제 역할이
있는데, 이 세상에서 오직 나 하나만 역할을 못 하고 있다.

"교통사고로 사망하면 1억 원이 지급됩니다."

보장 내역을 묻는 내게 보험회사 콜센터 여직원은 이렇게 대답했다.

놀라웠다.

내 몸값이 1억이나 된다는 사실이 놀라웠고, 그걸 실행하는 게 그리 어렵지 않다고 여기는 나의 용기가 놀라웠다. 물론 알코올의 힘이었다. 아버지가 산재로 돌아가셨을 때도, 홍 부장에게 사표를 강요받았을 때도 솟아나지 않았던 용기다. 용기도 관성이 있는 것이어서 한 방향으로 흐르기 시작하자 탄력이 붙었다. 죽자. 죽어서 1억을 만들어주자. 돈을 좋아하는 기자를 위해.

내리막에서 트럭이 미끄러지듯 나를 향해 달려오고 있는 게 보였다. 어안렌즈에 투사된 사물처럼 트럭의 중앙부가 동그랗게 돌출되어 보였다. 나는 눈을 감고 차로에 뛰어들었다. 아빠! 아주 잠깐 소희의 환청이 들렸다. 끼이익! 쾅쾅쾅!

이런 것인가. 나는 죽음의 고통을 전혀 느낄 수 없었다. 아, 생각났다. 죽을 정도로 극심한 고통에 임하면 모르핀 수준의 엔도르핀이 분비되어 고통을 느낄 수 없다고. 그래, 그렇구나. 내 영혼은 이제 하늘로 날아오르나? 아니면 증조할머니가 나를 데리러 오나? 이번에 증조할머니를 만나면 투정부리지 않고 손톱을 깎아드려야겠다. 할머니, 미안했어요.

누군가 내 어깨를 마구 흔들어댔다. 눈을 떠보니 코앞에 트럭이 서 있고 트럭 뒤로 승용차 여러 대가 꽁무니를 박은 채 서 있었다. 트럭 운전기사가 황급히 차에서 내리더니 멀쩡하게 서 있는 나를 보고 당황한 표정을 지었다. 나를 친 것으로 알았던 모양이다. 내가 멀쩡한 것을 확인한 운전기사는 이내 험악한 표정으로 바뀌었다. 아이 씨팔! 쓰고 있던 모자를 획 벗어 땅바닥에 내던지며 한바탕하려던 운전기사가 문득 내 몰골을 위아래로 살피더니 벗어 던진 모자를 도로 주워 탈탈 털어 쓰고는 "이 사람들은 안전거리 확보도 모르나?" 하면서 트럭 후미로 걸어갔다. 내 어깨를 흔들던 사람이 다친 데는 없느냐고 물었다. 행색이 초라해 보이는 50대 남자였다. 사이렌 소리가 멀리서 들려오고 있었다. 남자가 내 손목을 잡더니 인도로 끌어당겼다. 목적 없이 생겨난 건 하나도 없다고 합디다. 선생님도 세상에 태어난 목적이 분명 있을 겁니다. 삽시다! 남자는 길가에 아무렇게나 세워둔 리어카를 끌고 골목으로 사라졌다. 리어카에는 빈 박스가 수북이 쌓여 있었다.

나는 비틀비틀 길을 걸었다. 플라타너스 이파리 사이로 햇살이 이따금 반짝거렸다. 발목에 철근을 매단 듯 걸음이 무거웠다. 도로가 흐리멍덩하게 보였다. 한참을 걷자 작은 교차로가 나왔다. BYC 매장 진열장에 팬티 차림의 근육질 몸매를 가진 마네킹이 통유리 너머로 나를 바라보고 있었다. 맞은편 커피숍에서 테이크아웃 컵을 든 젊은 남녀들이 신호를 기다리고 있었다. 알코올과 관성으로 무장한 용기는 여전히 나를 지배하고 있었다. 나는 비틀거리며 차들이 오가는 도로로 다시 뛰어들었다.

건너편 횡단보도 앞에서 신호 대기 중이던 여자 하나가 악, 하고 소리를 질렀다. 좌측에서 질주하던 택시가 경적을 빵 울리며 방향을 틀어 내 앞을 지나쳤다. 뒤따르던 검정 승용차가 나를 피해 중앙선을 넘어 교차로로 사라졌다. 내가 중앙선을 넘어서자 이번에는 우측에서 신호를 받고 나아가던 차들이 날카로운 경적을 울리며 나를 모두 피해 갔다. 맞은편 도로변으로 건너갈 때까지 내겐 아무 일도 일어나지 않았다. 나의 머릿속에는 오로지 '1억'이라는 숫자만이 가득하여 나를 지배하고 있었다. 급브레이크를 잡고 정지한 차량의 운전석에서 "야, 이 개새끼야! 뒈지려면 혼자 뒈져!" 하는 욕설이 터져 나왔다. 나는 그대로 도롯가에 주저앉았다. 죽기도 쉽지 않았다. '아빠, 그러지 마!' 어디선가 소희의 음성이 또다시 들렸다. 깜짝 놀라 주변을 돌아보았다. 횡단보도를 걸어가며 나를 힐끔힐끔 보는 행인만 몇 명 있을 뿐 소희는 어디에도 없었다.

한참을 그러고 있자 취기가 사라지며 정신이 맑아지기 시작했다. 내가 무슨 짓을 하려고 했지? 나는 자리에서 일어났다.

선생님도 세상에 태어난 목적이 분명 있을 겁니다. 삽시다!

내 어깨를 토닥여주던 남자의 목소리가 다시 들렸다. 나는 두 주먹에 불끈 힘을 주었다. 그래, 살아야지. 이렇게 나약하게 세상의 패배자가 되어선 안 되지. 우선 커피숍에서 진한 블랙커피

한 잔을 먹자. 그걸 마시면 정신이 또렷하게 돌아올 것이다. 그리고 온 길로 돌아가며 잘 생각해보자. 내가 해야 할 일이 무엇이고 할 수 있는 게 무엇인지.

나는 플라스틱 컵을 손에 든 채 길 건너편을 응시하며 횡단보도에 녹색신호가 들어오기를 기다렸다. 잠시 후 신호등에 녹색 불이 켜졌고 나는 조심스럽게 횡단보도에 발을 내디뎠다. 순간 좌측에서 질주해온 배달 오토바이에 부딪혀 도롯가로 나뒹굴었다. 눈 깜짝할 사이에 벌어진 일이었다. 왼쪽 허벅지와 정강이에 심한 통증이 느껴졌다. 이마에서 뜨거운 것이 주르륵 흘러 볼을 타고 내려왔다. 손바닥으로 닦아보니 피였다. 들고 있던 플라스틱 컵은 안에 들었던 커피가 죄다 쏟긴 채 도로 중앙을 뒹굴었다. 반사적으로 신호등을 바라보았다. 녹색 점멸등이 아직도 깜빡거리고 있었다. 우측으로 시선을 돌렸다. 10여 미터 전방에 오토바이가 쓰러져 있었다. 도롯가에 죽은 듯 엎어져 있던 오토바이 운전자가 힘겹게 몸을 일으키더니 절뚝거리며 내게 다가왔다. 나는 눈을 들어 CCTV가 있는지 살펴보았다. 교차로 대각선 방향에 CCTV 한 대가 이쪽을 향해 설치돼 있는 게 보였다. 혹시 교차로에서 사고가 나면 CCTV가 있는지부터 살피고, 없다 싶으면 목격자부터 찾으라던 명희의 충고가 떠올랐다. 오토바이 운전자가 괜찮느냐고 물으며 나를 일으켰다. 다리에 통증은 있었지만 일어나보니 걸을 수 있는 정도였다. 오토바이 운전자가 다행이라는 표정을 지으며 잘못했다고 사과했다.

아르바이트로 치킨 배달을 한 지 일주일밖에 안 되었고 보험도 들지 않아 치료비도 물어줄 형편이 아니라고 했다. 나는 오토바이 운전자에게 보란 듯이 이마에서 피를 닦았다. 어느새 피가 멈추었는지 기대만큼 손바닥에 피가 묻어나지는 않았다. 오토바이 운전자가 주머니에서 만 원짜리 지폐 몇 장을 꺼내 주었다. 오늘 일당 전부라고 했다. 경찰에 신고할 거냐고도 물었다. 나는 고개를 저었다. 오토바이 운전자가 주머니에서 볼펜을 꺼내더니 메모지에 자신의 전화번호를 적어주었다. 배달이 밀려서 그러니 치료가 필요하면 전화하라고 했다. 번호를 적어준 것이니 뺑소니는 절대 아니라며 내게 재차 다짐을 받았다. 몇 번의 시도 끝에 오토바이에 시동이 걸렸고, 오토바이 운전자는 내 시야에서 멀어져갔다. 나는 주먹에 쥐어진 만 원짜리 지폐를 세어보았다. 3만 원이었다. 그게 내 목숨값이었다. 순간 누군가가 떠올랐다.

4

오후의 뜨거운 태양은 병원 건물과 광장을 달구기에 충분했다.
더위를 피해 모두 건물로 들어간 탓에, 등나무 그늘에서 바라
보는 병원 전경은 고즈넉하기까지 했다. 최근 신축한 암병동 건
물은 전면이 모두 강화유리여서 파란 하늘과 하얀 구름이 파노
라마처럼 천연색으로 펼쳐져 있었다. 건물이 내포한 암 환자의
우울함 같은 건 애초부터 존재하지 않는 듯 보였다. 주차장 근
처에 심어놓은 벚나무 대열에서 말매미들이 울어대고 있었다.
보름 전 이곳에서 파티를 벌이던 일행이 떠올랐다. 초코파이를
한입 가득 베어 물고 흐뭇해하던 윤치영 씨. 말없이 아메리카노
를 마시며 일행의 잡담을 들어주던 정호연. 비비빅을 어석거리

며 호탕하게 웃던 이주삼. 하나같이 좋은 사람들이었다. 그 기억이 아주 오래전 이야기처럼 아득하게 느껴졌다.

좌측 허벅지와 종아리에서 통증이 전해져왔다. 버스에서 내려 여기까지 걸어왔으니 골절은 아닐 것이다. 중위 임관 후 이보다 더한 부상에도 끄떡없던 나였다.

루이비통 미니 백에서 일회용 물티슈 한 장을 꺼내 이마를 닦았다. 땀으로 옅어진 혈흔이 물티슈에 닦여 나왔다. 물티슈 한 장을 더 꺼내 얼굴과 목을 대충 닦았다. 명희는 마치 자기 것인 양 미니 백을 열어보고 물티슈를 항상 챙겨 넣어주었다. 시내에서 급하게 화장실 갈 일이 생기면 무조건 가장 가까운 병원으로 달려가. 병원 화장실은 언제나 열려 있으니까. 그리고 가끔 병원 화장실에도 휴지가 떨어질 수 있으니까 미니 백에 물티슈는 필수다. 알겠지? 다행히 명희가 말한 급박한 상황은 생기지 않았다. 그래서 일회용 티슈는 언제나 세수 대용으로 사용되었다. 나는 미니 백에 난 흠집을 손가락으로 살며시 쓸어보았다. 건설 현장에서 일당제로 일할 때 난 잔흠집이었다. 주인을 잘못 만난 명품 백은 길거리표 만 원짜리 비닐 백보다 못한 몰골이었다. 하지만 내게는 무엇보다 소중한 물건이었다. 상처로 얼룩진 아버지의 팔뚝이 자랑스럽게 여겨지던 것처럼, 미니 백에 난 흠집은 내가 열심히 살아왔다는 징표 같은 것이었다.

트럭 운전자가 제때 브레이크를 밟지 않았더라면 지금쯤 나는 1억 원의 보험금을 남기고 사라졌을 것이다. 그런 생각을 하니 몸서리가 쳐졌다.

"노 씨가 왜 여기 있는 겨?"

뒤를 돌아보니 윤치영 씨가 담뱃갑을 주머니에 넣으며 걸어
오고 있었다. 여전히 환자복 차림이었고 바짓단이 보도블록에
질질 끌리고 있었다. 대신 수액걸이는 안 보였다. ……반가웠다.
전방 초소 훈련을 마치고 넉 달 만에 본대에서 동기를 만났을
때보다 더 반가웠다.

"아직도 병원에 계셨네요?"

나는 '아직도'라는 말을 괜히 붙인 거 같아 미안한 마음이 들
었다.

"워디 나뿐인감? 주삼 씨하고 호연이도 그대로 있는걸."

가슴이 뭉클해왔다.

"근디, 노 씨 몰골이 왜 이랴? 어디 공사판에서 떨어지기라도
한 게여?"

윤치영 씨가 멍이 든 나의 얼굴과 얼룩진 바지를 뚫어지게 살
피더니 이렇게 물었다.

어쩌다 보니 오토바이에 치였고, 운전자가 보험도 들지 않아
치료비도 3만 원밖에 못 받았고, 그때 이주삼이 떠올랐고, 나도
모르게 여기까지 왔노라 말한다면 윤치영 씨가 무어라 말할까.

"왔으니 일단 들어가지?" 윤치영 씨가 내 팔을 잡아챘다.

대문에 서성이는 낯선 이를 자기 집 안방으로 끌고 가 주안상
이라도 대접할 것 같은 태도였다. 나는 윤치영 씨 손에 이끌려

병원 건물로 들어갔다.

나를 바라보는 이주삼의 표정은 참으로 복잡해 보였다. 첫째는 반가움이었고 둘째는 왜 이곳에 다시 왔느냐는 걱정이었고 셋째는 그럴 줄 알았다는 예감 같은 것이었다.

"집에서 쫓겨나기라도 하셨수?"

농담조로 툭 던진 말이었지만 폐부를 찔렀다. 왠지 이주삼은 모든 걸 알고 있으리라는 생각이 들었다. 나는 고개를 숙이고 바지에 묻은 얼룩을 손바닥으로 툭툭 쳤다. 아스팔트에 미끄러지며 스며든 얼룩이 턴다고 털어질 게 아니었다. 무슨 대답을 해줘야 하나, 생각을 가다듬는데 이주삼이 먼저 입을 열었다.

"형님, 저 좀 봅시다."

이주삼은 나를 조용한 곳으로 데려갔다. 복도 끝 배선실配膳室이었다. 점심은 끝났고 저녁은 이른 시간이어서 배선실에는 아무도 없었다.

"학교에 입학합시다!"

"학교?"

"지난번에도 언뜻 말씀드렸잖수. 일테면 보험금 제대로 찾기 양성소 같은 데유. 아, 형님도 알티 출신이니까 훈련소 같은 데 잘 아실 거 아뉴?"

"……."

"학교가 뭐 국어, 산수만 가르치란 법 있습니까? 어려운 사람들 돈 버는 기술 가르치는 곳도 학교지, 안 그렇수?"

처음 교통사고가 발생했을 때 내심 누군가가 떠밀어주길 바랐던 이기심을 명희가 정확히 짚어낸 것처럼 이곳에 올 때 이미 다졌던, 그러나 내 입으로 먼저 꺼내지 못할 제안을 이주삼이 정확히 짚어내주었다. 그렇지만 막상 코앞에서 이주삼의 제안을 들으니 두려움이 앞섰다.

"그게 어디에 있는데? 얼마나 교육을 받아야 하고, 또 수업료는……."

이주삼이 말을 가로막았다.

"수업료는 후불이니까 걱정하지 마슈. 기초과정은 두세 달이면 되고 심화과정은 1년 넘는 것도 있수. 형님은 기초과정이면 될 겁니다. 어쩌실 거유?"

이주삼은 고3 교실에 커리큘럼을 소개하러 온 입시학원 영업부장처럼 확신과 능변으로 나를 휘어잡았다. 나는 잠시 고민했다. 그러다 문득 어디선가 들었던 명언이 떠올랐다. '아무것도 하지 않으면 아무 일도 일어나지 않는다.' 너무도 평범하고 상투적인 말이지만 이상하게도 그 순간 내 가슴속에 팍 꽂혀왔다.

"할게. 해볼게!"

그렇게 말하자 가슴속에서 무언가 꿈틀대는 느낌이 들었다.

이주삼이 놀란 표정으로 내 얼굴을 한참 동안 바라보았다.

"우선 며칠은 간이침대서 주무슈. 식당 아주머니께 식판 하나 더 들이라 일러두겠수. 다음 주면 나도 퇴원할 것이고 그때 학교로 같이 갑시다."

"나도 끼워줘."

윤치영 씨가 어느 틈에 우리 대화를 듣고 있었다.

"그 학교라는 데 말이여."

윤치영 씨가 이기죽거리는 표정으로 나와 이주삼을 번갈아 보았다.

"외부에 알려지면 곤란할 테지? 특히 나같이 말 많은 노인네가 알게 되었으니 말여."

윤치영 씨는 멀쩡한 표정으로 말을 하고 있었으나 내용은 거의 협박 수준이었다.

이주삼이 싱크대에 놓여 있던 스테인리스 컵에 냉수를 가득 따라 벌컥벌컥 들이켰다.

"영감님, 거긴 아무나 가는 곳이 아닙니다."

"내가 왜 '아무나'여? 나도 환자고 돈 필요하고 눈치도 빨라!"

윤치영 씨가 실눈을 뜨고 이주삼을 보았다.

"그리고 부조리를 보면 반드시 고발하는 사람여. 무슨 뜻인지 알어?"

내가 끼어들었다.

"영감님도 끼워드리지?"

이주삼이 철없는 소리 말라는 표정으로 나를 바라보았다.

"학교는 학생이 많을수록 좋은 거 아냐? 그래야 반장도 뽑고 청소 담당도 뽑지. 아는 사람끼리 가면 서로 도울 일도 생길 거고. 안 그래?"

나는 나름 논리적으로 이주삼을 설득했다.

"무슨 일인지 모르지만 저도 끼워주세요."

정호연이 입안 가득 치약 거품을 문 채 문 앞에 서 있었다.

3장 학교

1

　네 사람을 태운 봉고가 주도로에서 벗어나 사잇길로 빠졌다. 50여 미터 나아가자 작은 다리가 나왔고, 다리를 건너고 나서부터는 우측으로 천을 낀 도로가 이어져 있었다. 도로는 곳곳이 패여 울퉁불퉁했다. 팬 곳을 지날 때마다 봉고는 좌우로 심하게 꿀렁거렸다. 그럴 때마다 군용 트럭에 올라타고 작전 나갈 때처럼 설렘과 긴장감이 동시에 밀려왔다. 며칠 전 내린 비로 제법 많은 양의 물이 천으로 흘러가고 있었다. 차창 밖으로 보이는 여름 풍경은 신선했다.

　"다 와갑니다."

　이주삼이 운전대 잡은 손에 더욱 힘을 주었다. 핸들로 전해져오는 노면의 울퉁불퉁한 '부정형성不定型性'을 힘으로 컨트롤하는 것 같았다.

"각자 짐과 서류 잘 챙겨보슈!"

조수석에 앉은 윤치영 씨는 천장에 달린 손잡이를 꽉 잡은 채 걱정도 팔자라며 눈앞에 펼쳐지는 산골 풍경에 정신을 팔았다. 운전석 바로 뒷좌석에 앉은 정호연은 양 무릎 사이에 끼운 붉은 그레고리 배낭에서 서류 봉투를 꺼내 내용물을 확인했다. 정호연과 나 사이, 즉 뒷좌석 중앙에 아무 무늬도 상표도 없고 천으로 제작된 보스턴백이 놓여 있었다. 건설 현장에서 일용직으로 일할 때 연장과 옷가지들을 넣고 다니던 가방이었다. 나는 보스턴백 지퍼를 열고 허름한 옷가지들 사이에 박혀 있는 루이비통 미니 백을 꺼냈다. 윤치영 씨가 뒤를 돌아보았다.

"노 씨, 그거 명품 백 맞지? 거, 머시기 똥 그건가?"

정호연이 풋, 하고 웃었다.

나는 미니 백 지퍼를 열어 반으로 접힌 흰색 봉투를 꺼냈다. 흰색 봉투에는 인감증명서, 가족관계증명서, 주민등록등본이 각각 한 통씩 들어 있었다. 출발하기 전 이주삼이 준비하라던 서류였다. 나는 주민등록등본을 펼쳐 새삼스럽게 글자들을 훑어보았다.

세대주: 노재수

배우자: 이기자

자: 노소희

'이기자'와 '노소희'라는 글자가 '노재수'라는 절벽에 위태롭게 매달려 있었다.

이곳으로 떠나올 때 한 마지막 통화에서 소희는 아빠 힘내, 난 아빠 믿어, 하며 말끝을 흐렸다. 새로 얻은 일터에서는 통화가 안 될 거라고 미리 일러두었다. 물론 명희에게도 똑같이 말했다.

나는 운전에 몰두하고 있는 이주삼의 뒤통수를 바라보았다.

그는 말 한마디로 내게 천만 원을 만들어주었고 마취용 스프레이로 자신의 보상금을 5천만 원으로 올렸다. 나는 이미 그를 신뢰하고 있었다. 속으로 '1억'이라는 액수를 떠올려보았다. 이 도시에서 그 정도 액수면 변두리 작은 빌라 전세금 정도는 된다. 나는 침을 한 번 삼키고 스스로 다짐했다. 이 돈을 위해 목숨도 걸었는데 무슨 일이든 못 할까.

한참을 달리자 산길이 나왔고 산 중턱을 넘자 멀리 작은 마을이 보였다. 마을은 멀리서 봐도 사람이 살까 싶을 정도로 허름하고 초라했다. 마을 입구에서 500여 미터 전방에 폐교 하나가 보였다. 가로로 길게 뻗은 1층짜리 슬래브 건물이 작은 운동장을 넉넉하게 안고 있었다.

봉고가 학교 정문 입구에 섰고 우리는 거기서부터 걸어 들어가야 했다. 정문이라고 해봐야 곳곳이 패고 얼룩진 시멘트 기둥이 양측에 서 있을 뿐이었다. 건물 옥상에 '청강힐링학교'라고 새겨진 목제 간판이 세워져 있었다. 건물 중앙 유리창에 녹슨 종 하나가 덩그러니 매달려 있었다.

운동장 한가운데로, 석회 라인기機로 길게 뿌려진 흰색 선 세 개가 보였다. 차선을 축소해놓은 것 같았다. 차선 끝에서 건장해 보이는 남자가 자동차 모형의 수레를 밀며 달렸고 20대로 보이는 남자가 화단 쪽에서 달려와 모형에 부딪혔다. 모형을 밀던 남자가 그게 아니라는 듯 하늘을 바라보며 한숨을 쉬었다. 20대 남자가 옷에 묻은 흙을 털어내며 다시 해보겠다고 말했다. 기이한 광경이었다.

우리 일행은 운동장을 가로질러 건물 오른쪽으로 걸어갔다. 수돗가를 지나자 비교적 널찍한 공터에서 여섯 명의 남자가 족구를 하고 있었다. 눈이 부리부리하고 곱슬머리인 남자가 서브를 넣으려다 우리 일행을 보고 이를 드러내며 씩 웃었다. 신입 재소자를 먹잇감처럼 바라보는 고참의 표정 같았다. 다른 팀원들도 우리를 보고 엄지를 치켜세우며 웃어 보였다. 윤치영 씨가 손을 흔들며 헤벌쭉 웃었다. 이주삼이 곱슬머리 남자를 노려보자 그가 갑자기 공손해졌다.

걸어가는 방향 오른쪽에 사철나무로 된 담장이 있고 담장 너머로 허름한 사택이 하나 있었다. 어릴 때 할아버지 댁에서 보았던 슬레이트 건물이었다. 건물 뒤편으로 돌아가자 커다란 호두나무가 중앙에 우뚝 서 있고 바로 뒤로는 세면장으로 보이는 건물이 자리 잡고 있었다. 세면장은 조용했다. 건물 뒤편에서 보았을 때 중앙과 좌우 끝으로 출입구가 하나씩 나 있었는데 이주삼은 맨 우측 출입구로 우리를 데려갔다. 출입구 아래쪽 텃밭에는 아주까리며 해바라기가 자라고 있었다. 그 옆으로 상추며 고추, 치커리 등 여름 채소가 바지런히 자라고 있었다. 솜씨 좋은 화가가 좋은 물감으로 그림을 채색한 듯 채소들은 하나같이 싱싱하고 푸르렀다.

우리는 신발을 벗고 복도를 따라 들어갔다. 복도 중간중간에 신발장이 있고 교실을 개조한 방들이 이어져 있었다. 복도 쪽으로 유리창이 나 있었지만 방 안쪽에서 석고보드 시공을 한 탓에 내부는 전혀 보이지 않았다. 문기둥마다 '1-1', '1-2' 등으로 번호가 새겨진 녹색 팻말이 붙어 있었다. 복도 중간에 망입유리를 쓴 미닫이문이 중문으로 설치되어 있었다. 이주삼이 신발을 신발장에 넣으라고 했다. 신발장 문을 열자 파란색의 고무 실내화가 대여섯 켤레씩 사이즈별로 진열되어 있었다. 나는 들고 있던 검정색 단화를 신발장 맨 아래에 넣고 바로 옆에 있는 실내화를 꺼내 신었다. 초등학교 시절로 되돌아간 것 같아 기분이 살짝 '업'되었다. 윤치영 씨와 정호연도 실내화로 갈아 신고 어린이로 돌아간 듯한 표정들을 하고 있었다. 긴장감 속에 피어난 작은 설렘들이었다.

이주삼이 따라오라며 복도 중앙 쪽으로 걸어갔다. 1-2번 방과 1-3번 방 문이 조금 열려 있었다. 노란 장판이 깔린 온돌방 구조였는데 벽에 옷가지들이 걸려 있었고 사람은 보이지 않았다. 1-3번 방 옆에 교실 세 개를 이어 만든 식당이 보였는데 석고보드를 덧대지 않아 유리창으로 내부가 보였다. 내가 바라보는 시야에서 좌측 끝이 주방이고 중앙이 홀이었다. 홀에 사면의 각 방향마다 열 명 정도씩 앉을 수 있는 직사각형 식탁 세 개가 놓여 있는 게 보였다. 우측 끝으로 커피를 마실 수 있는 개방형 미니 카페가 있었다. 중문을 열자 교실 두 개가 나왔는데, 각각 상담실과 원장실이라고 쓰인 팻말이 붙어 있었다. 그곳 분위기는 지나온 교실과 사뭇 달랐다. 그것은 후각으로 느껴지는 '다름'이었다. 선생님께 부름을 받고 들어선 교무실에서는 언제나 그윽한 향기가 났다. 엄마 따라 불공을 드리러 간 절간에서 풍기던 향내 같기도 하고, 초등학교 1학년 때 담임선생님 옆에만 가면 아스라하게 풍기던 화장품 냄새 같기도 했다. 교실에선 아무리 청소를 해도 걸레 썩는 냄새만 났다.

이주삼은 상담실 팻말이 걸린 방을 지나 원장실 앞에 멈췄다. 뒤를 돌아 우리 일행을 확인한 이주삼은 옷매무시를 고치더니 출입문을 살며시 열었다. 거침없던 그의 태도는 온데간데없고 마치 교무실에 불려 가는 문제 학생처럼 행동이 조심스러워 보였다. 윤치영 씨도 긴장된 듯 옷매무새를 다듬었다. 긴장하지 않은 사람은 정호연 하나뿐이었다. 문이 열리고 이주삼이 출입구 옆으로 돌아서며 고개를 숙였다. 6인용 소파 너머 원목 책상에서 중년 남자가 일어서며 인자한 표정으로 우리를 맞이했다.

어쩌면 의례적인 눈인사였을 수도 있는데, 그가 입고 있는 남색 생활한복 때문에 느낀 착각일 수도 있다. 원장은 50대 후반 정도로 보였다.

"어서 오세요. 마중근입니다."

특이한 이름이라고 나는 생각했다. 우리 일행은 각자 소파에 앉았다.

원장이 소파 쪽으로 다가오며 윤치영 씨를 손바닥으로 가리켰다.

"이쪽이 윤 선생님?"

공손함을 담은 제스처였다. 윤치영 씨가 헤벌쭉 웃으며 꾸뻑 고개를 숙였다. 원장이 나를 바라보았다.

"그리고 이쪽은 노재수 씨일 테고, 그리고 이쪽은······."

원장이 정호연을 바라보며 이름을 기억해내려 했다. 이주삼이 '정호연'이라고 짚어주었다. 원장이 갑자기 무언가 생각난 듯 손가락을 까닥까닥 움직여 이주삼을 불렀다. 이주삼이 다가가자 냅다 오른발로 그의 정강이를 깠다. 우리는 깜짝 놀라 서로의 얼굴을 바라보았다.

"한 번만 더 지난번 같은 행동 하면 죽을 줄 알아!"

이주삼은 고개를 숙인 채로 두어 번 끄덕였다.

원장이 아차 싶었는지 다시 그 인자한 표정을 지으며 소파에 앉았다. 그때 직원으로 보이는 젊은 아가씨가 차를 들고 왔다. 원장이 손을 들어 아가씨를 가리켰다.

"이쪽은 최홍선 대립니다. 재무와 설계를 담당하고 있고 여러분을 보좌하는 역할도 할 겁니다."

최홍선 대리는 원피스 차림이었는데 키가 늘씬하고 몸매가 좋았다. 윤치영 씨가 끈적거리는 시선으로 최홍선 대리를 바라보았다. 최홍선 대리가 씩 웃으며 한쪽 눈을 찡긋해 보였다. 그런 시선쯤은 많이 상대해본 듯 최홍선 대리는 여유가 있었다. 원장이 건배를 들듯이 찻잔을 들었다.

"이곳은 백지수표 같은 곳입니다. 여러분은 원하는 금액을 적기만 하면 됩니다. 그러면 우리의 시스템이 여러분의 꿈을 현실로 만들어줄 것입니다."

윤치영 씨가 헤벌쭉하며 자신의 찻잔을 원장의 찻잔에 부딪혔다.

"폐교 안에 이런 곳이 존재한다니 참으로 신기하구먼요?"

문을 열고 나가는 최홍선 대리의 엉덩이에 시선을 꽂은 채 윤치영 씨가 말했다.

나는 이주삼을 바라보았다. 그는 원장의 보디가드처럼 부동자세로 서 있었다. 대체 그는 무슨 잘못을 저질렀기에 원장에게 저렇게 정강이를 차이고도 아무 소리를 못 하는 걸까.

윤치영 씨 휴대폰이 울렸다.

"여보시……."

윤치영 씨의 말이 떨어지기도 전에 상대방 여성이 무어라 빠른 톤으로 설명하는 소리가 들렸다. 암보험 가입을 종용하는 보험회사 콜센터 직원 같았다.

"나는 보험 같은 거……."

그러자 상대방은 그 멘트를 기다렸다는 듯 무슨 말인가를 '따다다다' 내뱉었다. 윤치영 씨 얼굴이 일그러지는 게 보였다.

"이거 보슈, 앵무새처럼 당신 하고 싶은 말만 하면 어쩌자는 거여? 상대방 말도 좀 들어봐야지?"

윤치영 씨가 씩씩거리며 통화 종료 버튼을 눌렀다. 앵무새라는 말에 우리는 서로의 얼굴을 바라보며 킥킥 웃었다.

마중근 원장이 상황을 정리하듯 입을 열었다.

"정중하게 그들을 속이는 법을 하나쯤은 알고 있어야 합니다."

우리는 모두 마중근 원장을 바라보았다.

"이를테면 문상 중이라고 한다든가, 고속도로 운전 중이라고 한다든가, 수업 중이라고 한다든가, 뭐 그런 거 있잖습니까?"

"앵무새 속이기구먼?"

윤치영 씨의 말에 우리는 모두 박장대소했다.

우리 일행은 1-1번 방으로 안내되었다. 방은 온돌로 돼 있었는데 교실 하나 정도의 크기여서 일행이 사용하기에 충분할 듯싶었다. 특이하다면 사방 벽면에 인체 해부도가 붙어 있다는 것이었다. 한쪽 벽엔 두개골부터 팔다리까지 뼈 그림이, 다른 벽면에는 척추 모양의 그림이, 또 다른 벽면엔 장기 해부도가 붙어 있었다. 윤치영 씨가 장기 해부도를 한참 동안 들여다보았다.

"간이 생각보다 크구먼. 위장은 생각보다 작고. 요기로 어떻게 냉면 곱빼기가 들어간다는 건지, 원."

윤치영 씨는 장기 해부도에서 눈을 떼지 못했다.

"씻으실 분들은 뒤꼍 세면장 이용하시고 곧 저녁이니까 일곱 시까지 식당으로 오슈. 아, 참. 핸드폰은 기초교육 끝날 때까진 압수입니다."

우리는 이곳으로 오기 전 이주삼으로부터 그에 대한 이야기를 들었기에 별 반감 없이 각자의 휴대폰을 꺼내 건넸다. 누군가 이곳에 대한 비밀을 외부로 알리는 걸 차단하기 위한 것이었다. 기초교육 후에는 휴대폰을 돌려주어도 문제가 생기지 않는 모양이었다.

이주삼이 담배를 꺼내 물고 출입구로 걸어갔다.

"저 친구는 원장 앞에선 꼼짝도 못 하면서 우리한테만 와일드햐."

윤치영 씨는 이주삼 들으라는 듯이 말했지만, 이주삼은 들은 척도 않고 복도로 나갔다. 정호연은 대화에 끼지 않겠다는 듯 배낭에서 고급스러워 보이는 옷들을 꺼내 벽면의 옷걸이에 정성스럽게 걸었다.

"나는 호연이 저 친구가 따라온 게 참 미스터리란 말야. 나야 돈이 필요하니께 여기까지 왔지만, 저 친구는 암만 봐도 돈이 많아 보이거든."

정호연은 하얀색 푸마 트레이닝복으로 갈아입는 중이었다. 나는 옷을 갈아입지 않고 벌러덩 방바닥에 드러누웠다. 유리창으로 투영된 하늘이 참 파랗고 깨끗했다. 솜틸 구름이 그 파란 하늘에 풍선처럼 둥둥 떠 있었다. 한때 구름이 되고 싶은 적이 있었다. 그 부드러움과 무중력이 부러웠다. 구름은 먹고살기 위해 무엇인가를 선택할 이유도, 필요도 없을 것이다. 그냥 바람이 부는 대로 흘러 다니기만 하면 된다. 선택이 없는 세상에 산다는 것, 누군가가 이끄는 대로 산다는 것, 그것이 구름처럼 사는 방식이다.

우리 중 누구도 세면장에 가지 않았다. 서로 말은 안 했지만, 미지의 여행에 대한 피로감이 쌓여 있을 터였다. 우리는 방에서 뒹굴다 바로 식당으로 갔다.

식당에는 열 명 남짓한 사람들이 줄을 지어 식판에 음식을 담고 있었다. 당연한 말이지만 모두 처음 보는 얼굴이었다. 이주삼이 식탁에 앉아 눈짓으로, 얼른 음식을 담아 자리에 앉으라고 재촉했다. 우리는 입구 쪽에 포개져 있는 스테인리스 식판을 하나씩 들고 줄 뒤에 붙었다. 윤치영 씨가 맨 앞, 정호연이 중간, 내가 맨 뒤였다. 주방 앞 긴 테이블에 전기밥솥이 놓여 있고 갖가지 반찬들이 뷔페식으로 나열되어 있었다. 주방과 연결된 테이블에는 동태찌개가 대여섯 그릇 올려져 있었다.

나는 전기밥솥 뚜껑을 열어 밥을 두어 주걱 푼 후 상추겉절이

와 콩자반을 담았다. 다음은 제육볶음이었는데, 윤치영 씨가 어찌나 많이 담았는지 동이 났다. 정호연은 제육볶음은 건너뛰고 콩자반만 담아 식탁으로 향했다. 제육볶음 접시에는 갈색 양념 기름과 너덜거리는 고기 조각 두어 개만 남아 있었다. 나는 고개를 숙인 채 집게로 남은 고기 조각을 식판에 옮겨 담았다. 대파와 양파 조각이 몇 개 보여 그것도 담으려고 집게를 가져가는데, 접시가 휙 사라짐과 동시에 제육볶음이 가득 담긴 접시가 그 자리를 대신했다. 심지어 김마저 모락모락 피어오르는 게 군침이 절로 돌았다.

"떨어졌으면 달라고 그러시지."

나는 깜짝 놀라 고개를 들었다. 낡은 밀리터리 캡을 깊게 눌러쓴 주방 아저씨가 빈 접시를 수거하고 있었다. 주방 아저씨는 구부정하게 걸었고 한쪽 다리를 절었다. 나이를 도통 짐작할 수 없었다. 덥수룩한 수염과 깊게 팬 주름으로 미루어 60대 정도로 보였으나 팔뚝에 불끈 솟은 근육은 40대로 보기에 충분했다. 나는 감사합니다, 하고 인사를 건넸다.

"많이 드세요."

주방 아저씨가 무표정한 얼굴로 나를 바라보더니 빈 접시를 들고 주방으로 걸어갔다.

"형님, 많이 드슈."

입안 가득 음식을 넣으며 이주삼이 말했다.

"에헴. 찬물도 순서가 있고 똥수깐 구더기도 위아래가 있는 법인디, 주삼 씨는 워째서 노 씨한테만 많이 먹으라고 하는 겐가?"

윤치영 씨가 자못 서운하다는 투로 말했다.

"아, 영감님이야 '많이 잡수십쇼' 하기도 전에 알아서 많이 잡수시니까 그렇죠. 호연 씨도 많이 먹게."

정호연은 아무 대답 없이 젓가락으로 밥과 콩자반을 깨작거렸다.

"근데 주삼 씨, 아까 말여. 원장님한테 왜 까인 겐가?"

나는 수저질을 멈추고 이주삼을 바라보았다. 정호연도 젓가락을 든 채 이주삼을 바라보았다.

"저녁 프로그램 있으니까 빨리 식사들 마치고 상담실로 모이슈."

이주삼이 식판을 들고 일어섰다.

윤치영 씨가 못내 궁금하다는 듯 이주삼의 뒷모습을 바라보며 입맛을 다셨다. 강한 첫인상, 층계참에서 눈물을 보이던 연약함, 원장에게 '조인트'를 까이면서도 저항 한 번 하지 않던 이주삼의 모습이 나를 혼란스럽게 했다.

식사를 마치자 정호연이 커피나 한잔하자고 제안했다.

간이 카페에서 서너 명의 남자들이 테이블에 앉아 왁자지껄 떠들고 있었다. 운동장에서 족구를 하던 그 일행이었다. 그중 키가 크고 눈이 부리부리한 사내가 대화를 주도하고 있었다. 정호연이 커피머신에서 뽑은 커피를 트레이에 받쳐 들고 왔고 우리는 옆 테이블에 앉았다. 사내는 일행과 대화하는 도중에도 힐끔힐끔 우리 쪽을 훔쳐보았다.

"저녁 프로그램이 뭘랑가?" 윤치영 씨가 종이컵을 들며 말했다.

"적성검사요."

눈 큰 사내가 이쪽을 보며 끼어들었다. 우리의 시선이 사내에게 쏠렸다.

"첫날은 적성검사 합니다. 뭐 일종의 통과의례 같은 거죠."

사내는 어깨를 으쓱하며 과장된 동작을 취했다.

윤치영 씨가 종이컵을 내려놓더니 벌떡 일어서서 사내에게 손을 내밀었다.

"윤치영이요."

"박상도입니다."

윤치영 씨가 정호연과 내 손을 잡아 박상도와 악수를 시켰다.

"여기는 노재수, 정호연."

박상도가 자기 일행을 소개했다.

최동수는 주걱턱에 사람 좋아 보이고, 김구는 바싹 마른 체격에 약해 보였고, 이준혁은 다부진 체격이었다. 일행은 우리보다 서너 달 먼저 이곳에 온 것 같았는데 박상도는 이미 여러 번의 경험이 있는 듯했다. 윤치영 씨는 고향 사람이라도 만난 듯 즐거워했고 정호연은 묻는 말에만 대답했다.

대화가 한창 무르익었을 때 박상도가 주방 쪽을 바라보며 눈살을 찌푸렸다.

"나는 비즈니스적으로 저 영감 이해가 안 돼."

주방 아저씨가 절뚝거리며 느릿느릿 테이블을 닦고 있는 게 보였다.

"저런 몸으로 무슨 주방을 본다고."

박상도는 경멸에 찬 눈빛으로 주방 아저씨를 바라보았다. 일행도 동의한다는 듯 고개를 주억거렸다.

"어디서 굴러먹다 원장이 밥벌이나 하라고 데려다 놓은 것 같은데, 그 피해는 고스란히 우리가 받잖아. 행동 느리지, 위생 관념 없지. 저런 사람이 만든 음식이 맛있을 리가 있겠어?"

박상도가 동의를 구하듯 우리를 둘러보았다.

"그래도 나는 맛있던디? 동태찌개도 엄니가 끓여준 맛 나고."

윤치영 씨가 말했다.

"한마디로 시설 관리인이라 할 수 있죠."

최동수가 말했다.

"시장도 보고, 교실 전구도 갈고, 고장 난 수도도 고치고. 저 아저씨 없으면 여기 스톱일걸요."

박상도가 못마땅하다는 듯 끙 소리를 냈다.

상담실에는 의자와 책상의 일체형인 소위 '의탁자'가 10여 개 놓여 있었다.

이주삼이 서류 봉투를 들고 정면에 서 있었다.

"각자 편한 데로 앉으슈."

윤치영 씨가 창가 쪽 맨 앞에 앉고 정호연은 정중앙 뒤쪽 자리에 앉았다. 나는 복도 쪽 앞자리에 앉았다. 이주삼이 서류 봉투에서 A4 용지를 꺼내 나누어주었다. 각자 A4 용지 총 여덟 장씩을 받았다.

맨 앞 장에는 '다면적인성검사'라는 제목이 크게 적혀 있고 우측 하단에 피검사자 이름을 쓰는 난이 있었다.

"앞 장에 이름들 쓰시고 다음 장부터 차근차근 풀어나가면 됩니다. 주관식은 생각할 거 없이 바로 떠오르는 대로 쓰슈. 너무 깊이 생각하면 오답이 나옵니다."

나는 이름을 쓰고 뒷장을 넘겨 보았다. 번호가 매겨진 주관식 문항이 다음 페이지까지 이어져 있고 나머지는 객관식이었다. 주관식 문항은 '문장 완성하기'였다.

1. 나는 잘사는 사람을 볼 때마다 _____
2. 누군가 내 가족을 납치한다면 _____
3. 어릴 적 내 소원은 _____

이런 식이었다. 객관식 문항은 명제가 주어지고 '아주 그렇다'부터 '전혀 아니다'까지 다섯 개 항 중 하나에 체크하는 식이었다. 대부분의 질문은 유치할 정도로 단순하고 어떤 질문은 반복적이었다. 대체 이런 게 왜 필요한지 몰랐지만 여기 온 이상 시키는 대로 해야 했다. 나에겐 이미 선택권이 없었다. 선택권이 없기는 윤치영 씨도 정호연도 마찬가지였다. 둘 다 자원해서 이곳에 왔고 돈이 필요했으며 이주삼이 보험회사를 상대로 어떻게 돈을 만들어내는지 이미 목격했기에 우리는 의심의 여지가 없었다.

나는 살짝 윤치영 씨를 바라보았다. 눈이 침침한지 잔뜩 찡그린 채 종이를 들어 눈에서 멀리 떨어뜨렸다가 가까이 붙였다를 반복했다. 정호연은 문항을 읽을 때는 한 손으로 볼펜을 빙글빙글 돌리다가 생각이 정리되면 고개를 주억거리며 답안을 작성했다. 이주삼이 시간은 무제한이라고 했으니 서두를 필요가 없었다.

마지막 페이지는 과거 병력을 묻는 질문이었다. 어릴 때부터 지금까지 다쳤거나 앓아본 기억을 죄다 쓰라고 했다. 나는 어렸을 때부터 중키에 적당한 몸무게를 유지했고 크게 앓아본 기억이 없다. 독감에 걸려 헛소리가 나올 정도로 열이 오른 적은 몇 번 있지만 병원에 입원할 정도로 아파본 기억은 없다. 군 복무 시절 다른 소대와 축구 시합을 하다 좌측 전방십자인대 부분 파열로 일주일간 군 병원에 입원한 적은 있었다. MRI를 살피던 군의관은 30퍼센트는 남아 있으니 수술할 필요가 없고 근육 관리만 잘하면 괜찮을 거라 말했다. 어차피 인대는 다발로 되어 있어 30퍼센트로도 충분히 기능하는 데다 후방십자인대보다

예후가 좋은 편이니 걱정하지 말라고도 했다. 군의관 말처럼 제대 후 지금까지 별 불편함 없이 생활하고 있다.

나는 기억을 더듬어 다친 연도와 상황을 비교적 자세히 기재했다. 그리고…… 맞다! 재작년 여름인가, 부부 싸움 끝에 기자가 던진 소파 매트를 붙잡으려다 바닥을 잘못 짚어 오른쪽 어깨가 탈골된 적이 있다. 가까운 정형외과에서 바로 정복술을 받아 그곳 역시 현재 정상이다. 기자는 화가 나면 물건을 집어 던지는 버릇이 있다. 처음 사귈 때는 가벼운 물건을 내게 던졌고 악의 없이 장난으로 한 거라서 나는 오히려 사랑스럽게 느끼기까지 했다. 기자가 진짜로 물건을 집어 던진 최초의 사건은 방송국에 사표 내던 날, 나가 죽으라며 루이비통 미니 백을 던졌을 때였다. 나는 아무 말 없이 미니 백을 주워 들고 기자가 시키는 대로 집에서 나가기는 했지만 죽지는 않았다. 기자도 속이 상해서 그랬을 것이기에 나도 마음이 좋지 않았다.

기자는 잘 지내고 있을까? 소희는?

갑자기 눈앞이 어룽졌다. 더는 답안지를 기록하고 싶지 않았다. 그때 누군가 다가와 종이를 쓱 빼 갔다. 이주삼이 그걸 들고 칠판 쪽으로 걸어가고 있었다.

"아따, 밤샐 거유?"

주변을 돌아보니 나 혼자였다.

이주삼이 나를 슬쩍 바라보더니 문밖으로 나갔다. 나는 천장을 바라보며 떨어지려는 눈물을 삼켜 넣었다.

2

윤치영 씨가 이를 쑤시며 방으로 들어왔다. 김칫국이 나왔는데 엄마가 끓여주던 맛이 나서 두 그릇이나 먹었다며 너스레를 떨었다. 식당에 다니던 내 어머니도 김칫국을 참 잘 끓이셨다. 일터 사람들과 한잔 거나하게 걸치고 퇴근하던 아버지는 어머니가 끓여준 김칫국을 먹으면 속이 싹 풀린다며 그 뜨거운 김칫국을 벌컥벌컥 들이켜시곤 했다. 그럴 때마다 어머니는 멸치 몇 개 넣고 김치만 썰어 넣으면 그만인 김칫국이 별거냐며 겸연쩍어하면서도 입가에는 언제나 미소를 머금으셨다.

나는 벌떡 일어나 대충 옷을 걸치고 밖으로 나갔다. 뒤에서 윤치영 씨가 허허, 하고 웃었다.

"아침 생각 읎다더니?"

식사 시간 막바지여서 식당에는 사람이 없었다. 다행히 조리 대에 반찬들이 그대로 있었다. 식판을 들고 밥을 막 푸려는데 누군가 주걱을 낚아챘다. 박상도였다.

"쏴리, 내가 비지니스적으로 쫌 바빠서리."

식판에 반찬을 다 담은 박상도가 조리대에 김칫국이 없는 걸 발견하고 주방 아저씨를 불렀다. 주방 아저씨는 이미 이쪽으로 절뚝거리며 걸어오고 있었다. 양손에 김칫국을 든 채. 급하다는 듯 박상도가 주방 쪽으로 걸어가 김칫국을 받으려 했다. 그때 바닥 물기에 주방 아저씨가 미끄러졌다. 아저씨의 손을 떠난 김 칫국 그릇이 허공에서 붕 뜨더니 그대로 박상도의 가슴팍으로 떨어졌다. 하얀 셔츠를 타고 벌건 국물이 흘러내렸고 가슴팍엔 김치 건더기와 통멸치 두 마리가 붙어 있었다. 아저씨는 바닥에 쓰러져 괴로운 표정을 지었다. 나는 깜짝 놀라 식판을 조리대에 올려놓고 아저씨를 잡아 일으켰다.

"씨이팔! 이거 새로 산 건데."

박상도가 셔츠에 묻은 김치를 털어내며 인상을 구겼다.

"아, 미안하게 됐습니다. 내 이따 깨끗이 빨아드리죠."

아저씨가 바지에 묻은 물을 툭툭 털며 진심으로 미안한 표정 을 지었다.

"아저씨, 그러니까 사람을 쓰세요, 사람을! 저요, 아저씨한테 감정 없어요. 비즈니스적으로 말씀드리는 거예요. 우리가 피해를 보고 있잖아요!"

박상도가 에이씨, 하며 식판을 내려놓고 식당을 나갔다.

나는 주방 바닥에 엎어진 국그릇을 집어 개수대에 담았다. 바닥에 떨어진 김치 건더기는 대충 주워 담고 흥건한 국물은 물을 뿌리면 될 듯싶었다. 수도 호스를 찾으려고 두리번거리는데 아저씨가 손에 국그릇을 들고 왔다. 나 혼자 밥을 먹을 상황이 아니었다. 괜찮다고 말하려는데 아저씨가 김칫국을 내 손에 넘겨주며 고개를 끄덕였다.

"먹어야 사기도 치고, 먹어야 싸움도 합니다. 안 그렇습니까, 노재수 씨?"

조금 전의 사건을 까먹기라도 한 듯 카랑카랑한 목소리였다.

"아저씨가 어떻게 제 이름을……?"

나는 김칫국 그릇을 받으려다 멈칫하며 물었다.

"아, 여기 사람이 몇이나 된다고."

아저씨는 어서 먹으라는 듯 나를 식탁 쪽으로 떠밀었다. 밥을 먹지 않고 그냥 나가면 분위기가 더 어색해질 상황이었다. 김칫국에서 솔솔 풍기는 구수한 냄새도 식욕을 자극했다. 나는 다른 반찬은 담지 않고 밥과 김칫국만 들고 식탁으로 왔다.

정말 어머니가 끓여주던 그 맛이었다. 김칫국이 거기서 거기겠지만, 어머니는 멸치 대가리와 내장을 떼어내지 않고 그대로 쓰셨다. 표면적인 이유는 영양가가 그곳에 죄 몰려 있어서라고 하셨지만, 멸치를 아끼려고 그러는 거라는 걸 어린 나도 모르지 않았다. 나중에 안 사실이지만 일반 식당에서 먹는 김칫국은 머리와 내장을 제거한 육수로 끓인 거라 깔끔하기는 하지만 뭔가 빠진 듯한 맛이 났는데, 그 이유가 대가리와 내장에서 우러나는 미세하게 쌉싸름한 맛이 없어서였다.

그릇이 비어가자 제 육수를 모두 뽑아내고 퉁퉁 불어 터진 통멸치 두어 마리가 모습을 드러냈다. 나는 국그릇을 들어 남은 국물과 건더기를 홀짝홀짝 마셔버렸다. 주방 아저씨는 등을 돌린 채 설거지를 하고 있었다. 그 뒷모습이 할아버지네 논둑에서 있던 허수아비처럼 쓸쓸해 보였다. 나는 식사를 마치고 강의실로 향했다.

강의실에는 20명이 조금 넘는 사람들이 자리에 앉아 있었다. 이곳에 있는 인원 전체인 것 같았다. 천장에 빔프로젝터가 설치되어 있었다. L사의 4K UHD 제품으로 방송국에서도 사용하는 고가의 장비였다. 최홍선 대리가 리모컨으로 스크린 밝기를 조정한 후 밖으로 나갔다. 조도를 낮춘 탓에 교실은 살짝 어두웠다. 나는 윤치영 씨 뒷자리에 앉았다. 내 옆에 정호연이 앉고 정호연 옆자리에 박상도와 일행이 줄지어 앉아 있었다. 오늘의 첫 강의는 일종의 입학식으로, 전체 인원이 참석한다고 했다. 원장의 기초 강의가 이어질 것이니 편안히 참석하라고 이주삼이 일러주었다.

마중근 원장이 화면 한가운데 섰다. 남색 생활한복 차림이었다. 평범한 체구, 단정하게 빗어 넘긴 머리, 입꼬리가 당겨진 미소. 하얀 불빛에 반사된 원장의 모습은 이곳의 이름처럼 '힐링 학교 지도자'처럼 보였다. 이주삼은 화면 우측 가장자리에 두 손을 모은 채 서 있었다.

마중근 원장이 보험사기의 역사에 대해 말해주었다. 최초의 보험사기는 1923년 8월에 있었는데 허위로 사망진단서를 발급해 5천 원을 받았다가 발각되어 징역형을 선고받았다고 했다. 그 시절에 보험이 있다는 것도 신기했지만, 일제강점기의 서슬 퍼런 공안정국에서 허위진단서 발급을 생각했다는 게 더 신기했다.

"질문 있습니다."

박상도가 손을 들었다.

"10년 전 변산반도 교차로에서 발생한 교통사고가 있었습니다. 당시 가해 차량 운전자는 음주에 신호위반을 했고 피해 차량은 충돌로 인해 낭떠러지로 떨어져 바닷물 속으로 가라앉았습니다. 나중에 차량 견인을 해보니 운전자가 사라지고 없었습니다. 결국 실종에 의한 사망으로 처리되었는데, 보험조사원이 보험사기라며 수사 요청까지 했습니다. 누군가 20억 원의 사망 보험금을 창구에서 지급받고 사라졌기 때문이죠. 경찰은 수사 요청을 묵살했습니다. 이유는 가해 운전자가 신호위반을 한 게 명확했고 보통 보험사기는 가해자와 피해자가 공모하여 실행하기 때문이죠. 깊은 바닷물 속에서 살아났을 리 없다는 법의학자의 의견도 반영된 것이었고요. 업계에서는 실종된 피해자를 '백작'이라고 부른답니다. 연극계에서 그렇게 불렸다고 해서 말입니다. 이 사건을 혹시 원장님도 알고 계십니까?"

등나무 그늘에서 윤치영 씨가 해준 백작의 전설에 대한 이야기였다. 박상도 역시 백작의 전설을 알고 있다는 사실에 나는 놀랐다.

"예. 알고 있습니다."

원장이 무표정한 얼굴로 대답했다.

"원장님도 백작이 살아 있다고 보십니까? 제가 이 질문을 원장님께 드리는 이유는 원장님이 이 학교를 설립한 게 10년 전이라고 들었기 때문입니다."

일순간 침묵이 흘렀다. 다들 백작의 전설에 대해 알고 있는 눈치였고 원장의 대답에 관심이 쏠렸다.

"내가 백작입니다."

순간 찬물을 끼얹은 듯 조용해졌다. 나도 원장의 대답에 놀라 입을 틀어막았다.

"이런 대답을 원하십니까?"

마중근 원장이 씩 웃었다.

모두가 에이, 하며 탄식을 했다.

"백작이 살아 있다고 칩시다. 여러분이 백작이라면 벌건 대낮에 얼굴을 드러내고 다니겠습니까?"

원하는 답을 얻지 못해서인지 박상도는 실망한 표정을 감추지 않았다.

"제가 이 학교를 설립한 게 10년 전인 건 사실입니다. 그해에 변산반도 사건이 발생한 것도 맞고요. 여러분 말대로 백작이 유명한 연극배우였다면 변장한 채 숨어 살고 있지 않을까요? 보험금을 20억이나 챙겼다면서요."

원장이 좌중을 한 번 빙 둘러보았다. 모두 숨을 죽인 채 원장의 말을 듣고 있었다.

"어쩌면 백작의 전설은 한낱 풍문에 지날 수도 있습니다. 중요한 건 여러분의 선택으로 여러분이 지금 이 자리에 있다는 것입니다. 목표는 분명합니다. 프로젝트를 통해 여러분이 원하는 금액을 만들어 이곳에서 나가는 것입니다. 남은 일정 잘 소화하시어 각자 원하는 목표를 이루시기 바랍니다. 다 같이 기도드리겠습니다."

마중근 원장이 두 손을 들며 눈을 감았다. 박상도 일행도 모두 눈을 감았다. 다들 이 상황에 익숙한 듯 보였다. 나도 어쩔 수 없이 눈을 감았다. 그러나 기도하는 방법도 모르고 기도가 나오지도 않았다. 잠시 후 원장이 밖으로 나갔다. 이주삼이 빔프로젝터를 정리해 원장을 따라 나갔다.

윤치영 씨가 박상도에게 다가가 백작 사건을 어떻게 아느냐고 물었다. 그러자 이 바닥에 전설처럼 떠도는 이야기를 자신이 어떻게 모를 수 있겠느냐며 박상도가 너스레를 떨었다. 백작의 전설은 믿을 수도, 믿지 않을 수도 없는 페이크 다큐멘터리처럼 보였다.

점심으로 칼국수가 나왔다.

윤치영 씨는 밥을 줘야지 면이나 먹고 어떻게 큰일을 하느냐며 주방 아저씨에게 투덜거렸다.

다들 주방 아저씨를 '박 씨'라고 불렀다. 이름을 아는 사람은 없는 듯했다. 박씨 아저씨는 느린 듯했지만 언제나 날렵하게 식사 준비를 했고 그 음식은 언제나 내 입맛에 맞았다. 그런 면에서 나는 박씨 아저씨를 바라보는 박상도 일행의 시각이 이해가 되지 않았다. 하기는 모든 사람에게 맞는 사람은 없을 것이다.

나는 칼국수를 들고 와 윤치영 씨 맞은편에 앉았다. 윤치영 씨는 면을 다 먹고 국물에 밥을 마는 중이었다. 칼국수를 식히려고 젓가락으로 휘휘 젓는데 안에서 달걀노른자가 나왔다. 나도 모르게 면으로 노른자를 덮고 박씨 아저씨를 바라보았다.

박씨 아저씨는 빈 그릇들을 치우는 데 몰두하고 있었다. 나는 젓가락질을 멈춘 채 윤치영 씨를 바라보았다. 안 먹을 거면 자기에게 달라며 윤치영 씨가 내 그릇을 가져가려 했다. 나는 힘주어 그릇을 지켜냈다.

윤치영 씨가 다 비운 그릇을 들고 일어설 즈음 나는 칼국수를 먹기 시작했다. 반숙 달걀노른자가 칼국수와 어우러져 깊은 맛이 났다. 어릴 때 어머니도 그렇게 해주시곤 했다. 나는 박씨 아저씨의 뒷모습을 바라보며 미소를 지었다.

오후는 적성검사 결과를 보는 시간이었다.

우리 세 사람은 상담실로 들어갔다. 빈 책상 위에 인성검사 결과지와 또 다른 인쇄물들이 놓여 있었다. 최홍선 대리가 미리 와 앉아 있었다.

"이쪽부터 윤치영 씨, 노재수 씨, 정호연 씨 앉으세요."

최홍선 대리가 창가 쪽부터 책상을 지정했다.

"저기 내가 가운데 앉으면 안 될랑가? 내가 눈이 좀 안 좋아서 그라."

윤치영 씨가 책상 밑으로 뻗은 최홍선 대리의 늘씬한 종아리에서 눈을 떼지 않고 투정했다.

"큰오라버니? 오늘은 제 다리를 보는 게 아니고 결과물을 보시는 겁니다. 자리와 상관없습니다."

최홍선 대리가 책상 아래로 다리를 흔들며 짓궂게 웃었다.

윤치영 씨가 풀이 죽은 표정으로 창가 자리에 앉았다.

최홍선 대리가 이름을 확인하며 A4 용지를 한 장씩 나누어주었다.

인지적 특성: 대상자의 현재 지능은 전체 지능 FSIQ 103에 해당됨. 언어이해, 지각추론, 처리속도 등 모든 영역에서 평균 결과를 보임. 그렇지만 사회성숙도검사(SMS)상 사회지능 95로 타 분야에 비해 low average level function 보이며, 집중력 유지의 곤란, 특정 단어에 대하여 인지적 경직성 등과 함께 stress intolerance 두드러지고 대안적인 방법을 동원하여

문제 해결 못 하고 있음. 특히 '의지'라는 단어와 '선택'이라는 단어에 심한 저항감을 가지고 있는 것으로 보임. 기억력 평가 결과, 기억지수(MQ) 110으로 비교적 높은 수준이며 지각 및 사고 특성에서 복잡하고, 애매모호한 자극을 탐색하고 처리하기 위해 인지적인 에너지를 투여하지 않음. 최소한의 관여와 개입만을 하고 있으며, 폭넓고 깊이 있는 사고를 전개하지 않는 등 외부 환경에 대한 관심이나 흥미가 저하된 것으로 보임. (전체 반응R=5개. 평균 14개. '비슷한 것도 없다' '잘 모르겠다' 등의 반응이 주를 이룸.) 정서 및 행동 특성에서 상실감, 무능력감 등 depressed mood 보임. 이와 더불어 현 상황에 대한 불만족감을 느끼고 사소한 stress조차 스스로 감당하지 못할 수 있으며……

"자, 오빠들. 읽어봐도 무슨 말인지 하나도 모를 겁니다. 저를 보세요. 짝짝!"

최홍선 대리가 손뼉 치는 제스처를 하며 입으로 소리를 냈다.

"아이큐 70이면 높은겨?"

윤치영 씨가 머리를 긁적거리며 물었다.

"오라버니? 낮은 겁니다, 아주요."

최홍선 대리가 정호연을 바라보았다.

"우리 막내 오빠가 IQ 젤 높네? 오우."

정호연은 아무 말 없이 A4 용지를 들여다보고 있었다.

"높으면 얼마나 높간디 그렇게 놀라?"

"음……, 오라버니의 두 배?"

윤치영 씨가 반쯤 일어서더니 내 등 뒤로 고개를 뻗어 정호연의 결과지를 보려 했다. 정호연이 결과지를 반으로 접어 책상 위에 올려놓았다.

"오라버니는 '신', '믿음', '기도'라는 단어에서 매우 큰 긍정 반응을 보여요. 흠, 이런 분들이 대부분 단순하고 사람을 잘 믿는 스탈이신데. 사회성 점수도 좋고 현 상황을 개선하려는 의욕 점수도 높게 나오신답니다."

낮은 IQ에 다소 실망했던 윤치영 씨의 얼굴이 금세 활짝 피었다.

최홍선 대리가 결과물을 든 채 정호연을 보았다. 나와 윤치영 씨의 시선이 정호연에게 쏠렸다. 그도 그럴 것이 나나 윤치영 씨나 정호연에 대해 아는 게 별로 없었기 때문이다. 겉으로 보면 부잣집 도련님 같기도 한데 여기까지 따라온 걸 보면 그렇지 않은 것 같기도 하고, 하여튼 미스터리한 인물임이 틀림없었다.

"울 막내 오빠는 사회에 불만이 많은가 봐. '가족', '사랑', '애정'이라는 단어에 아주 많이 부정 반응이 나와. 내가 노래 하나 틀어줄까?"

최홍선 대리가 스마트폰으로 검색하더니 〈DOC와 춤을〉이라는 노래를 틀었다. 경쾌한 멜로디와 함께 가사가 흘러나왔다.

젓가락질 잘해야만 밥을 먹나요. 잘못해도 서툴러도 밥 잘 먹어요. 그러나 주위 사람 내가 밥 먹을 때 한마디씩 하죠. 너 밥상에 불만 있냐. 옆집 아저씨와 밥을 먹었지. 그 아저씨 내 젓가락질 보고 뭐라 그래. 하지만 난 이게 좋아, 편해. 밥만 잘 먹지. 나는 나예요. 상관 말아 요요요.

윤치영 씨가 신이 났는지 박자에 맞추어 덩실덩실 춤을 추었다. 최홍선 대리도 리듬 따라 고개를 끄덕이며 한 손을 허공에 흔들었다.

"그만하시죠!"

정호연이 양 손바닥으로 책상을 내리쳤다.

"옴마야!"

최홍선 대리가 급하게 음악을 껐다.

윤치영 씨가 쩝쩝거리며 자리로 돌아가 정호연에게 손가락질을 했다.

"맞네, 맞어! 사회 불만 있는 거. 에헴!"

정호연이 밖으로 나갔다.

"저 영화배우 오빠 사람 무안 주네."

최홍선 대리가 표정을 다잡고 나를 바라보았다.

"재수 오빠? 문제는 오빠야."

최홍선 대리가 나를 째려보았다.

"제가…… 왜요?"

"오빠, 선택 장애 있지?"

갑자기 숨이 막히고 얼굴이 화끈거렸다. 에어컨 바람은 잘 나오고 있었다.

"오빠, 나랑 중국집 갔어. 짜장 먹을 거야, 짬뽕 먹을 거야?"

아무래도 에어컨 바람을 더 세게 틀어야 할 것 같다. 상담실이 너무 덥다.

"난 팔보채."

윤치영 씨가 끼어들었다.

"오라버니? 오라버니는 그냥 집밥 드시고."

이젠 오줌이 마려웠다.

"나 화장실 좀 다녀오면……."

"그건 오줌이 마려운 게 아니고 '자율신경기능이상'이란 건데 심혈관, 호흡, 소화, 비뇨기 및 생식기관의 기능이 저하되어 땀이 나오지 않거나 얼굴이 화끈거리거나 오줌이 마렵다고 느껴지는 거고 심하면 똥도 쌀 수 있답니다."

최홍선 대리가 숨도 쉬지 않고 증상을 읊었다. 똥도 쌀 수 있다는 말에 윤치영 씨가 내게서 멀찍이 떨어져 앉았다.

"대체 이런 검사는 왜 하는 거죠?"

내가 물었다.

"오빠, 잘 들어봐. 우리나라가 과학 강국이 된 게 왜인 줄 알아? 어릴 때부터 적성에 맞는 분야를 잘 선택해 집중할 수 있었기 때문이야. 김연아가 적성검사에서 몸치라고 나왔는데 계속

피겨를 시켰어 봐. 피겨 여왕이 됐겠어? 여긴 무에서 유를 창조하는 곳이야. 각자 어느 분야에 적성이 맞는지, 잘하는 건 뭐고 두려워하는 게 뭔지 알아야 설계를 하고 그래야 성공 확률이 높아지는 거야. 오케이?"

최홍선 대리가 종이를 다음 장으로 넘겼다.

"재수 오빠 군 복무 시절 좌측 전방십자인대 부분 파열이 있었고, 에, 또, 어깨 탈골이 있었는데, 둘 다 수술 없이 보존적 치료만 받았네? 어깨 탈골은 왜 생긴 건데?"

"그게 중요한가요?"

"십자인대 파열은 군에서 축구하다 다쳤다고 상세히 적어놓고 어깨 탈골은 잘 기억이 안 난다면 좀 이상하지 않나? 혹시 부부 싸움?"

"……."

"어, 농담한 건데. 이 오빠, 진짠가 봐. 호호호."

최홍선 대리가 다음 장을 펼치며 윤치영 씨를 바라보았다.

"오라버닌 역쉬,"

최홍선 대리가 윤치영 씨를 향해 엄지를 척 들어 보였다.

"기대한 대로 나왔네."

윤치영 씨가 양쪽 어깨를 돌려가며 아픈 표정을 지었다.

"회전근갠가 뭔가 파열됐대. 어깨를 많이 써서 그렇다더만. 허긴 내가 어깨를 많이 쓰고 살긴 했지."

윤치영 씨가 지난날을 회상하듯 눈을 가늘게 떴다.

"오라버니, 잘된 거야. 아픈 곳이 없으면 사기 치기 힘들어. 그리고 오라버니 나이 때는 다 나오는 병명이니까 신경 쓰지 마셔."

최홍선 대리가 정호연의 결과물을 심각한 표정으로 들여다보았다.

"호연이 저 친구, 생각보다 아픈 데가 많은 게로구먼?"

최홍선 대리가 한층 심각해진 표정으로 윤치영 씨를 바라보았다.

"아픈 곳이 하나도 없어. 이걸 어쩐담?"

아픈 곳이 없다고? 그런데 왜 정호연은 병원에 장기 입원을 하고 있었을까?

"오빠들? 오늘은 여기까지."

최홍선 대리가 서류를 주섬주섬 챙겼다.

"며칠 더 교육들 받으시고 각자에게 맞는 보험설계가 들어갈 겁니다. 그때 봐용."

최홍선 대리가 엉덩이를 흔들며 문을 향해 걸어갔다.

윤치영 씨가 아쉬운 듯 최홍선 대리의 뒤태를 하염없이 바라보았다.

"캬, 내가 5년만 젊었어도."

나는 결과지를 챙겨 밖으로 나왔다.

운동장 서쪽으로 해가 뉘엿뉘엿 넘어가고 있었다.

운동장에서는 젊은 남자가 차량에 달려드는 연습을 열심히 하고 있었다. 어제 보았던 그 남자였다. 남자의 얼굴에 땀방울이 송골송골 맺혀 있었다. 나는 미끄럼틀 옆에 설치된 시멘트 구조물에 앉아 무연하게 하늘을 올려다보았다.

"여기 계셨구만, 한참 찾았수."

이주삼이 종이컵 두 개를 들고 학교 건물 쪽에서 걸어오고 있었다. 나는 반가운 마음에 이주삼에게 걸어가 한 손으로 커피를 받아 들고, 다른 한 손으로는 악수를 청했다. 이주삼이 내 손을 꼭 잡아주었다. 이곳에 온 지 겨우 하루 지났는데 열흘은 된 것 같았다.

"적성검사 결과는 최홍선 대리한테 다 들었수. 십자인대 파열하고 어깨 탈골이 있었다고."

나는 부부 싸움 이야기도 들었을까 봐 얼굴이 화끈거렸다.

"최홍선 대리, 참 발랄한 아가씨 같아."

나는 말을 돌렸다.

이주삼이 무슨 말인지 알겠다는 표정을 지었다.

"대학병원 간호사였는데 원장님이 데려왔답니다. 평생 환자 피만 뽑으며 살다 죽을 거냐고 물었더니 털썩 주저앉더랍니다. 뭐 믿거나 말거나 한 이야깁니다."

이주삼이 커피를 후루룩 마셨다. 들고 오는 동안 다 식어버린 듯했다.

"형수님하고 통화 한번 하시겠수?"

이주삼이 휴대폰을 내게 들이밀었다. 나는 가만히 있었다.

"내 이래 봬도 눈치 10단이유. 형님하고 형수님이 처한 상황 내 다 알고 있수. 그래도 형님 잘 버티슈. 여기 온 것도 다시 잘 해보려고 그러는 거 아닙니까?"

나는 한숨을 쉬었다. 기자는 지금 무얼 하고 있을까, 소희는.

"교육과정 잘 이수하고 한몫 단단히 챙겨 가슈. 전세금이라도 마련해야 할 거 아니유?"

커피를 마시려는데, 모기 한 마리가 빠져 있는 게 보였다.

"거, 안 드실 거면 이리 주슈."

이주삼이 내 손에 들린 커피를 낚아채 막걸리 마시듯 벌컥벌컥 들이켰다.

"주방 보시는 분 말야."

이주삼이 나를 바라보았다.

"아, 박 씨?"

"가족이 없으신가 봐? 사택에 묵으신다고 들어서."

"예전에 학교 소사였다는 말도 있고, 음식점 하다 망해서 이곳까지 왔다는 말도 있고. 여튼 오갈 데 없는 건 맞수. 근데 그건 왜 물으슈?"

"음식점을 하셨구나. 어쩐지 음식 솜씨가 좋으시더라고."

적당한 말이 생각나지 않아 이렇게 대답했다.

"형님도 참, 싱겁긴. 하하하."

이주삼이 원장과 미팅이 있다며 자리를 떴다. 나는 시멘트 구조물에 걸터앉아 황혼을 바라보았다. 그것은 붉은 바다였다. 그때 뎅, 뎅, 뎅, 누군가가 종을 울렸다. 모형 차에 부딪히기를 반복하던 남자가 종소리에 동작을 멈추고 두 손을 모아 기도하는 게 보였다.

3

둘째 날 강의는 보험의 구성과 사례분석 시간이었다.

마중근 원장은 스크린에 띄운 글자를 포인터로 짚어가며 차분한 어조로 말을 이어갔다.

"보험은 남을 위한 배상책임과 나를 위한 장기보험으로 나뉩니다. 배상책임은 교통사고를 담보로 하는 자동차보험, 일상생활 중 벌어지는 책임을 담보하는 일상생활배상책임보험으로 나뉘고, 장기보험은 상해, 생명, 운전자 보험으로 나뉩니다. 여기에 화재보험 같은 재물보험이 있습니다. 여러분이 주로 접할 분야는 자동차보험과 상해보험입니다. 생명을 담보로 하는 보험은 취급하지 않는 게 이곳의 규칙입니다."

화면이 바뀌었다. 뉴스 기사 타이틀을 모아놓은 것이었다.

'고등학교 선후배 보험사기단 77명 검거. 손목 치기, 카세어링 통해 총 9억 편취.'

'고속도로 램프 진입 후 급정거 등으로 뒤 차량에 보험금 청구하다 덜미 잡혀.'

'일방통행로 위반, 중앙선 침범 차량에 고의로 접촉 사고 낸 사기단, 총 2억 편취.'

'횡단보도 측면에 숨어 있다 우회전 차량에 뛰어들어 보험금 갈취한 청년 구속.'

'병원장이 과다 입원 부추기고 허위진단서 발급하여 130명 45억 편취.'

'치조골 수술 허위진단서 발급으로 800만 원 편취한 일당 검거.'

"이건 언론에 보도된 보험사기 적발 사례입니다."

나는 숨을 죽인 채 화면을 바라보았다. 간혹 뉴스에서 스치듯 보아 넘긴 사건도 있었다. 순간 긴장감이 몰려왔다.

"이 중에는 우리 조직이 개입한 것도 있고 타 조직이 개입한 것도 있습니다. 중요한 것은 이들이 설계대로 움직이지 않았기 때문에 검거되었다는 사실입니다."

다들 침묵하며 원장의 입을 주시했다.

"차차 아시게 되겠지만 설계하는 금액이 커질수록 더 조심해야 합니다. 신체적으로 더 위험할 뿐 아니라 보험회사 조사도 더 세게 들어옵니다. 하지만 너무 걱정할 건 없습니다. 설계한 대로만 움직여준다면 여러분이 저 기사의 일면에 오를 일은 절대로 발생하지 않을 것입니다."

앞산에서 말매미가 울어대고 있었다.

점심 식사를 마친 단원들은 그늘에 앉아 담배를 피우거나 미끄럼틀 위에 누워 있거나 족구를 하고 있었다.

윤치영 씨는 녹이 슬어 삐걱거리는 그네 위에서 아이처럼 즐거워하고 있었다. 정호연이 무표정한 얼굴로 그네를 밀어주고 있었다. 느티나무 그늘로 바람이 살랑거리며 불어왔다. 윤치영 씨는 더 세게 밀라고 주문했고, 정호연은 인상을 쓰면서도 시키는 대로 했다. 저러다 녹슨 줄이 끊어질 것만 같아 불안했다. 아니나 다를까 한쪽 줄이 툭 끊어지며 윤치영 씨가 바닥으로 고꾸라졌다. 나는 깜짝 놀라 윤치영 씨에게 뛰어갔다. 정호연도 다급하게 쪼그려 앉으며 윤치영 씨를 일으켜 세우려 했다. 윤치영 씨가 아이구 죽겠다, 하며 일어나 앉지를 못했다. 어디서 보았는지 이주삼이 달려와 윤치영 씨를 번쩍 들어 안고 교실로 들어갔다.

이주삼이 윤치영 씨를 방바닥에 반듯하게 눕혔다. 윤치영 씨는 누워서도 나 죽겠다며 소리를 질렀다. 잠시 후 최홍선 대리가 약상자와 스프레이 통을 들고 들어왔다. 스프레이 통에는 연결 호스로 호흡 마스크가 이어져 있었다.

최홍선 대리가 무릎을 꿇고 앉더니 윤치영 씨의 왼쪽 다리를 조심스럽게 들어 올렸다. 윤치영 씨는 계속 끄으응, 하고 신음을 냈다. 최홍선 대리가 이번에는 윤치영 씨의 오른쪽 다리를 들어 올렸다. 아이구, 나 죽는다. 윤치영 씨가 금방이라도 기절할 것처럼 소리를 질렀다.

"추간판탈출증예요."

"추간판이 뭐 어쨌다고?"

윤치영 씨가 고개를 들어 최홍선 대리와 이주삼의 얼굴을 번갈아 보았다.

"디스크란 말이외다."

이주삼이 나를 바라보았다.

"형님이 받았던 진단과 같은 거요."

"그럼 구급차 불러야 하는 거 아냐?"

내가 다급하게 물었다.

"형님은 가만히 계슈. 나한테 다 생각이 있으니까."

최홍선 대리가 약상자에서 주사기를 꺼내 천장을 향해 들고 살펴보았다. 날카로운 바늘 끝이 천장이라도 뚫을 것 같았다.

"큰오라버니? 아직도 아파?"

주삿바늘을 바라보던 윤치영 씨의 얼굴이 사색으로 변했다.

"아녀, 아녀! 많이 좋아진 거 같어."

말은 그렇게 하면서도 윤치영 씨는 고통스러운 표정을 감추지 못했다.

최홍선 대리가 씩 웃더니 주사기를 약상자에 도로 넣었다. 그리고 스프레이를 들어 호흡 마스크를 윤치영 씨 입에 씌웠다. 자세히 보니 스프레이 통에 타이머 같은 게 달려 있었다.

"이렇게 시간을 맞춰놓으면 분사 시간과 마치는 시간을 조절할 수 있어."

최홍선 대리가 타이머를 조작하며 말했다.

"오라버니? 이건 인체에 무해한 거야. 통증도 사라지고 기분이 좋아질 거야."

잠시 후 윤치영 씨가 헤벌쭉 웃으며 잠에 빠졌다.

나와 정호연이 어찌 된 영문인지 몰라 최홍선 대리를 바라보았다.

"'웃음 가스'야. 치과에서 마취제로 쓰는 건데, 인체에 무해해. 혈액에 녹아 들어가 헤모글로빈의 산소포화도를 낮춰 일시적으로 기분을 좋게 만들어. 이 오라버닌 지금쯤 홍콩에 가 있을 거야."

스프레이 통을 살펴보니 '아산화질소(N2O)'라고 쓰여 있었다.

최홍선 대리가 약상자와 스프레이를 챙겨 밖으로 나갔다.

"한숨 푹 자고 나면 괜찮아질 거유."

이주삼이 잠든 윤치영 씨 얼굴을 말끄러미 바라보더니 밖으로 나갔다.

"아 참, 형님. 이따가 박씨 아저씨하고 금산 읍내 좀 다녀오셔야겠수."

이주삼이 문득 생각난 듯 등을 돌려 나를 보았다.

"금산?"

"오늘이 오일장이유. 부식거리 사 오는 날인데 제가 갑자기 두통이 생겨서 그럽니다."

병실에 있을 때 가끔 두통으로 머리를 감싸던 이주삼의 모습이 떠올랐다.

나는 무료하기도 하고 갑갑한 마음도 있던 차라 그러겠다고 대답했다.

정호연이 리모컨을 가져오더니 벽에 등을 기대고 TV를 켰다.

HBC의 지역 명사 대담 프로가 방송되고 있었다. 초대 손님은 정태성 회장이었다. 방송사에 근무할 때 나도 그를 두어 번 인터뷰한 기억이 있다. 항상 깔끔한 인상에 지역에 많은 봉사를 하는 그는 과연 적이 있을까 싶을 정도로 자기 관리를 잘하는 기업인이었다. 그는 한밭병원 재단 이사장, M금융 회장을 맡고 있으며 HBC의 실제 소유자이기도 하다. 머지않아 정치계로 간다는 소문도 있다.

정호연이 바람 좀 쐬고 온다며 밖으로 나갔다.

금산으로 가는 길은 구불거렸지만, 차량의 통행이 없어 한적하고 좋았다.

박씨 아저씨는 운전 중에도 밀리터리 캡을 쓰고 있었다. 나는 조수석에 앉은 채 구불구불 다가왔다가 뒤로 사라져가는 도로를 무심하게 바라보았다.

"어제 점심때 칼국수에 달걀 넣어주신 거 감사했습니다."

세 번의 식사 시간이 지나갔지만, 주방에서 늘 분주한 박씨 아저씨여서 감사를 전할 새가 없었다. 그렇다고 다른 사람들 들으라고 떠벌릴 수도 없었다.

"요리하고 남은 달걀 하나 풀어드린 거뿐입니다."

박씨 아저씨는 별거 아니라는 투로 말했지만, 그날 아침 박상도에게 김칫국을 엎었을 때 거들어준 것에 대한 답례라는 걸 내가 모를 리 없다. 박씨 아저씨는 투박한 듯하면서도 왠지 정이 갔다. 이곳에 오기 전에 식당을 운영했었다면, 어쩐지 백반집을 했을 것 같다는 생각이 들었다.

박씨 아저씨는 다리를 저는 거에 비해 운전을 꽤 잘했다. 코너링도 부드러웠고, 달려야 할 곳에서는 제법 속도를 냈는데 전혀 불안함이 없었다.

"운전을 참 잘하시네요."

나는 박씨 아저씨의 다리를 슬쩍 바라보았다.

"다리병신이 운전 잘하니까 이상합니까?"

나는 내 생각을 들킨 것 같아 뜨끔했다.

"제가요, 이래 봬도 특수부대 출신입니다."

"특수부대요?"

박씨 아저씨는 해맑게 웃고 있었다.

"요리, 운전, 건물 관리…… 못하는 게 없으니 특수부대 맞지요? 허허허."

"저는 진짜 특수부대 나오신 줄."

나는 허탈하게 웃으며 박씨 아저씨를 바라보았다.

박씨 아저씨는 나이가 한참 어린 내게도 늘 존댓말을 사용했다. 식당을 운영할 때 손님을 대하며 체득한 것이리라, 나는 생각했다. 어쩌다 다리를 다쳤고 어쩌다 이곳까지 오게 되었는지는 모르겠지만, 나는 박씨 아저씨가 성실한 삶을 살아온 사람이라는 확신이 들었다.

"저도 군에 뿌리박으려고 했는데, 그게 잘……."

"아 그래요? 학사?"

박씨 아저씨가 진심으로 반가워하는 얼굴로 나를 바라보았다.

"ROTC입니다. 중위로 제대했습니다."

"왜 말뚝 안 박고? 요즘 다들 취업 때문에 난리라던데."

"그게, 사연이 좀."

나도 모르게 고개를 떨어뜨렸다. 사실 사연이라고 할 만한 것도 없었다. 절이 싫어서 중이 떠난 것뿐이었으니까.

"이 세상에 사연 없는 사람 있겠습니까? 허허허."

20분 정도 달리자 전방에 검문소가 나타났다. 경찰관 두 명이 경광봉을 흔들며 차량을 통제하고 있었다. 대낮인데도 음주단속을 하는 모양이었다. 박씨 아저씨가 차량 속도를 늦추었다.

"이런 대낮에 음주단속을 하나 봐요?"

나는 박씨 아저씨를 바라보았다. 얼굴에 긴장감이 스쳤다.

"혹시, 낮술 하셨어요?"

박씨 아저씨는 아무 대답도 하지 않고 차를 멈추었다.

젊은 경찰관이 다가와 운전석 차창을 톡톡 두드렸다. 박씨 아저씨가 창문을 스스륵 내렸다.

"임시 검문입니다. 신분증 좀 보여주시겠습니까?"

박씨 아저씨가 주머니에서 신분증을 꺼내 경찰관에게 내밀었다. 그때 나이 든 경관이 뛰어오더니 박씨 아저씨의 신분증을 도로 차 안으로 밀어 넣었다. 신분증이 기어봉 옆에 떨어졌다.

"아이고, 박 선생님 아인교? 장 보러 가시나 보네예?"

박씨 아저씨가 손을 내밀어 경찰관에게 악수를 청했다. 경관이 호쾌하게 악수를 받았다.

"지난번 수박 보내주신 거 억수로 달데예."

나이 든 경찰이 너스레를 떨었다. 명찰을 보니 '이영식 경장'이라고 쓰여 있었다.

"군민들을 위해 이렇게 애쓰시는데, 한 트럭이라도 보내드려야죠."

박씨 아저씨가 자못 호탕하게 웃었다.

"원장님께도 안부 전해주이소."

나이 든 경찰관이 비굴할 정도로 굽실거렸다.

"뭐 하노, 빨리 이분들 보내드리지 않고!"

나이 든 경찰관이 젊은 경찰관 뒷덜미를 잡아 뒤로 끌어내더니 거수경례까지 했다.

나는 떨어진 신분증을 주워 박씨 아저씨에게 건넸다. 박씨 아저씨가 신분증을 낚아채 주머니에 찔러 넣었다.

"아저씨, 이 동네 인싸신가 봐요?"

나는 살짝 존경의 눈빛으로 박씨 아저씨를 바라보았다.

"제가 무슨. 다 먹고살려고 그러는 거지요."

박씨 아저씨는 이후로 금산 읍내에 도착할 때까지 한마디도 하지 않았다.

하상河上 주차장에 봉고를 주차한 박씨 아저씨는 따라오라는 말도 없이 둑방 계단 쪽으로 성큼성큼 걸어갔다. 허리가 구부정하고 절뚝거리는 걸음이었지만 내가 따라가기에도 버거운 속도였다. 제방에 올라서자 어디선가 인삼 향이 풍겨왔다. 냄새만으로도 건강해질 것 같았다. 박씨 아저씨가 '수삼센터'라는 간판이 걸린 건물로 들어가는 게 보였다.

수삼센터에는 칸칸마다 번호가 적힌 수삼 가게가 벽을 따라 늘어서 있고, 중앙에는 바닥에 아주머니들이 인삼을 수북이 쌓아놓고 시장처럼 인삼을 팔고 있었다. 번듯한 수삼 가게에서 인삼을 사는 사람도 있고 중앙의 수북이 쌓아놓은 곳에서 사는 사람도 있었다. 장이 서는 날이라 그런지 수삼센터는 사람들로 북적거렸다. 한쪽 벽면에는 칼국수며 국밥집 등 식당들이 늘어서 있었다. 박씨 아저씨가 '쌍둥이집'이라는 상호의 소머리국밥집으로 들어가는 게 보였다. 내가 초능력적 시력의 보유자라도 된다는 양 박씨 아저씨는 뒤 한 번 돌아보지 않았다. 자칫 한눈을 팔았다가는 박씨 아저씨를 시장에서 잃어버리기 십상이었다. 그러면 나는 꼼짝없이 봉고로 돌아가 기다려야 할 판이었다.

국밥집 입구는 문이랄 것도 없이 투명 주름문으로 되어 있어 안이 훤히 들여다보였다. 박씨 아저씨가 식탁에 앉아 있는 게 어룽지게 보였다. 나는 주름문 손잡이를 옆으로 밀어 국밥집 안으로 들어갔다. 국밥집은 식탁 세 개가 겨우 들어갈 정도로 협소했다. 박씨 아저씨가 막걸리 한 잔을 거하게 들이켜고 소머리 수육을 새우젓에 찍어 입으로 가져가고 있었다. 가는 길에 검문소가 있고 음주단속에 걸릴 것을 모를 리 없는 박씨 아저씨가 저렇게 편한 자세로 술을 마시는 것으로 보아 내게 운전을 시킬 요량인 게 분명했다. 이주삼은 이런 상황을 가정해 나를 대리기사로 딸려 보낸 게 틀림없었다.

나는 박씨 아저씨 옆자리에 앉았다. 주방에서 50대 중반으로 보이는 남자가 국밥을 말고 있었다. 그때 문으로 아주머니 한 명이 양손에 대파와 무를 들고 들어왔다. 식당 안주인 같았다. 아주머니가 박씨 아저씨를 보더니 반가운 표정을 지었다.

"하따, 오랜만이시네? 그간 별고 없으셨고?"

아주머니가 주방으로 들어가 대파와 무를 조리대 위에 올려놓았다. 아주머니가 들어오자 남자가 국밥 한 그릇을 들고 와 내 앞에 턱 놓았다. 그러고는 박씨 아저씨 맞은편에 앉아 자신의 대접에 막걸리 한 사발을 따라 벌컥벌컥 들이켰다.

"내 오늘은 박씨 아저씨 자리니까 봐주는 거유. 저 양반은 술이라면 사족을 못 쓴다니까."

아주머니가 툴툴거리다 나를 보았다. 얼굴에 커다란 점이 보였다. 낯이 익은 얼굴이었다.

"가만, 저 양반은 그때 MC 보던 노재수 아녀?"

그러고 보니 생각났다. 방송 사고가 있던 그날 내게 닭백숙 다리를 떼어 먹여주던 아주머니, 쌍둥이 중 하나였다. 나는 가슴이 두근거리기 시작했다. 아주머니 얼굴이 험악해지고 있었다.

"원 세상에, 닭백숙 먹다 토하는 사람 있다는 걸 저 냥반 보고 알았네."

아주머니가 팔까지 걷어붙이고 대거리라도 할 것처럼 나를 바라보았다.

"뚱딴지같이 뭔 소리여?"

남자가 막걸리 잔을 놓으며 나와 아주머니를 번갈아 보았다.

나는 소머리국밥에 수저를 얹은 채 아무 말도 하지 못하고 부동자세가 되었다.

"아, 당신 그새 잊어버렸수? 재작년 HBC에서 금산 인삼 홍보할 때 말유, 저 양반이 사회를 보는데 내가 닭백숙 다리 하나 떼어 먹여줬더니 그 자리서 토해버렸잖수? 어휴, 그때 생각만 하면 부아통이 차오른다니까. 조합장님도 우리 고장 망신시켰다고 방송국에 항의하고 난리였었잖유."

"거 다 지나간 거 가지고 호들갑은."

남자는 아무렇지 않다는 듯 내게 국밥이나 어서 먹으라고 했다. 나는 점심을 먹은 터라 배가 고프지 않았는데, 지금 이 상황을 모면하기 위해서 내가 할 수 있는 일은 고개를 박고 열심히, 맛있게 국밥을 먹는 것뿐이었다. 그때 투박한 손이 쑥 들어오더니 국밥에 소머리 수육이 수북하게 얹혔다. 아주머니가 손가락을 입으로 쩝쩝 빨며 주방으로 걸어가는 게 보였다.

"소머리는 잘 드시네? 참나."

아주머니가 개수대에서 손을 대충 씻었다.

"그때 일 땜에 방송국에 사표 냈다고 조합장님이 그럽디다. 원, 남자가 배포가 있어야지. 그깟 일로 일을 그만두면 세상을 어찌 살려고, 쯧쯧."

박씨 아저씨는 우리 대화를 듣는 둥 마는 둥 연신 막걸리만 들이켰다.

"영철이는 잘 지내지요?"

박씨 아저씨가 막걸리 잔을 테이블에 턱 내려놓으며 아주머니를 바라보았다.

"그러믄요. 다리 하나 잃은 거야 팔자소관이려니 해야죠. 아들놈도 이젠 적응하고 잘 지내는구면요. 요즘은 지게차 자격증 딴다고 기술학교 다녀요."

아주머니가 채소를 냉장고에 정리해 넣으며 대답했다.

"오토바이 운전했다고 보험금 한 푼 못 준다던 보험회사 놈들이 원장님 말 한마디에 1억이나 되는 돈을 턱 내놓은 걸 보면 원

장님 참 대단하신 분이에요. 그런 원장님을 모시는 박씨 아저씨
도 대단하고."

"내가 뭐 한 일이 있다고. 허험."

박씨 아저씨 어깨에 힘이 잔뜩 들어간 것 같았다.

"아, 이방을 잘 만나야 원님 노릇 제대로 한단 말도 못 들으셨
수? 말이야 바른 말이지, 박씨 아저씨가 원장님 보필을 잘못했
으면 원장님 칭송이 그렇게 자자할까."

박씨 아저씨는 고개를 주억거리며 흐뭇한 표정을 지었다.

그때 밖에서 사람들이 웅성거리며 우르르 몰려나갔다. 누군
가 "불이야, 불! 원룸에 불이 났대! 발코니에 아이가 있어요!" 하
고 외쳤다.

박씨 아저씨가 막걸리 잔을 던지고 뒤뚱거리며 뛰어나갔다.
나도 박씨 아저씨를 따라 나갔다. 수삼센터 바로 옆 원룸 건물
의 4층 창문에서 연기가 솟아오르고 있었다. 유치원생 정도 되
어 보이는 남자아이가 발코니 난간에 서서 울고 있었다. 연기의
양으로 보아 금방이라도 불길이 발코니까지 번질 것 같았다. 상
황이 위급했다. 사람들은 발만 동동 구를 뿐 어쩌지 못하고 있
었다.

박씨 아저씨가 발코니를 위아래로 살피더니 수삼센터로 들
어갔다. 박씨 아저씨는 화장실에서 기다란 호스를 들고 나왔
다. 그리고 출입구 주변 여기저기에 놓인 수삼 자루를 뒤져보더
니, 목장갑 두 켤레와 연장 하나를 꺼냈다. 목장갑은 한 면에 빨

간 고무를 입힌 것이었고 연장은 인삼을 캘 때 사용하는, 두 갈래로 된 갈고리가 달린 괭이였다. 박씨 아저씨는 호스 끝에 괭이를 묶으며 원룸 쪽으로 걸어갔다. 뒤뚱거렸지만 빠른 동작이었다. 연기가 점점 더 거세지고 있었다. 박씨 아저씨가 사람들에게 비키라고 하더니 호스를 빙빙 돌려 원룸 옥상으로 날렸다. 갈고리가 옥상 지붕틀에 탁 걸렸다. 박씨 아저씨가 목장갑을 끼더니 호스를 타고 건물에 오르기 시작했다. 양손을 뻗어 호스를 잡은 후 팔을 당겨 몸을 올리고 두 발로 호스 줄을 꼬아 지탱한후 다시 팔을 뻗어 몸을 당겨 올라가기를 반복했다. 호스를 잡아당기는 팔이 부들부들 떨렸다. 2층 높이에서 발로 꼰 줄이 풀어지며 박씨 아저씨가 바닥으로 떨어졌다. 누군가가 비명을 질렀다.

사람들이 달려들어 박씨 아저씨를 일으켜 세우자 박씨 아저씨가 양쪽 장갑에 침을 퉤퉤 뱉더니 다시 호스를 잡고 오르기 시작했다. 남자 몇이 박씨 아저씨의 발목을 잡고 위로 지탱해주었다. 박씨 아저씨 이마에 땀이 흥건하게 맺혔다. 허리를 꼿꼿하게 편 박씨 아저씨는 키가 꽤 커 보였다. 박씨 아저씨는 어느새 4층 원룸까지 올라갔다. 발코니에 올라선 박씨 아저씨는 한손으로 아이를 품에 안고 다른 손으로 줄을 잡고 내려오기 시작했다. 2층쯤에서 힘이 부치는지 호스에 발을 걸지 않고 주르르 미끄러져 내려왔다. 다행히 누군가가 아이를 받아주어 박씨 아저씨만 바닥에 떨어졌다. 잔디가 깔려 있어 충격은 완화되었겠지만, 박씨 아저씨는 바닥에 엎어진 채 움직이지 않았다. 내가 넋을 잃고 멍하니 서 있는 동안 구경하던 사람들이 우르르 몰려 들어 박씨 아저씨를 일으켰다. 박씨 아저씨는 정신을 차린 듯 주변을 둘러보더니 목장갑을 벗고 옷을 탈탈 털어 먼지를 떨고는 다시 식당으로 들어갔다. 멀리서 소방차 오는 소리가 들렸다.

남은 막걸리를 다 비운 박씨 아저씨는 "꺼억, 잘 먹었습니다" 하고 자리에서 일어났다. 아주머니가 원장님 갖다드리라며 소 머리 수육을 푸짐하게 포장해주었다. 술값과 국밥값도 받지 않았다. 수삼 가게에서 수삼 다섯 채와 황기 1킬로그램을 산 박씨 아저씨는 시장 인근에 있는 할인 마트로 나를 데려가 식재료며 부식거리를 샀다.

박씨 아저씨는 예상한 대로 차 키를 내게 맡기고 조수석에 올랐다.

이 풍진세상을 만났으니~ 너의 희망이 무엇이냐~ 부귀와 영화를 누렸으면~ 희망이 족할까

박씨 아저씨는 시트를 뒤로 눕히더니 노래를 흥얼거리기 시작했다. 그 노랫소리가 참으로 처량하고 구슬프게 들렸다. 생을 다 마친 후 다시 세상사로 돌아와 노래를 부른다면 저런 노래가 나올 것 같았다.

"아저씨는 가족 없으세요?"

박씨 아저씨는 노래를 멈추지도 않았고 대답도 하지 않았다.

봉고가 정문에 도착하자 윤치영 씨가 기다리고 있었다는 듯 차 문을 열어주었다. 몇 시간 전 그네에서 떨어진 사람이라고는 믿어지지가 않았다. 아마도 최홍선 대리가 주입한 질소가스의 효능 같았다. 정호연도 부식거리 나르는 걸 도왔다. 저녁 메뉴 가 뭐냐며 윤치영 씨가 박씨 아저씨에게 물었다. 박씨 아저씨가 닭백숙이라고 대답했다. 닭이 안 보이는데, 라며 윤치영 씨가 고개를 갸웃거렸다. 닭은 주방 냉장고에 잔뜩 있다고 박씨 아저 씨가 웃으며 대답했다. 닭백숙이라는 말에 나는 속이 울렁거리 고 메스꺼워졌다.

나는 뒤꼍 화장실로 달려갔다. 국밥 먹은 걸 다 토해냈다. 눈 물이 찔끔 나왔다. 그때 누군가가 등을 토닥여주었다. 정호연이 었다. 나는 괜찮다고 하며 방으로 들어가 이불을 뒤집어쓰고 누 웠다. 털 뽑힌 알몸뚱이 닭들이 눈앞에 이리저리 날아다녔다. 갑자기 숨이 가빠지기 시작했다. 나는 쓰레기통에서 비닐봉지 를 꺼내 입과 코를 막은 채 숨을 깊게 들이쉬고 내쉬었다. 차츰 안정이 찾아왔다. 야, 정신과 치료 받아. 요즘은 흉이 아니래. 명 희는 그럴 때마다 이렇게 말했다. 그런 건 약 몇 번 먹으면 딱 떨 어져. 이그, 등신. 나는 그럴까 봐 병원을 찾지 않는 거다. 딱 떨 이져서, 싹 나아서, 그래서 생일이를 잊어버릴까 봐 병원에 가 지 않는 거다.

윤치영 씨와 정호연이 방으로 들어오는 인기척에 잠에서 깼다.

"아따, 닭백숙이 얼마나 쫄깃한지,"

정호연이 윤치영 씨의 입을 틀어막았다.

"내 평생 닭백숙 알레르기 있는 사람은 처음 보네."

윤치영 씨가 신기한 물건 바라보듯 나를 보았다.

"박씨가 김칫국 끓여놨다고 사택으로 오라네. 주방에선 닭백숙 냄새가 날 거라고."

나는 입맛이 없어서 그냥 누우려 했다.

"다녀오시죠. 오실 때까지 박씨 아저씨도 저녁 안 드신다고 그러시던데요?"

정호연이 등을 떠밀다시피 해서 나를 내보냈다.

호두나무 사이로 바람이 불어 이파리들이 팔랑거렸다. 방에서 나와 사택으로 가는 방법은 운동장을 가로지르거나 건물 뒤로 돌아가는 것이었다. 내가 후자를 택한 건 저녁 식사 후 운동장 주변에서 삼삼오오 짝을 지어 담소를 나누고 있을 단원들을 피하기 위함이었다. 모두들 나를 두고 수군거릴 것만 같았다. 어쩌면 나 혼자만의 생각일 수도 있지만, 굳이 그 생각이 틀렸음을 확인할 필요도 없었다. 학교 건물이 끝나는 지점에 사철나무 담장이 보였다. 서로의 어깨에 팔을 두른 사철나무가 빙 돌다가 잠시 팔을 풀어놓은 곳이 출입문이었다. 어디선가 풀벌레 울음소리가 고즈넉하게 들려왔다. 내가 사택 안으로 들어가는 건 처음이었다.

사택은 출입구에서 작은 마당을 지나 방 두 칸과 마루로 된 구조였다. 마루 좌측 끝에 출입문이 달린 부엌이 있고 마루 우측 끝에 사과 박스 크기의 상자들이 열 개 정도 쌓여 있었다. 부식거리가 담겨 있던 빈 박스와 라면 상자들 같았다. 상자 옆에 가스통 몇 개가 세워져 있었는데 크기가 소화기만 한 것부터 스프레이 통만 한 것까지 다양했다. 윤치영 씨가 허리를 삐었을 때 최홍선 대리가 사용했던 질소가스 통 같았다. 마루에서 마당으로 이어지는 완만한 경사면이 보였다. 휠체어 통로인 듯 보였는데 다리가 불편한 박씨 아저씨를 위해 만들어놓은 듯싶었다.

박씨 아저씨가 들마루에 상을 차려놓고 우두커니 앉아 있었다. 낮에 보여준 특수부대 뺨치는 패기는 온데간데없고 쓸쓸한 초로의 모습이었다. 나는 마당으로 들어서며 공손히 인사를 했다. 박씨 아저씨가 모자챙을 들어 나를 확인하고는 어서 오라는 듯 손을 들어 까딱거렸다. 내가 들마루에 걸터앉자 박씨 아저씨가 혀를 끌끌 찼다.

"맛있는 닭백숙 마다하고 불어 터진 김칫국을 먹으러 오다니. 허허, 참."

밥상에는 김칫국 두 그릇과 밥 두 그릇, 상추겉절이, 오이무침, 풋고추 등이 차려져 있었다. 김칫국 냄새를 맡자 갑자기 식욕이 돋았다. 나는 김칫국에 밥을 말아 수저로 후루룩 퍼 먹었다. 매일 만나도 질리지 않는 사람이 있고 매끼 먹어도 물리지 않는 음식이 있다. 내게는 김칫국이 그랬다. 어릴 때는 제발 김 칫국 말고 고깃국 좀 해달라며 투정을 부리곤 했는데, 지금은 나의 '최애' 식단이 되었다.

"김치에 멸치 대가리 몇 개 넣은 게 뭐 그리 맛있다고 저렇게 허겁지겁 먹는지, 원."

어머니가 매일 하시던 말을 박씨 아저씨가 똑같이 했다.

"아저씨도 얼른 드세요. 낮에 마신 막걸리 해장하셔야죠."

"이 사람, 내가 언제 막걸리를 마셨다고. 허허, 참!"

박씨 아저씨가 정색하며 울타리 너머로 눈치를 살폈다.

"원장님이 무서우세요?"

내가 웃으며 박씨 아저씨를 바라보았다.

"노재수 씨! 사람을 어떻게 보고!"

박씨 아저씨가 허리를 꼿꼿하게 폈다.

"이래 봬도 마 원장하고 나는 갑입니다."

"에이, 제가 보기엔 아저씨가 훨씬……,"

"내가 더 늙어 보입니까?"

나는 고개를 끄덕거렸다.

"끙. 재수 씨는 사람 보는 눈이 좀 있는 줄 알았는데 실망입니 다."

박씨 아저씨가 오이무침 하나를 집어 나의 김치국밥 위에 올 려놓았다.

"국밥에 얹어 먹으면 식감이 아주 좋습니다. 식기 전에 어여 드세요."

박씨 아저씨는 자신의 밥그릇을 들어 김칫국에 통째로 붓더니 수저로 후루룩 퍼 먹었다. 그런 박씨 아저씨가 옆집 아저씨처럼 푸근하게 느껴졌다.

"저한테 왜 잘해주세요?"

박씨 아저씨가 숟가락질을 멈추고 나를 바라보았다.

"세상에는 김치찌개처럼 칼칼한 사람이 있고, 청국장처럼 담백한 사람이 있고, 황태처럼 우러나는 사람이 있어요. 재수 씨는 황태 같다고나 해야 할까요. 김치찌개도 청국장도 오래 끓인다고 우러나지는 않아요. 오히려 청국장은 끓자마자 바로 먹는게 가장 맛있습니다. 그런데 황태는 바로 먹으면 아무 맛도 나지 않아요. 진득하게 끓였을 때 진짜 맛이 납니다."

갑자기 노랗게 우려낸 황태국이 먹고 싶어졌다.

"사람들은 김치찌개처럼 급해요. 그리고 매워요. 조리대에서 반찬이 떨어지면 1분도 못 기다리고 소리를 질러요. 다리병신이 만든 음식이라고 모진 말을 하는 사람도 있습니다. 나야 10년째 이 짓거리 하고 있으니까 그러려니 하고 삽니다. 그런데 어느 날 바닥이 드러난 제육볶음 통에서 남은 고기 조각과 양념을 건져 올리는 어리숙해 보이는 남자가 내 눈에 들어왔습니다. 주방을 향해 고기 더 달라는 말도 못 하면서 말이지요. 나는 그 남자가 맘에 들었습니다. 그래서 칼국수 속에 달걀노른자를 몰래 넣어주기도 했지요. 어릴 적 제 어머니가 종종 그러셨습니다."

박씨 아저씨가 다시 김칫국을 홀홀 퍼 먹기 시작했다.

"지금이야 김치찌개가 주메뉴 같지만 언젠가는 황태국이 주메뉴가 될 날이 올 겁니다. 내 눈엔 그게 보여요."

그때 박씨 아저씨에게 전화가 걸려왔다.

"아, 이 경장!"

박씨 아저씨가 먼저 알은체했다. 낮에 검문소에서 만났던 나이 든 경찰관 같았다.

"오늘 훌륭한 일을 하셨데예?"

상대방의 목소리가 수화기 너머로 다 들렸다.

"서장님께서 '훌륭한 군민상' 수상자로 추천하시겠답니다."

"4층에서 꼬마 하나 데리고 내려온 게 뭐 그리 대수라고요."

"박 선생님의 대쪽 같은 성격 제가 모르지 않지마는 이런 걸 거절하시면……."

"고맙지만 정중히 사양합니다. 그럼."

박씨 아저씨가 일방적으로 전화를 끊었다.

나는 그런 박씨 아저씨가 멋있어 보였다. 박씨 아저씨는 헛기침을 한 번 하고는 숭늉을 가져오겠다며 부엌으로 들어갔다.

하늘에서 별이 초롱초롱 빛났다. 도시에서 볼 수 없는 설레는 광경이었다. 기자와 소희 얼굴이 별빛에 겹쳐 보였다. 나는 별을 보며 다짐했다. 이곳에서 전세금을 꼭 마련해 나가겠다고.

그렇게 생각하자 내면에서 무언가 뜨거운 게 생겨나기 시작했다. 그것은 지금까지 한 번도 느껴보지 못한 자극이었다. 그 자극이 마치 충전지처럼 내 몸에 힘이 되어주고 있었다.

잠시 후 박씨 아저씨가 숭늉이 가득 담긴 대접을 들고 왔다.

"돌아가신 어머님은 늘 이렇게 숭늉을 만들어주셨지요."

박씨 아저씨가 내 밥그릇에 숭늉을 덜어 주었다. 구수하면서도 끈적거리는 게, 부드러운 액체로 입안을 코팅하는 느낌이었다. 박씨 아저씨가 만든 음식을 먹으면 항상 어머니 생각이 났다. 어머니는 전기밥솥 대신 늘 압력밥솥에 밥을 하셨고 아버지를 위해 항상 누룽지를 끓이셨다.

"아저씨 백반집 하셨죠? 저희 어머니도 식당 다니셨거든요."

"제가 만든 음식이 입맛에 맞습니까?"

"네. 완전요."

박씨 아저씨가 흐뭇한 표정을 지었다.

나는 밥값으로 내 이야기를 박씨 아저씨께 들려주었다. 생일이의 탄생과 죽음, 방송국에서 잘린 이야기, 아내 기자와 딸 소희, 그리고 명희네 집에 들어간 이야기까지. 박씨 아저씨는 기자 이야기를 할 때는 이맛살을 찌푸렸고 소희와 명희 이야기를 할 때는 허허, 하고 웃었다. 이상한 건 이주삼에게 못 한 이야기도 박씨 아저씨에게는 술술 나온다는 거였다. 허영무의 집으로 들어간 기자 이야기도 거리낌 없이 나왔다. 그러자 막힌 속이 뚫리는 것처럼 후련한 느낌이 들었다.

"기자 씨든 명희 씨든 노재수 씨 옆에 끝까지 붙어 있는 사람이 내 사람입니다. 명심하세요."

"에이, 명희는 동창이에요. 소꿉친구라고요."

"글쎄, 그럴까요?"

그때 윤치영 씨와 정호연이 마당으로 들어왔다.

"김칫국 남은 거 있으면 우리도 좀 주슈. 닭다리를 두 개나 뜯었더니 영 게심심헌 게."

박씨 아저씨가 헛기침을 한 번 하더니 턱으로 빈 그릇들을 가리켰다.

"보시다시피 국물도 없습니다. 에헴."

박씨 아저씨는 윤치영 씨를 별로 좋아하는 것 같지 않았다.

윤치영 씨가 아쉽다는 듯 입맛을 쩝쩝 다시며 들마루에 걸터앉았다. 네 사람이 자연스럽게 밥상을 두고 둘러앉은 모양새가 되었다. 윤치영 씨가 정호연을 바라보았다.

"호연이 자넨 말여, 꼭 부잣집 외동아들처럼 보이는디, 대체 이곳엔 왜 온 게야? 그것이 알고 싶구먼?"

정호연이 시큰둥한 표정으로 윤치영 씨를 바라보았다.

"사는 게 재미없어서요."

우리의 시선이 일제히 정호연에게 쏠렸다.

"이 사람 말하는 거 보게. 세상을 재미로 사는가? 인생의 목표라든가 더 고상한 뭐 그런 거 읎어?"

윤치영 씨가 나무라듯 정호연을 바라보았다.

"그런 것도 누가 가르쳐줘야 알 수 있는 거 아닌가요? 저한테 인생을 어떻게 살라느니 하는 사람이 없었어요."

"그럼 정호연 씨는 어떤 것에 재미를 느끼나요?"

박씨 아저씨가 물었다.

"〈GTA〉요."

윤치영 씨가 눈을 휘둥그레 뜨고 나를 바라보았다.

"그게 뭐래? 먹는 건가?"

"오픈월드 게임이에요. 그 속에서 차도 뺏고 총도 쏘고 은행도 털고 그래요."

내가 대답했다.

"그럼 여기에서도 할 수 있겠구먼. 보험회사를 상대로 총도 쏘고 돈도 뺏고 털어버리고. 안 그렇습니까?"

박씨 아저씨가 호탕하게 웃었다.

정호연은 아무 대꾸도 하지 않았다.

"근디 박씨는 나하고 연배가 비슷한 거 같은디, 올해 몇이슈?"

윤치영 씨가 박씨 아저씨를 위아래로 훑으며 바라보았다.

"까먹었습니다."

"다리는 워쩌다 다치셨고?"

박씨 아저씨가 왼쪽 허벅지를 쓰다듬었다.

"군대서 낙하 훈련받다가 그만."

"오, 특전단 출신이슈?"

"뭐, 비슷합니다."

박씨 아저씨는 앞뒤 없이 들이대는 윤치영 씨의 질문을 허물

없이 받아주었다. 잠시 침묵이 흐르자 박씨 아저씨가 술 한잔하
자며 부엌에서 막걸리를 몇 병 꺼내 왔다.

"나는 안주 없인 술이 안 들어가."

윤치영 씨가 상 위에 놓인 빈 그릇들을 바라보며 말했다.

박씨 아저씨가 마루 끝으로 걸어가 박스에서 오이 몇 개를 꺼
내 왔다.

"이거 무공햅니다."

박씨 아저씨가 오이를 툭 부러뜨리더니 날된장을 덥석 찍어
윤치영 씨에게 들이밀었다.

"아따, 박 씨도 나처럼 촌놈인갑네. 반갑소."

윤치영 씨가 오이를 베어 물고 어석어석 씹었다.

박씨 아저씨는 밥공기에 막걸리를 가득 따랐다. 정호연은 사
양했고 나는 조금씩 나누어 마셨다. 윤치영 씨와 박씨 아저씨만
원샷을 했다. 술병이 몇 차례 돌자 윤치영 씨가 취한 것 같았다.

"사람이 살다 보믄 말여, 가심팍에 걸리는 게 딱 하나씩은 있
게 마련이거든."

윤치영 씨가 한숨을 푹 내쉬었다. 박씨 아저씨가 그게 무어냐
고 물었다.

"오래전 내가 교통사고 현장을 목격한 적이 있거든. 그러니께
한 20년이 넘었구먼."

윤치영 씨가 주변을 둘러보며 경계하는 표정을 지었다.

"나는 그때 처가에 볼일이 있어서 아산으로 가던 중이었어.

그때만 해도 지금처럼 길이 넓지 않았을 때여. 내 앞에 에쿠스 한 대가 가는데 차선을 왔다 갔다 하는 것이 꼭 술을 먹은 것 같드라고. 나는 길이 좁아서 추월도 못 하고 가슴을 졸이며 계속 따라갈 수밖에 없었지. 그러다 교차로가 나왔어. 빨간불이드라고. 근디 에쿠스가 멈추지 않고 기냥 달리는 게 아니겠는가. 바로 그때 오른쪽에서 오던 차하고 꽝 부딪혔어."

'꽝'이라는 대목에서 윤치영 씨가 밥상을 손바닥으로 내리쳤다. 정호연과 나는 깜짝 놀라 동시에 서로를 바라보았다.

"그런디 말여,"

윤치영 씨가 갑자기 말을 멈추었다. 모두의 시선이 윤치영 씨에게 쏠렸다.

"아, 왜, 말을 하다 멈추십니까? 한참 재밌으려고 그러는데?"

윤치영 씨가 주변을 둘러보더니 벌떡 일어섰다.

"나, 그만 가봐야겠구먼."

윤치영 씨가 신발을 허겁지겁 신더니 비틀거리며 운동장 쪽으로 사라졌다.

"아니, 별 싱거운 사람 다 보겠네."

박씨 아저씨가 출입구 쪽을 바라보며 입맛을 다셨다.

숙소로 돌아가는데 운동장에 달빛이 하얗게 내려앉아 있었다. 그 달빛이 앞산의 나무들과 담벼락, 그리고 홀로 서 있는 미끄럼틀을 밝게 비추고 있었다. 어릴 적 할아버지 댁에서 방문을 열면 마당에 하얗게 쏟아지던 그 달빛이었다.

"안 가세요?"

정호연이 발길을 재촉했다.

운동장을 가로질러 걸어가는데 화단 끝에서 누군가가 쪼그려 앉아 울고 있었다. 가까이 다가가 보니 매일 운동장에서 모형 차에 달려들던 그 청년이었다. 정호연이 청년을 일으켜 세웠다. 달빛을 받아 청년의 얼굴이 더 창백해 보였다. 청년이 흐느끼듯 말했다.

"도저히 못 하겠어요. 원장님이 아르바이트로 생각하라고 그 러셨는데, 무서워요. 매일 밤 자동차를 보고 도망치는 악몽을 꿔요. 죄책감도 들고요. 이거 남을 속이는 거잖아요."

내가 그 청년을 이곳에 끌어들이기라도 한 것처럼 뜨끔했다.

"어차피 속고 속이는 세상이야, 안 그래?"

정호연이 제법 어른스러운 말을 하며 청년의 등을 잡고 미끄 럼틀 쪽으로 데려갔다.

30여 분 후 정호연이 방으로 돌아왔다. 윤치영 씨는 방 한가 운데 엎어져 드르렁 코를 골고 있었다. 청년의 이름은 이승규라 고 했다. 공부가 하기 싫어 미용 고등학교에 진학했고 졸업하자 마자 미용실에 취업했는데 재능이 없어 때려치우고 물류센터에 취직했다가 살인적인 노동환경에 사흘 만에 그만두었다. 그때 누군가가 고액 아르바이트라며 이곳에 데려왔고 적성검사 결과 난이도가 가장 낮은 '차 치기'로 배정되었다고 한다.

4

아침 식사 후 오전 교육이 시작됐다. 오전 교육은 의학개론이었다.

30대 후반의 거대한 몸집을 가진 남자가 꾸뻑 인사를 했다. H병원 정형외과 과장으로 근무하고 있으며 이름은 금한돈이라고, 자신을 소개했다. 박상도 일행의 말에 따르면 그는 H병원장의 조카로 공주에서 병원을 개업했다가 말아먹고 다시 숙부 밑으로 들어갔다고 한다. 병원을 말아먹은 이유는 인터넷게임과 도박에 빠져 병원을 돌보지 않았기 때문이라 한다. 그러나 의술만큼은 대한민국 최고여서 서울의 내로라하는 병원에서 러브콜이 쇄도했지만 모두 거절했다고 한다. 아마 자유로운 영혼이기 때문일 거라고 박상도 일행이 말해주었다. 화면에 '인체의 골격도' 사진이 올라왔다. 두개골부터 발가락까지의 뼈 사진이었다. 금한돈 과장이 포인터로 팔뼈와 다리뼈의 중간을 각각 짚었다.

"여기가 골절되면 '간부골절'이라고 합니다. 아무리 박살이 나도 붙으면 장해가 나오지 않습니다. 장해는 바로 이곳에서 나옵니다."

금한돈 과장이 포인터로 어깨, 팔꿈치, 손목, 사타구니, 무릎, 발목을 짚어 내려갔다.

"보시다시피 장해는 이곳에서만 생깁니다. 아, 물론 간부골절도 수술 과정에서 신경을 다칠 경우 장해가 발생할 수는 있지만, 요즘은 의학 수준이 높아서 그런 일은 별로 안 생깁니다."

윤치영 씨가 손을 번쩍 들었다.

"장해가 워째서 그렇게 중요한감요?"

금한돈 과장이 이마를 손가락으로 톡톡 두드리며 질문자의 눈높이에 맞는 설명을 하려고 말을 고르는 것 같았다.

"선생님, 고스톱 칠 줄 아시죠?"

"아, 당연하죠. 한창땐 '점당 5천'까지 쳤습니다."

윤치영 씨가 으쓱한 표정으로 이리저리 시선을 돌렸다. 어디선가 키득거리는 소리가 났다.

"마지막 패가 돌아갔는데 열 끗짜리 다섯 장하고 피가 열 장입니다. 먹을 수 있습니까?"

금한돈 과장이 물었다.

"에이, 못 먹쥬. 2점뿐인데."

"그렇죠? 최하 3점은 돼야 상대방이 돈을 주겠죠?"

"아, 내가 그것도 모를까 봐?"

모두들 와, 하고 웃었다.

"맞습니다. 고스톱에서는 최하 3점이 나와야 돈을 먹을 수 있습니다. 보험도 마찬가지입니다. 장해가 나와야 보험금이 지급되는데 그 하한선이 3퍼센트입니다. 1억짜리 보험에 들고 3퍼센트 장해가 나오면 300만 원이 지급됩니다. 약관 만든 사람이 아무래도 고스톱 '꾼'이었나 봅니다. 여러분은 제가 말씀드린 장해 발생 부위에 대해 꼭 기억하시기 바랍니다. 아 참, 점심 먹고 고스톱 한판 치실 분들은 1-4번 방으로 오십시오. 쩜 천에, 첫 뻑, 쓰리고, 흔들기 다 있습니다."

금한돈 과장은 정말로 고스톱을 좋아하는 것 같았다. 단원들이 여기저기서 "너 칠 거냐"라며 수군거렸다. 몇몇 사람이 "코올" 하고 큰소리로 화답했다. 화면이 척추로 바뀌었다.

"그다음으로 장해가 자주 발생하는 부위가 바로 여깁니다."

금한돈 과장이 포인터로 척추를 가리켰다.

"높은 곳에서 떨어지거나 차량과 충돌하면 척추가 위아래로 눌립니다. 이것을 '압박골절'이라고 합니다. 압박 정도가 심하면 척추에 변형이 오고 장해 점수가 나옵니다. 심하면 골절 부위 위아래로 금속 핀을 박는 경우도 있는데 이것 또한 장해 점수가 나옵니다."

"디스크는요?"

누군가가 손을 들고 질문했다.

"척추체와 척추체 사이에 말랑말랑한 젤리 같은 게 있어 척추가 충격을 받을 때 완충 역할을 합니다. 이것을 추간판이라고도 하고 디스크라고도 합니다. 충격이 아주 센 경우에 이 추간판이 터지는 경우가 있는데 의학용어로 추간판탈출증이라고 합니다. 보험약관에 추간판탈출증도 10에서 30까지 장해 점수가 책정돼 있습니다. 그런데 이 추간판은 나이가 들어가면서 연해지기 시작합니다. 사고가 없어도 디스크가 발생하는 경우가 많지요. 그래서 보험회사에서는 부지급하거나 감액하여 지급하는데, 이 점은 수긍해야 할 부분입니다."

윤치영 씨가 손을 들더니 벌떡 일어섰다.

"지가요, 엊그제께 그네 타다 떨어진 후로 오른쪽 다리가 살짝 저리고 허리가 쑤시는디, 이것도 추간판 거 뭐시길랑가요?"

"보험도 가입하기 전에 MRI 찍고 진단 받아버리면 어떻게 되겠습니까? 뒷사람 패도 안 보고 '고' 했다가 고바가지 쓰는 거와 똑같습니다. 기다리시면 이주삼 팀장님이 알아서 잘 진행해 주실 겁니다."

금한돈 과장은 이어서 골반의 골절과 장해, 내부장기 손상으로 진단 자금 받는 방법 등에 대해 설명했다. 한나절에 전부 소화하기에 무리였는지 강의 후반에는 여기저기서 하품하는 소리가 들렸다. 강의를 마친 금한돈 과장이 문을 열고 나가며 고스톱 이야기를 한 번 더 꺼냈다.

금한돈 과장이 나가자 바로 최홍선 대리가 들어와 공지 사항을 전달했다.

"오늘은 행사 관계로 한 시까지는 식당을 비워줘야 합니다. 오후 교육은 15시에 시작합니다."

점심은 30분 일찍 시작되었다.

메뉴는 콩나물밥이었다. 콩나물밥의 생명은 양념장과 콩나물의 식감이다. 너무 삶으면 흐물거리고 덜 삶으면 콩 비린내가 난다. 박씨 아저씨가 만든 콩나물밥은 그런 면에서 두 마리 토끼를 다 잡았다고 할 수 있다. 콩나물이 하나같이 아삭거렸고 햇참기름을 넣은 양념장은 고소하기가 이를 데 없었다. 식사를 일찍 끝내라고 정한 식단 같았다. 다들 식사 마치는 데 15분이 채 걸리지 않았다. 식사를 마친 일부는 1-4번 방으로 어슬렁거리며 들어갔다. 정말 고스톱을 치러 가는 모양이었다. 박상도 일행은 고스톱에 별 흥미를 보이지 않고 운동장으로 바로 나갔다. 우리 일행도 마찬가지였다. 나는 고스톱을 칠 줄도 몰랐고, 정호연은 관심이 없었다. 윤치영 씨는 허리가 아프다며 방에 누워 있겠다고 했다.

나와 정호연은 운동장을 가로질러 그네 옆 느티나무 그늘 벤치에 앉았다.

평소에 못 보던 차량들이 연이어 운동장으로 들어왔다. 구형

그랜저부터 시작해 국산 고급 차량인 G90, 그리고 테슬라 같은 외제 차도 보였다. 어림잡아 20여 대는 되어 보였다. 운동장에 자리가 모자라 도롯가에 세워놓은 차량도 있었다. 차는 각양각색이었지만 운전석과 조수석에서 내리는 사람들의 복장은 하나같이 생활한복 차림이었다. 마중근 원장이 평소 입고 있는 것과 같은 것이었다. 연령은 40대부터 60대까지 다양했다. 그들은 건물 한가운데 통로로 들어갔다. 내가 이곳에 온 이래 처음으로 개방한 통로였다. 최홍선 대리가 한 시까지 식당을 비우라고 한 것으로 보아 그곳에서 회의가 열리는 모양이었다. 통로 바로 옆 화단의 그늘에서 박상도 일행이 낯선 이방인의 일거수일투족을 감시하듯 지켜보고 있었다. 정호연은 양손으로 벤치 바닥을 짚고 허리를 젖혀 하늘을 바라보고 있었다.

"조폭 모임이라 하기엔 복장들이 점잖고, 회갑연이라 하기엔 표정들이 너무 굳어 있고. 뭐죠, 저 정체 모를 사람들?"

정호연이 하늘에 시선을 박은 채 물었다.

이승규가 건물에서 나와 운동장으로 터벅터벅 걸어오고 있었다. 정호연이 벌떡 일어나더니 이승규에게 달려갔다. 이승규는 풀이 잔뜩 죽어 있었다. 다시 미용 일을 해야겠다고 말했다. 고생하며 깨달은 건 자기 인생은 자기가 개척하는 거라고 제법 어른스러운 말도 했다. 정호연이 나중에라도 서로 연락하자며 전화번호를 교환했다. 그리고 지갑에서 5만 원짜리 지폐를 몇 장 꺼내더니 이승규 주머니에 찔러 넣어주었다. 이승규가 사양했

지만 정호연은 나중에 평생 머리 공짜로 깎아주면 될 것 아니냐
며 이승규를 교문 밖까지 배웅했다. 교문 밖에는 봉고가 대기하
고 있었다. 이주삼이 읍내 나가는 길에 이승규를 태워다 주기로
한 것 같았다.

 한 시간쯤 흘렀다.
 화장실을 가려고 운동장을 질러가는데 금한돈 과장이 최홍선
대리의 에스코트를 받으며 걸어오고 있었다. 최홍선 대리가 나
를 발견하고 환하게 웃었다.
 "오빠, 여기 있었네. 한참 찾았잖아."
 "저를요? 왜요?"
 금한돈 과장이 내 몸을 스캔하듯 죽 훑었다.
 "아까 수업 때 맨 뒷자리 앉으셨죠? 근데 왜 고스톱은 치러
안 오셨습니까?"
 "그런 거에 소질이…… 없습니다."
 금한돈 과장이 입맛을 쩝 다시더니 내 앞에 쪼그려 앉았다.
 "최 대리, 이쪽이라고 했나요?"
 금한돈 과장이 손가락으로 내 오른쪽 무릎을 가리켰다. 꼭 정
육 코너에서 고기를 고르는 것 같았다.
 최홍선 대리가 고개를 젓자 금한돈 과장이 이번에는 왼쪽 무
릎을 가리키며 맞느냐는 표정을 지었다. 최홍선 대리가 고개를
끄덕였다.

"좀 앉아보시죠."

나는 금한돈 과장이 시키는 대로 운동장 바닥에 엉덩이를 깔고 앉아 다리를 쭉 뻗었다. 금한돈 과장이 쪼그려 앉더니 내 왼쪽 무릎을 'ㄱ'자로 접었다. 나는 뒤로 넘어지지 않게 손바닥으로 땅을 짚었다. 거친 모래알 때문에 손바닥이 따끔거렸다. 금한돈 과장이 나의 왼쪽 무릎 바로 아래, 그러니까 정강이 위쪽을 잡더니 앞뒤로 흔들었다. 등급을 받기 위해 기다리는 한우가 된 기분이라면 소가 기분 나빠할까?

"어때요?"

최홍선 대리가 물었다.

금한돈 과장이 끙 소리를 내며 일어서더니 최홍선 대리에게 고개를 끄덕했다.

"오, 예스!"

최홍선 대리가 오른손으로 주먹을 쥐어 세리머니를 날렸다.

금한돈 과장이 딴 돈이라며 주머니에서 만 원짜리 몇 장과 천 원짜리 몇 장을 꺼내 최홍선 대리에게 주었다. 어머나! 최홍선 대리가 너스레를 떨며 돈을 챙겨 넣었다. 금한돈 과장이 정문으로 사라졌다. 나는 최홍선 대리에게 방금 무슨 검사를 한 것이냐고 물었다. 최홍선 대리는 나중에 다 알게 될 거라는 말만 남기고 건물로 들어갔다.

소변이 마려워 건물 뒤 화장실로 걸어가는데 누군가 식당 쪽으로 고개를 한껏 뺀 채 내부 동정을 살피고 있었다. 다가가보니 박상도였다. 나를 발견한 박상도가 짐짓 놀라는 표정을 짓더니 이내 표정을 바꾸고 헛기침을 해대며 운동장 쪽으로 걸어갔다. 나도 궁금함이 밀려와 고개를 살짝 들이밀어 안의 상황을 엿보았다. 20여 명의 사람들이 식당 테이블에 둘러앉아 토론을 하고 있었다. 마중근 원장이 가운데 자리였다. 아마도 그가 회의를 주재하는 것 같았다. 박씨 아저씨가 주방과 테이블을 오가며 다과와 차를 나르고 있었다.

"여기 계시면 안 됩니다!"

나는 깜짝 놀라 고개를 돌렸다. 복도 우측에서 건장하게 생긴 남자가 이쪽으로 다가오고 있었다. 남자는 양복 차림이었다. 나는 화들짝 놀라 뒤로 물러섰다. 윤치영 씨가 신발을 든 채 통로로 나오며 남자에게 연신 굽실거렸다.

"여기 계시면 안 됩니다!"

양복 남자는 윤치영 씨를 향해 다시 한번 말했다.

"영감님, 방에 계신 거 아니었어요?"

"응, 화장실 가려는데 식당에 못 보던 사람들이 있길래 뭐 하나 하고 엿봤지."

윤치영 씨는 화장실로 가면서도 식당 쪽을 몇 번이나 돌아보았다.

오후 교육은 보험사기의 성공담과 실패담을 통한 일종의 정신교육이었다.

교실로 들어서자 마중근 원장이 의자에 앉아 차를 마시고 있었다. 화면에는 큰 글자로 '성공과 실패'라는 글자가 띄워져 있었다.

마중근 원장이 리모컨으로 화면을 넘겼다. 40대 남자가 웃통을 벗고 등을 돌린 채 앉아 있는 사진이 화면에 떴다. 오른쪽 어깨에 심한 화상 자국이 있었다. 다음 사진은 남자가 팔을 옆으로 뻗는 장면 같았는데, 뒤에서 보기에도 몹시 힘겨워 보였다. 피부와 근육이 심하게 손상돼 팔이 제대로 올라가지 않는 듯했다.

"김창진이라는 남자는 홧김에 휘발유를 뿌려 자해를 시도했습니다. 부인이 바로 119에 신고해 다행히 신체 오른쪽만 화상을 입었지요. 물론 이 남자가 보험금을 노리고 자해를 한 것은 아니었습니다. 우리에게 교육받고 설계를 마친 상태였는데 부부 싸움을 심하게 한 모양입니다. 구급차에 실려 가며 부인이 우리에게 전화를 걸어왔고 우리는 다음과 같이 지시하였습니다. 남편이 화상을 입은 것은 휘발유 통이 선반 위에서 떨어져 옆에 있던 난로의 불길이 순식간에 옮겨붙어 발생한 것이라고. 치료 과정에서 화상으로 근육이 위축되는 현상이 나타날 것이고 그렇게 되면 팔이 제대로 펴지지 않을 것이니 혹시 원래대로 돌아오더라도 절대 의사나 간호사에게 그 사실을 말하지 말고 끝까지 장애인 행세를 하라고 지시했습니다. 다행인 것은 원래 보험설계도 장해 담보를 크게 했고 작업 중 발을 헛디뎌 바닥으로 추락해 어깨를 다치는 거였는데, 운 좋게도 화상을 입었으니 그대로 밀고 나가면 되는 거였죠. 6개월 후 김창진 씨는 견관절 강직으로 20퍼센트의 장해율이라는 판정을 받았고 보험금을 청구했습니다. 보험회사 조사원들이 나와 화상 정도에 비해 장해가 너무 많이 나온 것 아니냐며 심도 있는 조사를 시작했는데 김창진 씨의 태도가 압권이었습니다. 보험 청구 후 보험회사 조사원이 나오면 대개는 긴장해서 저자세로 나가기 일쑤인데 김창진 씨는 달랐습니다. 원래 대가 세고 배포가 있는 사람이라……아, 그랬으니까 자기 몸에 불을 질렀겠지만 말입니다. 어쨌든 김창진 씨는 조사원들이 조사를 나왔을 때 사과 깎던 과도로 자기 목을 긋는 포즈를 취하면서 일주일 내로 지급되지 않으면 자기 목을 그어버리겠다고 했답니다. 보험회사 세 곳에서 사흘 후에 보험금을 지급했습니다."

수강생들이 와, 하고 소리를 내며 손뼉 쳤다.

"김창진이라는 사람, 정말로 어깨가 안 들렸나요?"

박상도가 물었다.

"그게, 우리도 알 수 없습니다. 우리가 설계한 대로 발생한 사고가 아니었으니까요. 진짜로 어깨가 굳었을 수도 있고 어쩌면 우리까지 속인 것일 수도 있겠지요."

수강생들이 일제히 오, 하는 소리를 냈다.

"중요한 것은 우리까지 속을 정도로 사기를 쳐야 완벽하다는 것입니다. 연극 배우들 보세요. 자기 자신이 그 배역의 주인공이라고 믿을 때 완벽한 연기가 되는 거잖습니까? 여러분은 앞으로 각자 적성검사에 맞게 보험설계를 할 것이고 현장에 투입될 것인데, 설계한 신체 부위에 진짜 장애가 생겼다고 믿어야 완벽한 성공을 거둘 수 있습니다. 여기서 실패 사례 하나를 보겠습니다."

화면이 바뀌며 인터넷 기사가 떴다. 기사 제목은 '전신마비 환자 행세하며 보험금 타낸 모녀'였다.

20년간 보험설계사로 근무한 경험이 있는 황 모 씨(65)는 2017년경 딸 송 모 씨(35)가 운전하던 차량이 신호 대기 중 후미 차량에 추돌되자 사지마비가 된 것처럼 꾸며 보험금을 타내기로 마음먹었다. 먼저 황 씨는 딸에게 의사 앞에서 사지마비가 된 것처럼 연기해 진단서를 받게 했다. 가짜 진단서를 보험회사에 제출한 모녀는 이듬해 '고도장해보험금' 등의 명목으로 총 3개의 보험회사로부터 7억 5천만 원을 받아 챙겼다. 송 모 씨는 재활치료 명목으로 2020년 10월에 재입원하여 고액의 입원 일당을 챙기려 했다. 하지만 사지마비를 연기한 송 씨는 혼자 몰래 샤워를 하거나 창가에 서 있는 모습이 간호사들에게 적발되기도 했고 혼자 차를 운전하여 여행을 다녀오기도 했다. 자택 엘리베이터 CCTV에는 휠체어에서 반쯤 일어서서 버튼을 누르는 장면이 포착되기도 했다. 송 모 씨의 병명은 '척수공동증'이었다. 조사 결과 송 모 씨는 '척수공동증' 증상이 있긴 했지만 가벼운 수준이어서 사지마비가 될 정도는 아니었다. 본 건은 모녀를 수상하게 여긴 보험회사 조사원의 끈질긴 추적 끝에 진상이 밝혀진 것으로 보고 있다.

"이 사건도 이곳에서 설계한 겁니까?"

박상도가 물었다. 마중근 원장이 고개를 끄덕거렸다.

"기사를 보면 '척수공동증'이라고 나오는데 처음 들어봅니다."

마중근 원장이 노트북에서 파일을 검색하더니 화면에 사진 하나를 띄웠다. 척추 측면 MRI 사진이었다. 척추가 머리부터 꼬리뼈까지 죽 연결되어 있고 그 뒤로 관 같은 것이 척추를 따라 이어져 있는 게 보였다. 관 안으로 검은 줄이 호스처럼 연결돼 있었다.

마중근 원장이 최홍선 대리에게 뭐라고 지시하자 잠시 후 최홍선 대리가 비닐 호스를 가지고 왔다. 길이 1미터 정도의 투명하고 가느다란 호스였다. 주전자도 가져왔다. 마중근 원장이 비닐 호스를 수직으로 잡고 하단에 종이컵을 받쳤다. 잘 보라는 듯 마중근 원장이 이쪽을 한 번 바라보더니 주전자를 들어 비닐 호스 상단 구멍으로 물을 흘려 넣었다. 물은 아래로 흘러 종이 컵에 담겼다. 너무도 당연한 결과에 윤치영 씨가 "에이" 하고 푸념했다. 이번에는 원장이 쇠구슬을 비닐 호스 중간까지 밀어 넣었다. 그리고 비닐 호스에 물을 흘려 넣었다. 물이 비닐 호스를 통과하지 못하고 위로 흘러넘쳤다. 나뭇가지에서 이탈된 사과가 땅으로 떨어지듯 너무도 당연한 결과였다. 그 너무도 당연한 결과 뒤에 원장이 무슨 말을 할지 궁금한 수강생들이 귀를 쫑긋 세우고 있었다.

"우리 척추에도 이런 관이 하나 있습니다. 그 관 속으로 척수신경이 지나갑니다. 척수신경은 일종의 전선이라고 보시면 됩니다. 여러분의 의지가 전기신호로 바뀌고 그 전기신호가 척수신경을 통해 여러분의 근육도 움직이고 심장도 뛰게 하고 섹스도 하게 합니다. 그런데 척수신경이 눌리면 어떻게 되겠습니까. 여기 이 호스처럼 신호가 막혀 아래로 전달이 안 되겠지요. 그 막히는 정도에 따라 완전마비, 불완전마비, 편마비, 사지마비 증상이 나타나는 것입니다. 송다나 씨는 적성검사 결과 인내심에서 낮은 점수를 받았습니다. 대개 이런 경우 장기 프로젝트보다는 단기 프로젝트로 갑니다. 애초에 간단한 척수마비로 장애 진단만 청구하고 끝내기로 했던 것입니다. 우리는 금한돈 과장을 통해 척수에 공기 방울을 주사해서 1년 후 서서히 풀리게 했습니다. 그런데 송다나 씨는 욕심이 생긴 것입니다. 우리 몰래 재입원하여 입원 일당을 청구한 것이지요. 그때는 3년이나 지난 뒤라 마비 증상이 없어졌는데도 말입니다. 우리 지시를 어긴 것이지요."

"그 보험조사원은 누구였습니까?"

박상도가 질문했다. 마중근 원장이 눈을 감았다.

"차설록입니다."

순간 여기저기서 웅성거리는 소리가 들렸다. 모두들 차설록에 대해 잘 알고 있는 듯했다.

"1차 사기까지는 완벽했습니다. 척수에 공동이 남아 있어 실제로 사지마비가 있었으니까요. 그때까지는 보험회사도 별다른 의심을 하지 않았습니다. 2차 입원은 척수공동증이 이미 사라진 뒤여서 송다나 씨는 완벽한 연기를 할 수 없었습니다. 청결을 위해 간호사 몰래 샤워도 했고 갑갑하기도 하여 무단외출로 여행도 다녀왔습니다. 그녀의 인내심은 완벽한 연기를 하기엔 너무도 약했던 것입니다. 결국 보험회사의 의심을 사게 되었고 차설록이 투입된 것입니다."

"두 모녀는 어떻게 되었나요?"

"징역형을 선고받았습니다. 설계대로 움직였다면 우린 변호사 비용은 물론 가족들을 위해 생활비를 지급했을 것입니다. 그러나 본 사건은 우리 지시를 어기고 단독으로 벌인 일이라 어떤 지원도 하지 않았습니다."

모골이 송연해졌다.

황 씨 모녀가 보험사기로 징역형을 살고 있다는 사실은 나를 충분히 긴장시켰고, 두려움에 빠지게 했다. 나는 지금 전장 한복판에 서 있는 것이었다. 상부의 지시를 어기면 포로가 되어도 구출해주지 않는다. 상부 지시에 따랐다 해도 까딱 잘못하면 지뢰를 밟을 수도 있고, 적의 첩보 부대에 발각되어 사살되거나 포로로 잡힐 수도 있다. 이곳은 스프레이 한 번 뿌렸다고 하늘에서 돈이 뚝뚝 떨어지는 원더랜드가 아니었다. 병원에서 보았던 사기단 검거 뉴스는 먼 나라의 이야기가 아닌 이곳에서 벌어지고 있는 일이었다.

강의가 끝난 후 나는 곧장 방으로 들어왔다. 강의를 듣는 내내 불편했고 압박감 같은 게 느껴졌다. 그것이 피곤함으로 몰려왔다. 돌아올 때 보니 윤치영 씨는 식당 카페에서 박상도 일행과 노닥거리고 있었다. 사기단 모녀가 징역을 살고 있다는데 어쩌면 저렇게 태연할 수 있을까. 정호연은 강의 시간 내내 재미난 영화라도 보듯 들떠 있었다. 매사 의욕이 없고 시니컬한 그였기에 나는 이해할 수 없었다. 정호연은 게임 속 세상과 현실을 구분하지 못하는 게 분명했다. 도저히 못 하겠다며 교문을 나서던 이승규가 떠올랐다. 그런 선택을 할 수 있는 그가 부러웠다. 최소한 전쟁 지역에서 빠져나갔으니 말이다. 나는 차선이 지워진 광장 한가운데서 좌회전도 우회전도, 그렇다고 직진도 하지 못하고 있었다.

방문이 급하게 열리며 정호연이 뛰어들었다.

"TV 좀 켜보세요!"

정호연이 리모컨을 들더니 전원 버튼을 눌렀다. 채널이 두 번 바뀌자 'YBN 뉴스'가 방송되고 있었다.

……사망한 사람은 얼마 전 저희 YBN 추적보도에도 방송되었던 B씨로, 스스로 목숨을 끊은 이유에 대해서는 조사 중이라

고 합니다. 지인의 말에 따르면 보험사기로 조사받던 중 구속에 대한 압박감에 시달려왔다고 합니다. 계속해서 다음 뉴스 전해드리겠……

화면이 꺼졌다. 정호연이 꺼진 화면을 손가락으로 가리켰다.

"저 사람, 박삼봉이라고, 이곳 출신이랍니다. 보셔야 할 거 같아서 단숨에 달려왔습니다."

"여기 출신이라고?"

정호연이 불안한 표정으로 고개를 끄덕였다.

강의 내내 흥미를 보이던 정호연도 누군가가 죽었다는 뉴스에는 흔들리는 듯했다. 충격적이었다. 문득 낮에 모였던 낯선 방문자들이 떠올랐다. 그들은 누구이며 무슨 회의를 하고 있었을까. 이곳의 규모가 전국적일 수도 있다는 생각이 들었다.

"식당에 있던 사람들이 그러더라고요. 누군가가 밀고해서 검거된 거라고."

"밀고?"

"보험조사원들이 병원마다 짭새를 심어놓고 수상한 사람들 자료를 수집한답니다."

"누가 그래?"

"박상도 일행요."

보험조사원들이 병원에 밀고자를 심어놓았다는 말에 나는 소름이 돋았다.

그렇다면 차설록도 밀고자를 심어놓고 그들의 제보로 사기범을 검거했다는 말인가? 믿어야 할지 흘려야 할지 모를 내용들이었다.

"저녁은 운동장에서 삼겹살 파티를 연답니다. 꼭 나오세요."

정호연이 밖으로 나갔다.

나는 일어서서 창가로 갔다. 운동장에서 사람들이 천막을 치고 바비큐 통을 분주하게 나르는 게 보였다. 나도 모르게 한숨이 길게 흘러나왔다. 이곳에 온 나의 선택은 과연 잘한 것일까.

삼겹살 굽는 냄새가 운동장에 진동했다.

운동장을 빙 둘러 천막이 쳐 있고, 천막마다 바비큐 통에서 연기가 솟아오르고 있었다. 단원들이 왁자지껄 떠들며 간만에 회포를 풀고 있었다. 정호연이 나를 향해 손짓했다. 박상도 일행이 있는 테이블이었다. 박상도가 능숙한 솜씨로 삼겹살을 굽고 일행은 거나하게 취해 있었다. 모두 일어선 채로 소주며 삼겹살을 먹었다. 정호연은 박상도가 권하는 술잔을 체질상 못 마신다며 정중히 사양했다. 박상도는 정호연과 친해지려고 애쓰는 것 같은데 정호연은 언제나 싸늘했다.

취하고 싶었다. 황 씨 모녀 사건과 박삼봉 자살 뉴스가 뇌리에서 떠나지 않았다.

일행이 권하는 소맥을 거절하지 않고 받아 마시자 얼마 안 있어 얼굴에 취기가 확 올랐다. 그러나 정신은 계속 멀쩡하기만 했다. 그 멀쩡함에 짜증이 났다.

윤치영 씨가 아까부터 보이지 않았다. 정호연에게 물으니 오후 주방에서 본 게 마지막이라 했다. 주방에서 소주 한 병을 깠으니 어디서 코 골며 자고 있을 거라고 박상도가 일렀다. 박씨 아저씨가 테이블을 돌며 상추며 마늘이며 쌈장을 보충해주고 있었다. 이주삼이 소주병을 들고 우리 테이블로 걸어왔다. 너스레를 떨던 박상도가 공손한 태도로 변해 어서 오시라며 자리를 권했다. 이주삼이 술잔을 내게 들이밀었다. 그도 취기가 올랐는지 얼굴이 불콰했다. 나는 이주삼이 내민 소주잔을 거부하고 한 발 뒤로 물러섰다. 이주삼이 그런 나를 바라보며 살짝 놀라는 표정을 지었다. 그러다 이내 표정을 바꾸었다.

"아따, 형님. 내 술이 무섭소?"

이주삼이 껄껄 웃었다. 박상도 일행도 따라 웃었다. 처음으로 이주삼에게 거리감이 느껴졌다.

지금까지는 이주삼만 보고 왔다. 그는 스프레이를 정강이에 뿌려 5천만 원을 뚝딱 만들어냈고, 층계참에서 소리 없이 눈물을 흘렸으며, 등나무 그늘 아래서 비비빅을 어린아이처럼 씹어 먹었다. 그는 저돌적이고 신비롭고 인간적이었다. 나는 이주삼만 있으면 안전할 것이라 생각했었다. 그런데 이주삼과 마중근 원장이 속한 곳은 안전지대가 아닌 밀고자와 총탄이 난무하는 전장 한복판이다. 나는 그 전장에 한쪽 발을 들여놓은 채 쭈뼛거리고 있었다.

"이따 얘기나 좀 합시다."

이주삼이 내 등을 토닥이더니 다른 테이블로 갔다.

박상도가 건배 제안을 했다. 자기 팀은 조만간 현장에 투입될 거라며, "성공을 위하여!"라고 선창했다. 일행도 같은 멘트를 복창했다.

열 시쯤 되자 분위기가 식었고 몇몇 사람들만 테이블에 앉아 '불멍'을 때리거나 잡담을 나누고 있었다. 정호연과 박상도 일행도 모두 숙소로 돌아갔다. 나는 사그라져가는 숯불을 하염없이 바라보았다. 불도 숨을 쉬는지 일정한 간격으로 빛이 났다가 어두워지기를 반복했다. 누군가가 뒤에서 등을 쳤다.

"형님, 많이 취하셨수?"

이주삼이 맞은편 의자에 털썩 앉았다. 나는 내심 그가 반가웠지만 내색하고 싶지는 않았다.

"내 다 압니다. 형님 지금 무슨 생각하시는지."

이주삼이 바비큐 통에 있는 불씨를 쑤석거렸다. 불티가 하늘로 나풀거리며 올라갔다.

"군 복무 중이던 스물한 살 때 사귀던 여자애가 제 딸이라며 갓난아이를 데려왔수. 그 여자애는 홀로 계신 모친께 갓난아이를 맡기고 종적을 감췄고, 제대하고 보니 아이는 세 살이 되었더랬수. 당황스럽디다. 그때 지인 소개로 유아보험을 하나 가입했수. 혼자 아이를 키우다 보면 이런저런 어려운 일에 부닥칠 테고 그때 보험이 많은 도움이 될 거라는 지인의 말이 하나도 틀린 게 없었기 때문이유. 그러다 딸아이가 중학교에 들어갔고 학교 내 괴롭힘으로 옥상에서 뛰어내렸수. 다행히 목숨은 살렸지만, 식물인간이 되어 신경외과병동에 입원 중이유."

"그럼 그때 층계참에서 울고 있었던 이유가?"

"지금까진 잘 버텨주고 있는데, 가끔 폐렴기가 나타나고 그럴 때마다 의사란 작자가 마음의 준비를 하라는 둥 사람 속 뒤집어놓는 말을 해대잖수."

층계참에 쪼그려 앉아 눈물을 보이던 이주삼의 얼굴이 떠올랐다.

"가입했다던 유아보험은?"

이주삼이 고개를 절레절레 흔들었다.

"보험조사원이 조사를 나오더니 고의로 뛰어내렸다며 면책을 시키더군요. 경찰에서도 고의 사고로 결론이 났고요. 나중에 알고 보니 보험조사원이 경찰에 압력을 넣어 고의 사고로 결론을 내린 거였수. 그 조사원은 경찰 출신이었거든요. 앞이 캄캄했수. 건강보험공단에서도 고의 사고라 급여가 안 된다고 그럽디다. 중환자실 입원비가 장난이 아니었수. 살고 있던 집까지 몽땅 저당 잡혀 대출을 받아야 했으니 말이유. 그때 마중근 원장을 알게 된 거유. 원장은 사건을 재조사시켰고 딸아이가 뛰어내리는 장면을 정확히 목격한 학생이 하나도 없다는 걸 알게 되었수. 명확한 근거도 없이 고의로 뛰어내린 거로 결론을 내리면 상부에 민원을 제기하겠다고 엄포를 놓자 그제야 경찰은 '원인

미상'으로 조서를 바꾸어주었수. 그렇게 되자 완강하던 보험회사가 한발 물러나며 협상이 들어왔고 80퍼센트로 합의를 보았수. 그 돈으로 지금까지 치료비를 충당하고 있는 거유. 전 그 뒤로 마중근 원장을 스승처럼 따랐고 나 같은 상황에 처한 사람에게 똑같이 도움을 주려고 단체에 정식으로 가입했수. 그러다 형님을 만난 거유."

이주삼이 집게로 숯불을 하나 꺼내더니 담뱃불을 붙였다. 담배를 빨아댈 때마다 숯불이 벌겋게 달아올랐고, 그 불빛이 이주삼의 얼굴을 상기된 것처럼 보이게 만들었다.

"세상엔 말요, 선택을 하는 사람이 있고 그냥 쓸려 다니는 사람이 있수. 나도 전엔 그렇게 살았수. 어쩌다 보니 어른이 되었고, 어쩌다 보니 아이가 생겼고, 어쩌다 보니 아이가 병원에 누워 있었수. 지난날을 돌아보니 내가 선택한 건 하나도 없더라이 말이유. 그런 내게 마중근 원장은 사는 목적을 정해주었수. 형님도 쭈뼛거리지 말고 목적을 세워 앞으로 나아가보슈."

산 쪽에서 바람이 불어왔다. 습기 없이 산뜻한 바람이었다.

"오늘 강의 듣고 두려움과 갈등이 생겼을 거유. 당연하지요. 나도 그랬으니까."

이주삼이 내 손을 꼭 잡았다.

"형님, 그냥 나를 믿고 따라오슈. 소희하고 같이 살아야 할 거 아니유?"

이주삼은 이 말을 남기고 건물 쪽으로 걸어갔다.

4장 보험회사의 개

1

간밤에 마신 술 때문에 머리가 지끈거렸다.

유리창에 설치된 이동식 에어컨에서 윙, 하는 모터 소리가 상담실에 퍼졌다. 유리창 밖 동산 위로 뭉게구름이 몽실몽실 떠 있고 건물 뒤 호두나무에서 참매미가 울어대고 있었다. 숙취만 아니면 참으로 한가롭고 평화로운 아침 풍경일 터였다. 까무룩 졸음이 쏟아지며 매미 우는 소리가 멀어졌다.

"재수 오빠?"

최홍선 대리가 부르는 소리에 턱 괴고 있던 팔꿈치가 책상 아래로 툭 떨어졌다. 옆자리에서 정호연이 피식 웃었다. 윤치영 씨는 시종 시무룩했다. 간밤에도 언제 들어왔는지 모르게 들어왔고 아침 먹는 내내 한마디도 하지 않았다. 허리 통증으로 기분까지 가라앉은 것 같았다.

"흐흠, 난 좋더라. 오빠들의 이 시큼한 숙취 향."

최홍선 대리가 눈을 지그시 감은 채 공기를 흡입했다.

"오빠들, 오늘은…….."

최홍선 대리가 파일을 열었다.

"지난번 적성검사 자료를 토대로 각자 보험설계를 할 거야. 먼저 재수 오빠?"

최홍선 대리가 파일을 훑어보며 말을 이었다.

"오빠는 좌측 전방십자인대 부분 파열이라고 했지? 십자인대는 말이야, 다발로 돼 있어. 그래서 30퍼센트만 남아 있어도 기능을 하거든. 십자인대 기능은 무릎을 앞뒤로 잡아주는 건데 이곳이 손상되면 무릎이 앞뒤로 흔들려. 그걸 '동요'라고 하는데 10밀리미터 이상이면 10퍼센트 장해율이 나와. 가입금액을 1억으로 하면 천만 원이 설계되는 거지. 여기 규칙상 초짜는 설계 금액이 5천을 넘지 않거든? 근데 무슨 이유에선지 재수 오빠 설계 금액을 1억으로 해주라는 원장님의 지시야. 한 번도 깨지 않은 규칙이었거든."

최홍선 대리가 실눈을 뜨고 나를 바라보았다.

"오빠 혹시 빽 썼어?"

나는 순간 이주삼의 얼굴이 눈앞에 스쳤다. 그는 내가 이곳에서 전세금이라도 만들어 나가길 진심으로 바랐다.

"나, 무릎 멀쩡한데."

나는 최홍선 대리의 눈을 피하며 이렇게 말했다. 사실이 그랬다. 축구하다 다친 날 군 병원에서 검사하고 물리치료 받고 사흘이 되자 생활하는 데 지장이 없었다. 가끔 시큰거릴 때도 있었지만 이내 괜찮아지곤 했다.

"오빠, 젊어서 그래. 젊은 사람은 무릎 근육이 잡아주니까 십자인대가 완전히 파열돼도 모르는 사람 많아."

"엑스레이 찍었는데 10밀리가 안 나오면 어떡하죠?"

"오빠, 어제 점심때 금한돈 과장님이 오빠 무릎 흔들어본 거 기억하지?"

쪼그려 앉아 내 무릎을 밀고 당기던 금한돈 과장의 육중한 몸집이 떠올랐다.

"생각보다 많이 흔들린다셨어. 축하해요."

최홍선 대리가 기쁜 표정으로 손가락을 흔들었다.

"그래도 혹시 모르니까 실전 투입하기 전에 엑스레이 찍어볼 거야."

"그래도 안 나오면요?"

정호연이 확인하듯 재차 물었다.

최홍선 대리가 씩 웃었다.

"축구를 다시 해야지. 과격하게. 특히 턴을 많이 하는 거야, 이렇게."

최홍선 대리가 드리블을 하듯 복도 쪽으로 가다 갑자기 방향을 바꾸어 유리창 쪽으로 달렸다.

"대신 턴을 할 때 무릎에 힘을 쫙 빼는 거야, 오케이?"

믿어야 할지 말아야 할지 알 수가 없었다. 그래도 정형외과 간호사 출신이라니까 믿어야 하지 않을까?

"그리고 부부 싸움 하다가 탈구된 어깨 있잖아."

"부부 싸움 아니라니까요?"

"오빠. 괜찮아, 괜찮아. 여기 다들 가족 같은 사람들이잖아."

최홍선 대리가 우리 세 사람을 번갈아 바라보았다.

"'습관성 탈구'라는 병명이 있거든? 그거 5프로 장해야."

"한 번 빠졌는데……요?"

"오빠. 언니하고 '응응'할 때 처음만 힘들었지? 그담부턴 습관적으로다가, 흐흠?"

최홍선 대리가 손가락으로 빙빙, 허공에 원을 그렸다.

정호연이 낄낄대고 웃었다. 나는 얼굴이 화끈거렸다. 최홍선 대리가 짓궂은 표정으로 나를 보았다.

"오빠, 우리 의료팀에서 습관성 탈구로 만들어줄 거니까 걱정하지 마."

최홍선 대리가 영화 〈미저리〉에 나오는 애니 월킨스처럼 그로테스크해 보였다. 가만, 애니도 간호사 출신이었는데? 갑자기 몸이 오싹해졌다.

"재수 오빠는 가입금액을 7억으로 했어. 장해율 15퍼센트가 나오니까 장해보험금에서 1억 500만 원, 입원 일당 20만 원씩

60일이면 1200만 원, 합 1억 1700만 원이네."

최홍선 대리가 '1억 1700만 원'이라고 액수를 너무도 태연하게 말하는 바람에 나는 그것이 아주 비현실적으로 들렸다. 그녀는 지금 나를 놀리고 있는 게 분명했다. 최홍선 대리가 다음 장을 넘겼다. 내가 '저기요' 하고 물으려는데 최홍선 대리가 빨랐다.

"큰오빠?"

윤치영 씨는 대답을 하지 않고 멍하니 있었다. 윤치영 씨는 어쩐지 설계에 관심이 없어 보였다. 딴생각하는 것 같기도 했다. 평소처럼 최홍선 대리의 미끈한 다리에 관심을 두고 있지도 않았다.

"큰오빠는 원래 '회전근개 파열'이었잖아. 근데 이 병명은 질병으로 들어가서 상해로 설계하기 곤란해. 근데 마침 큰오빠가 그네에서 떨어졌잖아? 이주삼 팀장님과 상의했어. 그날 내가 봤을 땐 틀림없이 추간판탈출증이었거든. 그래서 병원에 안 데려갔던 거야. 미리 MRI 찍어버리면 써먹을 수가 없잖아."

아파 죽겠다던 윤치영 씨를 바로 병원에 데려가지 않은 이유가 있었다. 나는 언뜻, 헐렁헐렁 돌아가는 듯한 이곳에 보이지 않는 체계가 있다는 것을 실감했다.

"큰오빠는 3억짜리 담보에 가입할 거야. 핀 박고 수술하면 20퍼센트고, 안 하면 10퍼센트야. 입원 일당은 10만 원씩 30일 예상하고."

최홍선 대리가 턱을 괴고 입술을 모아 윤치영 씨에게 쭉 내밀었다.

"수술…… 할 꺼야?"

은밀한 유혹이었다. 수술과 최홍선 대리의 늘씬한 몸매가 하나의 묶음 상품으로 느껴졌다.

윤치영 씨를 바라보았다. 그 유혹을 윤치영 씨가 거부하기는 힘들 것 같았다.

"아니유."

단단한 거절이었다. 최홍선 대리가 턱을 풀며 헉, 하고 신음을 냈다.

윤치영 씨는 여전히 다른 생각을 하고 있는 것 같았다.

최홍선 대리가 긴 머리를 쓸어 넘기더니 파일을 들췄다.

"젊은 오빠? 오빠야는 너어무 건강해서 뭘 만들 게 없어. 성병 같은 거 없어? 아님 무좀이라도."

정호연은 대답 없이 시크한 표정으로 유리창만 바라보았다.

"으휴, 도도하기는. 젊은 오빠는 입원 일당만 20만 원씩 설계할 거야. 경추염좌나 뇌진탕으로 한 달 입원하면 600, 교통사고 처리지원금 100, 합 700. 어때?"

정호연이 시큰둥하게 고개를 끄덕였다.

"아님, 어디 부러뜨려줘? 말만 해. 인대? 발목?"

"장난해요?"

정호연이 정색했다.

"그치? 무섭지? 젊은 사람이 저렇게 배포가 없어서야. 쯧쯧."

최홍선 대리가 파일을 덮으며 혀를 끌끌 찼다.

"그리고 이건……"

최홍선 대리가 A4 용지를 한 장씩 나눠주었다. 재직증명서였는데 각자 이름이 쓰여 있고 회사명은 낯선 이름이었다. 회사의 소재지는 천안이었다.

"이제부터 오빠들은 이 회사 직원들이야. 오후에 보험에 가입할 건데 무직이면 보험 안 받아. 받아도 3급이라 가입금액이 3분의 1로 줄어."

나는 이곳이 전국적 조직의 한 부분일 것이라는 확신이 들었다. 이 정도로 디테일하게 설계가 들어간다는 건 몇몇 사람만 움직여서 될 사안이 아니었다. 그렇다면 어제 식당에 모인 사람들은 전국적 조직망의 핵심 책임자들일 것이다.

최홍선 대리가 복사 용지 묶음을 나누어주었다. '정보공개동의서', '위임장', '서약서', '차용증'이었다.

"정보공개동의서는 오빠들의 개인정보를 우리가 열람할 수 있게 위임하는 거고, 서약서는 오빠들이 지켜야 할 항목을 나열한 거야."

서약서에는 각자의 이름과 주소, 그리고 준수 사항과 이를 어길 경우에 받게 될 불이익에 관한 내용이 적혀 있었다. 차용증난에 액수를 적고 준수 사항을 지킬 경우, 5년 후 채권채무 관계가 자동으로 소멸한다는 내용이었다. 반대로 해석하면 준수 사항을 어길 경우 본 금액은 채무로 확정된다는 뜻이었다. 손끝이 떨려왔다. 최홍선 대리가 공란에 각자 설계한 금액을 적으라 했다. 정호연이 '칠백만 원정'이라고 휘갈겨 쓰고 서명했다. 윤치영 씨가 머뭇거리자 최홍선 대리가 "3천 300만"이라고 일러주었다.

"이건 우리와 오빠들 간의 신뢰 문제야. 누군가 비밀을 누설하거나 경찰에 밀고할 것을 대비하는 거고, 그렇지 않을 경우 오빠들은 설계한 금액을 가져가는 거지. 물론 우리한테도 얼마 정도 떼주어야 하고. 일종의 십일조 같은 거야. 그리고 휴대폰은 오늘 각자에게 돌려줄 겁니다. 그동안 답답하셨죠?"

윤치영 씨가 금액을 적으려다 말고 최홍선 대리를 바라보았다.

"나, 금액을 5천만으로 올려주면 안 될랑가? 꼭 쓸 데가 있어서 그랴."

윤치영 씨의 표정이 간절해 보였다. 지금까지 보던 얼굴이 아니었다.

"흠, 그럼 척추에 핀 고정술을 해야 돼. 큰오라버니, 할 수 있겠어?"

윤치영 씨가 잠시 고민하더니 그러겠다고 대답했다.

"영감님, 허리에 핀을 박는 거예요. 위험할 수도 있다고요. 잘 생각해보세요."

나는 걱정이 되어 이렇게 말했다.

윤치영 씨는 결심을 굳힌 것 같았다. 최홍선 대리가 서류를 다시 작성하더니 윤치영 씨 앞에 내밀었다. 윤치영 씨가 '육천 삼백만 원정'이라고 적고 서명했다.

"다음은 재수 오빠."

최홍선 대리가 내 앞에 놓인 차용증을 턱짓으로 가리켰다.

'형님, 그냥 나만 믿고 따라오슈. 소희하고 같이 살아야 할 거 아니유?'

이주삼의 말이 귓전에 울렸다. 나는 떨리는 손으로 차용증에 금액을 적었다. **일억 일천칠백만 원정.**

상담실에서 나오는데 최홍선 대리가 불렀다.

"오빠, 원장님이 찾으셔."

"저를요? 왜요?"

최홍선 대리가 내 소매를 잡더니 원장실로 끌고 갔다.

마중근 원장이 인자하게 웃으며 자리를 권했다. 묘한 긴장감이 몰려왔다. 최홍선 대리가 차를 가져와 원장과 내 앞에 내려놓고 밖으로 나갔다.

"1억으로 설계해주셔서 감사합니다."

최홍선 대리의 말로는 나 같은 초짜에게 1억을 설계한 것은 규칙을 깬 거라고 했다. 우선 감사의 예를 표하는 게 맞을 듯했다.

"이주삼 팀장에게 설득당한 것뿐입니다. 꼭 1억이 필요하시다면서요?"

나는 고개를 숙인 채 기자를 생각했다. '어디 가서 전세금이

라도 구해오든가.'

"인생을 살다 보면 한 번쯤은 반드시 승부를 걸어야 할 일이 생깁니다. 먹기 싫은 시금치를 강요하는 어머니의 고집을 꺾기 위해 단식을 할 줄도 알아야 하고, 변심한 애인의 마음을 돌리기 위해 총구를 목에 댈 줄도 알아야 하며, 임금협상을 위해 몸에 휘발유를 뿌릴 줄도 알아야 합니다. 그렇지 않으면 평생 시금치를 먹어야 하고, 애인은 떠나가고, 임금은 쥐꼬리만 할 겁니다. 조금 과격하게 들리지요?"

원장이 잔잔한 미소로 나를 바라보았다. 원장의 말은 '많이' 과격했다.

"노재수 씨는 살면서 몇 번이나 승부를 걸어보았나요?"

나는 아무 대답도 할 수 없었다.

"승부를 건다는 건 저항입니다. 상황을 받아들이는 것에 익숙해지면 저항감도 생기지 않고 승부를 걸 동력도 사라집니다. 부친의 죽음을 부당하게 처리한 회사 경영진, 방송 사고 한 번 냈다고 자리를 박탈한 상사, 합의금으로 핸드백을 사버린 아내에게 저항감이 들지 않았습니까?"

나는 놀란 눈으로 원장의 얼굴을 바라보았다. 원장은 나에 대해 세세한 것까지 알고 있었다.

"이제부터라도 저항하시기 바랍니다. 내 앞을 가로막는 죄책감, 두려움, 사회제도에 대해서 말입니다. 그래야 재수 씨는 거듭날 수 있고 자유로워질 수 있습니다."

나는 원장실에서 나왔다. 박상도가 복도에 있다가 내게 바싹 다가왔다.

"원장님과 무슨 이야기를 그렇게 오래 했습니까?"

나는 어이없는 표정으로 박상도를 노려보았다.

"혹시 엿듣고 있었습니까?"

"우린 여기 온 지 재수 씨보다 훨씬 오래됐는데 한 번도 원장 님과 독대한 적이 없어요. 사람 차별 대우하나?"

박상도가 투덜대며 식당으로 들어갔다.

나는 복도에 선 채 뒤꼍 호두나무를 바라보았다. 우거진 잎사 귀 사이로 초록색 호두 열매가 주렁주렁 달려 있었다. 과육 속 에 감추어진 단단한 호두처럼 나의 의지도 단단해지고 있었다.

식당에 들어서자 윤치영 씨가 박상도 일행과 식사를 하고 있 었다.

나는 식판에 밥을 담아 가장자리로 가려 했다. 윤치영 씨가 극구 자리를 같이하자고 해서 끝 쪽에 앉았다. 박상도가 나를 흘끔거렸다. 무슨 대화를 하다 끊긴 것 같았다.

"그러니까 우리가 쓴 차용증이 그렇게 쓰인단 말이지?"

윤치영 씨가 박상도에게 물었다.

"생각해보세요. 여기 온 사람들 거의 무일푼이거나 신불 직 전인 사람일 텐데 차용증 금액이 뭐가 중요하겠어요? 1억이든 10억이든 그냥 종이 쪼가리에 불과한 것 아니겠습니까. 어차피 갚을 돈도 없으니까요. 그런데 우리가 각자 설계한 대로 보험금이 통장에 탁 꽂혔다 칩시다. 이때부터 차용증의 효력이 살아난다는 것 아닙니까. 막말로 차용증을 빌미로 원장이 통장 압류라도 하면 우린 꼼짝없이 돈을 물어내야 한다 이거죠."

일행이 심각한 표정으로 박상도의 입을 바라보았다.

"원장 몰래 보험을 더 들어놓는 건 어때요? 한 10억씩 더 들어놓는 겁니다. 그럼 설사 무슨 일이 생겨도 차용증 금액만 압류당하고 나머진 꿀꺽할 수 있잖아요."

일행 중 누군가가 말했다.

"원장이 바보인 줄 아십니까?" 박상도가 답답하다는 표정을 지었다.

"현장 투입 전날 보험 가입 내역을 모두 출력합니다. 다들 '정보공개동의서'에 사인한 거 기억하시죠? 누군가 추가로 보험 가입하면 바로 체크됩니다. 그리고 당일에 추가로 가입한 보험은 아무 쓸모가 없어요. 가입 당일 24시부터 보험 효력이 생기니까요."

"그러니께, 누군가 이곳을 밀고하면 보험금이 들어오기도 전에 빚쟁이로 전락하는 것이구먼."

윤치영 씨였다.

"그렇습니다. 그래서 설계를 마치고 차용증에 사인한 사람에게만 휴대폰을 돌려주는 것이지요."

학교에서는 일련의 과정을 '프로젝트'라고 불렀다. 특이한 건 프로젝트마다 이름을 붙인다는 것이었다. 프로젝트 간 혼동을 피하고 관리하는 데 편하기 때문인 듯했다. 프로젝트명은 프로젝트 실행 직전에 알려준다고 했다. 프로젝트의 첫 단추는 보험을 설계하는 것에서 시작된다. 우리는 한밭시에 있는 카페에서 전담 설계사를 만나 각자의 조건에 맞는 보험설계를 하기로 되어 있다.

일주일 만의 시내 방문에 나는 다소 상기되었다. 이주삼은 웬일인지 운전석에 앉을 때부터 말을 한마디도 하지 않았다. 분위기가 무거운 것은 윤치영 씨도 마찬가지였다. 황 씨 모녀가 징역을 살고 있다는 말에도 꿈쩍 않고 수다를 떨던 그였다. 가만 생각하면 윤치영 씨의 행동이 달라지기 시작한 건 박삼봉이 자살했다는 뉴스가 나온 직후부터였다. 아무리 낙천적인 윤치영 씨도 사람이 죽었다는 말에는 충격을 받은 모양이었다. 그런데 윤치영 씨는 왜 설계 금액을 올린 것일까. 내가 알기로 윤치영 씨는 아내와 단둘이 살고 있어 갑자기 큰돈이 들어갈 일이 없을 텐데. 걱정거리 없이 해낙낙한 건 정호연 하나뿐이었다.

차창 밖으로 플라타너스 이파리들이 빠르게 스쳐 지나갔다. 그 사이로 은빛 햇살이 반짝거렸다.

마중근 원장은 약해지려는 내 의지를 말 몇 마디로 공고하게 해주었다. 집에 돌아가면 굶어 죽고 전장에 있으면 싸우다 죽겠지만 어쨌든 싸우다 죽는 게 나을 것 같았다. 나는 두 주먹을 불끈 쥐었다. 다른 사람이야 어찌하든 나는 내 길을 가자. 방송국 입사 후 처음 마이크를 잡았을 때처럼 미래에 대한 희망과 기대로 방광이 조여왔다. 그것은 기분 좋은 떨림이었다.

"카페 가기 전에 잠깐 들를 곳이 있수."

이주삼이 중간에 차를 멈추었다. 그곳은 평화병원 장례식장이었다. 시설이 노후화되고 허름해서 사람들이 잘 이용하지 않는 곳이었다. 장례 팀은 한 팀뿐이었다. 나는 안내 화면을 바라보았다.

지하 1호실. 망인 박삼봉. 상주 박세윤, 박하나. 장지 한밭시립장례공원.

'망인 박삼봉'이라는 글자가 눈에 커다랗게 들어왔다. 나는 이주삼을 바라보았다. 이주삼은 입을 굳게 다문 채 엄숙한 표정이었다. 손에 쇼핑백이 하나 들려 있었다.

"일단 내려갑시다."

이주삼이 계단으로 성큼성큼 내려갔다.

"저는 문상 체질이 아니어서요."

정호연이 대기실 소파에 앉았다.

윤치영 씨가 어디 아픈 사람 같은 얼굴로 "나는 내일이 모친 기일이라……" 하고 말끝을 흐리더니 "이따 카페서 만나세"라고 말하며 밖으로 나갔다. 할 수 없이 나 혼자 이주삼을 따라 지하로 내려갔다.

테이블 서너 개에 문상객들이 앉아 있었다. 허름한 복장의 사내 몇이 얼큰히 취해 술을 따르고 있었고, 한 테이블에는 양복 차림의 남자가 혼자서 음식을 먹다가 나와 이주삼을 뚫어지게 바라보았다. 대체로 썰렁한 분위기였다. 중학생으로 보이는 남매가 상주 자리에 서 있었다. 배우자로 보이는 여인이 상주 옆에 넋을 잃고 앉아 있었다. 문상을 마친 이주삼이 여인에게 귓속말로 무어라 말했다. 우리가 식탁에 앉자 여인이 맞은편에 앉았다.

"저하고 애들은 이이가 어디서 뭘 하는지 알 수 없었어요. 멀리 일자리가 생겨서 집에 몇 달 못 들어올 거라고 해서 그런 줄만 알았지요. 그러다 요양원에 계신 노모가 위중하다는 기별을 받고 남편이 나타난 거였어요. 집에서 나간 지 석 달 만이었죠. 얼마나 급했는지 콜택시를 타고 왔더라고요. 노모 병상을 밤새 지키고는 차도가 있자 바로 떠났어요. 조금만 참으라는 말만 남기고요. 며칠 지났는데 뉴스에 남편이 나온 거예요. 모자이크 처리를 했지만 우리 가족은 단번에 알아봤어요. 남편이 환자 행세를 하며 병원에 있었다는 사실이 아직도 믿어지지 않아요."

이주삼이 여인 앞에 놓인 종이컵에 소주를 따랐다. 누구한테 하소연할 사람이 없었다는 듯 여인은 술잔을 비우고 쌓인 이야기를 털어놓았다.

"보험회사 조사요원이 공범을 대라며 매일같이 전화해서

겁을 줬어요. 애들 학교에 소문을 퍼뜨리겠다는 둥 얼마나 모욕을 줬는지, 조사받는 내내 남편은 밤잠을 설쳤어요. 그러다가……."

여인은 감정이 북받친 듯 울음을 터뜨렸다.

"그 조사원 이름 혹시 아십니까?"

여인이 울음을 그쳤다.

"차설록이요."

이주삼이 이를 악물고 주먹을 쥐었다.

신발장 앞에서 이주삼이 쇼핑백을 여인에게 내밀었다.

"친구 선후배들이 십시일반 모은 겁니다."

5만 원권 다발이 쇼핑백 사이로 얼핏 보였다. 대충 계산해도 수천만 원은 되어 보였다.

여인이 놀라 감히 쇼핑백을 받지 못했다. 이주삼은 쇼핑백을 부의함 위에 올려놓고 계단을 성큼성큼 올라갔다.

카페에는 설계사가 먼저 도착해 우리를 기다리고 있었다. 검정 바지에 흰 블라우스, 그 위에 검은 재킷을 걸친 여자는 얼핏 최홍선 대리와 닮아 보였다. 카페는 30여 평 되어 보였고 여름이라 그런지 더위를 식히려는 손님이 꽤 있었다. 우리가 앉은 자리는 안쪽 창가였다. 설계사는 이주삼과는 잘 아는 사이 같았다. 설계사가 파일에서 청약서를 꺼냈다. 각자의 인적 사항과 담보 내용, 보험료가 인쇄되어 있었다. 가입금액은 최홍선 대리가 말한 것과 일치했다. 설계사가 재직증명서를 요구했다. 우리는 가지고 온 재직증명서를 그녀에게 주었다. 우리는 설계사가 손으로 짚어주는 곳에 열심히 사인만 하면 되었다. 그녀는 이런 일에 매우 익숙한 듯했고 아마도 사기단 전담 설계사 같았다. 보험료는 학교에서 만들어준 통장에서 자동으로 이체되는 식이었다.

보험료가 생각보다 비싸지 않았다. 정호연은 월 5만 5천 원, 윤치영 씨는 8만 2천 원, 나는 9만 9천 원이었다. 보장을 크게 하고 질병은 제외해서 보험료가 저렴한 거라고 그녀가 말해주었다. 보험료는 학교에서 먼저 내주고 나중에 거둬들일, 그들 표현을 빌리자면 '십일조'에서 충당할 것이니까 부담 갖지 말라는 말도 덧붙였다. 사실 나는 청약서에 사인을 하면서 매달 내야 하는 보험료가 살짝 부담스럽다고 느꼈었다. 프로젝트는 이처럼 체계적인 시스템을 갖추고 있었다.

"보험료는 통장에서 자동으로 인출되겠지만 효력은 24시부터니까 그 전에 돌아가시면 안 됩니다. 아시겠죠?"

설계사가 우리를 하나씩 번갈아 보며 웃었다. 보험이 효력을 발생하기 전에는 죽지 말라는 농담이었다.

"그럼 우린 새벽에 집으로 가라는 겨?"

윤치영 씨가 시계를 보며 물었다.

설계사가 이주삼을 바라보며 깔깔깔 웃었다.

"어머, 어르신. 농담도 잘하셔."

잠시 후 서류를 모두 챙겨 설계사가 돌아갔고 우리는 각자 주문을 했다.

이주삼은 아포가토, 윤치영 씨는 녹차라테, 정호연은 생딸기 플랫치노, 나는 아이스아메리카노를 주문했다. 정호연의 제안으로 딸기 케이크도 조각으로 주문했다. 잠시 후 테이블에는, 보기에도 예쁘고 먹음직한 음료들이 진열돼 있었다. 윤치영 씨가 이주삼 앞에 놓인 아포가토를 연신 바라보았다. 투명 유리잔에 담긴 동그란 아이스크림과 그걸 감싸고 있는 갈색의 커피가 보는 것만으로도 구미를 당기기에 충분했다. 큰 덩치의 이주삼이 작은 유리잔 안에 담긴 아이스크림을 스푼으로 얌전하게 떠먹는 모습은 참으로 기괴했다. 만약 그가 앞치마를 걸쳤다면 거인증 걸린 유치원생이 간식 먹는 장면으로 보이기에 충분한 광경이었다.

"거, 나 한 번만 먹어봄세."

윤치영 씨가 빨대를 아포가토에 꽂으려 했다.

"이러지 마슈."

이주삼이 아포가토 잔을 높이 들어올렸다. 정호연이 키득거렸다.

"호연이 자네 것은 뭐여? 아이스크림 같기도 하고 딸기 죽 같기도 하고."

정호연이 일어서서 종이컵을 가져오더니 딸기와 내용물을 덜어 주었다. 얼굴에 화색이 돈 윤치영 씨가 종이컵에 담긴 플랫

치노를 후루룩 마셨다. 그러더니 볼펜을 꺼내 메모를 했다.

"우린 뭐 알아야 시켜 먹지."

이주삼이 빈 유리잔을 내려놓더니 케이크를 한 숟가락 퍼 입으로 가져갔다. 거의 반이나 되는 양이었다. 윤치영 씨의 눈이 휘둥그레졌다.

"주삼이 자네, 사람 그렇게 안 봤는디 못쓰겠구면."

다들 박장대소했다.

병원에 입원해 있을 때 등나무 그늘에서 파티를 하던 기억이 또다시 떠올랐다. 비싸지는 않았지만 편의점 주전부리로 그렇게 행복할 수가 없었다.

윤치영 씨가 접시를 들더니 남은 케이크를 스푼으로 닥닥 긁어 먹었다. 그때 누군가가 우리를 향해 성큼성큼 걸어왔다. 나와 이주삼과는 마주 보고, 윤치영 씨와 정호연에게서는 등진 위치였다. 덩치가 큰 중년 사내였다. 사내는 한쪽 다리를 심하게 절었다. 이주삼의 눈빛이 번뜩였다. 중년 사내는 테이블 위에 사진 한 장을 툭 던졌다. 이주삼이 병원 휴게실에서 다리에 스프레이를 뿌리는 장면이었다. 주변에 몰려 있던 사람 중 하나가 찍은 것처럼 보였다. 윤치영 씨가 사내를 올려다보았다.

"차설……록?"

나는 하마터면 들고 있던 커피잔을 떨어뜨릴 뻔했다.

차설록이 옆 테이블에서 의자를 끌어오더니 정호연과 윤치영 씨 사이에 끼어 앉았다. 이주삼과 마주보는 위치였다. 차설록의 강압적인 포스에 윤치영 씨는 입만 벌린 채 아무 말도 하지 못했다.

"네가 개냐? 개한테 뿌리는 스프레이를 다리에 뿌리게?"

차설록이 다짜고짜 반말을 내뱉었다. 이주삼이 눈을 치켜뜨고 차설록을 노려보았다.

"개는 내가 아니라 당신이지. 보험회사의 개……."

이주삼은 말미에 '새끼'라는 말을 안 들릴 정도로 살짝 붙였다. 그러나 모두에게 들릴 정도의 톤이었다.

차설록이 발끈하다 자신을 억누르고는 피식 웃었다.

"그 주둥이 조심하는 게 좋겠는걸. 언젠가 그 주둥이 땜에 크게 다칠 날 올 테니까 말야."

차설록이 정호연과 나를 바라보더니 피식 웃었다. 이 조무래기들은 뭐냐고 하는 듯한 표정이었다.

"이거로 5천만 원 해처드셨더만?"

차설록이 사진을 가리켰다. 이주삼이 피식 웃으며 두 손목을 모아 수갑 차는 동작을 취했다.

"자신 있으면 데려가슈. 나는 날씨가 하도 더워서 시원하라고 뿌린 죄밖에 없으니."

"스프레이 뿌렸다고 바로 보험사기로 엮을 수는 없지. 그건 네놈도 잘 알고 있을 거고."

"그때 당신이 제대로 조사만 했어도 내가 이 세계로 발을 들여놓진 않았어."

이주삼이 원망 가득한 눈빛으로 차설록을 노려보았다.

"오우, 아직도 그때 사건으로 날 원망하고 있군. 네 딸이 고의로 뛰어내린 걸 사고라고 보고서를 작성할 순 없지. 난 남을 속이는 사람을 경멸하거든."

차설록의 어조는 차분했다. 조용하지만 한 마디 한 마디마다 '포스'가 느껴지는 음성이었다.

"그래서 당신이 개라는 거야. 주인이 시키면 뭐든 다 하지. 찾으라면 찾고, 물라면 물고."

"끙, 이거 우리 아우님 말발이 많이 늘었는걸? 화가 좀 나려고 하네, 허허허."

차설록이 일어서며 테이블 위에 놓인 사진을 검지로 톡톡 쳤다.

"내가 왜 널 안 잡아넣는 줄 아니? 네가 잡고 있는 개줄을 따라가면 백작이 나올 것 같기 때문이야. 개새끼야."

차설록이 의자를 손으로 벌컥 밀어젖히고 밖으로 나갔다.

2

차설록과 조우한 이후에도 이주삼은 감정의 동요가 전혀 없었다. 그것은 마중근 원장에 대한 신뢰에서 오는 것이리라고 나는 생각했다.

오늘은 기초교육 마지막 과정이었다. 보험의 구성, 의학개론, 보험설계 등의 과정이 모두 끝났다. 이제부터는 현장에 투입될 때까지 각자의 설계에 맞는 보충 교육과 사고 훈련을 받으면 되었다. 보험에 가입하고 바로 사고가 나면 '보험사기인지시스템'에 걸려 추적의 대상이 된다. 그래서 최소한 3개월 후에 사고가 나야 한다. 마중근 원장은 지금까지의 강의 과정을 집약해서 정리해주었고 향후 주의할 사항 등을 일러주었다. 강의를 모두 마친 마중근 원장은 두 손을 번쩍 들고 모두를 위해 기도했다.

점심으로 물냉면이 나왔다.

동치미 국물을 육수로 사용했는데 시큼하면서도 감칠맛이 돌았다. 살얼음 위로 불쑥 솟은 면발 위에 고명으로 얹힌 무채의 아삭거리는 식감이 먹는 내내 식욕을 돋웠다. 동치미 국물이 밴 무청을 면발과 함께 젓가락으로 둘둘 말아 먹으면 면발의 쫄깃함에 무청의 싱그러운 향이 가미되어 신비로운 맛이 난다. 봄, 여름, 가을, 겨울이 섞인 맛이랄까. 나는 한 그릇을 다 비우고 사리를 추가해 한 그릇을 더 먹었다. 속까지 시원하게 풀어지는 느낌이었다.

점심 식사 후에는 대둔산 산행이 있다. 교육 일정을 소화하느라 쌓인 스트레스를 풀고 유서 깊은 사찰에 들러 각자 이루고자 하는 바를 기도하는 자리라고 했다.

마중근 원장과 박씨 아저씨는 오후에 다녀올 데가 있다며 마중근 원장의 차를 타고 나갔다.

산행에는 박상도와 정호연만 빠졌다. 박상도는 점심에 먹은 냉면 때문에 배탈이 난 것 같았고 정호연은 한밭시에 다녀올 일이 있어서라고 했다. 그 외 일행은 모두 산행에 참여했다.

주차장까지는 봉고로 이동했다.

모두 들뜬 표정이었다. 앉아서 교육만 받다 보니 다들 좀이 쑤셨던 모양이다.

박상도를 제외한 그의 일행이 맨 앞에 무리 지어 가는 게 보였다. 최홍선 대리도 오늘은 청바지에 빨간 티를 걸치고 있었다. 윤치영 씨는 나이에 비해 발걸음이 빨랐다. 청림골 계곡을 지날 때는 허리를 숙여 계곡물을 마시기도 했다.

"갈 만하슈?"

이주삼이 내 어깨를 툭 쳤다.

나는 씩씩하게 산길을 올라가고 있는 윤치영 씨를 턱으로 가리켰다.

"영감님도 저렇게 올라가는데, 나야 뭐."

"형님은 절에 가서 뭘 빌 거유?"

나는 대답 대신 산 정상을 바라보았다. 정상까지는 까마득해 보였지만 오르자면 못 오를 것도 없었다.

8부 능선을 지나자 집채만 한 바위가 나타났다. 두 개의 바위 사이로 돌계단이 보였다. 윤치영 씨는 힘이 부치는지 계단 중간에 앉아 숨을 몰아쉬었다. 그런 윤치영 씨를 지나쳐 이주삼이 계단을 성큼성큼 올라갔다. 손이라도 잡아줄 것을 기대했는지 윤치영 씨는 "원, 야박하기는" 하며 투덜댔다. 계단을 오르자 사찰이 나타났다.

대웅전으로 오르는 계단 양옆으로 해태상이 떡 버티고 서 있었다. 이곳은 원효대사가 12승지의 하나로 꼽은 고찰이라 했다. 이런 고지대에 있는 사찰치고는 규모가 꽤 컸다. 산 정상을 향해 정확히 한가운데 반듯하게 위치한 대웅전에는 위엄이 서려 있었다. 대웅전 계단에 올라 뒤로 돌아섰다. 저 아래로 산들이 등을 맞대고 오밀조밀 몰려 있었다. 산들은 적당한 거리와 면적을 나누어 제각각 조화가 잡혀 있었다. 큰 산은 작은 산을 보듬고 작은 산은 큰 산에 기댔다. 불만도 없고 다툼도 없었다. 산과 산 사이로 골짜기가 있고 골짜기를 따라 물이 흘러 산의 몸뚱이마다 생기를 불어넣어주고 있었다. 대웅전에 들어서자 비로자나불이 가운데 정좌해 있고 좌우로 지장보살과 관음보살이 눈꺼풀을 지그시 내린 채 무표정한 얼굴로 나를 바라보고 있었다. 잘했다고 상을 내릴 것 같지도, 잘못했다고 벌을 내릴 것 같지도 않은 저 무표정함. 우주가 탄생하기 전 신의 모습이 있다면 저런 표정일 것 같았다. 음표 없는 오선지. 파도 없는 바다. '온 에어' 직전의 적막. 어쩌면 그곳에서 내가 온 것인지도 모르겠다. 나도 모르게 합장을 하게 되고 고개가 숙여졌다. '거사'를 앞둔 시점에서 이 정도의 예는 표해야 할 것 같았다. 주머니를 뒤지는데 꼬깃꼬깃한 만 원짜리 지폐가 잡혔다. 치킨 배달원에게서 받은 '깽값'이었다. '제 몸을 팔아 얻은 금전입니다.' 나는 지폐를 정성스럽게 펴 불전함에 넣고 절을 한 번 올렸다.

방석을 걷어 제자리에 올려놓으려는데, 불상을 향해 절을 올리는 중인 윤치영 씨가 보였다. 한 배 한 배 정성이 들어간 절 공양이었다. 삼배를 마친 최홍선 대리가 내게 다가오더니 귓속말로 "108배 할 거래"라고 말해주었다. 나는 방석을 다시 내려놓고 부처님에게 아홉 배를 더 올렸다.

산행을 마친 우리는 인근의 식당에서 저녁으로 산채 정식을 먹었다. 원래는 차도 한 잔씩 하고 여유 있게 시간을 보내다 여덟 시쯤 돌아올 예정이었으나 다들 피곤한 기색이 역력하여 한 시간 일찍 학교로 돌아왔다. 나는 화장실이 급해 봉고에서 내리자마자 학교 건물 뒤로 뛰어갔다. 원장실에서 박상도가 급하게 나오는 모습이 보였다.

"혹시 소화제가 없나 해서."

박상도는 도둑질하다 들킨 사람처럼 서둘러 자기 방으로 들어갔다.

나는 용변을 보고 운동장으로 다시 나갔다. 봉고에서 내린 일행이 운동장 주변에 옹기종기 모여 산행 이야기로 꽃을 피우고 있었다. 그때 마중근 원장의 차가 운동장으로 들어왔다. 조수석에서 박씨 아저씨가 내리고 마중근 원장도 뒤이어 내렸다. 두 사람의 표정이 매우 어두웠다. 트렁크 문이 열렸다. 돗자리와 제기 세트, 과일 등이 보였다. 이주삼이 제기 세트와 과일을 양손에 들고 사택으로 들어갔다. 마중근 원장이 마지막으로 액자 같은 물건을 들고 건물로 들어갔다.

방에서 아홉 시 뉴스를 시청하고 있는데 정호연이 문을 열고 비틀거리며 들어왔다. 술 냄새가 진동했다. 술을 입에도 대지 않던 정호연의 돌발 행동에 나는 깜짝 놀라 그를 부축했다. 윤치영 씨도 놀라는 표정이었다.

"호연이 자네가 웬일로 술을 다 마셨는가?"

정호연은 방바닥에 그대로 주저앉았다. 그리고 두 손으로 방바닥을 짚고 엉엉 울기 시작했다. 언제나 시크하고 무관심한 그였기에 그의 눈물은 생경하면서도 당황스러웠다. 그때 이주삼이 문을 열고 들어왔다. 손에 꿀물 병이 들려 있었다. 정호연이 술에 취해 들어오는 것을 본 것 같았다.

"저의 잘나신, 노친한테, 여자친구가, 있거든요." 정호연은 계단 오르듯 한 마디 한 마디 힘겹게 말을 내뱉었다.

"그런데요. 그 여자친구께서…… 크흑. ……임신을 하셨답니다, 임신을. 크하하."

우는 건지 웃는 건지 헷갈릴 정도로 정호연의 표정이 일그러졌다 펴지기를 반복했다.

"가만, 그러니께 호연이 자네 부친한테 여자친구가 있는데 임신을 했다, 그 말 아녀?"

이주삼이 헛기침을 해대며 윤치영 씨 옆구리를 찔렀다.

"아 이 사람, 왜 이래? 호연이한테 동생이 생긴다는디!"

나도 윤치영 씨를 바라보며 그만하라는 제스처를 해 보였다.

"인제 보니 자네 부친 능력자시구먼. 대기업 회장쯤 되시나?"

이주삼이 꿀물 뚜껑을 따서 정호연에게 건넸다. 병을 받아 든 정호연이 벌컥벌컥 꿀물을 마셨다.

"네, 아주 능력자시지요. 병상에 누워 있는 부인은 나 몰라라 하고 서른 살이나 어린 여자한테 빠져서 아이까지 갖게 되었으니까요."

"캬, 나도 늦지 않았다니께."

윤치영 씨가 눈을 가늘게 뜨고 자신만의 로망을 그렸다. 그런 윤치영 씨가 비로소 그다워 보였다. 절에서 불공을 드린 효과인 것 같았다.

"제가 왜 다친 데도 없이 병원에 입원하고 있었는지 아세요? 바로 암병동에 저의 어머님이 누워 계시기 때문이에요. 그렇게라도 해야 제가 살 수 있을 거 같아서요."

이주삼이 정호연을 데리고 밖으로 나갔다. 밤공기라도 쏘여주는 게 도움이 될 거라고 여겼던 모양이다. 나도 걱정이 되어 잠시 후 밖으로 나갔다. 두 사람은 수돗가 옆 벤치에 앉아 있었다. 이주삼이 연신 정호연의 어깨를 토닥여주고 있었다. 나는 좀 떨어진 곳에서 두 사람을 지켜보았다. 나보다는 이주삼이 이런 상황에 익숙할 것이었다.

"제가 세상에서 가장 부러워하는 사람이 누군지 아세요?"

정호연이 고개를 숙인 채 물었다.

"아, 자네 속을 내가 어찌 알겠는가?"

"노재수 아저씨예요."

나는 귀를 의심했다. 나를 부러워하다니, 잘못 들은 게 분명했다.

"부녀지간에 다정하게 지내는 게 너무 부러워요. 우리 아버지하고는 비교도 할 수 없어요."

"이 친구, 생각보다 소박하네."

이주삼이 푸허허, 하고 웃었다. 정호연이 갑자기 벌떡 일어섰다.

"복수하고 싶어요. 저질스러운 내 아버지한테 복수하고 싶어요!"

정호연이 운동장으로 터벅터벅 걸어갔다.

5장 앵무새 속이기

1

아침 공기가 조금은 서늘해졌다. 앞산에서 울던 매미도 더는 울지 않았다. 뭉게구름이 떠 있던 하늘은 청명해졌다. 바야흐로 가을의 시작이었다. 윤치영 씨와 정호연은 아침 식사 후 방에서 뒹굴다가 잠이 들었다. 기초교육을 마친 후부터는 대부분의 시간을 무료하게 보냈다. 이따금 TV 뉴스에 관련 기사가 보도될 때마다 마중근 원장이 강의실로 불러 사고를 분석해주곤 했다.

커피 생각이 나 주방 쪽으로 갔다. 여덟 명의 남자들이 식탁에 둘러앉아 이야기하고 있는 게 보였다. 다들 표정이 엄숙해 문을 열기가 꺼려졌다. 나를 발견한 이주삼이 들어오라고 손짓했다.

네 명은 박상도 일행이었고 세 명은 낯선 남자들이었다. 모두 건장한 체격이었고 그중 가운데 서 있는 남자 얼굴에는 기다란 흉터가 있었다. 왼쪽 이마에서 오른쪽 볼까지 이어지는 긴 흉터였다. 이주삼은 다리를 꼰 채 팔짱을 끼고 남자의 설명을 듣고 있었다. 자세히 보니 박상도는 허리에 플라스틱 요추 보조기를 착용했고 나머지 세 명도 각각 토마스칼라 목 보호대를 차거나 목발을 짚고 있었다. 식탁 위에 고속도로 차선이 그려져 있는 A2 용지와 자동차 모형이 놓여 있는 것도 보였다. 모형은 승용차 두 개와 트럭 한 개였다. 흉터 있는 남자가 1차로에 승용차와 트럭을 줄지어 놓고 2차로에 승용차 모형을 놓았다.

"박상도 씨, 잘 들으십시오. 박상도 씨는 승용차로 시속 100킬로미터에 맞추십시오. 더 밟으면 진짜 다칩니다. 여기 이분이 택배 트럭으로 박상도 씨 차량을 50미터 거리를 두고 뒤따를 겁니다. 꼭 속도 준수하셔야 합니다. 바로 이 지점에서, 우측에서 따라가던 승용차가 박상도 씨 차량 앞으로 끼어들 겁니다. 이렇게요."

흉터 남자가 2차로에 있던 승용차의 진로를 바꾸어 1차로 승용차 앞으로 보냈다.

"여기가 정말 중요합니다. 브레이크를 정말 꽉 밟아야 합니다. 그때 뒤따르던 택배 트럭이 박상도 씨 차량을 추돌할 겁니다. 머뭇거리거나 느슨하게 밟으면 앞차를 박을 수도 있습니다. 아시겠어요?"

흉터 남자가 다짐을 받듯 박상도를 바라보았다.

"에이, 걱정 마쇼. 나 전과자라니까. 음허허."

최동수가 손을 들었다.

"끼어든 승용차는 그대로 달아나나요?"

"그렇습니다. 박상도 씨 차량 블랙박스는 작동이 안 되게 만들었습니다."

흉터 남자가 모형을 챙겨 가방에 넣고 A2 용지도 반으로 접어서 넣었다.

"박상도 씨가 운전석, 이준혁 씨가 조수석, 최동수 씨와 김구 씨가 뒷좌석입니다. 각자 탑승 위치별로 다치는 부위가 다르니까 절대 위치 바꾸시면 안 됩니다. 그리고 보조기와 목발은 탑승 전에 반드시 제거하시고, 박상도 씨는 운전하기 전 진통제 복용 꼭 하시고요. 이번 프로젝트명은 '칼의 날'입니다. 꼭 기억해두시기 바랍니다."

흉터 남자는 꼭 군대 지휘관처럼 보였다.

"저희가 미리 촬영한 엑스레이 영상은 폐기했나요?"

최동수가 물었다.

박상도 일행은 미리 설계에 맞는 부상을 만들었고 그 확인을 위해 엑스레이를 촬영했다. 그 영상은 사고 이전에 촬영한 것이니 외부로 유출돼서는 안 되었다.

"우린 그것까지는 모릅니다."

흉터 남자가 잘라 말했다.

프로젝트명 '칼의 날' 실행 시각은 11시였다.

마중근 원장과 이주삼, 최홍선 대리가 나와서 박상도 일행과 일일이 악수했다. 사고 실행 전에 하는 의식 같았다. 최동수가 유독 긴장된 표정을 지었다. 이준혁, 김구도 긴장한 듯했지만 박상도는 여유가 있었다. 보조기를 찬 탓에 박상도의 행동이 부자연스러워 보였다.

그때 마중근 원장에게 전화가 걸려왔다. 전화를 받는 마중근 원장의 표정이 굳어지며 최동수를 바라보았다. 최동수의 이마에 땀방울이 맺히는 것 같았다. 전화를 끊은 마중근 원장이 이주삼에게 무어라 지시를 내렸다. 이주삼이 최동수의 팔을 잡아 일행에게서 떼어냈다.

"최동수 씨는 계약을 어기고 전일 23시 마감으로 보험 가입을 했습니다. 서약에 따라 최동수 씨는 칼의 날 프로젝트에서 뺍니다. 최동수 씨, 집으로 돌아가십시오."

최동수가 마중근 원장 앞에 무릎을 꿇었다.

"잘못했습니다, 원장님."

최동수의 눈에서 눈물이 흘러나왔다.

"돈이 더 필요해서 그랬습니다. 추가로 가입한 보험은 해지할 테니 제발 프로젝트에서 빼지 말아주십시오."

마중근 원장이 싸늘한 표정으로 돌아섰다.

최동수가 무릎을 꿇은 채 흐느꼈다. 이주삼이 박상도와 김구, 이준혁만을 태우고 교문 밖으로 사라졌다. 나는 멍하니 서 있었다. 최홍선 대리가 최동수의 팔을 잡아 일으켜 세웠다.

"원장님은 마음 바꾼 적 한 번도 없어요. 그냥 돌아가세요."

최동수가 체념한 표정으로 교실로 들어가 짐을 챙겨 밖으로 나갔다.

쓸쓸히 교문을 나서던 최동수의 모습에 기분이 착잡해졌다. 그가 계약을 어기고 추가로 보험에 가입한 건 분명 잘못이지만, 그에게도 사연이 있을 것이다. 평소 그는 조용하고 착해 보였다. 깊은 대화는 나누어보지 않았지만 그의 말과 행동에서 선한 느낌을 받았다. 마중근 원장은 최동수의 일탈에 일말의 용서도 없었다. 이해하는 만큼 용서가 되는 거라고 강의 시간에 말하던 원장은 정작 최동수에게 왜 그랬느냐고 묻지도 않았다. 나에게 자상하게 대해주던 원장의 모습과 최동수에게 칼같이 대하던 원장의 모습이 겹치며 나는 혼란스러워졌다.

이런저런 생각으로 건물 뒤편에서 서성이는데, 남자 넷이 호두나무 아래서 두리번거리는 게 눈에 들어왔다. 40대나 50대로 보이는 그들은 행색이 하나같이 초라했다. 그중 한 남자가 숙소가 어디냐고 물었다. 그때 최홍선 대리가 헐떡거리며 뛰어왔다.

"아이고, 오빠들. 미안, 미안!"

최홍선 대리가 메모지를 꺼내 이름을 하나씩 부르자 남자들이 쭈뼛쭈뼛 네, 라고 대답했다. 신입 단원들 같았다. 최홍선 대리가 나를 향해 눈을 찡긋하더니 남자들을 이끌고 숙소로 들어갔다. 어느덧 나는 이 학교의 고참이 되어 있었다. 나는 커피가 먹고 싶어져 식당 카페로 갔다.

카페에서 에스프레소 한 잔을 뽑아 테이블에 앉았다. 카페 테이블이 아닌 식당 쪽 테이블이었다. 카페 테이블은 왠지 답답한 느낌이 들어 싫었다. 아무도 없는 식당 테이블을 독차지하고 있자니 마음까지 여유로워지는 것 같았다. 커피는 막 뽑아 크레마가 사라지기 직전에 마시는 게 가장 맛있다. 크레마는 기름기여서 커피가 빨리 식는 것을 막아주는 데다, 자체에 커피 향을 함유하고 있어 풍부하고 강한 향을 느낄 수 있게 해준다. 문득 박상도 일행이 잘하고 있을까, 응원하는 마음이 생겼다. 그것은 첫 번째 주자가 잘 달려 자신에게 바통을 넘겨주기를 바라는 두 번째 계주 선수의 심정과 같은 것이었다.

'비즈니스'라는 단어를 박상도는 좋아했다. 그가 어떤 비즈니스를 해 보일지 자못 궁금해졌다.

복도에서 이주삼이 떠드는 소리가 들렸다. 나는 반사적으로 복도로 나갔다. 원장실로 이어지는 중문 너머에서 이주삼이 전화 통화를 하고 있었다.

"그 자식이 '130'으로 달렸다고요? 그래서요? 예, 죄송합니다. 원장님께 바로 보고하겠소."

이주삼이 전화를 끊고 나를 보았다.

"무슨 일이야?"

이주삼이 성큼성큼 내게로 걸어왔다.

"박상도 그 자식이 설계대로 움직이지 않고 속도를 올렸수."

"그럼 어떻게 되는 건데?"

"형님도 아시다시피 우린 설계할 때 가입금액과 다치는 정도까지 예측하여 받을 보험금을 산정하고 거기에 맞게 서약서를 쓰지 않수?"

나는 고개를 끄덕거렸다.

"박상도 이 자식은 척추 한 개 골절로 15퍼센트짜리 설계를 한 겁니다. 금액으로 따지면 1억 5천이유. 그런데 사고를 키워 척추에 핀을 네 개나 박게 되었답니다."

"그럼 얼만데?"

"4억이유."

나는 입이 떡 벌어졌다.

"그뿐 아니유. 혹시나 싶어 계약 조회를 해봤는데 사고 실행 두 시간 전에 보험금액을 증액한 사실이 밝혀졌수."

"미리 조회하면 나오지 않아? 최동수도 그래서 퇴출당했잖아. 그리고 새로 가입하면 당일 24시부터 효력이 있다면서?"

"새로 가입한 게 아니라 기존 계약을 증액한 거유. 우리는 신규 계약만 확인했고. 그리고 증액한 거는 추가 보험료만 입금되면 즉시 효력이 생깁니다."

"그럼 박상도가 수령하는 금액이 얼마야?"

"계산하면 10억 조금 넘수."

나는 이주삼이 말한 액수에 입이 다물어지지 않았다.

"우리는 받을 금액과 채무 금액을 정확히 맞춰 서약서를 작성합니다. 혹시 문제가 생기면 받은 금액 전액을 뱉어내야 하니 딴생각을 못 품는 거지요. 그런데 받을 금액이 10억이고 물어낼 금액이 1억 5천이면, 어떻게 되겠수?"

나는 얼른 계산이 서지 않았다.

"'기술자들'이 자기들도 죽을 뻔했다며 난리가 났수. 일단 우발적이었다고 사과는 해두었는데, 문제는 다음부터 우리 일을 안 하려고 하면 어쩌나 걱정입니다."

이주삼이 원장에게 보고해야겠다며 복도로 걸어갔다.

'칼의 날' 프로젝트가 실행되고 한 달이 지났다.

나는 박상도가 어떻게 되었는지 이주삼에게 묻지 않았다. 내가 관여할 문제가 아니었다. 이주삼도 그것에 대해 나에게 일절 말해주지 않았다. 어쩌면 상황을 고려하여 박상도가 10억 원을 받고 1억 5천만 원을 환수하는 선에서 적당히 타협을 본 게 아닌가 싶은 생각도 들었다. 외부에 새어 나가면 조직에 흠집만 생길 것이기 때문이다. 이제 우리의 프로젝트가 실행될 차례였다.

우리는 아침을 거른 채 이주삼이 운전하는 봉고를 타고 어디론가 떠났다. 최홍선 대리도 동행했다. 방사선촬영을 하고 최종 확인을 하는 날이라고 했다. 며칠 동안 이주삼이 시키는 대로 운동장에서 '드리블, 턴' 연습을 수없이 했다. 무릎에서 '뚝' 소리가 날 때까지 하라고 했는데 '뚝' 소리가 나기는커녕 머리만 어지러웠다. 연습할 때마다 온몸에서 땀이 뚝뚝 떨어졌다. 어쩌면 눈물인지도 몰랐다. 지켜보던 이주삼이 형님, 지가 뽀사드릴깝쇼? 하고 놀렸다. 덕분에 매일 밤 무릎 통증에 시달려야 했다. 시큰거리고 쑤시고 뻐근한 것이 기분 나쁜 통증이었다. 정호연이 진통제를 얻어 왔지만 나는 한 번도 먹지 않았다. 통증마저 없다면 가슴 한편에서 스멀스멀 피어오르는 죄의식을 덜어낼 길이 없었기 때문이다.

우리는 먼저 'S방사선과의원'에 들러 MRI를 촬영했다. 특이한 건 데스크에서 아무런 기록을 하지 않고 바로 촬영에 들어갔다는 것이다. 나는 양쪽 무릎을, 윤치영 씨는 허리를 촬영했다. 정호연은 엑스레이만 촬영하면 된다 해서 차에서 대기했다. 두 시간 후 최홍선 대리가 영상 CD와 영어로 적힌 판독지를 들고 차에 올랐다.

다음으로 도착한 곳은 'D정형외과의원'이었다.

변두리여서 그런지 병원은 한산했다. 서너 명의 환자가 대기 중이었는데 모두 노인들이었다. 최홍선 대리가 데스크로 걸어가자 가운 입은 여자 직원이 일어서며 반갑게 알은체를 했다. 나는 직원의 안내에 따라 환자복으로 갈아입고 방사선실로 갔다. "촬영할 때 좀 아플 텐데, 명심할 건 왼쪽 촬영할 땐 힘을 빼고 오른쪽 촬영할 때 힘을 좀 주셔야 합니다." 촬영실에 들어오기 전 이주삼이 이렇게 주의를 주었다.

촬영대에 눕자 방사선사가 나를 옆으로 눕히더니 무릎에 기계를 설치했다. 왼쪽 허벅지와 정강이의 뼈를 T자형 기계로 고정하고 종아리에 압력을 넣었다. 종아리 쪽에서 미는 압력감이 들었다. 나는 순간 힘을 뺐다. 그러자 정강이가 앞으로 쑥 밀리는 느낌이었다. 이번에는 오른쪽 무릎도 동일하게 검사했다. 방사선사가 씩 웃으며 수고하셨습니다, 하고 말했다.

방사선실에서 나오자 직원이 따라오라며 나를 데리고 복도로 가 진찰실 앞에서 멈춰 섰다. 출입문에 '정형외과 과장 금한돈'이라고 아크릴 이름표가 붙어 있었다.

진찰실에 들어가니 금한돈 과장이 가운을 입고 앉아 있었다. 옆에는 최홍선 대리가 간호사 복장으로 서서 웃고 있었다. 금한돈 과장의 모니터에 허벅지와 정강이 뼈 사진이 보였다. 허벅지 뼈 끝 부분과 정강이뼈 끝 부분에 상하로 직선이 두 개 그려져 있고 작은 숫자가 보였다.

"오빠, 그림 잘 나왔당. 호호호."

금한돈 과장이 마우스포인터로 숫자를 가리켰다.

"위 뼈가 대퇴골이고 아래 뼈가 경골입니다. 경골 끝단이 전방으로 밀린 게 보이시죠? 13밀리미터입니다."

금한돈 과장이 화면을 넘겼다. 열두 장의 무릎 사진이 한 화면에 나타났다. 그중 한 사진을 클릭하자 전체 화면으로 바뀌었다.

"여기 대퇴골 후면에서 시작되어 경골 전면까지 연결된 이 선이 전방십자인대입니다. 무릎이 전방으로 밀리는 걸 잡아주는 기능을 하지요. 선이 이 부분에서 끊어진 게 보이시죠?"

금한돈 과장이 포인터로 무릎관절 부위를 짚어주었다.

"뚝 소리가 나지 않았는데요?"

금한돈 과장과 최홍선 대리가 마주보며 웃었다.

"노재수 씨의 좌측 전방십자인대는 노재수 씨가 말한 것처럼 3분의 2가 이미 파열돼 있었습니다. 남은 인대가 완전히 끊어진 건 최근 일이고요. 이렇게 부분만 남아 있다가 끊어진 경우에는 본인이 인지하지 못하는 경우도 많습니다."

최홍선 대리가 내 손을 덥석 잡았다.

"오빠, 축하해요. 파이팅."

금한돈 과장이 자못 진지한 표정으로 나를 바라보았다.

"이곳 병원이 궁금하실 겁니다. 저는 여기 부원장으로 있고 단원들 설계 때마다 이곳에서 작업합니다. 앞으로도 자주 뵐 겁니다."

"윤치영 씨도 나왔나요?"

내가 조심스럽게 물었다.

"네. 요추 MRI 결과 추간판탈출증으로 나왔습니다. 아, 물론 연세도 있고 해서 보험회사에서 100프로 지급하지는 않겠지만, 분명 디스크 맞습니다. 하지 방사통도 생겼을 겁니다."

밖에서 윤치영 씨와 정호연이 기다리고 있었다.

"노 씨, 십자인댄가 뭔가 어떻게 나왔……."

최홍선 대리가 주변을 살피며 윤치영 씨 입을 틀어막았다.

"큰오라버니? 여기서 이러시면 안 되시죠."

최홍선 대리가 데스크에서 서류 봉투를 들고 나왔다. 두툼했다.

우리는 다시 봉고를 타고 학교로 향했다. 조수석에 탄 최홍선 대리가 봉투를 들고 흔들어 보였다.

"여기에 오빠들 MRI, 영상 CD, 결과지들이 모두 들어 있답니다."

"이거로 써먹는 겨?"

윤치영 씨가 물었다.

"오빠, 사고도 안 났는데 이거로 어떻게 써먹어? 이건 확인 차원에서 미리 찍어보는 거야. 프로젝트 끝날 때까지 별도 장소에 보관해."

"별도 장소면 워디?"

운전하던 이주삼이 뒤를 돌아보았다.

"영감님, 뭐가 그렇게 궁금한 게 많으슈?"

위압적인 목소리였다. 윤치영 씨가 "아, 하늘 참 맑다" 하고 딴전을 피웠다.

차량이 식당 앞에 멈춰 섰다. '산마루'라는 상호의 청국장 백반집이었다. 이주삼이 주차장 한편의 느티나무 아래 차를 세웠다. 차에서 내리자 청국장 냄새가 구수하게 풍겨왔다. 식당 건물은 산을 깎고 돌담을 쌓아 흙을 채워 만든 것으로, 주차장 바닥에서 2미터 정도 올라간 곳에 있었다. 주차장에서 식당으로 이어지는 돌계단이 고풍스러웠다. 청국장 냄새와 고등어 굽는 냄새가 섞여 식욕을 자극했다. 아침을 거른 탓에 다들 시장기가 발동한 듯했다. 정호연은 청국장 냄새가 싫은지 코를 찡긋찡긋했다. 윤치영 씨가 앞장서서 계단으로 향했다.

"영감님, 어디 가슈?"

이주삼이 윤치영 씨를 불러 세웠다.

"다른 데 길이 또 있나?"

윤치영 씨가 주변을 둘러보았다. 아무리 봐도 다른 길은 없었다. 이주삼이 손가락으로 윤치영 씨를 불렀다. 나와 윤치영, 그리고 정호연이 느티나무 아래로 모였다. 최홍선 대리는 차에서 내리지 않고 화장을 고치고 있었다. 이주삼이 경계하듯 주변을 둘러보았다.

"잘들 들으슈. 내일 저녁 이곳에서 식사를 할 거외다."

윤치영 씨가 "오늘은?"이라고 묻자 이주삼이 어허, 하며 눈을 부라렸다.

"여긴 시골이라 저녁 여덟 시만 돼도 손님이 뚝 끊깁니다. 우리는 그 시간에 식사를 할 겁니다. 식사를 마치고 셋이서 천천히 내려와 바로 이 자리에서 이빨을 쑤시며 서성대는 겁니다."

이주삼이 동선을 따라 시범을 보였다.

"청국장 먹고 무슨 이빨을 쑤셔?"

"영감님, 질문은 나중에 하슈. 자, 서는 순서가 중요합니다. 재수 형님이 식당을 등지고 서슈. 이렇게."

이주삼이 느티나무 기준으로 열두 시 방향을 짚어주었다.

"영감님은 느티나무를 보고 이렇게 서시면 됩니다."

이주삼이 느티나무 기준 세 시 방향으로 자리를 잡아주었다.

"그리고 호연이 자네는 두 사람을 마주보고 서면 되네. 그러면 셋이 자연스럽게 잡담하는 것처럼 보일 테니 말이야."

이주삼이 느티나무에서 10여 미터 떨어진 주차장을 바라보았다.

"바로 저기서 봉고차가 후진해 올 거외다."

"옴마야, 그럼 우리가 봉고차에……?"

"그렇수. 우리 측 기술자가 운전하는 거니 겁먹지들 마시고. 차를 미리 바라봐도 안 되고 피해도 안 되오. 차에 치이는 순간 악 소리를 내며 자리에 주저앉으면 됩니다. 쉽쥬?"

다리가 떨려왔다. 정호연은 권투 시합 전의 선수처럼 목을 좌우로 꺾으며 몸 푸는 동작을 하고 있었다. 이 상황을 즐기는 것 같았다.

"식당 안에는 CCTV가 설치돼 있는데 밖에는 없수. 들킬 염려는 전혀 없으니 다들 걱정하지 마슈. 자, 학교로 돌아갑시다."

이주삼이 운전석에 올라탔다. 윤치영 씨가 쩝쩝거리며 아쉬운 표정으로 식당 건물을 바라보았다.

우리의 프로젝트명은 '가벼운 산책'이었다.

학교에 도착한 시각은 오후 두 시 넘어서였다.

간이 카페에서 낯선 남자 셋이 커피를 마시고 있었다. 얼마 전 입소한 신입들이었다. 박씨 아저씨가 전복죽을 내왔다. 내장까지 갈아 넣어서인지 연한 녹색이 도는 게 먹음직스러웠다. 아침에 금식했다고 죽을 준비한 것 같았다. 그러고 보니, 교육 일정에 따라 그에 맞는 식사가 나오곤 했던 것을 보면 이곳의 교육훈련시스템을 박씨 아저씨가 잘 알고 있는 것 같았다.

"겨우 엑스레이 몇 방 찍었구먼, 사람 밥을 굶기고 그런댜?"

윤치영 씨가 투덜댔다.

"큰오빠, 혹시 혈액검사 할 수도 있어서 그랬답니다. 어여 드셔요."

다들 고개를 박고 전복죽을 맛있게 먹었다. 고소한 향이 풍기는 거로 보아 갓 짜온 참기름을 사용한 것 같았다. 새삼 박씨 아저씨의 음식 만드는 솜씨에 감탄했다. 이번 프로젝트가 끝나면 〈한식대첩〉에 출연하시라 권유해야겠다.

"많이 끓였으니 많이들 들어요."

박씨 아저씨가 주방으로 들어갔다.

저녁 여덟 시가 지나자 산마루 식당에는 정말 손님이 하나도 없었다. 구석 테이블의 남자 손님 하나가 이쪽을 흘끔거리며 청국장을 먹고 있을 뿐이었다. 윤치영 씨는 어제 먹지 못한 것까지 먹을 요량인지 공깃밥 두 개를 추가로 시켰다. 청국장 백반은 1인당 1만 2천 원이었는데, 고등어구이와 제육볶음 구성이었다. 손두부도 있었다. 손두부에 묵은지를 올려 입으로 가져가려다 구석에 있는 남자와 눈이 마주쳤다. 남자는 내 눈을 피하지 않았다. 저 사람이다, 순간 그런 느낌을 받았다. 사고기술자.

학교에선 그렇게 불렀다. 개장수 이주삼보다 첫인상이 더 무서웠다. 달리 험악한 곳이 있어서가 아니었다. 갖가지 상상이 두려움을 배가시킨 탓이다. 사내가 나를 향해 숭늉 그릇을 치켜들었다. 잘해봅시다, 뭐 이런 뜻 같았다. 나는 갑자기 입맛이 떨어졌다. 윤치영 씨는 고등어구이 살을 발라 겨자장에 찍어 우걱우걱 잘도 먹었다. 금한돈 과장의 말로는 디스크로 동통이 올 거라 했는데 윤치영 씨는 아픈 기색이 전혀 없었다. 정말 병자 생활에 최적화된 인물 같았다. 정호연 청국장은 입에도 안 대고 제육볶음만 깨작거렸다. 식사가 끝나갈 무렵 우리 테이블에도 숭늉이 나왔다. 시계가 여덟 시 반을 가리키고 있었다.

우리가 밖으로 나올 때까지 남자는 자리에서 일어나지 않았다.

우리는 느티나무 아래에서 이주삼이 정해준 위치에 각자 섰다. 이쑤시개를 들고는 왔지만 먹은 게 없어 쑤셔댈 찌꺼기도 없었다. 무슨 말을 해야 하는 겨? 윤치영 씨가 나직하게 물었다. 그때 주차장 쪽에서 시동 거는 소리가 들렸다. 부르릉! 윤치영 씨가 몸을 움찔거렸다. 내게는 우르릉 쾅, 하는 천둥소리로 들렸다. 다리가 후들거리기 시작했다. 정호연도 살짝 긴장한 표정이었다. 종이컵을 든 손이 덜덜 떨렸다. 차량이 무슨 종류인지 확인할 엄두조차 나지 않았다. 차 쪽에서 하얀 불빛이 날아들었다. 후진기어를 넣은 모양이었다. 부릉 소리와 함께 차량이 후진해왔다. 속도가 높을 리 없었지만, 우리에게는 시속 100킬로미터로 느껴졌다. 윤치영 씨가 두려운 나머지 뒤를 돌아보려 했다. 정호연이 "영감님!" 하고 소리를 질렀다. 순간 우리는 둔탁한 충격에 의식을 잃었다.

2

　우리는 사고 직후 C대학병원으로 이송되어 엑스레이 촬영과 각종 검사를 마쳤다. 나의 진단명은 설계한 대로 전방십자인대 파열이었다. 정형외과 담당의가 수술할 거냐고 물었다. 금한돈 과장이 가르쳐준 대로, 하지 않겠다고 답했다. 나의 답변이 완강해서인지 의사는 근육으로 잘 버텨보고 불편해지면 그때 수술하자고 했다. 윤치영 씨도 MRI 촬영을 했는데 요추간판탈출증 진단이 나왔고 척추 두 마디를 고정하는 수술을 받았다. 정호연은 경추, 요추 염좌로 3주 진단이 나왔다.

　우리는 2주 후 이곳 한방병원으로 옮겼다. 불론 최홍선 대리가 다 알아서 한 일이었다. 요즘은 한방병원도 교통사고가 돈벌이가 된다는 걸 알고 각종 영상 장비와 재활시설을 확충하여 교통사고 환자 유치에 심혈을 기울이고 있다. 그런 면에서 이곳은 최적이었다. 시내 외곽에 있어 갑갑하지 않았고 병원 마당이 꽤 넓은 편이어서 간간이 바람도 쐬고 내방객들과 만나기도 편했다. 1층에 따로 휴게실도 마련돼 있어 복지에도 많은 신경을 쓴 곳이었다.

나는 당분간 목발 신세를 져야 했다. 빠른 속력은 아니었다고 해도, 후진하는 승합차에 치였다. MRI 화면을 보며 담당 의사는 말했다. 충격으로 왼쪽 전방십자인대가 파열되어 무릎관절에 혈흔이 보인다고. 실제로 충격이 있었던 것이다. 그러나 사고를 낸 남자는 기술자였다. 딱 거기까지만 다쳤고 다른 곳에는 아무 이상이 없었다. 윤치영 씨도 얼굴에 긁힌 흔적만 조금 있을 뿐 척추 외에 다른 부상을 입은 곳은 없었다. 원무과 직원의 말로는 가해 차량이 가입한 보험회사는 한국화재라고 했다. 학교 측에서 다 알아서 가입했을 것이었다. 미리 약속한 대로 경찰 신고는 하지 않았다. 뭐, 굳이 설명하자면 운전자가 고의로 사고를 낸 것도 아니고 종합보험에 가입했으면 됐지 경찰 신고까지 할 필요가 있느냐는 명분으로 말이다.

C대학병원에 있을 때 한국화재 보상과 직원이 이것저것 물었다. 지난번 입원했을 때와 비슷한 질문이었고 도둑질도 한번 하면 는다더니 술술 대답이 잘도 나왔다. 직업도 마중근 원장이 말한 회사를 댔고, 급여는 들쑥날쑥하다고 했더니 정부노임단

가 300만 원으로 계산하겠다고 했다. 모든 것이 순조롭게 돌아가고 있었다.

명희가 사흘이 멀다 하고 들락거렸다. 올 때마다 어울리지도 않는 치마를 바꿔 입고는 이거 어때? 물었다. 하도 귀찮아서 하나를 골라주었더니 그날 이후로는 그 치마만 입었다. 명희는 정말로 사고가 난 것으로 알고 있다. 사기를 친 거라고 굳이 말할 필요가 없었다. 소희에게는 입원한 사실을 알리지 않았다. 통화는 정기적으로 하는데, 아직 내가 타지에서 열심히 일하고 있는 것으로 알고 있다. 기자는 여전히 내 전화를 받지 않았다. 소희 말로는 전자타운 상가에 액세서리 가게를 오픈했다고 한다. 아직도 허영무의 집에서 묵고 있는 모양이었다. 소희는 내 눈치를 살피며 2층에 묵고 있다는 말을 강조했다. 조만간 전세금을 마련해 갈 테니 그때까지만 참고 지내라는 말을 마지막으로 전화를 끊었다.

1억······.

그 금액이면 주방 겸 거실에, 방이 두 개 딸린 빌라를 얻을 수 있다.

작은 방은 소희를 주고 큰방은 기자가 쓰도록 해야겠지. 나야 뭐, 항상 돌아다니는 일이니까 거실을 쓰면 되는 거다. 옷가지가 많은 것도 아니고. 기자는 옷이 많으니 기자가 큰방을 쓰는 게 맞다.

병실 밖 유리창을 바라보며 기지개를 켰다. 하늘이 파란 게, 희망이 마구 솟아올랐다.

이런 기분은 처음이었다. 가족을 위해 할 수 있는 일이 있다는 게 나를 들뜨게 하고 뿌듯하게 하고 가슴 뛰게 했다. 정말이지 살아 있다는 느낌이 들었다.

윤치영 씨에게서 카카오톡 메시지가 왔다. 1층 휴게실로 내려오라는 내용이었다. 매일 이 시간이면 오는 그의 '톡'이었다. 정호연도 틀림없이 같이 있을 것이다.

정호연이 자판기에서 뽑은 캔 커피를 내게 건넸다.

"목발은 언제까지 사용한답니까?"

"글쎄? 한 달?"

윤치영 씨가 허리에 찬 보조기를 손바닥으로 쓸며 울상을 지었다.

"나는 이 갑옷이나 좀 벗고 댕겼음 좋겠어."

윤치영 씨는 요즘 들어 양쪽 다리가 저리고 허리 통증이 심해졌다고 한다. 금한돈 과장이 말한 증상과 일치해 큰 걱정은 되지 않았지만, 어쩐지 안쓰러운 생각이 들었다.

가끔 금한돈 과장으로부터 전화가 걸려왔다. 통증은 어떠하며 재활치료는 잘 받고 있느냐, 하는 질문들이었다. 금한돈 과장은 자상하고 섬세하게 우리 상태를 체크해주었다.

윤치영 씨, 정호연이 한배를 탄 전우처럼 느껴졌다.

"호연이 자네는 다음 주면 퇴원 아닌가?"

윤치영 씨가 물었다.

"아니요. 더 버틸 겁니다."

정호연이 어깨를 으쓱 추어올렸다.

"설계한 대로면 다음 주 퇴원 아냐?"

내가 물었다.

"나가서 딱히 할 일도 없는걸요."

그때 명희가 휴게실로 들어오고 있었다.

"설계가 뭐?"

다들 깜짝 놀라 입을 닫았다. 명희에게는 프로젝트라는 말을 하지 않고 가벼운 사고라고만 말해주었다. 프로젝트는 비밀 사항이어서 가족에게도 말하면 안 되었다. 그러나 분위기를 눈치채지 못할 명희가 아니었다. '왕따'를 시키는 거냐며, 말하지 않으면 다시는 찾아오지 않겠다고 엄포를 놓았다. 할 수 없이 내가 대강의 진행 과정을 말해주었다. 명희는 별로 놀라는 기색이 아니다. 오히려 보험사기단을 육성하는 곳이 있다는 사실에 신기해하기까지 했다. 미리 말해주었으면 학교에 도시락이라도 싸다 날랐을 것 아니냐며 너스레까지 떨었다. 명희가 매점에서 과자며 음료수를 잔뜩 사 왔다.

"두고두고 먹어라. 할아버지도 많이 드시구요. 헤헷."

"언제까지 나를 할아버지라고 부를 겨? 보아허니 노 씨를 좋아하는 것 같은디, 수틀리면 확 훼방을 놔버릴 테야."

"어머머머! 이 영감님 좀 보소. 좋아하긴 누가 누굴 좋아한다고 그러셔?"

명희가 내 등짝을 내리쳤다.

"야는 그냥 동창이에요, 동창."

윤치영 씨가 음흉한 눈빛으로 명희를 바라보았다.

"요즘 바람나는 1순위가 동창이란 거 몰라?"

명희의 얼굴이 발개졌다. 윤치영 씨가 나를 보았다.

"근디, 노 씨는 1억 나오면 워따 쓸 건가?"

"1억……요?"

명희가 멈칫, 놀라는 기색이었다.

"변두리에 전셋집이라도 한 칸 마련해야죠. 언제까지 가족들과 헤어져 살 순 없잖습니까?"

"호연이 자네는?"

"에이, 제 돈이 얼마나 된다고요. 여친하고 하룻밤이면 다 쓸 걸요?"

명희가 생각을 가다듬듯 손가락으로 머리를 두드렸다.

"그러니까, 재수는 1억, 호연 씨는 몇백."

명희가 쪼그려 앉으며 윤치영 씨를 보았다.

"영감님은 얼마신데요?"

"나? 궁금햐?"

"네."

명희답지 않게 공손한 어조였다.

"5천 좀 넘을 겁니다."

정호연이 대답했다.

명희가 벌떡 일어서며 과자 봉지를 찢었다. 깨강정과 오징어 볼이었다. 나중에 먹으라던 과자까지 전부 개봉했다. 윤치영 씨가 입이 찢어져라 웃으며 고마워했다. 명희가 빨랫감 있으면 내놓으라고 했다. 내가 우물쭈물하자 병실에서 자기가 알아서 챙겨 간다며 밖으로 나갔다.

"노 씨는 복도 많어. 집에 미스코리아 같은 마누라 있지, 병원엔 복스러운 여자친구 있지. 에구, 우리 집엔 하마 같은 마누라뿐여."

윤치영 씨가 오징어볼을 한입 가득 넣고 우물거렸다.

"영감님은 어디다 쓰시려고 금액을 6천만 원으로 올리셨어요? 척추에 핀까지 박으시면서요."

내가 물었다.

윤치영 씨 얼굴이 어두워졌다.

"원래는 마누라하고 텃밭이나 하나 사서 가꾸려고 했어. 근디 다른 쓸 곳이 생겼어. 더는 묻지 말어."

윤치영 씨는 주스 캔을 들어 벌컥벌컥 들이켤 뿐 더는 말을 하지 않았다.

명희는 밀린 빨래를 잔뜩 해놓고 일주일째 병원에 오지 않았다. 직원 연수가 있어 당분간 못 올 거라고 했다. 하루가 멀다고 드나들던 명희가 보이지 않자 왠지 허전하고 공허했다.

나는 매일 창가에 서서 기도했다. 프로젝트명 '가벼운 산책'처럼 우리의 목표가 정말 '가볍게' 이루어지게 해달라고.

시월의 햇살이 창으로 밝게 비쳐 들고 있었다. 그때 휴대폰이 울렸다. 유선전화 같은데, 모르는 번호였다.

"노재수 씨 되십니까?"

건조하고 사무적인 말투의 남자였다.

"네, 어디……시죠?"

"중부경찰서 지능범죄수사팀 박재용 경삽니다."

불길함이 밀려왔다.

"그런……데요?"

"보험사기로 고발되셨습니다."

"보험……사기요?"

"일단 서로 좀 나오셔야겠습니다."

휴대폰을 잡은 손이 덜덜 떨렸다.

윤치영 씨와 정호연도 같은 전화를 받고 내 병실로 찾아왔다.

"도대체 누가 우릴 고발했다는 거죠?"

정호연이 눈을 동그랗게 뜨고 말했다.

"낮말은 쥐가 듣고 밤말은 새가 듣는다더니, 여기도 밀고자가 있는 거 아녀?"

윤치영 씨가 주변을 훑어보며 낮은 소리로 말했다. 병실에는 우리 말고 아무도 없었다.

"영감님, 바뀌었어요. 새하고 쥐."

정호연이 말했다.

"털 달린 짐승은 다 똑같어."

나는 이주삼에게 전화를 걸었다.

"형님, 일단 출석해서 고발한 놈이 누구인지 어디까지 알고 있는지부터 알아봅시다. 그게 급선뭅니다. 거 너무 쫄지 마시고."

출석이니 고발이니, 머리가 어질어질했다. 윤치영 씨는 의외로 침착했다.

"노 씨, 호연이. 잘 들어봐. 우린 아직 보험금을 한 푼도 받은게 없잖여? 근디 이게 왜 죄가 되남?"

생각해보니 윤치영 씨 말이 맞는 것 같았다. 우린 아직 보험금을 청구하지도 않았고 받은 적도 없다. 설령 누군가가 고발을 했다 하더라도 아직 벌어지지 않은 일로 처벌받지는 않을 것이다. 정호연도 이 의견에 동의하는 눈치였다. 그렇게 생각하자 조금은 마음이 놓였다.

나는 담담하게 박재용 경사를 바라보았다. 그 담담함은 보험금을 한 푼도 받지 않았고 피해자가 없다는 사실에서 오는 떳떳함이었다. 나의 그런 덤덤함이 의외라는 듯 박재용 경사가 커다란 눈을 끔뻑거리며 나를 보았다.

"어이구, 요즘 보험사기 처벌이 쎈데?"

너무 덤덤한 상대의 태도에 기분이 상했는지 박재용 경사가 옆구리를 찔렀다.

"돈을 안 받았는데도 처벌이 되나요? 아, 고발이 들어온 거라 형식상?"

나는 억지웃음을 지어 보였다. 박재용 경사가 딱하다는 표정으로 나를 바라보았다.

"노재수 씨, 잘 들으세요. 보험사기는요, 청구만으로도 실행 착수로 보아 처벌됩니다. 세 분은 이미 14일간 C대학병원에 입원했고, 치료비가 병원으로 지급됐으니 보험사기에 착수한 것이고, 따라서 10년 이하의 징역형에 처해질 수 있습니다!"

보험사기의 정의와 처벌 수위를 똑소리 나게 설명한 박재용 경사가 스스로 만족했는지 책상을 손바닥으로 탁 쳤다.

"저, 물 좀……"

박재용 경사가 한 손으로 출입구를 가리켰다.

나는 후들거리는 발걸음으로 복도로 나와 정수기에서 물을 한 컵 받았다. '보험사기는요, 청구만으로도 실행 착수로 보아 처벌됩니다.' 수사 담당자가 법 조항을 잘못 알고 있을 리 없다. '10년 이하의 징역형에 처해질 수 있습니다.' 나는 현기증으로 쓰러질 것 같았다. 정신을 차려야 했다. 박재용 경사가 출입문을 열고 빼꼼 나를 보았다.

"멀리 가시면 안 됩니다!"

나는 정신을 가다듬고 조사실로 다시 들어갔다.

"고발은 누가 한 건가요? 증거는요?"

나는 이주삼이 시키는 대로 암기한 문장을 내뱉었다.

"고발은 한국화재 대표 이름으로 들어왔고. 증거는……."

박재용 경사가 PC에서 파일을 검색해 재생했다. 휴게실에서 우리 세 사람이 나눈 대화 내용이 선명하게 녹음되어 있었다. 전셋집이라도 마련해야 한다느니, 각자 액수가 얼마라느니 하는 내용이었다. 입에 침이 바싹 말랐다.

"일단 오늘은 돌아가시고 조만간 다시 전화드릴 테니 딴 데로 새지 마시고 꼭 여기로 오셔야 합니다."

박재용 경사는 '여기로'라는 대목에서 나의 바로 앞 책상을 톡톡 두드렸다. 상황이 예상과 다르게 흘러가고 있었다. 출입문을 나서며 이주삼에게 전화를 걸었다. 이주삼은 마중근 원장과 함께 내 전화를 기다리고 있었다. 나는 박재용 경사가 녹음 파일을 갖고 있으며 고발자는 한국화재 대표이고 실행 착수만으로 처벌받는다는 이야기를 했다. 운전한 남자도 이미 조사를 받은 것 같다고 이주삼이 말해주었다. 마중근 원장도 상황이 심각하게 돌아가고 있다는 걸 의식하고 있는 듯했다. 밀고는 원장도 예상 못 한 상황일 터였다.

원장과 상의 끝에 이주삼이 내놓은 대책이라는 것은 변호사를 사서 죄를 인정하고 처벌을 가볍게 받는 방법밖에 없다는 것이었다. 수사가 확대되면 학교까지 위험해질 수 있다는 이유였다. 세상에, 내가 전과자가 되다니. 앞이 캄캄해졌다. 달려갈 수 있는 거리라면 해외로 도망이라도 가고 싶었다. 나는 목발을 짚고 중앙 현관으로 나왔다. 현관 출입구에서 기자가 팔짱을 낀 채 나를 노려보고 있었다. 복도 끝에서 이쪽을 흘끔거리며 딴청을 부리고 있는 허영무의 모습도 보였다.

"당신이 어떻게 여길……?"

기자가 내 따귀를 때렸다.

짧은 순간 모든 것을 알아버리는 때가 있다. 할아버지의 빈 닭장을 보던 순간, "노달수 씨 아들 되시죠?" 하고 물어오는 산재 담당관의 목소리를 듣던 순간, "우리 같이 일한 게 얼마나 됐지?" 하고 묻는 홍수철 부장의 입을 보던 순간, 나는 알았다. 생일이가 죽었음을, 아버지가 돌아가셨음을, 방송국에서 잘리게 되었음을. 기자의 오른 손바닥과 나의 왼쪽 볼살이 마찰을 일으키던 순간, 나는 알아버렸다. 기자가 떠나리라는 것을.

병원에서 '강퇴'당한 나는 학교로 돌아갔다. 달리 갈 곳도 없었다.

우리가 사용하던 방이 아직 빈 채로 남아 있었다. 나는 다시 여장을 풀었다. 창밖으로 붉게 물들고 있는 하늘이 보였다. 이곳에 처음 와서 저 노을을 볼 때는 희망이라는 것이 있었다. 그러나 그 희망은 내 인생이 늘 그래왔듯 거품처럼 터져버렸다. '1억'을 마련해 온 가족이 함께 사는 꿈도 날아가버리고, 나는 형사처벌을 코앞에 두고 있다. 내 인생은 왜 이렇게 재수가 없는 걸까.

주르륵 눈물이 흘러내렸다. 그러다 심장까지 벌렁거릴 정도로 주체 없이 쏟아지기 시작했다.

이틀이 지났다.

기자로부터 전화가 걸려왔다. 그녀답지 않게 완곡하고 부드러운 어조였다.

"자기랑 나랑은 애초부터 잘못 만난 거야. 우리가 그걸 몰랐던 것뿐이지. 당신, 놓아줄게. 나 없으면 당신 하고 싶은 거 맘대로 하고 좋잖아. 소희는 내가 데리고 있을 거니까 당신 자리 잡히면 말해. 일주일에 한 번씩 만나게 해줄게. 서류는 인편으로 보낼 거니까 당신은 도장만 찍어서 보내. 내가 다 알아서 할게."

드라마 〈사랑과 전쟁〉의 한 장면을 보는 것처럼 담담했다. 예감했던 상황이어서 그런지 나는 기자의 이혼 통보를 당연한 것으로 받아들였다. 상황을 받아들이는 것에 익숙해지면 저항감이 생기지 않는다고 마중근 원장은 말했지만, 기자를 상대로 승부를 걸고 싶지는 않았다. 그것이 기자에 대한 마지막 예우였다.

종일 학교 인근을 어슬렁거렸다. 고구마 수확 농가에서 고구마 캐기를 돕기도 하고 제방에 앉아 기다란 풀을 뜯기도 했다. 다음 날 양복 입은 사람이 이혼 서류를 들고 나를 찾아왔다. 나는 서류를 읽어보지도 않고 도장을 찍어주었다. 대둔산에 올라가 비로자나불에게 시주금 3만 원을 돌려달라고 떼를 썼다. 나는 가엾은 중생이 아니냐고 하며 실컷 화를 냈다.

산에서 내려와 군민 버스를 탔다. 마을 정거장에서 내려 학교로 걸어가는데, 어제 고구마 캐기를 도왔던 농가의 아주머니가 바구니에서 홍시 하나를 꺼내주었다. 빨갛고 탐스러운 홍시였다. 젊은 사람 어깨가 왜 이리 축 처졌어? 아주머니가 안쓰러운 눈빛으로 나를 바라보았다. 나는 홍시를 반으로 갈라 속살을 입으로 빨며 터벅터벅 학교로 걸어갔다.

방으로 들어가려는 나를 이주삼이 상담실로 끌고 갔다.

"형님, 이거 좀 보슈."

이주삼이 프린터로 뽑은 인쇄물 몇 장을 테이블에 올려놓았다. 인터넷 기사를 스크랩한 것이었다. 이주삼이 읽어보라는 듯 턱으로 인쇄물을 가리켰다. 23년 전의 사건 기사였다.

13일 낮 오후 두 시쯤 충남 아산시 송학면 두길리 교차로에서 에쿠스와 액셀 승용차 간 충돌사고가 발생했다. 이 사고로 액셀 승용차가 옹벽 아래로 추락해 운전자 김 모 씨(남, 34)가 중상을 입어 K대학병원 중환자실에서 치료를 받고 있다. 에쿠스 운전자 이 모 씨(남, 27)와 조수석 탑승자 차 모 씨(남, 34)는 경상이라고 한다. 경찰은 목격자 진술을 토대로 액셀 운전자가 신호를 위반한 것으로 보고 있다. 당시 사고를 목격한 윤 모 씨(남, 37)에 따르면 에쿠스가 녹색신호에 따라 진행하던 중에 우측에서 신호를 무시한 채 돌진해온 액셀 승용차와 충돌했다고 한다. 윤 모 씨는 에쿠스 뒤를 따르고 있었다고 한다. 사건 현장에는 CCTV가 설치되어 있지 않았고 차량에도 블랙박스가 없어서 경찰은 전적으로 목격자 윤 모 씨의 진술에 의존한 것으로 보인다. 2000.4.14.

다른 인쇄물도 동일 사건을 다룬 기사였는데 액셀 운전자 김 모 씨가 식물인간 상태라는 내용이 추가된 것뿐이었다.

"이게 왜?"

나는 이주삼의 의도를 알 수 없었다.

"여기 윤 모 씨라는 목격자 말이유. 나이가 37세라고 나와 있잖수? 지금부터 23년 전 사건이니까 지금 나이로 예순 살 아뇨?"

"그런데?"

"윤치영 씨 나이가 지금 몇인지 아슈?"

사람 보는 눈이 그렇게 없어서야. 나, 만으로 쉰아홉이여!

'할아버지'라는 명희의 말에 윤치영 씨가 발끈하며 내뱉은 말이었다. 머릿속에 번개가 번쩍했다.

"자네 지금 무슨 말을 하려는 거야?"

"윤치영 씨가 사택에서 했던 말 기억하슈? 오래전 목격했다는 교통사고 말이유. 사고 장소가 아산이라고 했다 들었수. 사고 차량도 에쿠스였고. 그런데 윤치영 씨는 분명 에쿠스가 적색 신호에 멈추지 않고 그냥 달렸다고 들었수. 근데 기사에는 액셀 승용차가 신호위반을 했다고 나오지 않수?"

"그게 뭐? 윤치영 씨가 거짓 진술이라도 했다는……."

내가 한 말에 내가 놀랐다.

사택에서 저녁을 먹던 날, 거나하게 취한 윤치영 씨는 한 가지 걸리는 게 있다는 말을 꺼낸 후 아산에서 발생한 교통사고에 대한 이야기를 시작했다. 그때 자신은 에쿠스 뒤를 따라가고 있었고 술에 취한 에쿠스가 신호를 위반했다고 말했다. 그러다 무슨 이유에선지 갑자기 하던 말을 멈추고 자리를 떴다.

"이번 고발 사건으로 돌아가봅시다."

이주삼이 다시 입을 열었다.

"녹음된 그 시간에 휴게실에는 형님과 정호연, 윤치영 씨 그리고 명희 씨, 이렇게 네 사람밖에 없었수. 넷 중 누군가 휴대폰으로 대화를 녹음해 한국화재로 넘겼다고 볼 수밖에 없죠. 그게 누굴까요? 한방병원 관계자를 통해 당시 CCTV 영상을 어렵게 입수해서 분석해봤수. 형님하고 명희 씨를 제외하면 정호연과 윤치영 씨만 남는데, 정호연은 당시 휴대폰을 들고 있지 않았수. 병실에 두고 왔던 거였지요. 남은 건 윤치영 하난데, 계속 휴대폰을 주머니에 넣었다가 빼기를 반복하고 있었수. 특히 명희 씨하고 설계 금액이 얼마인지 대화할 때는 아예 주머니에 손을 넣고 있더란 말유."

나는 그래도 믿을 수가 없었다.

"윤치영 씨도 각서를 썼잖아. 차용증도 쓰고. 우릴 밀고하면 윤치영 씨에게도 불이익이 떨어질 텐데, 왜 바보 같은 짓을 했겠어?"

이주삼이 인쇄물 몇 장을 넘기더니 그중 한 장을 뽑아 내 앞에 들이밀었다.

"윤치영 씨와 차설록 간 통화 내역이유."

종이에 매월 10회 이상의 통화 기록이 인쇄되어 있었다.

"두 사람이 아는 사이야?"

이주삼이 아산교차로 사건이 인쇄된 종이를 손가락으로 가리켰다.

"윤치영 씨가 목격했다는 아산교차로 사고 말유. 에쿠스에 누가 타고 있었는지 알기나 하슈? 우리가 조사한 바로는, 운전자는 삼영화재 대표의 장남 이영재였고 조수석에는 차설록이 타고 있었수. 두 사람은 고등학교 선후배로 사적으로 친한 사이라고 합디다. 우리 추측으로는 차설록이 뒤따르던 목격자 윤치영 씨를 구슬려 거짓 진술을 하게 했다는 거유. 뭐, 사례금도 듬뿍 줬겠지요. 그때부터 윤치영 씨는 차설록의 정보원이 된 것 같수. 원장님이 다른 지역장들에게 윤치영 씨 사진을 돌려본 결과 차설록과 같이 있는 장면을 목격한 사람이 여럿 나왔수."

나는 머리가 흔들릴 지경이었다.

"그러니까 윤치영 씨가 23년 전에 목격자 진술을 허위로 하고 그 뒤로 차설록에게 포섭되어 정보원 노릇을 했다는 거야? 지금까지 쭉?"

"특별한 병도 없이 장기 입원하고 있을 때 의심했어야 했수."

이주삼이 자책하듯 머리를 두 손으로 감쌌다.

"그럼 지난번 박삼봉 사건도 윤치영 씨가?"

나는 제발 이주삼이 고개를 젓기를 바랐다.

"그래서 박삼봉 장례식장에 안 따라온 거였수."

박삼봉이 자살했다는 뉴스가 나온 이후 침울해하던 윤치영 씨가 떠올랐다.

"난 믿어지지가 않아. 윤치영 씨가 그럴 리 없잖아!"

윤치영 씨는 엉뚱한 구석이 있기는 했지만 순진무구하고 속이 훤히 비치는 사람이었다. 그런 그가 밀고자였다니. 그의 밀고로 박삼봉이 죽었다. 그의 밀고로 나의 꿈이 날아갔고 기자와 이혼까지 했다. 세상이 빙글빙글 돌고 초점이 잡히지 않았다. 윤치영 씨가 정말 그랬을까? 자기의 이익을 위해 친구를 팔아넘겼을까? 나는 윤치영 씨를 직접 만나 확인하고 싶었다. 그의 입에서 오해라는 말을 듣고 싶었다. 명희에게서 전화가 걸려왔으나 받지 않았다.

윤치영 씨와 내가 만난 곳은 지난번 보험설계를 하기 위해 이주삼과 같이 만났던 카페였다.

"미안하네. 그땐 어쩔 수 없는 상황이었구먼."

23년 전 사건에 대해 묻자 윤치영 씨는 이렇게 대답했다.

"어떻게 그러실 수가 있어요? 거짓 진술을 하신 거잖아요?"

나는 화가 나기 시작했다.

"진술만 바꿔주면 다친 사람 치료비며 보상금을 회사에서 다 내주고 내게도 사례를 듬뿍 해준다고 그랬어. 나쁘지 않은 제안이었어. 피해자도 손해가 없고 장래가 촉망받는 젊은 사람 앞길을 막을 필요 없잖아. 이영재가 구속되면 회사에도 큰 지장이 생긴다고 그랬거든."

"그래서 피해자를 가해자로 둔갑시키고 차설록 프락치가 됐단 말씀이세요?"

나는 이 상황을 도저히 받아들이기 힘들었다. 아니기를 그렇게 바랐건만, 내 앞에 있는 윤치영 씨는 내가 알던 그 사람이 아니었다.

"지난번에 자살한 박삼봉도 영감님이 밀고하신 거라면서요?"

"그 사람이 자살할지 몰랐어. 정말이야."

윤치영 씨가 머리를 감싸고 흐느꼈다. 나는 그 울음마저 믿을 수 없었다.

"하, 정말 기가 막히네요. 속이 시원하시겠어요, 우리까지 똘똘 말아서 고발하셨으니."

"그건 아니야. 노 씨, 내 말 좀 들어봐."

나는 자리를 박차고 나왔다.

20층에서 내려다보는 세상은 너무도 평온하다. 한밭도서관에서 빽빽하게 내려오던 차량들은 사거리를 만나 세 갈래로 갈라지며 밀도가 옅어진다. 차량의 움직임이 꼭 물이 흐르는 것같이 보인다. 보문산 쪽에서 바람이 불어온다. 명희로부터 계속전화가 걸려온다. 휴대폰 앨범에서 '가족' 폴더를 연다. 소희 사진이 주르르 열린다. 유치원 때 사진부터 병원 등나무 그늘에서찍은 사진까지 수십여 장이 화면에 뜬다. 눈물이 맺히더니 눈가로 또르르 흘러 바닥에 떨어진다. 나는 휴대폰을 뒷주머니에 넣은 뒤 박스를 밟고 난간에 올라가 걸터앉는다. 바람이 뒤에서세게 불어준다면, 그래서 내 의지와 상관없이 추락한다면……나쁠 것도 없다. 길을 건너던 여자 하나가 나를 올려다보고 소리를 지른다. 그러자 주변 사람들도 하나둘 모여 손가락으로 나를 가리키며 입을 틀어막는다. 몇몇은 황급히 휴대폰으로 전화를 건다. 신고를 하려는 모양이다. 멀리 스카이라인으로 노을이물들고 있다. 죽어버리겠다거나 세상을 향한 울분을 터트릴 각오로 이곳까지 올라온 게 아니었다. 그럴 용기도, 생각도 없다.그냥 내가 아는 가장 높은 건물로 올라가고 싶었다. 이곳은 대학에 다닐 때 명희와 같이 올라와 양팔을 벌리고 서서 세상을향해 힘껏 소리를 지르곤 했던 곳이다. 그 뒤로도 나는 가슴이답답할 때마다 이곳에 올라 마음껏 공기를 들이마시곤 했다. 그런데 지금은 난간에 위태롭게 앉아 노을을 바라보며 눈물짓고있나. 멀리서 경찰차가 달려오는 소리가 들린다. 바닥에 있는사람들이 개구리처럼 보인다. 개구리들이 나를 바라보며 일제히 울어댄다. 상황을 받아들이고 싶어서 받아들이는 게 아니다. 그 사람이 상처받을까 봐 받아들이는 것이다. 대안이 없기 때문에 받아들이는 것이다. 내가 세상에 대해 할 수 있는 저항은 이곳에서 몸을 날리는 것뿐이다. 바닥에 닿을 때까지 겨우 2, 3초뿐이겠지만, 그 2, 3초만이라도 자유를 맛보자. 양손으로 난간 바닥을 짚고 몸을 일으킨다. 붉은 노을이 저런 색깔이었구나.

"재수야, 안 돼!"

등 뒤에서 명희의 환청이 들린다.

"재수야, 그러지 마. 제발 그러지 마!"

등을 돌린다. 옥상 출입구로 들어온 명희가 한 손을 뻗으며 경악하고 있다.

나는 명희를 멍청하게 바라본다. 명희도 한 마리의 개구리로 보인다.

명희가 옥상 바닥에 털썩 주저앉으며 손바닥으로 자기 가슴을 마구 두드린다.

"내가 고발했어, 내가. 보험사기라고 내가 고발했다고!"

저 개구리가 지금 무슨 말을 하고 있는 거지?

"네가 기자한테 돌아가는 게 싫었어. 어흐흐흐. 보험회사 담당이 청구만 포기하면 아무 일 없을 거라 그랬어. 근데 그 자식이 약속을 어기고 형사 고발을 한 거야. 이렇게 될 줄 몰랐어. 정말 미안해."

자전거를 타다 팔이 부러진 명희는 깁스를 하고 학교에 나타났다. 팔걸이를 한 채 뒤뚱거리며 걷는 명희를 남자아이들은 "제비 다리, 제비 다리" 하며 놀렸다. 명희는 덩치가 제법 컸고 남자애들 못지않은 패기를 가진 아이였지만 지속적인 남자아이들의 놀림에 결국 울음을 터트렸다. 그중 주동자는 강진이라는 아이였는데 곱슬머리에 덩치도 크고 얍삽했다. 그때 나는 반장을 맡고 있던 터라 나름 권위를 내세워 아이들을 제지하려 했다. 다른 아이들은 내 말에 명희 놀리는 횟수를 줄였는데 강진이는 보란 듯이 더 놀려댔다. 더 어이가 없는 건 내가 명희하고 사귄다는 소문을 퍼뜨리고 다닌다는 점이었다. 나는 화가 나서 강진에게 결투를 신청했고 실컷 두들겨 맞았다. 대신 강진은 담임선생님에게 실컷 벌을 받았다. 그 이후로 명희를 제비 다리라고 놀리는 아이는 아무도 없었다. 어느 날 명희가 내게 물었다. 애들이 나를 놀려서 화가 난 거니, 나랑 사귄다는 소문 때문에 화가 난 거니? 나는 명희에게 대답을 하지 못했다. 나도 이유를 잘 몰랐기 때문이었다. 그해 생일이가 태어났고 명희는 무럭무럭 자라는 생일이를 보려고 우리 집에 자주 놀러 왔다. 생일이가 자라 시골 할아버지 댁에 데려다줄 때 누구보다 서운해했던 것도 명희였다. 나야 종종 할아버지 댁에 놀러 가서 생일이와 놀아주면 되었지만 명희는 그럴 수 없었기 때문이다. 생일이가 죽었다는 소식에 펑펑 눈물을 흘려주던 아이도 명희였고 나를 위로해주던 이이도 명희였다. 그닐 이후 나는 삶의 의욕을 잃었고 무엇에든 의지를 보이지 않았다. 그런 나에게 명희는 방향을 잡아주었고 누나처럼 힘이 되어주었다. 대학 진학도, ROTC 지원도 명희의 조언에 따른 것이었다. 오늘 집에 들어가지 않아도 된다는 기자의 '화두'에 답을 알려준 것도 명희였다. 명희는 내 인생의 가늠자였고 나침반이었고 길라잡이였다. 그랬던 명희가 옥상 바닥에서 울고 있다.

그날 나는 명희네 집에서 잤다. 명희가 울면서 차려준 김치찌개를 먹었고 울면서 따라준 소주를 마셨고 울면서 펴준 이불에서 잠이 들었다. 나는 그런 명희에게 왜 그랬느냐고 할 수 없었다.

기자가 배를 탄 채 손을 흔들며 떠나가고 있었다. 소희가 새우깡으로 갈매기 먹이를 주며 행복해하는 모습이 보였다. 화창한 날이었다. 생일이를 품에 안고 있을 때처럼 마음이 가벼웠다. 행복이라는 음식을 먹을 때마다 소화불량에 걸릴 것 같아 뱉어버렸다. 그러면서도 그 행복이 떠나갈까 봐 애면글면했다. 생일이가 죽던 날부터 나는 행복해선 안 되었다. 그런 면에서 기자는 필요충분조건이었다. 그랬던 기자가 떠나고 있다. 나는 생일이를 안고 기자에게 손을 흔들어주었다. 햇살을 받은 내 얼굴이 환하게 빛났다.

창밖으로 여명이 밝아오고 있었다. 나는 이불을 개고 방에서 나왔다. 형사 처벌을 기다리는 상황에서 명희네 집에 계속 머물고 있을 수는 없었다.

나는 학교로 돌아갔고, 일주일이 흘렀다.

밀고자가 명희였다고 말했을 때 마중근 원장은 조용히 눈을 감은 채 아무 말도 하지 않았다. 이주삼은 명희를 이해한다고 말은 했지만, 충격을 받은 건 확실했다. 그렇다고 달라질 것은 없었다. 고발인은 한국화재 대표였고 고발인이 취하하지 않는 한 처벌은 불가피했기 때문이다.

아침 식사를 마치고 식당에서 커피를 마시는데 경찰서에서 전화가 걸려왔다. 세 사람이 다 같이 출두하라는 내용이었다. 세 사람을 동시에 부른 건 아마도 구속을 하기 위해서일지도 몰랐다. 여차하면 변호사를 투입할 것이니 마음 단단히 먹으라고 이주삼이 말했다.

경찰서에 도착하니 윤치영 씨와 정호연이 먼저 와 기다리고 있었다. 윤치영 씨는 여전히 허리에 보조기를 착용하고 있었다. 명희 집에서 나오던 날 윤치영 씨에게 전화를 걸어 밀고자가 명희였다고 말해주었다. 윤치영 씨는 놀라지도 않았고 억울하다고 하소연하지도 않았다. 나도 사과하지 않았다. 윤치영 씨가 밀고자였다는 사실은 변함이 없었기 때문이다.

우리 세 사람은 박재용 경사 앞에 나란히 앉았다. 어쩌면 오늘 다 같이 구속될 수도 있다는 무언의 공감대만 형성되어 있을 뿐, 우리는 서로 눈빛도 마주치지 않았다. 최악의 상황이 올지라도 당당함만은 유지하자. 몇 번이고 다짐했지만, 막상 피조사자 자리에 앉으니 그런 생각은 온데간데없어지고 심장이 쿵쾅대기 시작했다.

"사적으로 하나만 묻겠습니다. 윤치영 씨?"

박재용 경사가 팔짱을 끼며 뒤로 몸을 젖혔다.

"박삼봉 씨가 누굽니까?"

우리는 의아한 표정으로 서로의 얼굴을 바라보았다.

"박삼봉 씨가 누군데 사기 쳐서 번 돈을 죄다 그 사람 가족한테 준다고 그랬습니까?"

가슴에서 알싸한 무엇인가가 나를 찌르는 것 같았다. 윤치영 씨가 허리에 핀까지 박아가며 설계 금액을 올리려던 이유가 박삼봉 때문이었단 말인가. 자기가 밀고한 사람이 죽어서 그 가족에게 사죄하려고?

나는 곁눈으로 윤치영 씨를 보았다. 윤치영 씨는 아무 대답도 하지 않은 채 죄인처럼 고개만 푹 숙이고 있었다.

"친척으로 알고 있습니다."

내가 급하게 입을 열었다.

"예전에 빌린 돈이 있어서 그랬을 겁니다."

내가 말을 하지 않는다면 박재용 경사의 질문이 어디까지 치고 들어올지 몰라 미리 차단하고 싶었다. 박재용 경사는 박삼봉에 대해 아직은 모르고 있는 것 같았다.

"윤치영 씨는 입이 없어요?"

"맞습니다유, 친척. 빚진 거 맞아유."

윤치영 씨가 작은 소리로 대답했다.

박재용 경사가 몸을 앞으로 당기며 우리 세 사람을 번갈아 바라보았다. 나는 주먹을 굳게 쥐고 침을 꿀꺽 삼켰다. 드디어 올 것이 온 것이다.

"한국화재에서 고발을 취하했습니다."

우리는 다시 한번 서로의 얼굴을 쳐다보았다.

"이것이 무슨…… 말씀이시래유?"

윤치영 씨가 믿기지 않는다는 표정으로 박재용 경사를 보았다.

"취하했다고요, 고발! 한국화재에서!"

박재용 경사가 크고 또박또박하게 말했다.

우리는 그제야 박재용 경사의 말을 알아들었다. 그러나 선뜻 이해가 안 되었다. 보험회사에서 아무런 이유 없이 고발을 취하했을 리 없기 때문이다

"근디 워째서 고발을 취하한 건지……?"

윤치영 씨가 눈을 끔뻑거리며 물었다. 박재용 경사가 비열한 표정으로 나와 윤치영 씨를 보았다. 정호연은 고개를 숙인 채 죄인처럼 아무 말이 없었다. 박재용 경사가 서장실 쪽을 바라보더니 자리에서 벌떡 일어났다. 우리도 박재용 경사의 시선이 향한 곳을 눈으로 좇았다.

서장의 에스코트를 받으며 60대의 말쑥한 신사와 젊은 비서로 보이는 남자가 우리 쪽으로 걸어왔다. 낯익은 얼굴이었다. 자세히 보니 M그룹 정태성 회장이었다. 전에 내가 인터뷰했을 때보다 얼굴에 더 윤기가 흐르는 것 같았다. 박재용 경사가 정태성 회장에게 깍듯이 예를 표했다. 정태성 회장이 수고 많다며

박재용 경사의 등을 토닥였다. 정호연이 두 주먹을 불끈 쥐어 자신의 허벅지를 툭, 툭, 일정하게 두드렸다. 정태성 회장이 정호연 앞에 와서 섰는데도 정호연은 일어나지 않았다. 수행한 비서의 양복 깃에서 M자가 새겨진 금색 배지가 반짝거렸다. 정태성 회장이 내게 악수를 청했다.

"노재수 씨 아닙니까?"

의례적인 웃음의 꼬리에 조소 같은 게 묻어 있었다.

"마이크 잡고 계셔야 할 분이 어째 이런 곳에 계십니까?"

나는 얼굴이 화끈 달아올랐다. 수치심이 온몸을 감쌌다.

"아버지!"

정호연이 벌떡 일어섰다. 정태성 회장이 정호연을 쏘아보았다.

"자신을 통제 못 하는 성격은 여전하구나."

정태성 회장의 어투는 부드러웠지만, 눈빛은 매서웠다. 따귀라도 한 대 올려붙일 것 같아 마음이 조마조마했다.

"못난 놈. 집에 들어오는 조건이 겨우 이거냐?"

정태성 회장이 박재용 경사 앞에 놓인 조서를 내려다보며 말했다.

"네가 암병동 들락거리는 것까지야 천륜이라 내 나무라진 않겠다. 하지만 차희진 이사한테 존중하는 태도는 보이길 바란다. 네 동생의 엄마가 될 여자다. 그리고 너의 이런 장난질로 그룹 이미지에 입힌 손상이 얼만지 똑똑히 기억하거라. 김 비서, 가지!"

정태성 회장이 서장과 비서의 에스코트를 받으며 밖으로 나갔다. 나는 자리에 털썩 주저앉았다.

제법 굵은 빗방울이 플라타너스 잎을 툭툭 건드린 후 벤치 위로 떨어졌다. 겨울을 재촉하는 비였다. 벤치 위에는 장력을 이기지 못하고 떨어진 나뭇잎이 수북이 쌓였다. 웅덩이의 수면에서 무수히 많은 동심원이 만들어지고 사라지기를 반복했다. 물방울 하나하나가 마치 내 삶 같았다. 무엇 하나 이루지 못하고 금세 사라지는 허무한 것들. 제방 아래로 유등천이 유유히 흐르고 있다. 우산을 쓰고 지나가는 사람들이 흘끗흘끗 나를 쳐다보았다. 나는 이마로 흘러내리는 빗물을 그대로 두었다. 빗물은 이미 나의 속옷까지 적셔놓았다.

모든 게 원점으로 돌아왔다. 나를 흥분시키고 두렵게 했던 모든 것들이 사라지자 그 자리에 허무감이 치고 들어왔다. 심장이 어디론가 쑥 빠져나간 기분이었다. 학교에 오기 전까지는 이런 기분을 몰랐다. 무언가를 성취하려는 시도조차 하지 않았고 갈림길에 설 때마다 선택을 미루었다. 그랬기에 내 삶은 늘 평행선이었고 그게 나인 줄만 알았다. 그러다 이주삼을 만났고 사기단 학교에 입단했고 프로젝트를 실행했다. 내 인생에서 가장 가슴 뛰는 순간이었다. 본래의 나는 그런 내가 아니었던 것이다. 내게는 열정이 있고 의지가 있고 패기가 있었다. 누군가 끄집어내주지 않았을 뿐이다. 아니, 내가 저항하려 하지 않았기 때문이다. 프로젝트는 내 인생에서 마치 꿀과 같은 것이었다. 꿀을 먹지 못했을 때는 그 달콤함을 알지 못했다. 그 달콤함을 알았을 때는 꿀이 사라지고 없었다. 이제 나는 꿀을 스스로 찾아 나서야 했다. 나는 자리에서 벌떡 일어섰다.

3

마중근 원장이 찻잔을 내려놓고 나를 바라보았다.

"더 큰 프로젝트를 하고 싶다? 목숨을 담보로?"

나는 고개를 끄덕였다.

"돈이 목적입니까? 듣기로는 사모님하고 이혼도 하셨다면서
요?"

나는 소파에서 일어나 마중근 원장 앞에 무릎을 꿇었다.

"이대로 아무것도 하지 않으면 죽어버릴 것만 같습니다."

"10억이면 징역형입니다."

"상황을 받아들이지 말고 저항하라고 말씀하셨잖습니까? 정
태성 회장의 입김으로 고소가 취하되었습니다. 저는 이 상황을

받아들이고 여기서 멈춰야 합니까?"

나는 마중근 원장의 눈을 뚫어지게 바라보았다. 마중근 원장
이 찻잔을 들어 한 모금 한 모금 음미하듯 마셨다.

아홉 시가 지났다.

단원들이 아침 식사를 마치고 교육에 들어갈 시간이었다. 나
는 남은 음식이라도 챙겨 먹어야 할 것 같아 식당으로 향했다.
박씨 아저씨가 설거지를 하고 있었다. 여전히 국방색 모자를 쓰
고 있었다. 나를 발견한 박씨 아저씨가 손을 휘저으며 자리에
앉으라는 제스처를 했다.

잠시 후 박씨 아저씨가 남은 육개장에 밥을 말아 즉석 국밥을
내왔다.

"최홍선 대리한테 얘기는 다 들었습니다. 큰일을 겪으셨더
만."

대파를 많이 넣었는지 육개장에서 깊고 달달한 맛이 났다.

"저 대형 프로젝트 땄어요. 목숨을 걸어보려고요."

박씨 아저씨가 모자챙을 위로 올렸다. 깊은 주름과 턱수염 속
에서 눈이 빛났다.

"허허, 재수 씨도 이젠 닳고 닳았구먼."

박씨 아저씨가 놀리는 표정으로 얼굴을 들이밀었다.

"실패하면 감방 갈 텐데?"

나는 육개장 국물을 후루룩 들이켰다. 입에서 꺽 소리가 새어

나왔다.

"아저씨, 그거 아세요? 아무것도 하지 않으면 아무 일도 일어나지 않는다."

박씨 아저씨가 무슨 말인지 알겠다는 표정으로 고개를 주억거렸다.

"재수 씨를 밀고한 사람이 명희 씨였다면서요?"

"그걸 아저씨가 어떻게……?"

"나야 여기 있으면 오만 가지 잡소식을 다 듣습니다."

"죄송합니다. 다 제 불찰입니다."

나는 부끄러운 생각에 화제를 돌렸다.

"아저씨, 혹시 백작 이야기 들어보셨어요?"

나는 박씨 아저씨라면 무엇이든 알고 있을 것 같아 이렇게 물었다.

"백작 이야기라면 나도 들은 바는 있지만, 지금이 중세도 아니고 허허 참, '백작'이라니."

"에이, 아저씨도 모르는 게 있으시네. 혹시 마중근 원장님이 백작 아닐까요? 과거가 베일에 싸인 것도 그렇고, 보험회사를 싫어하시는 것도 그렇고, 생기신 것도 딱 백작이잖아요."

나는 그동안 나름대로 퍼즐을 맞춰본 결과로서 그런 의문을 제기했다.

"나는 뭐, 백작처럼 안 생겼습니까? 식당에서 썩고 있다고 사람 무시하는 거 같습니다."

"네? 아니 그런 게 아니라."

박씨 아저씨가 씩 웃더니 내게 얼굴을 가까이 가져왔다.

"제가 아는 바로는, 백작은 허구의 인물입니다. 차설록이 만들어낸."

"차설록이요? 왜요?"

"생각해보세요. 차설록은 보험사기 검거로 업계에선 내로라하는 인물인데 한낱 무명인에게 사기를 당했다고 해보세요. 재수 씨 같으면 쪽팔리지 않겠습니까? 그래서 자기보다 센 허구의 인물을 만들어낸 겁니다."

박씨 아저씨 말을 듣고 보니 그럴 것도 같았다. 차설록은 백작의 존재를 부각시키면서 한 번도 백작의 실명을 밝힌 적이 없다. 백작이 실존한다면 그가 백작의 이름을 모를 리 없었다.

박씨 아저씨는 허구를 좇지 말고 현실을 직시하라며 빈 그릇을 집어 들고 주방으로 사라졌다.

나는 이주삼과 최홍선 대리를 만나기 위해 상담실로 향했다.

상담실에서 두 사람이 나를 기다리고 있었다.

"할 수 있겠수? 이건 지난번하고는 차원이 다른 얘기유."

이주삼이 심각한 표정으로 나를 바라보았다.

"나도 어제의 내가 아니야."

이주삼이 머리를 긁적거리며 최홍선 대리를 바라보았다. 최홍선 대리도 어깨를 으쓱하며 무슨 말인지 모르겠다는 표정을 지었다.

"그나저나 원장님이 웬일인지 모르겠수. 10억 단위면 목숨이 위험할 수도 있고, 진짜로 불구가 될 수도 있어서 웬만하면 승인을 안 하시는데 말유."

최홍선 대리가 나를 위아래로 훑으며 걱정스러운 듯 물었다.

"오빠, 괜찮겠어?"

"죽기 아니면 살기죠."

최홍선 대리가 '어쭈구리?' 하는 표정을 짓더니 칠판에 호스 그림을 그렸다. 굵은 관이 위아래로 길게 뻗어 있고 관의 상부와 하부에서 작은 관이 좌우로 뻗어나가는 그림이었다. 지난번 마중근 원장이 그려주었던 척수신경 같았다.

"오빠. 10억 단위는 사지마비가 기본 컨셉이야. 문제는 어디를 마비시키느냐지."

최홍선 대리가 굵은 관의 상단부를 가리켰다. 경추 쪽이었다.

"여기가 마비되면 팔다리를 못 써. 대소변도 받아내야 하고."

나는 대소변을 받아내야 한다는 대목에서 살짝 긴장되었다. 이번에는 최홍선 대리가 굵은 관 하단부를 가리켰다. 허리 쪽이었다.

"여기가 마비되면 양쪽 다리를 못 써. 역시 대소변 받아내야 하고."

최홍선 대리가 나의 중요한 곳을 턱으로 가리켰다.

"잘못하면 밤일을 못 할 수도 있어."

목구멍으로 침이 꼴깍 넘어갔다.

"보험약관상 장해율 80퍼센트 이상이면 고도장해로 사망과 동일하게 취급해. 한쪽 다리 전체마비면 최고 60퍼센트, 다른 한쪽은 약간 마비로 20퍼센트면 합해서 80퍼센트가 되거든. 그러면 지난번 가입한 보험에서 7억이 장해보상금으로 지급될 거고, 입원 일당이 하루 20만 원씩 180일이면 3천 600만 원, 고도장해 연금이 매월 300만 원씩 120개월 나가니까 2억 7천만. 총 10억 600만 원이야. 아, 고도장해 연금은 원래 3억 6천만 원인데 일시금으로 받아서 2억 7천만 원이야. 문제는 어떻게 한쪽 다리만 완전마비로 하고 다른 쪽은 불완전마비로 할 수 있는가야. 상당히 고난도의 기술이 요구되지. 물론 휠체어 신세는 지겠지만 대소변은 스스로 볼 수 있어. 오빠의 거시기도 멀쩡할 거고."

나는 다시 한번 침을 꿀깍 삼켰다.

"어떻게 하는데요, 그 방법?"

최홍선 대리가 굵은 관 하단에 동그라미를 그려 넣었다.

"이건 척수에 생기는 일종의 물집 같은 건데, 얘가 신경을 압박하면 마비가 와. 의학용어로 '척수공동증'이라고 해. 이 지점에 물집을 주입할 거야. 그러면 양쪽 다리로 지나가는 신경이 눌려 불완전마비가 오겠지? 그리고 바로 이 지점."

최홍선 대리가 좌로 뻗어나간 관에 조금 전보다 진한 동그라미를 그려 넣었다.

"이 지점에는 좀 더 큰 물집을 주입할 거야. 그러면 왼쪽 다리에는 완전마비가 오겠지."

"그럼, 마비된 건 언제쯤 원래대로 돌아오나요?"

"주입하는 게 특수 물질이라 1년 후부터 서서히 체내로 흡수되게 돼 있어. 사람마다 편차는 있지만."

"그럼 1년 후부터 마비가 풀린단 말인가요?"

"흠, 좀 더 일찍 풀릴 수도 있고."

이주삼이 끼어들었다.

"형님. 말은 쉬울지 모르지만 인위적으로 척수에 공동空洞을 만든다는 거, 일반 의학계에는 알려지지도 않은 고난도 기술이유. 수술이 잘못되면 평생 불구가 될 수도 있수."

"나는 이미 목숨을 걸겠다고 원장님께 말씀드렸어. 잘못돼도 원망하지 않을게. 아무것도 하지 않고 살아온 내 인생이 후회될 뿐이야. 그리고 나는 금한돈 과장을 믿어."

"헐, 울 오빠 멋진걸?"

최홍선 대리가 엄지를 척 들어 보였다.

"사고는 차량 단독 사고로 설계할 거유. 형님은 조수석에 타고 있다가 차량이 느티나무를 들이받을 때 부상을 당하는 컨셉이유."

"중요한 게 하나 더 있어, 오빠. 자차 단독 사고가 발생하면 보험회사에서 탑승 경위를 꼭 물어보거든? 호의동승 과실을 잡으려고 그러는 거야. 그럼 이렇게 대답해. 오빠가 시내 나가려고 버스 기다리고 있는데 마침 지나가던 오피러스가 오빠를 태워

준 거야. 그 사람은 전주 사람이라 이곳 지리를 잘 모르고 하필이면 내비도 고장이 난 거야. 그래서 오빠한테 길 안내를 부탁한 거지. 오빤 할 수 없이 탄 거니까 감액을 조금 받게 돼. 만약 오빠가 요청해서 동승한 거면 최대 40퍼센트까지 감액된다는 말야. 어때, 할 수 있지?"

그것은 프로젝트를 실행하는 과정에서 내게 주어진 유일한 배역이었다. 나의 실수로 NG를 내서는 절대 안 되었다.

"형님, 송다나 사건 기억하슈?"

이주삼은 황 씨 모녀 사건을 '송다나 사건'으로 불렀다. 딸 이름이 송다나였기 때문이다.

"혹시 마비가 풀리더라도 보험금 지급될 때까지는 환자 행세를 해야 합니다. 잘못하다간 송다나 모녀 꼴 납니다. 꼭 명심하슈."

이주삼은 나를 응시하며 대답을 기다렸다. 내가 확신에 찬 표정으로 고개를 끄덕이자 그제야 이주삼은 시선을 풀었다.

"내일은 현장 답사 갈 거니까 오늘은 딴생각 말고 푹 주무슈."

이주삼이 내 어깨를 툭 치고 밖으로 나갔다.

운전대를 잡은 이주삼의 옆모습이 사뭇 진지했다. 오피러스는 오래된 연식 같았지만 정숙하면서도 힘이 넘쳤다. 전자식 계기판에 주행거리 21만 킬로미터라고 표시되어 있었다. 학교에서 출발해 40여 분 정도 주행하는 동안 이렇다 할 소음을 느껴

본 적이 없다.

도로는 우측으로 천변을 끼고 조성되어 풍광이 멋졌다. 천변 너머 제방으로 가지를 늘어뜨린 나무들이 느릿하게 지나갔다. 한참을 지나자 도로가 상하 2단으로 나뉘었다. 우리가 진행하는 방향은 아래였고 반대 차선은 위였다. 상하 고저 차가 5미터는 족히 되어 보였다. 상향 도로는 평지인데 우리가 진행하는 방향 도로가 하천 바닥으로 향해 있어 고저 차가 생기는 구조였다. 진입 입구에 '하천 범람 시 운행 금지'라는 팻말이 세워져 있었다. 차량이 미끄러지듯 내려가 하천과 평행해지자 수면 위로 햇살이 부서지며 현기증이 났다. 그렇게 500여 미터를 주행하자 도로가 왼쪽으로 급하게 휘며 오르막이 나타났다. 우측으로 '미끄럼 주의' 경고 팻말이 언뜻 스쳤다. 급커브가 끝날 즈음 도로 우측에 커다란 둥구나무 한 그루가 우뚝 서 있는 게 보였다. 둘레가 어른 팔 너비 두 배는 거뜬히 넘어 보였다. 둥구나무 뒤로 '둥구나무식당'이라는 간판을 단 허름한 식당이 보였다. 이주삼이 갑자기 속력을 줄였다.

"형님, 지금 위치 잘 기억하슈."

나는 영문을 몰라 이주삼을 바라보았다.

"바로 이 지점에서 차가 좌로 커브를 꺾지 못하고 둥구나무에 부딪힐 거유. 조수석 모서리와 휀다가 박살 날 겁니다."

두려움이 엄습해오는 것이, 산마루 식당에서 후진하는 차에 부딪힐 때의 강도와는 비교도 할 수 없었다.

"거, 너무 걱정은 마슈. 형님은 이미 하반신이 마비되어 있을 테니 고통은 못 느낄 거유. 안전띠 꼭 하시고, 충돌하는 순간 온몸에 힘을 꽉 줘야 신체 방어 기제가 작동한다는 거 명심하슈. 다른 부상을 입어서는 아니 되우. 아시겠수?"

수학 공식을 주입하듯 이주삼이 주의 사항을 일러주었다. 나는 두 손으로 조수석 상단 손잡이를 꽉 잡았다.

"운전은 누가 하는 거지?"

"지난번 그 친구는 노출돼서 안 되고 전주 팀에서 섭외한 기술자가 하나 있수. 스무 번 이상 현장 경험이 있는 친구니까 안심해도 될 거유."

"운전자는 안 다치는 거 맞지?"

나는 확인하듯 되물었다. 이주삼이 차량을 도로변에 세웠다.

"여기를 보슈."

이주삼이 조수석 헤드라이트와 펜더를 가리켰다.

"바로 이곳이 둥구나무와 부딪히는 부위요. 차의 곡선과 둥구나무의 곡선이 만나면서 충격이 흡수되고 차는 좌측으로 미끄러지면서 이쯤에서 멈출 거유. 운전자가 다칠 이유가 전혀 없수."

"반동으로 반대 차선으로 넘어가면 어떡해? 브레이크를 늦게 밟을 수도 있잖아."

이주삼이 흠칫 놀라며 반대 차선을 바라보았다. 차들이 빠른 속력으로 질주해오고 있었다. 한참 후 이주삼이 나를 바라보았다.

"둥구나무에 부딪힌 후 일부러 핸들을 돌리지만 않으면 그럴 일은 없을 거유."

나는 안심이 되어 고개를 끄덕였다.

"사고가 나면 20분 내로 구급대가 출동할 거유. 형님은 이미 하반신이 마비된 상태일 것이니 아래쪽 감각이 없다고만 하시면 됩니다."

나는 이주삼이 하는 말을 하나도 놓치지 않고 가슴에 새겼다.

12월 한파가 매서웠다. 운동장은 깊게 팬 곳마다 물이 고여 하얗게 살얼음이 얼었다. 노면이 얼어붙기에 충분한 날을 디데이로 잡은 것이다. 봉고가 미끄러지듯 운동장을 질러왔다. 그럴 때마다 살얼음이 부지직, 하는 소리를 내며 부서졌다. 옷을 두툼하게 입었는데도 온몸이 긴장되고 떨렸다. 최홍선 대리가 오른손을 내 어깨에 걸쳤다. '오빠, 파이팅!' 나한테만 들릴 정도로 낮은 목소리였다. 나는 심호흡으로 대답을 대신했다. 마중근 원장이 팔짱을 낀 채 봉고를 바라보고 있었다. 사택 앞에서 박씨 아저씨가 나를 바라보고 있는 모습이 보였다. 걱정하는 모습이 멀리서도 느껴졌다. 이주삼이 운전석에서 내리더니 마중근 원장을 바라보며 난처한 표정을 지었다.

"전주에서 오기로 한 기술자가 갑자기 사정이 생겼답니다."

마중근 원장의 얼굴이 굳어졌다.

"당일에 펑크를 내면 어떡하나? 시술 준비도 다 끝났고 금한 돈 과장도 기다리고 있을 텐데 말야."

박씨 아저씨가 무슨 일인가 싶어 고개를 갸웃갸웃하며 이쪽을 보고 있었다.

"할 수 없지 않습니까. 제가 해야죠."

이주삼이 말했다.

마중근 원장이 잠시 생각하더니 결심을 굳힌 듯 입을 열었다.

"지난번에 짜놓은 탑승 경위는 지워버리고, 이렇게 하지."

이주삼이 자세를 고치고 마중근 원장의 지시를 기다렸다.

"노재수 씨가 갑자기 복통이 생겨 시내 병원으로 가던 중 사고가 발생한 것으로 말야. 최 대리는 사고 한 시간 전 미리 병원 응급실에 전화해서 복통 환자가 갈 거라고 전화해놓고."

최홍선 대리가 고개를 끄덕이며 "넵" 하고 대답했다.

"이주삼과 노재수 씨는 서로 친한 사이이니까 보험회사에서 의심하지 않을 거야. 이 팀장, 어떤가?"

이주삼은 벌써 운전석에 앉아 있었다. 마중근 원장이 도대체 대책이 안 서는 사람이라는 표정으로 이주삼을 바라보더니 보일 듯 말 듯 미소를 지었다. 최홍선 대리가 설계에 대해 다시 한번 설명을 해주었다.

"오빠, D정형외과에 가면 금한돈 과장이 기다리고 있을 거야. 오빠야는 한숨 자고 일어나면 돼. 그럼 하지 마비 증상이 나타나기 시작할 거야. 우린 오빠를 태우고 봉고차로 현장까지 이동

한 후 오피러스로 갈아탈 거야. 그다음부터는 연습한 대로 하면 끝! 어때, 참 쉽지?"

"최 대리님도 같이 가시나요?"

"어머, 오빠. 긴장되는구나?"

최홍선 대리가 내 등을 툭 쳤다.

"오빠, 내가 간호사잖아. 내가 안 가면 되겠어? 호호호."

최홍선 대리가 따라간다는 말에 안도가 되었다. 말도 함부로 하고 늘 너스레를 떠는 그녀였지만 언제부턴가 신뢰감이 싹튼 것 같았다.

마중근 원장이 최홍선 대리에게 귓속말로 뭐라고 지시했다. 박씨 아저씨가 사택으로 들어가고 있는 게 보였다.

봉고가 사고 현장 근처를 지날 때 나는 문득 이주삼에게 물었다.

"왜 운전한다고 그랬어? 다른 기술자를 섭외하면 될 텐데."

이주삼이 잠시 생각하더니 입을 열었다.

"제가 형님을 끌어들였으니 제가 마무리하고 싶은 것뿐이유. 전주 갸들 믿을 수가 있어야죠. 까딱 잘못하면 형님 목숨이 왔다 갔다 할 수 있는 상황 아뉴?"

"팀장님, 너무하시는 거 아녜요?"

최홍선 대리가 끼어들었다.

"내가 뭘?"

"아, 왜, 지난번 김천 팀 칼치기 할 때 말예요. 운전하기 싫다고 거부하셨잖아요. 그새 까먹으셨나?"

이주삼이 더는 대꾸하지 않고 운전에만 집중했다. 두 사람의 대화로 따져볼 때, 내가 이주삼에게 고마워해야 할 상황 같았다. 어쨌든 두 사람이 곁에 있어 든든했다. 두 사람만 옆에 있다면 황천길이라도 무섭지 않을 것 같았다.

D정형외과에 도착한 시각은 열한 시였다. 겨울이라 그런지 지난번에 왔을 때보다 환자가 많았다. 대부분 50대 이상으로 보였는데 빙판에서 미끄러져 손목을 다친 환자들 같았다.

최홍선 대리가 데스크에서 무슨 말인가 하자 여직원이 우리를 진찰실로 안내했다. 지난번에 들어갔던 그 방이었다. 최홍선 대리가 문을 열어주더니, 잠시 후에 보자며 다른 방으로 갔다.

"지난번 건은 발각되셨다면서요? 하하하."

금한돈 과장이 유쾌하게 웃었다. 웃을 때마다 금한돈 과장의 아랫배가 출렁거렸다. 나는 얼굴이 화끈거려 아무 말도 할 수 없었다.

"십자인대 파열된 곳은 어떻습니까?"

웃음을 멈추고 금한돈 과장이 물었다.

"제가 워낙 무뎌서 그런지 괜찮습니다."

나는 왼쪽 무릎을 구부렸다가 펴 보였다.

"지난번에도 말씀드렸듯이 근육이 잡아주고 있어서 그런 겁니다. 언젠가는 인대 재건술을 받으셔야 할 겁니다."

"'인대 재건술'이요?"

"자, 오늘 그 얘기는 그만하시고."

금한돈 과장이 한 손으로 척추 모형을 집어 들고 다른 손으로 기구를 집어 들었다. 굵은 소시지 굵기 정도 돼 보이는 원통형 기구에 20센티쯤 돼 보이는 카테터가 달려 있었다.

"원래 이 기구는 마비된 신경을 풀어주는 역할을 하는 것인데, 오늘은 반대의 기능을 수행할 겁니다. 우선 주삿바늘로 바로 여기……."

금한돈 과장이 카테터 끝으로 척추 모형의 꼬리뼈 부분을 가리켰다. 흡사 똥침을 놓는 것 같은 모양새였다.

"여기를 굵은 주삿바늘로 찔러 통로를 만듭니다. 그 속으로 카테터를 밀어 넣습니다. 그리고 바로 여기,"

금한돈 과장이 꼬리뼈 바로 위 척추 두 개를 가리켰다.

"여기가 요추 4, 5번인데 이 부분 척수에 특수 물질을 주입하는 겁니다. 그러면 인위적으로 척수 공동이 만들어지고 하반신이 서서히 마비되기 시작합니다. 바로 이 지점이 중요한데, 너무 많은 양을 주입하면 하반신이 완전마비되어 성기능은 물론 대소변을 받아내야 하는 상황까지 초래될 수 있습니다. 최홍선 대리에게 좌측 하지는 완전마비, 우측 하지는 불완전마비로 오더를 받았습니다. 그러기 위해서는 아까 그 지점에는 약물을 중간 정도 주입하고 대신 좌측으로 뻗어 나오는 대퇴신경을 세게 눌러줘야 합니다."

금한돈 과장이 요추 4번과 5번 사이에서 삐져나온 노란 줄을 손가락으로 톡톡 건드렸다.

"마취하고 하나요?"

나는 통증이 걱정되어 이렇게 물었다.

"국소마취로 가능한 시술입니다만 통증을 심하게 느끼시는 분들은 수면마취를 하기도 합니다."

금한돈 과장이 나를 보면서 씩 웃었다.

"수면으로 갈까요?"

"아뇨! 국소마취로 할게요."

나는 허세를 부렸다.

여직원의 안내에 따라 수술용 환자복으로 갈아입고 수술실로 들어갔다.

수술실에서 최홍선 대리가 가운을 입은 채 기다리고 있었다. 나는 최홍선 대리가 지시하는 대로 수술대에 올라 모로 누웠다.

"울 오빠 엉덩이 좀 볼까?"

최홍선 대리가 내가 입고 있는 수술복 상의를 어깨까지 말아 올린 후 바지를 엉덩이까지 내렸다. 썰렁한 기운이 등과 엉덩이로 느껴졌다. 나는 눈을 감았다.

"리도카인!"

금한돈 과장이 말했다. 달그락거리는 소리가 나는 거로 보아 최홍선 대리가 마취약이 든 주사기를 금한돈 과장에게 건네는 것 같았다.

"따끔할 겁니다."

금한돈 과장이 내 등뼈를 손가락으로 확인하더니 주삿바늘을 찔렀다. 처음에는 살짝 따끔했는데 주사약이 들어가자 심한 통증이 느껴졌다. 조금 있으니 심장이 느리게 뛰면서 통증이 사라지기 시작하더니 곧 엉덩이에 느껴지던 한기도 무뎌지기 시작했다. 전체적으로 둔해지는 느낌이었다. 5분 정도 흐른 후, 금한돈 과장이 척추와 엉덩이가 만나는 곳을 손가락으로 확인하고 주삿바늘을 찔렀다. 그다음에는 카테터가 주삿바늘의 관으로 밀고 들어와 척추신경 어느 곳으로 향할 터였다. 나는 금한돈 과장이 설명한 시술 과정을 속으로 상상할 뿐 감각으로 느끼지는 못했다. 국소마취를 했으니 당연했다. 그런데 허리 쪽에서 뻐근한 통증이 밀려왔다. 작지 않은 통증이었다. 나는 "악!" 하고 소리를 질렀다. 최홍선 대리와 금한돈 과장이 서로의 얼굴을 바라보며 당황한 듯했다. 최홍선 대리가 산소통 같은 것을 들고 와 그것에 연결된 마스크를 내게 씌웠다. 전에 윤치영 씨가 사용하던 것과 같은 것이었다.

"아산화질소 가스입니다. 혈관을 축소시켜 뇌로 가는 산소를 줄여주죠. 수면마취보다는 약하지만 효과가 있을 겁니다."

금한돈 과장이 내 얼굴을 바라보며 안심하라는 듯 웃었다.

잠시 후 정말로 온몸에 노곤한 느낌이 들며 기분이 좋아졌다. 나도 모르게 입이 헤 벌어지고 졸음이 밀려왔다.

시간이 얼마나 흘렀는지 알 수 없었다.

"오빠! 오빠!" 하는 소리가 가물가물 들려왔다. 눈을 떴다. 최홍선 대리가 내 어깨를 흔들고 있었다. 주위를 둘러보니 회복실이었다.

"시술, 성공적으로 끝났대. 기분 어때 오빠?"

그렇게 말하는 최홍선 대리의 표정에 살짝 걱정이 묻어나 있었다.

나는 몸을 일으켜 앉은 후 입가에 흐른 침을 닦았다. 허리가 묵직한 것이 50킬로짜리 배낭을 짊어진 것 같았다. 다리 감각이 이상했다. 오른쪽은 허벅지부터 종아리까지 시큰거리며 저릿저릿했다. 그런데 왼쪽 다리는 아무 감각이 없었다. 그냥 고관절에 허벅지가 대롱대롱 매달려 있는 것 같았다. 최홍선 대리가 휠체어를 끌고 왔다.

"오빠, 앞으로 친해져야 할 '인생템'이야. 이쪽에 앉아봐."

최홍선 대리가 휠체어를 침대 옆으로 밀고 왔다.

"내가 왜 이걸 타죠?"

나는 수술대에서 씩씩하게 내려왔다. 내려오려고 했다. 그런데 왼쪽 다리가 확 풀리면서 바닥에 고꾸라지고 말았다. 동시에 엉덩이 쪽에서 심한 통증이 느껴졌다. 최홍선 대리가 나를 일으켜 휠체어에 앉혔다. 금한돈 과장이 문을 열고 들어왔다.

"브라보!"

금한돈 과장이 최홍선 대리와 하이 파이브를 했다.

"이번에 작품 하나 나오겠는걸?"

최홍선 대리가 눈짓을 하자 금한돈 과장이 헛기침을 한 번 하고 휠체어 손잡이를 잡았다.

"1년 후부터 서서히 감각이 돌아올 것이니 걱정하지 마세요. 당장은 휠체어 운전 기술부터 익히셔야 할 겁니다. 자, 양손으로 바퀴를 밀어보세요. 이렇게."

금한돈 과장이 뒤에서 내 손을 잡아 휠체어 바퀴 위에 올리고 앞으로 미는 동작을 가르쳐주었다. 밖에서 이주삼이 초조한 표정으로 기다리고 있었다.

"형님, 괜찮수?"

나는 휠체어에 앉은 채 왼쪽 다리를 들어보았다. 다리로 힘이 전혀 전달되지 않았다. 눈을 감는다면 다리가 애초부터 없던 것처럼 느껴질 터였다. 반면 오른쪽 다리는 힘도 제법 들어가고 발가락을 꼼지락거리는 것도 가능했다.

"형님, 다음 단계를 진행해야 하니 어서 갑시다!"

이주삼이 휠체어를 밀어 주차장까지 간 후 나를 들어 봉고 뒷좌석에 태웠다. 그리고 안전벨트를 몇 번이고 확인했다.

봉고가 도착한 곳은 사고 현장에서 1킬로미터 전방이었다. 도로에서 안쪽으로 들어간 폐공장 부지여서 인적이 없었다. 그곳에 오피러스가 세워져 있었다. 이주삼이 나를 들다시피 해 오피러스 조수석에 태우고 아까처럼 안전벨트를 몇 번이고 확인했다. 최홍선 대리가 조수석 문을 열더니 "오빠, 다시 만나"하고 인사를 한 후 봉고를 끌고 사라졌다. 다시 만나자는 최홍선 대리의 인사가 의미심장하게 들렸다. 이주삼이 오피러스 운전석에 앉아 시동을 걸었다.

"이번 프로젝트 이름은 뭐야?"

"'앵무새 속이기'요."

이주삼이 짧게 대답했다.

'칼의 날'이나 '가벼운 산책'과 달리 딱 떠오르는 이미지가 없었다. 처음 학교에 와서 마중근 원장과 인사할 때 보험회사 콜센터 직원을 앵무새라고 지칭하던 윤치영 씨의 말이 떠오를 뿐이었다.

이주삼이 갑자기 머리를 감싸 잡고 고통스러운 표정을 지었다. 두통이 다시 시작된 모양이었다.

"주삼 씨, 괜찮아? 운전할 수 있겠어?"

이주삼이 한 손을 들며 내 말을 막았다.

"아는 병이니 신경 쓰지 마슈."

잠시 후 통증이 사라진 듯 이주삼이 기어를 넣었다.

"형님 좋아하시는 김칫국 한 사발 끓여 갈 테니 병원에 잘 누워 계슈."

이주삼은 긴장된 나의 마음을 풀어줄 요량으로 이렇게 말했다. 하지만 지금 이 상황에서 김칫국이 머리에 들어올 리가 없었다.

"벨트 안 매?"

"충격은 형님 쪽만 받을 텐데 거추장스럽수. 출발합니다."

오피러스가 공장에서 빠져나와 도로로 접어들었다. 엔진이

예열이 되지 않은 탓에 손이 시렸다. 이주삼이 시계를 들여다보더니 액셀을 밟았다. 한참을 달리자 2단 도로가 나왔다. 가슴이 쿵쾅대기 시작했다. 오피러스는 아래쪽 내리막길로 접어들며 속력을 내기 시작했다. 살얼음이 언 강물이 햇살에 반짝거렸다. 소희와 명희의 얼굴이 언뜻 스쳐 지나갔다.

"형님, 앞을 똑바로 보고 몸에 힘을 단단히 주슈."

차로가 좌로 꺾이며 우측에 둥구나무가 나타났다. 노면이 살얼음으로 덮여 반들거렸다. 저 멀리 반대 차선에서 택배 트럭이 달려오고 있는 게 보였다.

"지금입니다!"

오피러스가 미끄러지며 우측 펜더가 둥구나무 측면을 부딪는가 싶더니, 그대로 튕겨 나가 반대 차선으로 돌진했다. 나는 "악, 이게 아니잖아!" 하고 소리쳤다. 그 순간 오피러스 운전석 쪽과 트럭의 정면이 그대로 충돌했다.

4

"오빠, 정신 들어?"

아득히 들리는 소리에 눈을 떴다. 최홍선 대리가 걱정스러운 표정으로 나를 내려다보고 있었다. 주위를 둘러보니 병실이었다. 몸을 일으키려 하자 허리에서 찢어지는 통증이 느껴졌다.

"어허, 환자가 어딜?"

최홍선 대리가 내 이마를 손바닥으로 눌러 다시 눕혔다.

"오늘이 며칠이에요?"

"하루 지났어, 오빠."

"이주삼은요?"

그제야 나는 사고가 생각났다. 설계대로라면 오피러스는 둥구나무에 비껴가듯 충돌하고 도로변에 정차했어야 한다. 그런데 속력이 줄지 않은 채 빙판에 미끄러지면서 반대 차선으로 돌진했고, 그렇게 마주 오던 택배 트럭과 부딪친 거였다. 당시 상황이 생생하게 떠오르자 온몸에 소름이 돋았다. 최홍선 대리의 얼굴이 어두워졌다.

"왜 그래? 설마 이주삼이⋯⋯?"

죽었을지도 모른다는 생각이 퍼뜩 들었다.

"오빠, 무슨 생각 하는 거야? 중환자실에 있어."

"중환자실이면, 중환자란 뜻이잖아요?"

"뇌출혈이 있어서 두개천공술로 혈종은 제거했는데 의식이 아직⋯⋯."

최홍선 대리가 말끝을 흐렸다.

"왜 그랬을까? 분명히 그 지점에서 브레이크를 밟았어야 했는데."

나는 사고 상황이 이해되지 않았다. 분명 이주삼은 둥구나무에 부딪힌 후 브레이크를 밟았어야 했다. 이주삼은 사고 기술자이기도 했다. 그런 그가 실수를 하다니. 세상일이라는 게 원래 계획한 대로 흘러가지 않는다지만 그렇다 해도 너무나 터무니없는 상황이었다.

"빙판이었잖아. 브레이크 밟아도 먹히지 않았을 거야."

하얀 가운을 입은 의사가 간호사 둘과 함께 문으로 들어오는 게 보였다. 최홍선 대리가 벌떡 일어섰다.

"노재수 씨는 어디 보자, 경추염좌, 뇌진탕, 척수증이라…….'

의사가 이불을 걷고 내 오른쪽 다리를 주물렀다.

"어떠십니까?"

"힘이 안 들어가고 찌릿찌릿 전기가 오는 것 같습니다."

의사가 간호사에게 뭐라고 말하자 간호사가 차트에 무언가를 적었다.

"이쪽은요?"

의사가 왼쪽 다리를 주무르며 물었다. 나는 아무 감각이 없다고 말했다.

"MRI와 신경전도검사를 해봐야 정확한 병명이 나오겠지만, 척수증에 의한 하지 마비 같습니다. 너무 걱정은 하지 마세요. 저러다 금방 돌아오는 경우도 많으니까요."

의사가 문득 최홍선 대리를 바라보았다.

"혹시 C대병원에서 근무한 적 없나요? 낯이 익은데?"

최홍선 대리가 어깨를 으쓱하며 전 모르겠는데요, 하는 제스처를 했다. 의사가 친절한 미소를 남기며 밖으로 나갔다.

"오빠, 여기까지 오기 위해 고생한 지난날을 생각해. 지금까진 잘되고 있으니까 아무 걱정 마."

중환자실에서 사경을 헤매고 있을 이주삼을 생각하니 맘이 찢어지는 것 같았다.

"혹시 이주삼 딸에 대해 알아요?"

나는 신경외과병동 계단에서 울고 있던 이주삼을 떠올렸다.

최홍선 대리가 고개를 끄덕이며 한숨을 내쉬었다.

"이 병원 신경외과병동 집중치료실에 있잖아. 식물인간 상태에서 깨어나지도 못하고."

"치료비가 많이 들 텐데?"

내가 가장 걱정되는 것이었다.

"간병비까지 포함해서 매달 500만 원씩 들어."

"치료비는 누가 내고요?"

"원장님."

이주삼은 딸이 사고를 당했을 때 마중근 원장의 도움으로 보험금을 받게 되었다고 했다. 그때 받은 보험금이 얼마였는지 말해주지는 않았지만 매달 500만 원씩 들어간다면 잔고가 한참 전에 바닥났을 것이다. 그 치료비를 마중근 원장이 내주고 있는 것이었다.

"오빠, 간병 내가 해줄까?"

최홍선 대리가 짓궂은 표정을 지으며 내 허벅지를 쓰다듬었다.

"간병……요?"

"보름 동안은 혼자 화장실 못 간댔어."

나를 화장실로 데려가 바지를 벗기고 용변 보는 장면을 말끄러미 지켜보는 최홍선 대리를 상상해보았다.

"아니오! 간병인 쓸게요."

"헉, 누가 잡아먹나?"

최홍선 대리가 내 왼쪽 허벅지를 꼬집으려다 잠시 생각하더니 오른쪽 허벅지를 세게 꼬집었다. 전기가 찌릿하고 머리끝까지 뻗쳐 올라왔다. 악!

　간병사 아주머니의 이름은 김연자였다. 나는 '여사'라고 호칭했다. 나이는 쉰 정도 돼 보였고 키가 작았으며 인상이 좋았다. 힘도 장사여서 나를 거의 들다시피 해서 휠체어에 앉혀주었다. 간혹 가족은 왜 안 보이느냐고 속 긁는 질문을 하는 것 외에는 나를 편하게 대해주었다. 이틀 후 보험회사의 보상과 직원이 나타났다. 오피러스가 가입한 자동차보험은 서부화재였다. 보상과 직원은 오피러스가 중앙선을 침범해 사고를 낸 것이니 이쪽에서 상대방 수리비와 상대 운전자 치료비를 물어줘야 한다고 했다. 다행히 상대방 운전자는 경상이었다. 나는 가해 차량에 동승한 타인으로서, 대인 배상으로 처리된다고 했다. 이주삼의 치료비는 오피러스에 들어있는 '자동차상해' 부상 담보에서 지급될 것이었다. 그런데 부상 담보 한도가 5천만 원이어서 일반 병실이면 10개월 치료비에 해당하겠지만 중환자실에 계속 있으면 바로 바닥날 것이라고 했다. 중앙선 침범 사고라 건강보험 처리도 안 될 것이고 실비보험에 가입되어 있으면 실비로 나머지 금액을 충당하면 된다고 했다. 보상과 직원이 내게 동승한 경위를 물었다. 동승한 경위에 따라 보상금액이 달라진다고 했다. 내가 요청해서 탄 거라면 감액이 30퍼센트이고, 이주삼이 요청해서 태운 거라면 감액이 10퍼센트이며, 서로 의논해서 탄 거면 20퍼센트라고 했다. 나는 마중근 원장이 시킨 대로 그날 갑자기 복통이 생겨 병원까지 알아본 뒤에, 이주삼이 운전하는 차량에 동승하여 병원으로 가던 중 빙판에 미끄러지며 사고가 발생했다고 말했다.

중앙선침범은 '12대 중과실'에 해당하는 사고지만 상대방이 2, 3주 치료를 요하는 경상이어서 형사 합의는 따로 보지 않아도 된다고 했다. 그나마 다행인 상황이었다. 택배 차량은 정기 노선이라 항상 그 시간에 그곳을 지나가는 모양이었다.

나는 택배 차량이 그 시간에 그곳만 지나가지 않았어도, 하는 부질없는 생각을 했다. 이것저것 묻던 끝에 보상과 직원이 사고 차량 사진을 보여주었다. 택배 트럭은 운전석 앞쪽이 조금 찌그러진 반면 오피러스는 엔진 룸이 반 이상 안으로 밀려 들어가 있었다. 그런데 조수석 쪽은 거의 멀쩡했고 등구나무에 부딪힌 펜더 쪽만 찌그러져 있을 뿐이었다.

"오피러스가 20센티만 더 반대 차선으로 들어갔으면 노재수 씨도 아마 이주삼 씨 옆에 누워 계실 겁니다. 노재수 씨, 대단한 행운아십니다."

보상과 직원이 환하게 웃으며 악수를 청하더니 밖으로 나갔다.

비 오는 날 마이크 잡다 감전되는 소리 하고 있다. 내가 행운 아라니.

나는 당장에라도 중환자실로 달려가 이주삼을 만나고 싶었으나, 중환자실에는 환자 출입이 제한되었고 만나도 할 수 있는 게 없다며 최홍선 대리가 말렸다. 주치의 말로는 상태가 점차 좋아지고 있으니 머지않아 일반 병실로 옮길 수 있을 거라고 했다.

믹스커피가 당겨 복도 끝 휴게실로 향했다. 김연자 여사가 밀어준다는 걸 혼자 다녀오겠다고 거절했다. 팔로 바퀴를 미는 게 힘이 드는 것도 아니고, 사소한 것까지 여사님의 수발을 받는다는 게 어쩐지 불편했다. 며칠 지나면 오른쪽 다리로 몸을 지탱하며 혼자서도 휠체어에 오르내릴 수 있을 것 같았다. 화장실은 김연자 여사가 변기에 앉혀주는 것까지만 해주고 바지는 변기에 앉은 채 내릴 수 있어 볼썽사나운 일은 발생하지 않았다.

지폐를 넣고 믹스커피를 뽑아 종이컵을 플라스틱 홀더에 끼운 후 간이 휴게실로 갔다. 사람이 하나도 보이지 않았다. 스프레이를 종아리에 뿌리며 좌중을 호령하던 이주삼의 모습이 아른거렸다. 그는 언제 깨어날까. 깨어날 수나 있을까.

뒤에서 노랫소리가 들려왔다. 귀에 익은 찬송가 소리였다.

"할렐루야, 내게 강 같은 평화."

나는 화들짝 놀라 휠체어를 뒤로 돌렸다. 고정원 권사가 두 팔을 엉성하게 휘저으며 걸어오고 있었다. 반가운 마음이 불쑥 들었다. 내가 휠체어를 밀어 고정원 권사에게 다가가자 나를 알아본 고정원 권사가 내 손을 덥석 잡았다.

"어디 갔다 이제 왔어? 하이고, 하나님. 감사합니다."

간병사는 예전의 그 아주머니였다. 간병사도 나를 알아보고 놀라는 표정이었다. 어쩌다 이렇게 다쳤느냐고 걱정스럽게 물었다. 나는 별거 아니고 곧 회복될 거라 말해주었다. 고정원 권사는 작년에 내가 퇴원한 후 자꾸만 7층 병동으로 내려가자 졸랐다고 한다. 아마도 노재수 씨를 기다리고 있었나 보다며 간병사가 웃었다.

"작년에 여사님이 준 만 원으로 뭐 하셨어요?"

간병사가 나를 놀렸다. 사실 그 돈으로 뭘 했는지 통 기억이 없다.

나는 고정원 권사와 휴게실에서 이런저런 대화를 하며 시간을 보냈다.

병실로 돌아왔는데 명희와 소희가 서 있었다. 나는 멈칫했다. 명희에게는 대강의 과정을 알려주었지만 소희까지 데려올 줄은 몰랐기 때문이다. 소희가 달려들어 내 다리를 더듬었다.

"아빠, 왜 이래? 어? 명희 이모 말로는 조금 다쳤다며?"

소희가 울부짖었다. 명희가 소희를 일으켜 세웠다.

"이모, 우리 아빠 조금 다친 거 맞아?"

명희가 눈을 부릅뜨고 내게 다가왔다.

"너, 설마?"

명희가 쪼그려 앉아 내 허벅지를 꼬집었다. 아무 감각이 없었다. 아야, 하고 비명을 질러야 했으나 타이밍을 놓쳤다.

"너?"

명희가 고개를 돌려 소희를 바라보더니 그제야 이성을 찾은 듯했다.

"어떻게 된 거야?"

명희가 나직하게, 그러나 단단한 목소리로 물었다. 나는 프로젝트를 실행 중이며 머지않아 신경이 살아날 거라고 말해주었다. 그제야 명희가 안도의 한숨을 쉬며 일어섰다. 그리고 소희를 복도로 데리고 나갔다가 잠시 후 돌아왔다. 소희의 표정이 한결 밝아져 있었다.

"난 그런 줄도 모르고, 놀랐잖아."

명희가 서랍을 열어 꼬깃꼬깃한 속옷을 한 뭉치 꺼냈다.

"야, 빨래 있는 거 다 내놔. 아무리 환자라도 냄새나는 거 싫드라."

소희가 흐뭇한 표정으로 나와 명희를 번갈아 보았다.

"소희야, 이젠 오지 마. 아빠 일 다 마무리할 때까지. 알겠지?"

소희가 고개를 끄덕거렸다.

"아빠. ……아, 아니다."

소희가 무슨 말인가 꺼내려다 그만두었다. 기자 이야기를 하려다 그만둔 것 같았다. 이상하게도 명희네 집에서 꿈을 꾼 이후부터는 기자 생각이 하나도 나지 않았다. 우리가 정말 사랑했을까, 라는 영화 제목이 떠오를 정도였다.

소희와 명희가 돌아가고 이틀이 지났다. 고정원 권사가 간병사에게 이끌려 병실로 들어왔다. 〈내게 강 같은 평화〉를 부르면서. 주일예배를 아들과 같이 봐야 한다면서 막무가내라고 했다. 그분은 아들이 아니라고 그렇게 일러주어도 자고 나면 아들 만

나러 가야지, 하며 떼를 쓰신다 했다.

"재수 씨, 좋겠네. 어머니 생겨서."

김연자 여사가 입을 가리고 웃었다.

고정원 권사의 간병사가 난처한 듯 나를 보았다. 내가 강당에 가지 않으면 고정원 권사도 가지 않을 기세였다. 김연자 여사가 자신은 기독교 신자라 예배에 꼭 참석해야 한다며 휠체어에 나를 강제로 태워 강당으로 향했다. 목사가 강대상에서 설교를 하고 있었다.

"어떤 부자가 타국으로 여행을 떠나며 종들을 불러 각각의 재능에 따라 금 다섯 달란트, 두 달란트, 한 달란트를 맡깁니다. 몇 달 후 부자가 돌아와 종들을 부릅니다. 다섯 달란트를 받은 종은 그 돈으로 장사를 하여 다섯 달란트를 남겼다며 주인에게 바칩니다. 두 달란트를 받은 자도 그같이 하여 두 달란트를 남겨 주인에게 바칩니다. 부자는 '착하고 충성된 종아, 네가 적은 일에 충성하였으매 내가 많은 것을 네게 맡기리니 네 주인의 즐거움에 참여할지어다' 하고 돈을 돌려줍니다. 그런데 한 달란트를 맡긴 종은 그 돈으로 아무것도 하지 않고 꼭꼭 숨겨두었다가 주인에게 그대로 전달합니다. 주인은 종을 향해 '악하고 게으른 종아, 나는 심지 않은 데서 거두고 헤치지 않은 데서 모으는 줄로 네가 알았느냐'라며 호되게 꾸짖은 후 그 한 달란트마저 빼앗아버립니다."

나는 강당 전면 출입구 쪽, 휠체어 환자들을 위해 마련된 장소에서 설교를 들었다. 고정원 권사는 설교를 듣는 와중에도 앉아 있지를 못하고 계속 서성대며 찬송가를 흥얼거렸다.

"우리는 각자 주님께 받은 달란트가 다릅니다. 어떤 사람은 돈 버는 재주가 있고 어떤 사람은 그림 그리는 재주가 있으며 어떤 사람은 음식 만드는 재주가 있습니다. 우리는 다섯 달란트, 두 달란트 받은 종처럼 열심히 자신의 재능을 살려 하나님께 영광을 돌려야 합니다. 아무것도 하지 않는 종이 되어서는 안 됩니다. 주님께서는 믿음으로 씨앗을 뿌린 자에게는 30배, 60배, 100배의 수확을 주시겠다고 약속하셨습니다. 믿습니까?"

여기저기서 "아멘" 하는 소리가 들렸다. 김연자 여사가 맨 앞 줄에서 두 손을 모은 채 설교를 듣고 있는 게 보였다.

나는 목사의 '30배, 60배, 100배'라는 말이 귀에 쏙쏙 들어왔다.

목사가 설교를 마치고 기도했다. 오늘 이 자리에 있는 길 잃은 양들을 푸른 초장으로 이끌어주시고 무슨 일을 만나든지 주님께 영광 돌리는 하나님의 백성이 되게 해달라, 뭐 그런 종류의 기도였다. 기도와 축도가 끝나고 찬양 시간이 되었다.

"자, 오늘도 여기 고정원 권사님이 좋아하시는 〈내게 강 같은 평화〉로 찬양 봉사를 시작하겠습니다."

반주가 흘러나오고 〈내게 강 같은 평화〉 찬송이 시작되었다. 고정원 권사가 신이 나서 강대상 쪽으로 팔을 휘저으며 걸어갔다. 잠시 후 색소폰, 장구, 꽹과리까지 합세한 밴드가 정면에 포진하여 복음성가로 이어졌다. 거동이 가능한 환자들은 무대 중앙으로 나와 밴드음악에 맞춰 춤을 추었다. 김연자 여사도 중앙으로 걸어 나가 소심한 동작으로 춤을 따라 추었다. 강당인지 카바레인지 구분이 안 되었다. 내 옆에서 휠체어에 탄 채 조용히 예배를 보던 젊은 환자가 휠체어를 중앙으로 밀고 가더니 바퀴를 이리저리 굴려 휠체어 춤을 추었다. 넘어질 듯하면서도 균형과 리듬을 갖춘 가뿐한 동작이었다. 나도 어느새 바퀴를 앞뒤로 밀며 박자를 따라가고 있었다. 그러다 뒤편 출입구에서 뚫어져라 나를 응시하고 있는 눈빛과 마주쳤다. 차설록이었다.

나는 하마터면 휠체어와 함께 뒤로 넘어질 뻔했다. 갑자기 주위의 음악 소리가 하나도 들리지 않고, 오직 하나의 눈빛만이 나를 사로잡고 있었다. 그 눈빛에서 발사된 거미줄이 나를 똘똘 옭아매었다. 하반신 마비가 아니라면 벌떡 일어나 도망이라도 쳤을 것이다. 나는 김연자 여사를 불러 앞문으로 도망치듯 강당을 빠져나왔다. 1층 로비를 지나갈 때 어디 아프냐고 김연자 여사가 물었다.

"여사님, 저 다리 마비된 거 맞죠?"

나는 허둥지둥 되도 않는 질문을 해댔다.

"재수 씨, 지금 뭔 소리 하는 거야? 휠체어도 간신히 타는 사람이?"

"그쵸? 저 환자 맞죠?"

나는 고개를 들어 동의를 구하듯 김연자 여사의 눈을 바라보았다.

"재수 씨 오늘 이상하네. 강당에서 뭐 안 좋은 걸 봤나?"

나는 바깥으로 나가고 싶었다. 이 추운데 밖엔 뭐 하러, 하고 말리려던 김연자 여사가 생각을 바꾼 듯 나를 데리고 밖으로 나갔다. 하늘에서 눈이 내리고 있었다. 김연자 여사가 손을 뻗어 눈을 받았다.

"눈이 참 탐스럽기도 하다."

나는 김연자 여사에게 현관에서 기다려달라고 부탁한 후 휠체어를 밀어 등나무 아래로 갔다. 사방에 눈이 쌓여 있었는데 등나무 아래에만 눈이 없었다. 나는 휠체어를 돌려 중환자실이 있는 3층 병동을 바라보았다. 이주삼이 빨리 깨어나 걸쭉한 목청으로 내게 호통쳐주기를 마음속으로 기도했다. 그는 내게 등대였다. 그 등대가 지금 꺼져 있다. 나는 풍랑이 이는 바다 한가운데 떠 있는 난파선이었다. 거기에 차설록이라는 거대한 암초까지 나를 가로막고 있었다. 제발 돌아오라, 이주삼.

그렇게 한 달이 지났다.

그동안 MRI 촬영도 하고 신경전도검사도 했다. 최종 진단명은 척수공동증, 12주였다. 신경외과 과장은 이런 병은 사람마다 차이가 있어 빨리 돌아올 수도 있고 1년이 넘을 수도 있으니 마음을 편하게 가지라고 했다. 솔직히 나는 신경이 빨리 회복될까 봐 걱정이었다. 그렇지 않아도 요즘 들어 오른쪽 다리에 점점 힘이 실리는 느낌이 들었다. 장해 진단을 받기 전에 신경이 돌아오면 그게 더 힘들 것 같았다. 금한돈 과장에게 전화를 걸었는데 6개월 내에는 절대 돌아오지 않을 테니 걱정하지 말라고 했다. 그제야 나는 안심이 되었다. 일상생활에 어느 정도 적응이 되어 더 이상 김연자 여사의 도움을 받지 않기로 했다. 힘이 좀 들어도 내가 하는 게 마음이 편했다. 명희는 이틀이나 사흘에 한 번씩 병원에 다녀갔다. 밀고 사건 이후에도 명희는 달라진 게 없었다. 평소처럼 괄괄했고 씩씩했다. 달라진 게 있다면 소희와 만나는 횟수가 늘었다는 거다. 두 사람은 자주 만나 햄버거도 먹고 커피숍에도 가는 모양이었다.

점심을 먹은 후 휠체어에 앉은 채 창밖을 무심히 바라보고 있는데 최홍선 대리에게서 전화가 걸려왔다. 이주삼이 중환자실에서 9층 신경외과 집중치료실로 옮긴다는 내용이었다. 나는 우선 이주삼을 볼 수 있다는 사실에 마음이 설렜다. 중환자실에서 집중치료실로 옮긴다는 말은 병세가 호전되었다는 뜻이기도 했다.

병실 문을 열자 최홍선 대리와 마중근 원장이 보였다. 두 사람 다 표정이 굳어 있었다. 불길했다. 나는 휠체어 바퀴를 있는 힘을 다해 밀어 침대에 누워 있는 이주삼에게 다가갔다. 이주삼이라고 할 수 없을 정도로 살이 빠지고 수염이 텁수룩하게 자라 있었다. 눈은 뜨고 있었으나 초점이 허공에 붕 떠 있었다.

"주삼 씨, 이주삼 씨!"

아무런 대꾸가 없었다. 나를 바라보지도 않았다. 나는 떨리는 손으로 이주삼의 가슴을 마구 흔들었다.

"왜 아무 대답이 없어? 내가 왔는데. 주삼 씨!"

마중근 원장이 이주삼에게서 나를 떼어놓았다.

"이 친구 깨어난 거 맞습니까? 왜 이러죠?"

마중근 원장이 대답을 않고 이주삼의 손을 주물렀다.

"애초에 설계는 이게 아니었잖아요! 주삼 씨는 다치지 않는 거였잖아요!"

최홍선 대리가 내 어깨에 손을 얹었다.

"진정해, 오빠. 원장님도 예측하지 못한 상황이었잖아."

나는 다시 이주삼을 바라보았다. 마치 커다란 어린아이가 누워 있는 것 같았다.

"일단 담당 의사를 만나봐야겠어요."

최홍선 대리가 신경외과병동에 전화를 걸어 담당의 면담 신청을 했다.

"이주삼 씨의 전두엽에 수막종이 하나 있습니다. 수막종은 원래 양성이라 두통을 호소하는 정도이지 위험하지는 않습니다. 개두술로 간단히 제거할 수 있지요. 그런데 이주삼 씨의 수막종은 예민한 부위에 자리 잡고 있었습니다. 잘못 건드리면 신경 손상을 입을 수도 있는 부위였지요. 그래서 감마나이프 수술을 시행한 환자입니다. 감마나이프 수술은 두개골을 절개하지 않고 감마선을 쪼여 수막종을 위축시키는 방법입니다. 그런데 한 달 전에 발생한 교통사고로 수막종이 터져 전두엽 신경이 손상되었습니다. 그 후유증으로 주의력 상실, 의욕 상실, 반사회적 행동의 표출을 포함한 현저한 억제 기능 상실 등의 증상이 나타납니다. 한마디로 바보가 되는 것입니다."

주치의는 모니터에 띄운 뇌 사진을 마우스로 짚어가며 설명을 해주었다. 조영제를 사용한 뇌전산화단층촬영 영상이었다. 뇌의 전두엽으로 보이는 곳에 희끄무레하게 변색된 부분이 보였다. 주치의는 그 부분을 가리키며 뇌신경이 괴사된 것이라고 설명해주었다.

"사고로 수막종이 터진 건가요, 아니면 수막종이 터져서 사고가 발생한 건가요?"

마중근 원장이 물었다. 모르긴 해도 마중근 원장은 이주삼이 고의로 사고를 낸 것인지, 아니면 수막종이 터져 불가항력으로 사고가 난 것인지 알아보려고 그러는 것 같았다.

주치의가 손가락으로 턱을 쓸었다.

"그것이 애매합니다. 자연적으로 수막종이 터진 거면 만성, 사고로 터진 거면 급성으로 분류됩니다. 둘을 구분하는 방법은 뇌세포의 괴사 부위가 넓고 완만하게 퍼져 있으면 만성으로 진단하고 좁고 깊은 곳에서 발생한 출혈이면 급성으로 진단합니다. 이주삼 씨의 상태는 딱, 중간이었습니다."

이주삼은 처음 병원에 있을 때부터 두통으로 괴로워했다. 이번 사고 직전에도 두통이 심하게 왔다. 걱정스럽게 지켜보는 내게 이주삼은 아는 병이니 걱정하지 말라고 했다. 그러면서 내게 김칫국 한 사발 끓여다 줄 테니 기대하라는 투로 말했다. 이주삼은 '앵무새 속이기' 프로젝트에서 굳이 운전을 자청했다. 사고 직전 안전벨트를 착용하라는 나의 충고도 무시했다. 서부 화재 보상과 담당자의 말로는 오피러스가 20센티만 더 좌측으로 갔으면 나 역시 목숨이 위태로웠을 거라고 했다. 이주삼이 죽으려고 중앙선을 넘은 것인지, 수막종이 터져서 그런 것인지는 정말로 미스터리였다.

"향후 치료 전망을 어떻게 보십니까?"

마중근 원장이 조용한 어조로 물었다.

"뇌 실질의 괴사가 광범위하지만 치명적이지는 않습니다. 당분간은 지켜볼 수밖에 없죠. 수개월 내로 호전될 수도 있고 괴사가 진행되어 악화될 수도 있습니다. 당분간 유아 수준의 지능으로 지내야 하는 것은 불가피합니다. 그리고 드문 경우이긴 하지만 일시적으로 정상인처럼 행동할 때가 있습니다. 그걸 두고 회복됐다고 착각하시면 안 됩니다. 중증 치매가 있는 사람도 가끔은 의식이 정상으로 돌아오는 때가 있으니까요. 2, 3주 후 일반 병실로 옮겨드리겠습니다."

우리는 복도로 나왔다.

"이제 어쩌죠?"

내가 막막한 심정으로 마중근 원장에게 물었다.

"달라진 건 아무것도 없습니다. 노재수 씨는 설계대로 하시면 됩니다. 이주삼은 저희가 알아서 할 테니까요."

마중근 원장의 목소리는 차갑고 이성적이었다.

"강당에서 차설록을 봤습니다."

마중근 원장이 흠칫 놀라며 나를 보았다. 그의 반응으로 보아 차설록을 신경 쓰고 있다는 건 확실했다. 그렇다고 그에게 당신이 백작이냐고, 면전에서 물어볼 수는 없었다.

"다시 한번 말하지만, 노재수 씨는 프로젝트를 진행하시면 됩니다. 그것이 이주삼 팀장을 위하는 길이기도 합니다. 아시겠습니까?"

3주 후 이주삼이 일반 병실로 옮겨왔다.

걷기, 먹기, 옷 입기, 화장실 가기 모두 잘했다. 의식만 유아 수준이었다.

이주삼은 나를 전혀 알아보지 못했다. 그 사실이 나를 우울하게 만들었고 화나게 했다. 하지만 그가 죽지 않고 목숨을 건진 사실에는 감사해야 했다. 이주삼은 병실 환자와 먹을 것으로 자주 다투었고, 언제나 침을 질질 흘렸다.

"주삼 씨, 지금 쇼하는 거지?"

병실에 둘만 있을 때 이주삼의 두 눈을 똑바로 바라보면서 내가 물었다.

이주삼이 고개를 주억거렸다. 나는 그럴 줄 알았다며 이주삼의 손을 덥석 잡았다. 눈물이 쏟아지려 했다.

"그럼 나한테 말을 해줬어야지. 사람 맘고생을 이리 시키고."

이주삼이 벽에 걸린 TV를 가리켰다. 〈가요무대〉에서 댄서들이 노래에 맞춰 춤을 추고 있었다.

"쇼한다, 쇼!"

이주삼이 바나나우유 페트병을 입에 물고 우유를 질질 흘리며 히죽거렸다. 언제 들어왔는지 간병사가 짜증을 냈다.

"아휴, 빨대로 먹으라고 그렇게 말해도 소용없다니까."

간병사가 바나나우유를 낚아채더니 빨대를 꽂아 이주삼에게 건넸다. 이주삼이 빨대를 다시 빼내고 페트병을 입으로 가져갔다.

"고집, 고집, 저 고집 누가 말려!"

하는 수 없다는 듯 간병사가 수건을 가져와 이주삼의 목에 둘렀다.

"노재수 씨는 아주 여기로 이사 오지 그러셔?"

간병사가 이죽거리며 말했다.

"그럴까요?"

"참 보기 좋겠네. 하나는 바보에다 하나는 다리병신에다."

간병사의 톡톡 쏘는 말에도 기분이 전혀 나쁘지 않았다. 며칠 전 이주삼이 실수로 바지에 똥을 싼 적이 있었는데 간호사가 알까 봐 몰래 바지를 갈아입히고 화장실에서 바지를 빼는 걸 본 적이 있다. 다른 병실 간병사는 환자가 화장실에 자주 갈까 봐 음료수를 빼앗기도 한다는데, 이 아주머니는 그렇지 않았다. 말로는 퉁퉁거리면서도 이주삼이 무엇을 좋아하고 무엇을 싫어하는지 다 알고 있었다.

"작년에 내가 간병하던 사람도 주삼 씨하고 똑같았는데, 지난 설에 정신이 돌아왔더라고. 그러니 재수 씨도 너무 걱정하지 마셔."

이주삼이 바나나우유를 다 마시고 냉장고로 걸어가 비비빅 아이스크림 두 개를 꺼내 왔다. 그가 늘 즐겨 먹던 군것질거리였다.

"이젠 두 개씩 먹으려나 보네."

간병사가 혀를 끌끌 찼다.

이주삼이 비비빅 하나를 불쑥 내게 들이밀었다.

"할렐루야, 저게 웬일이래? 저 식탐꾼이?"

이주삼이 비비빅을 내 무릎에 툭 던지고는 다시 침대에 앉아 TV를 보며 아이스크림을 먹었다. 나는 이주삼의 입에서 질질 녹아내리는 액체를 바라보며 비비빅 봉지를 벗겼다.

한 달에 한 번씩 있는 머리 깎기 봉사 날이 돌아왔다. 간병사가 이주삼을 데리고 머리 좀 깎고 오라고 했다. 봉사 장소는 1층 강당이었다. 이주삼이 침을 질질 흘리며 내 휠체어를 밀어주었다. 이주삼은 휠체어에 나를 태우고 밀어주는 걸 좋아했다. 간병사 말로는 내 휠체어를 밀 때마다 행복해하는 것 같다고 한다. 이주삼은 휠체어를 밀고 강당으로 가려면 어디로 가야 하는지

다 알고 있었다. 이주삼이 엘리베이터 버튼을 죄다 누르는 바람에 층마다 서야 했는데, 그는 탈 사람이 없을 때도 '닫힘' 버튼을 누르지 못하게 했다. 아무래도 엘리베이터 문이 열릴 때마다 나타나는 텅 빈 공간을 좋아하는 듯했다.

강당에는 이미 많은 환자들이 줄을 서서 대기하고 있었다. 열 명 남짓한 미용사들이 검정 가운을 입고 환자들의 머리를 깎아주고 있었다.

"노재수 아저씨 아니세요?"

미용사 중 한 명이 우리에게 다가왔다.

"저예요, 승규."

모의 차량에 충돌하는 걸 연습하다 그만둔 이승규였다.

"야, 반갑다. 이젠 미용으로 자리 잡은 거야?"

이승규가 머리를 긁적거렸다.

"돈을 벌어야겠다는 강박관념이 저를 짓눌렀던 것 같아요. 어르신들께 봉사한다고 생각하니 손도 안 떨리고 자신감도 생기네요."

이승규의 표정이 많이 밝아졌고 여유가 있어 보였다.

이승규가 문득 이주삼을 바라보았다. 이주삼은 휠체어 주머니에서 과자를 꺼내 먹을 뿐 알은체도 하지 않았다. 이승규가 눈을 반짝거리며 물었다.

"두 분, 프로젝트 진행하시는 거 맞죠?"

이승규가 해맑게 웃었다.

나는 고개를 저었다. 이승규가 이주삼을 한참 동안 살폈다.

"그럼 진짜로 다치신 거?"

나는 고개를 끄덕였다.

"헐! 어쩌다가요?"

이승규가 울먹이는 표정으로 이주삼을 보았다. 봉사단 팀장이 이승규를 불렀다.

"저분만 깎고 팀장님 머리 제가 깎아드릴게요."

자리로 돌아가며 이승규가 말했다.

머리를 짧게 깎은 이주삼은 훨씬 세련되고 멋져 보였다. 나는 이승규에게 고맙다는 말을 남기고 정면 출입구로 나왔다. 여전히 이주삼이 내 휠체어를 밀었다. 이승규는 머지않아 변두리에 미용실을 오픈할 거라며 이주삼 머리는 평생 무료로 깎아줄 테니 꼭 와달라고 당부했다. 자기 길을 찾아 묵묵히 걸어가는 이승규가 멋져 보였다. 강당에서 나와 1층 로비를 지날 때였다.

"이주삼!"

저음의 굵직한 목소리가 뒤에서 들려왔다. 이주삼은 못 들었는지 멈추지 않고 계속 휠체어를 밀었다. 내가 휠체어 브레이크를 걸어 세우고 뒤를 돌아보았다. 차설록이 절뚝거리며 이쪽으로 오고 있었다. 멜빵바지에 버버리 재킷을 입었지만 터질 듯한 아랫배는 감추지 못했다.

"이거, 두 사람 아주 눈물겹구만."

나는 왜 저 인간만 나타나면 입이 마르고 손이 떨릴까?

"내가 아무리 퍼즐을 맞추려고 해도 도무지 알 수가 없단 말씀이야."

차설록이 고개를 갸웃거리며 멜빵끈을 한 손으로 튕겼다.

"둥구나무에 부딪히고 오피러스가 멈췄어야 시나리오가 맞는데, 왜 중앙선을 넘어 이주삼까지 다쳤느냐 이 말이지. 야, 이주삼. 니가 설명 좀 해봐라."

내가 불쾌한 표정으로 무슨 말인가 하려 하자 차설록이 가로막았다.

"응. 알아, 알아. 이주삼 말귀 못 알아먹는 거. 두 달 동안 내가 너희 두 사람 쭉 관찰해왔거든. 신경외과 과장도 만나봤고. 이주삼 상태가 진짜 안 좋다는 거 알아. 내가 이해가 안 되는 건 말이야, 베테랑 이주삼이 왜 실수를 했느냐 하는 거야. 물론 빙판이라 그럴 수 있어. 근데 이상한 건 중앙선을 침범했으면서도 조수석 쪽은 멀쩡했다는 거야. 안 그랬으면 노재수 너도 지금 이 자리에 없을 테니까."

"무슨 말을 하고 싶으신 겁니까?"

두려움이 분노로 바뀌고 있었다.

차설록이 허리를 구부려 얼굴을 내게 들이밀었다. 거대한 곰 한 마리가 다가오는 것 같았다.

"나는 네가 쇼를 하고 있다고 생각하는데?"

나도 모르게 움찔했다.

"보험 조회를 해보니 한 10억은 나가겠어. 너희 계획대로라면 말야."

나는 침을 꿀꺽 삼켰다. 무슨 말이라도 해야 할 것 같았다.

"저기……."

"응, 그러지 마. 아무 말도 하지 마. 그냥 내 말을 듣기만 해."

차설록이 손바닥으로 내 볼을 툭툭 쳤다.

"이제부터 내 계획을 말해줄게. 난 이미 고구마 줄거리를 잡았고 이제 당기기만 하면 돼. 그러면 고구마들이 주렁주렁 딸려 나오겠지? 그 맨 끝에 백작이 딸려 나올 테고, 네 쇼도 막을 내리는 거야. 물론 넌 은팔찌를 찰 거고."

차설록이 으흐흐 웃으며 현관 출입구로 사라졌다. 어쩐지 자신감에 찬 모습이었다. 그것이 나를 더욱 불안하게 만들었다. 이주삼은 무표정한 얼굴로 과자 봉지에서 과자를 꺼내 먹고 있었다.

6장 압수수색

1

벗나무 아래에서 면회객들이 벚꽃을 보며 봄을 만끽하고 있다.

병원 주차장 담장을 따라 노란 물을 들였던 개나리는 어느새 꽃을 떨구고 초록으로 옷을 갈아입는 중이었다. 바람에 실린 벚꽃 잎이 등나무 그늘까지 날아와 휠체어와 무릎에 사뿐히 내려 앉았다. 나는 벚꽃이 내려앉은 두 다리를 바라보았다.

많이 좋아지고 있습니다. 신경전도검사 결과지를 보던 의사 가 활짝 웃으며 내 어깨를 톡 쳤다. 어제 일이었다. 그렇지 않아 도 오른쪽 다리에 힘이 점점 실리는 것을 느끼고 있던 차였다. 완전마비였던 왼쪽 발가락도 조금씩 움직이기 시작했다. 신경 전도검사가 좋게 나왔다고 마비된 게 원래대로 돌아오는 것은 아닙니다. 그것은 의사도 알 수 없어요. 그러니 혹시 감각이 돌아와도 절대 비밀로 하십시오. 금한돈 과장이 이렇게 지시를 내려주었다. 나는 휠체어 발판을 딛고 있는 오른쪽 발가락을 꼼지락거려보았다. 약간 무딘 느낌이지만 잘 움직였다. 이번에는 종아리를 뻗어보았다. 바들바들 떨렸지만 45도 이상 올라갔다. 왼쪽 발가락으로도 같은 동작을 해보았다. 엄지와 검지 발가락이 살짝 꼼지락거렸다. 왼쪽 무릎에도 힘을 주어보았다. 착각인지 몰라도 살짝 힘이 들어가는 것 같았다. 감각이 조금씩 살아나는 것은 확실했다. 이 속도면 머지않아 왼쪽 발에도 힘이 들어갈 것 같았다. 두 달 후면 장해 감정이 들어가고 보험회사의 조사가 시작될 것이다. 보험회사는 감각이 돌아올 것으로 예상되면 이런저런 핑계를 대며 지급을 미룬다고 한다. 그렇게 6개월 정도 시간을 끌어 신경이 회복된 후 보험금 지급을 거절한 사례도 있다. 신경이 회복된 걸 숨기고 샤워하다 발각되어 구속된 송다나가 떠올랐다. 그녀도 완벽하게 연기를 하려고 했을 것이다. 그러나 세상에 완벽한 연기란 없다. 완벽한 연기는 진짜 환자라고 스스로를 속이는 것이다.

최홍선 대리에게서 전화가 걸려왔다. 박씨 아저씨가 편찮으시다고 했다. 해마다 4월이 되면 무슨 이유에서인지 심하게 앓는다고 했다. 그런데도 한사코 병원에 가기를 거부한다는 것이다. 마중근 원장도 며칠째 출장 중이고 이주삼도 없는 상태여서 박씨 아저씨가 나를 찾는다고 했다.

나는 장애인 이동 차량을 호출하여 학교로 갔다. 이주삼한테는 며칠 어디에 다녀온다고 했다. 절대 알아들을 리 없지만 나는 일과를 항상 이주삼에게 이야기했다. 간밤에 본 드라마 이야기부터 명희가 와서 놀다 간 이야기, 재활치료실에 새로운 직원이 왔다는 이야기까지. 나는 이주삼을 정상인으로 대했다. 그렇게 하지 않으면 내가 미칠 것 같았다. 차설록은 그날 로비에서 본 이후로 병원에서 마주치지 않았다.

학교 운동장에도 벚꽃이 만개해 있었다. 마치 내가 어릴 적 그곳에서 뛰어놀았던 것처럼 그리움이 밀려왔다. 대여섯 명의 남자들이 벚나무 아래 쪼그려 앉아 담배를 피우고 있었다. 그중 나를 알아보는 사람이 있는지 손을 흔들었다. 나는 휠체어를 밀어 사택으로 향했다. 마당에서 마루로 이어지는 경사면을 통해 혼자 힘으로 방에까지 들어갈 수 있었다.

박씨 아저씨는 침대에 누워 있고 최홍선 대리가 영양제 수액을 투여하는 중이었다. 박씨 아저씨는 침대에서도 여전히 모자를 푹 눌러쓰고 있었다. 밀리터리 캡이 그의 트레이드 마크 같았다. 눈을 감고 있는 것으로 보아 잠이 든 것 같았다.

"오빠, 오라고 해서 미안."

최홍선 대리가 씩 웃었다.

"많이 편찮으신 거예요?"

걱정스러운 얼굴로 최홍선 대리에게 물었다.

"내가 아는 병입니다. 너무 걱정 마세요."

박씨 아저씨가 눈을 감은 채 말했다. 최홍선 대리가 피식 웃었다.

"예전에 다친 일이 있는데 해마다 4월만 돌아오면 이렇습니다."

나는 박씨 아저씨에게 감사하다는 생각이 들었다. 나를 벗으로 대해줬기 때문이다. 배에서 꼬르륵 소리가 났다. 이 와중에 박씨 아저씨가 끓여주던 김칫국 생각이 났다.

"주방 냉장고에 김칫국 끓여놓은 거 있습니다. 전자레인지에 돌려서 드세요. 밥은 밥통에 있으니까 양껏 드시고."

박씨 아저씨는 내 속을 꿰뚫고 있었다. 내가 입 모양으로만 '대박'이라고 하면서 최홍선 대리를 바라보았다. 최홍선 대리도 소리 내지 않고 키득 웃었다. 박씨 아저씨가 다시 입을 열었다.

"아, 먹어야……."

"예. 먹어야 사기도 치고, 먹어야 싸움도 하죠."

언젠가 주방에서 들은 말을 따라 하자 박씨 아저씨가 허허허, 하고 웃었다.

다친 곳은 어떠냐고 박씨 아저씨가 물었다. 나는 하지 마비의 상태에 대해 사실대로 말하고 감각이 살아나는 것 같아 걱정이라는 말도 덧붙였다.

"잘 알아서 하세요."

해결책까지 바란 건 아니었지만, 박씨 아저씨의 냉담한 반응에 살짝 서운했다. 박씨 아저씨는 이주삼에 대해서도 물었다.

나는 이주삼과 병실에서 지내온 이야기를 비교적 소상하게 말해주었다.

"내가 낚시질하는데 옆 사람 코가 꿰었구먼."

박씨 아저씨 눈에서 눈물이 뚝 떨어졌다. 최홍선 대리가 티슈통에서 휴지를 꺼내 눈물을 닦아주었다.

"박씨 아저씨, 왜 울고 그래."

최홍선 대리의 목소리도 떨렸다. 나도 간신히 참고 있는 눈물이었다.

학교는 휠체어로 어디든 갈 수 있는 구조였다. 사기단 육성학교라는 특성상 장애인 출입도 잦을 것이기에 구조를 변경한 것 같았다. 나는 중앙 출입구로 휠체어를 밀고 주방으로 들어갔다. 냉장고 문을 열자 스테인리스 냄비에 김칫국이 가득 담겨있었다. 나는 국자로 김칫국을 덜어 전자레인지에 돌리고 밥통에서 밥을 펐다. 카페에서 서너 명의 남자들이 왁자지껄 떠들고 있었다. 자세히 들어보니 백작의 전설에 관한 이야기였다. 학교에 백작이라는 유령이 떠돌고 있는 것 같았다. 전설은 보태지고 과장되었다. 백작의 정체에 대해 누구는 신흥종교 교주라 하고, 또 누구는 사회불안을 노리는 북한 공작원이라고 했다. 가장 황당한 건 일루미나티 단원이라는 것이었다. 나는 그들의 대화를 들으며 묵묵히 국밥 그릇을 비웠다.

최홍선 대리가 2, 3일만 묵었다 가라고 부탁했다. 그때면 박씨 아저씨도 병상에서 일어날 거라면서. 나는 혼자 병원에 있을 이주삼이 걱정되었지만 간병사와 수시로 통화해 별일 없음을 확인했다. 단원들 식사는 임시 주방장이 했다. 매년 있는 일이라 박씨 아저씨가 빠져도 큰 문제는 되지 않는 것 같았다.

3일째 되는 날이었다. 점심 식사를 마치고 오후 두 시쯤 되었을 때 박씨 아저씨가 주방 냉장고에서 도라지청을 가져다 달라고 했다. 10년 전 폐에 손상을 입었는데 이맘때가 되면 천식처럼 기침이 심해진다고 했다. 최홍선 대리는 단원들 교육이 있다며 교실에 갔다.

주방에서 도라지청을 갖고 나오는데 갑자기 서너 명의 남자가 복도로 들이닥쳤다. 단원들은 아니었다. 모두 검정 바지에 하얀 셔츠 차림이었다. 그들은 신발도 벗지 않았다. 그중 가장 키가 작고 머리가 벗어진 남자가 신분증을 제시했다. 한밭광역수사대 지능범죄수사팀 신동운 수사관이었다.

"압수수색 영장입니다."

신동운 수사관이 영장을 내게 펼쳐 보였다. 영장에는 피의자와 압수할 물건, 수색 장소가 적혀 있었다. 압수 물건은 '보험증권, 각서, 사고 설계서, 영상 CD'라고 적혀 있고 수색 장소는 '학교 내 강의실 및 부속 건물 일체'라고 적혀 있었다. 나는 어안이 벙벙해져서 도라지청을 손에 든 채 멍하니 그걸 보고만 있었다. 수사관들이 하나씩 흩어져 주방으로, 상담실로, 원장실로 들어갔다. 잠시 후 상담실에 들어간 수사관이 허탕 친 표정으로 나오더니 교실로 향했다. 나는 도라지청을 무릎 위에 올려놓고 휙체어를 밀어 수사관을 따라갔다. 만약 교실에서 보험사기 수법에 대한 강의라도 하고 있다면 큰일이었다. 나는 수사관보다 먼저 교실에 들어가기 위해 휠체어를 세게 밀었다. 그러나 수사관이 문을 여는 속도가 더 빨랐다.

"자, 다음은 고개 돌리기!"

최홍선 대리가 교단에서 요가 동작을 취하고 있었다. 열댓 명의 단원들이 최홍선 대리가 하는 동작을 따라 하고 있었다. 단원들 모두 하얀 티셔츠를 입고 있어서 정말로 요가 수업 현장 같았다. 남자가 최홍선 대리와 단원들을 번갈아 보더니 원장실로 다시 걸어갔다. 최홍선 대리가 나를 향해 눈을 찡긋했다.

원장실 앞에서 수사관들이 난처한 표정으로 의견을 나누고 있었다. 찾고자 하는 물건을 발견하지 못한 것 같았다. 영장 내용으로 보아 수사관들이 찾으려는 물건은 '설계한' 단원들의 사고 전 영상 CD와 신체 상태를 기록한 차트, 그리고 각서인 것 같았다. 사고 전에 이미 진단명이 존재했다면 빼도 박도 못하는 보험사기 증거가 된다. 사고가 나기 전 D정형외과에서 찍은 나의 MRI 자료와 척수신경 조작의 증거도 있을 터였다. 이 중 어느 한 가지라도 발견된다면 보험사기의 결정적 증거가 되기에 충분했다. 이들은 그 물건이 이곳 어딘가에 숨겨져 있다는 제보를 받고 압수수색을 하러 온 것 같았다. 그러나 그들은 원하는 물건을 찾지 못했다. 그때 한 남자가 절뚝거리며 출입구로 들어왔다. 차설록이었다. 나는 하마터면 도라지청을 떨어뜨릴 뻔했다. 수사관들이 구세주라도 만난 것처럼 차설록의 얼굴을 바라보았다. 차설록이 나를 보더니 비릿한 웃음을 지어 보였다. 심장이 오그라드는 웃음이었다. 문득 지난번 병원 로비에서 나와 이주삼을 비웃으며 사라지던 차설록의 모습이 떠올랐다. 그는 고구마 줄거리를 찾았고 그 끝에 백작이 딸려 나올 거라고 호언장담했었다. 그렇다면 차설록은 그 비밀의 장소를 알고 있다는 뜻이다. 나는 침을 꼴깍 삼키며 차설록의 일거수일투족을 놓치지 않고 지켜보았다.

차설록이 절뚝거리며 원장실로 걸어갔다. 수사관들이 그를 따랐다. 나도 휠체어를 밀어 출입구로 갔다. 차설록이 어딘가로 전화를 걸더니 책장 문을 열고 맨 위 칸 책들을 뺐다. 책장 뒷벽에서 'ㄱ'자로 된 손잡이가 나타났다. 차설록이 손잡이를 돌리고 책장을 왼쪽으로 밀자 책장이 스르륵 움직이며 뒷벽에 숨겨져 있던 작은 출입구가 나타났다. 작은 다락방 정도 크기로 보였다.

나는 긴장감에 조용히 숨을 몰아쉬었다. 이젠 끝장이다.

신동운 수사관이 고개를 숙이고 출입구로 들어가며 손을 더듬어 조명을 켰다. 실내는 깔끔했고 조립식 앵글로 된 선반이 열을 지어 자리 잡고 있었다. 그러나 선반은 텅 비어 있었다. 누군가가 깔끔하게 청소한 듯 먼지 한 톨 보이지 않았다. 신동운 수사관이 무언가를 발견했는지 안으로 들어가더니 구석에서 작은 상자 하나를 들고 나왔다. 그리고 상자를 열어 내용물을 꺼냈다.

"이게 뭐죠?"

신동운 수사관이 들고 있는 것은 예순 살 정도 되어 보이는 여인의 영정 사진이었다.

"누굴까요?"

신동운 수사관이 영정 사진을 차설록에게 넘겼다. 사진을 들여다보는 차설록의 얼굴빛이 점점 굳어갔다.

"선배님, 왜 그러시죠?"

차설록이 영정 사진을 바닥에 집어 던졌다. 액자가 박살이 나며 유리가 사방으로 튀었다. 모두 놀란 표정으로 차설록을 바라보았다.

"선배님, 이러시면 저희가 곤란해집니다."

신동운 수사관이 벽에 걸린 CCTV를 턱으로 가리켰다.

"자료가 있던 자리에 먼지가 없는 것으로 보아 누군가가 자료를 모두 빼 가고 청소까지 한 모양입니다."

신동운 수사관이 부서진 액자를 내려다보았다.

"그런데 저 사진은 왜 남겨뒀을까요?"

차설록이 절뚝거리며 출입구 쪽으로 걸어왔다.

"너냐?"

차설록이 내 멱살을 잡아 올렸다. 엉덩이가 휠체어 의자에서 들려 올라갔다. 나는 도라지청이 떨어질까 봐 두 손으로 병을 꼭 움켜잡았다.

"선배님!"

신동운 수사관이 복도 입구 쪽 천장을 가리켰다. 그곳에도 CCTV가 설치되어 있었다.

"그만 철수하시죠."

차설록이 끙 소리를 내며 멱살 잡은 손을 풀었다. 엉덩이가 휠체어에 털썩 떨어지자 오른발에 찌릿한, 엄청난 통증이 느껴졌다. 나는 소리를 지르지 않으려고 이를 악물었다. 차설록이 무슨 생각을 잠시 하는가 싶더니 구둣발로 내 왼쪽 다리를 툭 걸어찼다. 왼발이 힘없이 발판에서 툭 떨어졌다. 갑작스럽게 벌어진 상황이었다. 차설록이 바닥에 떨어진 내 왼쪽 다리를 한참 동안 바라보았다.

"가지!"

차설록과 수사관들이 밖으로 나가려는데, 사택 쪽에서 박씨 아저씨가 지팡이를 짚고 천천히 걸어왔다. 몸이 좀 나아져 햇볕을 쬐고 싶었던 모양이다. 박씨 아저씨는 여느 때처럼 밀리터리 캡을 푹 눌러쓰고 있었다. 차설록이 박씨 아저씨를 쏘아보았다.

"식당에서 일하는 사람입니다. 이곳에선 '박 씨'로 통한답니다."

신동운 수사관이 차설록에게 말했다. 아마도 사전에 이곳의 정보를 파악한 모양이었다.

"어이!" 하고 차설록이 손바닥으로 박씨 아저씨를 불러 세웠다.

박씨 아저씨가 걸음을 멈추고 이곳을 응시했다. 그러나 깊게 눌러쓴 모자 때문에 얼굴이 잘 보이지 않았다.

"오전에 누구 다녀간 사람 없었소?"

박씨 아저씨가 잠시 생각하는 듯하더니 손사래를 쳤다.

"아무래도 정보가 샌 것 같습니다. 그만 철수하시죠."

신동운 수사관이 일행을 데리고 운동장으로 걸어갔다. 차설록은 그 자리에 한동안 서 있다가 수사관 일행을 따라갔다. 박씨 아저씨는 화장실 쪽으로 갔다.

나는 그제야 한숨을 내쉼과 함께 온몸에 힘이 쫙 빠지는 걸 느꼈다.

"십년감수했다, 오빠."

최홍선 대리가 교실에서 나오며 가슴을 쓸어내렸다.

원장실은 난리도 아니었다. 캐비닛, 책장, 책상 서랍 등이 죄다 열려 있고 바닥에 책과 서류가 이리저리 어지럽게 흩어져 있었다. 도둑이라도 든 것 같았다. 최홍선 대리가 바닥에 떨어진 유리 조각과 종이들을 주워 대충이나마 정리를 시작했다. 바닥에 책이 한 권 떨어져 있는 게 보였다. 알렉상드르 뒤마의 『몬테크리스토 백작』이었다. 수사관들이 책장을 조사하다 떨어뜨린 것 같았다. 나는 책을 주워 들었다. 책갈피에, 스크랩한 신문 몇 장이 접힌 채로 끼어 있었다. 색이 누렇게 바랜 오래된 신문이었다. 하나는 2012년 4월 30일 자 기사였고 다른 하나는 2012년 7월 29일 자 기사였다.

오늘 새벽 한 시경 전북 부안군 변산면 등대교차로 인근에서 지바겐과 코란도 승용차가 충돌하여 코란도 차량이 절벽 아래로 추락하는 사고가 발생했다. 지바겐은 해창선착장 방향에서 변산해수욕장 방향으로 직진 중이었고 코란도는 등대교차로에서 변산해수욕장 방향으로 좌회전 중이었다. 이 사고로 지바겐 운전자 이 모 씨(남, 39)와 탑승자 차 모 씨(남, 46)가 중상을 입은 것으로 보인다. 경찰은 두 차량 중 한 대가 신호를 위반한 것으로 보고 있으나 사고 장소에 CCTV가 설치되어 있지 않고 목격자도 없어 이를 밝히기는 쉽지 않아 보인다. 한편 절벽 아래로 추락한 코란도는 두 시간 후 인양되었는데 차 안에는 연극용 무대의상이 한 벌 걸려 있을 뿐 운전자는 없었다고 한다. 경찰은 사고 당시 만조여서 조류에 의해 운전자가 떠내려간 것으로 보고 수색 작업을 벌이고 있다. 2012.4.30.

석 달 전 변산 등대교차로에서 발생한 지바겐과 코란도 간 교통사고에서 음주 운전으로 기소된 이 모 씨(남, 39)는 삼영화재 이영재 대표인 것으로 알려졌다. 사고 당시 이영재 대표는 혈중알코올농도 0.217의 만취 상태로 신호를 위반하여 코란도 승용차를 들이받아 절벽으로 추락하게 하였다. 수일간의 수색 작업에도 코란도 운전자의 사체가 발견되지 않아 경찰은 이를 실종으로 처리하였다. 실종된 코란도 운전자는 김 모 씨(남, 46)로 밝혀졌다. 이영재 대표는 신호위반 및 음주 운전으로 징역 8개월의 실형을 선고받아 법정 구속되었고 삼영화재 대표직에서도 물러났다. 사고 당시 옆자리에 타고 있던 사람은 전 삼영화재 조사실장이었던 차 모 씨(남, 46)로 두 사람은 고등학교 선후배 사이인 것으로 밝혀졌다. 2012.7.29.

"오빠, 뭘 그렇게 넋을 잃고 보는 거야?"

최홍선 대리가 책상 서랍을 정리하다 말고 나를 뚫어지게 보고 있었다.

나는 얼른 스크랩한 신문을 책갈피에 넣고 책을 책장에 꽂았다. 최홍선 대리가 손으로 치마를 탈탈 털며 책장을 바라보았다.

"여기에 비밀 창고가 있다는 거 처음 알았네. 그나저나 자료는 누가 가져갔을까?"

최홍선 대리가 고개를 갸우뚱거렸다.

"아무래도 윤치영 씨를 만나봐야겠어요."

"큰오라버니는 왜?"

"확인할 게 좀 있어요."

나는 박씨 아저씨를 잘 부탁한다는 말을 남기고 택시를 불러 한밭시로 향했다. 택시 안에서 전에 이주삼이 보여주었던 아산 교차로 사건을 휴대폰으로 검색해보았다.

윤치영 씨를 만난 곳은 전에 차설록과 조우한 카페였다.

'가벼운 산책' 사건으로 경찰서에서 본 게 마지막이었으니 거의 6개월 만에 만난 셈이다. 그간 마음고생이 심했는지 윤치영 씨는 얼굴이 초췌해 보였다. 수술한 곳이 나아졌는지 허리 보조기는 착용하고 있지 않았다. 우리는 이주삼과 같이 앉았던 바로 그 자리에 앉았다. 윤치영 씨가 내 손을 덥석 잡았다.

"내가 잘못했어. 그땐 내가 뭐에 씌어서 차설록한테……. 박삼봉이 죽은 것도 다 내 잘못이야."

윤치영 씨는 아직도 자책하고 있었다. 박삼봉 가족에게 보험금을 남기려고 허리 수술까지 받았는데, 명희의 밀고로 그마저도 무산되었으니 마음의 짐이 쉽게 벗어질 리 없었다.

"영감님, 그거 땜에 만나자고 한 거 아녜요."

윤치영 씨가 손을 거두며 나를 바라보았다.

"제가 우연히 마중근 원장님 방에서 오래된 신문 기사를 발견했거든요. 10년 전 변산반도에서 지바겐과 코란도가 충돌해 코란도가 바다로 추락한 사건이었어요. 사고 장소는 삼거리 교차로였는데 CCTV가 설치돼 있지 않았죠. 누가 신호위반을 했는지의 여부가 오로지 목격자 진술 하나에 달린 상황이었어요."

내가 잠시 뜸을 들이고 윤치영 씨를 바라보았다.

"23년 전 영감님이 목격했던 아산교차로 사고와 너무 닮지 않았나요?"

"노 씨, 지금 무슨 말을 하려고 그러는 게야?"

윤치영 씨가 잔뜩 겁먹은 표정이었다.

"지바겐 운전자가 이영재였어요."

"이영재라고?"

윤치영 씨가 벌떡 일어섰다.

"23년 전 아산교차로에서 액셀을 들이받아 김 모 씨를 식물인간으로 만든 사람도 이영재였고 10년 전 변산반도에서 코란도를 들이받아 운전자가 실종되게 한 사람도 이영재였어요. 그런데 변산반도 사건에서는 이영재가 가해자로 밝혀져 법정 구속되었어요. 코란도 운전자가 실종된 상태였고 새벽 한 시라 목격자도 없어서 이영재 대표는 이번에도 얼마든지 사고를 조작할 수 있었거든요. 23년 전 아산교차로에서 그랬던 것처럼요."

자리에 앉는 윤치영 씨의 얼굴이 빨개졌다.

"제가 이해가 안 되는 부분은 변산반도 사건에서도 이영재가 운전하는 차량에 차설록이 타고 있었는데 왜 이영재가 신호를 위반한 것으로 결론이 났느냐는 거예요. 물론 차설록이 중상을 입었기 때문일 수도 있지만, 병원에서도 얼마든지 진술을 할 수 있거든요."

거기에 대해서는 윤치영 씨도 아는 바가 없을 것이다. 두 사건 모두 차설록이 이영재가 운전하는 차량에 타고 있었다는 말에 윤치영 씨는 충격을 받은 것 같았다.

"가만, 그러면, 변산반도에서 차설록을 불구로 만들었다는 그 사건이 바로……?"

"네 맞아요, 영감님. 그 사건이 바로 '백삭 사건'이에요. 변산반도에서 이영재 차량에 치여 실종된 김 모 씨와 차설록이 복수하겠다고 늘 말하는 백작이 같은 사람이에요."

윤치영 씨는 너무도 놀라서 입을 다물지 못했다.

"차설록은 코란도 운전자가 백작이라는 사실을 바로 알 수 있었어요. 차량 안에서 백작의 무대의상이 발견되었기 때문이죠. 백작은 복수의 의미로 일부러 차량 안에 무대의상을 걸어놓던 거예요. 자신의 존재를 드러내고 싶었던 거죠. 그렇다면 차설록은 변산반도 사건 이전에 이미 백작의 존재를 알고 있었다는 말이 되죠. 23년 전 아산교차로에서 가해자로 누명 쓴 사람이 연극계에서 백작으로 이름을 날리던 김 모 씨라는 사실을 알고 있었으니까요."

"뭐여, 그럼. 아산에서 사고를 당한 김 모 씨가 변산반도에서 차설록에게 복수했다는 말이잖어?"

나는 고개를 끄덕거렸다. 윤치영 씨가 하이고야, 하면서 탄식했다.

"그런데 문제는 식물인간으로 병원에 누워 있던 김 모 씨가 어떻게 그런 일을 벌일 수 있었느냐는 거죠."

윤치영 씨의 얼굴이 순간 하얘졌다.

"그 김 모 씨라는 사람 말여, 이름이 김치수여."

젊은 사람 하나 살리는 셈 치고 거짓 진술을 했지만, 윤치영 씨는 그날 이후 하루도 편치 않았다. 식물인간이 되어 중환자실에 누워 있을 그 남자를 생각하면 잠이 오지 않았다. 몇 달 후 윤

치영 씨는 그 남자를 찾아가 보기로 했다. 만나서 마음속으로라
도 용서를 빌고 싶었다. 그때는 이미 차설록과 연대가 되어 있
어 그 남자 이름이 김치수라는 것과 그가 K병원 중환자실에 있
다는 사실을 알아낼 수 있었다. 지인으로 등록하고 중환자실
로 들어갔다. 마치 자신이 가해자가 된 것처럼 심장이 쿵쿵 뛰
었다. 남자는 머리가 전부 깎였고 코에는 호흡관이 끼워져 있
다. 좌측 두부에 난 커다란 수술 자국이 보였다. 용서를 빌 틈도
없이 윤치영 씨는 중환자실을 박차고 나왔다. 도저히 그곳에 서
있을 용기가 없었다. 윤치영 씨는 원무과에 들러 치료비가 잘
들어오고 있는지 알아보려고 했다. 차설록이 약속하기로는 삼
영화재에서 치료비며 보상금까지 제대로 챙겨준다고 했기 때문
이다. 그런데 원무과 관계자로부터 의외의 이야기를 들었다. 치
료비는 삼영화재가 아닌 김치수의 친구가 내주고 있다는 것이
었다. 친구도 경제적으로 여력이 있는 건 아니었던지 보름씩 연
체될 때도 몇 번 있었다고 했다. 윤치영 씨는 차설록을 만나 왜
약속을 지키지 않느냐고 따졌다. 지금이라도 경찰서에 가서 사
실대로 말하겠다고 했다. 그러자 차설록은 마음대로 하라며 오
히려 윤치영 씨를 협박죄로 고소하겠다며 엄포를 놓았다. 윤치
영 씨는 차설록으로부터 이미 천만 원의 사례금을 받은 전과가
있어 더는 대들 수 없었다. 오히려 그때부터 차설록에게 엮여
밀정 노릇을 하기 시작했다. 그로부터 7년이 흘렀고 그 남자가
식물 상태에서 깨어나 퇴원했다는 소식을 들었다. 윤치영 씨는

한편으론 반가웠지만, 다른 한편으로는 그 남자가 자신을 찾아와 복수하면 어쩌나 노심초사하며 살았다. 그렇게 시간이 흘렀고 윤치영 씨도 그 사건을 차츰 잊고 있었다.

"신문 기사가 마중근 원장 방에서 발견됐다고 그랬지?"
나는 고개를 끄덕였다.
"그럼 마중근 원장이 김치수, 아니 백작이란 말이잖아?"
윤치영 씨가 어벙한 표정으로 나를 보았다.
"단정하기엔 아직 이릅니다. 신문 기사야 사기단 교육용으로 얼마든지 가지고 있을 수 있는 거니까요. 일단 상황을 좀 더 지켜보기로 하죠."
나는 출입구 쪽으로 휠체어를 밀고 가 키오스크에서 아포가토와 딸기 조각 케이크를 주문한 후 테이블까지 가져다 달라고 부탁했다. 잠시 후 직원이 주문한 메뉴를 가지고 왔다.
트레이에 올려진 현란한 메뉴에 윤치영 씨가 반색했다. 여전히 속이 훤히 보이는 순진한 어른이었다. 윤치영 씨는 내 눈치를 한 번 보더니 티스푼으로 아포가토를 쩝쩝거리며 떠먹었다. 금세 바닥난 유리잔을 내려놓더니 포크를 들어 딸기 케이크를 집으려다 문득 동작을 멈추었다. 그리고 눈물을 뚝뚝 떨어뜨렸다. 나는 당혹스러운 표정으로 윤치영 씨를 바라보았다.
"갑자기 주삼이 생각이 나서 그러네."
윤치영 씨가 소매로 눈물을 훔쳤다.

"호연이한테 들어서 알아. 뇌를 다쳐서 바보가 됐다고."

윤치영 씨도 예전에 이곳에서 이주삼과 커피를 마시던 기억이 떠오른 모양이었다. 나도 눈물이 나려는 것을 꾹 참았다.

"주삼 씨, 반드시 예전처럼 돌아올 거예요."

윤치영 씨는 그 좋아하던 딸기 케이크를 결국 먹지 않았다.

2

이주삼이 왠지 침울해 보였다. 좋아하던 비비빅도 안 먹고 바나나우유도 먹지 않았다. 음식을 먹지 않으니 침도 흘리지 않았다. 그냥 멍청하게 하늘만 바라보고 있었다. 문득 불안한 생각이 들었다. 여기서 더 상태가 나빠지는 게 아닐까? 내가 학교에 다녀오기 전만 해도 이주삼은 명랑했다. 남다른 식탐을 제외하면 남을 괴롭히지도 폭력적이지도 않았다. 언젠가 회진 때 주치의는 이렇게 말했다. '미만성 축삭 손상으로 뇌기능이 위축되는 환자는 성격에 변화가 옵니다. 이성적 기능을 하는 전두엽의 기능이 위축되면서 구피질의 원초적 본능이 그 사람을 지배하기 때문입니다. 얌전하던 사람이 폭력적 성향을 보이기도 하고, 원래 소식하던 사람한테 식탐이 생기기도 합니다. 샌님 같던 사람이 여자 환자만 보면 음란행위를 하기도 하지요. 어떻게 보면, 살아남기 위한 동물적 기능만 남게 된 거라고 봐도 될 겁니다. 전두엽 기능이 상실된 상태에서 이런 욕구 발현은 자연스러운 것이며 그런 증상이 없다면 그게 오히려 이상한 겁니다.'

그게 오히려 이상한 겁니다, 라는 의사의 말이 자꾸만 머리에 맴돌았다.

"주삼 씨, 어디 아파? 왜 그래?"

나는 비비빅 아이스크림을 이주삼의 손에 쥐여주었다. 이주삼이 비비빅을 한 번 보더니 초점 없는 눈으로 다시 하늘을 올려다보았다.

"소용없어."

간병사가 혀를 끌끌 찼다.

"주치의 선상이 너무 걱정하지 말래. 저러다 다시 원상태로 돌아온다고."

나는 간병사가 내뱉은 '원상태'의 의미를 곱씹어보았다. 그녀가 말하는 '원상태'와 내가 기대하는 그것 간에 너무도 큰 괴리가 있었다.

벚꽃도 지고 그 자리에 푸릇푸릇 잎들이 돋아났다. 등나무에 보라색 등꽃이 포도송이처럼 피어 있었다. 이주삼도 다시 비비빅을 먹기 시작했다. 간병사가 말한 '원상태'로 돌아온 것이다.

먹을 때마다 침이 입가로 흘러내려 목에 두른 손수건이 흥건히 젖을 정도였다. 그럴 때마다 간병사는 퉁을 놓으면서도 손수건을 금방금방 갈아주었다.

윤치영 씨와 정호연이 면회를 왔다. 명희가 마침 세탁한 옷가지를 가져와 정리하는 중이었다. 윤치영 씨는 지난번에 만났을 때보다 훨씬 밝아진 느낌이었다. 그동안 그가 짊어지고 살았을 마음의 무게를 생각하니 연민이 들었다. 그를 만나보기 잘했다는 생각이 들었다.

"제수씨도 계시네?"

윤치영 씨가 명희를 위아래로 훑으며 말했다.

"시집도 안 간 처녀한테 자꾸 그러시면 성추행으로 신고 들어갑니다?"

명희는 흥얼거리며 세탁해 온 러닝셔츠를 차곡차곡 개어 서랍에 넣었다.

정호연이 과일 바구니를 창가에 올려놓았다.

"괜찮으세요?"

"그럼, 괜찮지. 이거 다……."

나는 한쪽 눈을 찡긋해 보였다.

"알잖아?"

정호연이 헛기침을 한 후 "아, 알죠" 하며 씩 웃었다.

"호연이, 말조심혀."

윤치영 씨가 명희를 흘끗 보았다.

"지난번처럼 누가 녹음해서 고발하면 어떡햐."

양말을 개던 명희 얼굴이 발개졌다.

"영감님, 주변에 좋아하는 사람 하나도 없죠?"

명희가 양말을 윤치영 씨 코앞에 대고 탈탈 털었다.

윤치영 씨와 정호연, 이주삼이 등나무 그늘에 옹기종기 모여 앉았다. 정호연은 이주삼의 몰골을 믿을 수 없다는 듯 자꾸만 위아래로 훑어보았다. 윤치영 씨가 바나나우유에 빨대를 꽂아 이주삼에게 주었다. 이주삼이 바나나우유를 낚아채듯 받아들더니 빨대를 빼고 통째로 나발을 불었다. 너무나 게걸스럽게 마셔서 흘리는 게 거의 반이었다. 정호연이 말끄러미 그 모습을 지켜보았다.

"지금도 모르겠어. 주삼 씨가 왜 브레이크를 잡지 않고 중앙선 쪽으로 돌진했는지."

나는 사고 상황을 떠올리며 말했다.

"수막종인가 그게 터져서 그랬다면서요?"

정호연이 말했다.

"그게, 의사도 모른대. 수막종이 터져서 사고가 난 건지, 사고가 나서 수막종이 터진 건지."

나는 이주삼을 바라보았다. 한숨이 저절로 나왔다.

이주삼이 빈 페트병을 집어던지고 정호연이 먹던 아이스아메리카노를 뺏어 벌컥벌컥 들이켰다. 정호연이 기가 막힌다는 표정으로 이주삼을 바라보았다.

"뇌를 다치면 사람이 이렇게 되는구나."

"돌아올 거야. 난 믿어."

이주삼을 바라보며 내가 힘주어 말했다.

그때 병원 정문으로 119 구급차가 사이렌을 울리며 들어왔다. 이주삼이 귀를 틀어막고 소리를 지르며 병원 현관으로 달려갔다. 정호연이 급하게 따라갔다.

"확실히 이상이 있구먼."

윤치영 씨가 쯧쯧 혀를 찼다.

"근디, 이게 뭐랴?"

윤치영 씨가 바닥에서 뭔가를 주워 들었다. 환자 네임카드였다.

"주삼이 거 같은디?"

네임카드는 지적장애 환자용으로 앞면에 환자 이름과 소속 병동, 간병사 전화번호가 적혀 있었다. 나는 네임카드를 주머니에 넣으려다 문득 뒤집어보았다. 여자아이의 청소년증이 뒷면에 꽂혀 있었다. 이름은 이하늘이었다.

"이쁘장하게 생겼구먼."

윤치영 씨가 고개를 쭉 빼고 사진을 들여다보았다. 그때 뇌리를 스치는 것이 있었다. 나는 윤치영 씨에게 서둘러 인사를 하고 9층 신경외과병동으로 갔다. 휠체어에 앉은 채 집중치료실 입구에서 머뭇거리고 있는데 간호사 한 명이 나왔다. 나는 얼른 간호사에게 다가가 청소년증을 들이밀며 면회가 가능한지 물었다.

"이 환자분, 지난주에 사망해서 장례 치른 거로 아는데요?"

간호사가 오히려 나를 이상한 사람 취급했다. 순간 온몸에 전율이 일었다.

이주삼과 잘 아는 사이로 나를 소개한 후 자초지종을 물었다. 간호사는 마침 교대 시간이어서 조금은 여유가 있는 듯했다.

"작년 여름부터 욕창과 폐렴이 시작됐어요. 중환자는 욕창이 생기거나 폐렴을 앓기 시작하면 마음의 준비를 해야 하거든요."

9층 층계참에서 세상 다 잃은 표정으로 울고 있던 이주삼의 얼굴이 떠올랐다.

"그럼 장례는 누가 치렀나요?"

"하늘이 아버님하고 항상 면회를 같이 오시던 분이요. 그분이 수속도 밟고 장례도 치렀다고 들었어요."

"같이 오시던 분이요?"

"하늘이 아버님이 항상 '원장님'이라고 부르던데요?"

나는 간호사의 뒷모습을 바라보며 최홍선 대리에게 전화를 걸었다.

최홍선 대리도 이하늘이 죽은 사실을 모르고 있었다. 나는 마중근 원장의 근황을 물었다.

"학교를 이전할 계획이신가 봐. 벌써 보름째 안 보이시네. 참, 단원들 각서하고 차용증 모두 다시 받고 있어. 원장님이 지시하셨거든."

"왜요?"

"오빠도 알잖아, 비밀 창고에서 자료 전부 사라진 거."

"그걸 아직 못 찾았단 말인가요?"

"흠, 못 찾으셨으니까 그러시겠지?"

이주삼 딸의 사망 소식을 최홍선 대리에게 알리지 않은 이유는 혹시라도 이주삼에게 소식이 들어가지 않게 하려는 원장의 배려였을 것이다. 아무리 지적 능력이 유아 수준이라 해도 딸이 죽었다는 사실을 알게 된다면 정신적으로 큰 충격을 받을 수 있었다. 어쩌면 이주삼은 딸의 죽음을 알고 있을지도 모른다는 생각이 들었다. 그래서 요 며칠간 이상한 행동을 보인 것인지도 몰랐다.

엘리베이터를 타기 위해 복도를 지나는데 계단 쪽에서 누군가가 통화하는 소리가 들렸다. 낯익은 목소리였다. 내가 휠체어를 계단 출입문 쪽으로 향한 이유는 남자의 말 중에 '박상도'라는 이름이 들어 있었기 때문이다. 목소리는 차설록이었다. 순간 소름이 돋았다.

"글쎄, 내 말 믿으라니까. 자료는 사라진 게 분명해. 지금 단원들마다 차용증과 각서를 다시 받고 있다니까 그러네. 자료가 남아 있다면 마 원장이 왜 그런 수고를 하겠나? 박상도 씨가 작성한 각서, 차용증 모두 사라지고 없는 거야. 잠수 탈 필요 없어. 그냥 계획대로 진행해. 정보 제공 대가로 박상도 씨 청구 건은 내 눈감아주기로 했으니 그 약속은 지키지."

차설록은 목소리를 한껏 낮추어 말하고 있으나 출입문에 바싹 다가선 내 귀에는 똑똑히 들렸다.

박상도는 원장실 앞에서 나와 마주친 적이 여러 번 있었다. 대둔산 산행에도 그는 아프다는 핑계로 학교에 혼자 남았다. 어떤 방법으로 알아냈는지는 몰라도 박상도는 비밀 창고의 존재를 알아냈고 그 정보를 대가로 차설록과 거래를 한 것이다. 압수수색이 성공하면 박상도의 자료는 차설록에 의해 폐기될 것이고, 그러면 박상도는 학교와 맺은 계약에서 자유로워질 것이었다. 다행히 자료는 그곳에 없었다.

차설록이 전화를 끊으려는데 상대방이 급하게 무언가를 물어본 것 같았다.

"자네 예상이 맞았어. 마중근이 백작이야. 압수수색 하던 날 발견한 영정 사진 속 인물은 틀림없이 백작의 모친이었어. 조만간 쥐새끼들을 모두 소탕할 거니까, 자넨 구경이나 해."

예상은 하고 있었지만 차설록의 입을 통해 백작의 정체를 알게 되니 온몸에 전율이 일었다. 나는 마중근 원장에게 전화를 걸까 하다 그만두었다. 학교 이전 계획을 짜놓은 걸 보면 마중근 원장도 다 생각이 있을 것이다. 자칫 자신의 정체를 단원 중 누군가가 알고 있다면 오히려 그게 더 부담스러울 터다. 그런데 이상한 게 있다. 누군가가 비밀 창고에서 자료를 모두 빼 가면서도 영정 사진만은 그곳에 남겨두었다. 마치 백작의 정체를 공개라도 하려는 듯이. 만약 그것이 차설록을 자극하려는 의도였다면 성공한 셈이다. 그날 차설록의 행동이 그것을 말해준다.

주차장 담장으로 넝쿨장미들이 탐스럽게 피어 있다. 이주삼이 주차장 한 귀퉁이에 피어 있는 하얀 수국 앞에 쪼그리고 앉아 흙장난을 하고 있었다. 벌들이 윙윙거리며 수국 위로 날아다녔다. 한가로운 초여름의 풍경이었다. 최홍선 대리에게서 전화가 걸려왔다. 병실에 와 있는 것 같았다.

"오빠, 오늘 장해진단서 발급하는 날인 거 알고 있지?"

사고 후 6개월이 지나야 장해진단서를 발급받는다. 작년 12월에 입원했으니 정확히 6개월이 된 시점이었다. 신경전도검사는 이미 3주 전에 했다. '장해진단'이라는 말에 긴장할 수밖에 없었던 건 양쪽 다리 상태가 날이 갈수록 호전되고 있었기 때문이다. 우측 허벅지는 거의 감각이 돌아왔고 좌측 허벅지 감각도 서서히 살아나고 있었다. 발가락에 힘도 조금씩 들어갔다. 이대로라면 한두 달 사이에 걸을 수도 있을 것 같았다. 너무도 회복력이 빠른 나의 신체에 화가 났다. 금한돈 과장에게 전화를 걸었다.

"신경전도검사에서 회복 시그널이 나왔다고 해서 정상으로 돌아왔다는 뜻은 아닙니다. 문제는 근력입니다. 근력은 '제로' 단계에서 5단계까지 있는데 '제로zero'나 '트레이스trace' 단계가 나와야 장해로 인정됩니다. 최홍선 대리가 근력 테스트를 받기 전에 주사를 한방 놔줄 겁니다. 말초성 근이완제인데 신경전달물질인 아세틸콜린이 근육에 있는 신경전달물질 수용체에 결합하는 것을 차단하는 작용을 합니다. 즉 신경전달을 차단해 근육에 힘이 들어가지 않게 하는 겁니다."

이주삼이 밀어주는 휠체어를 타고 병실로 돌아오자 최홍선 대리가 기다리고 있었다.

"팀장님이 오빠 보호자 같아. 호호호."

나는 이주삼의 손을 꼭 잡았다.

"주삼 씨, 나 드디어 장해 발급이야. 잘되겠지?"

이주삼이 내 손에서 자기 손을 빼더니 냉장고로 걸어가 비비빅을 꺼내 물었다. 그리고 침대에 털썩 앉아 비비빅을 어석거리며 먹었다.

잠시 후 간병사가 병실로 와서 이주삼을 데리고 나갔다. 나가면서도 이주삼은 자꾸만 뒤를 돌아보며 실실 웃었다. 최홍선 대리가 나를 부축해 화장실로 데려갔다.

"오빠, 엉덩이 까."

최홍선 대리가 짓궂게 웃으며 주머니에서 주사기를 꺼냈다.

나는 오른팔로 세면대를 잡고 체중을 지탱한 채 왼팔로 바지를 내렸다. 최홍선 대리가 내 엉덩이를 손바닥으로 쓸더니 주삿바늘을 꽂았다. 따끔했다.

"됐습니다."

최홍선 대리가 바지를 올려주었다.

시계를 보니 두 시 십 분 전이었다.

"갑시다."

최홍선 대리가 휠체어를 밀어 엘리베이터로 향했다.

우리는 1층 서쪽 끝에 있는 신경외과 외래 진료실로 갔다. 시간이 지나면서 양쪽 다리에 힘이 풀리는 것 같았다. 주사 때문인 듯했다.

"신경전도검사에서는 많이 호전된 걸로 확인됐습니다. 우측은 거의 회복된 것 같고 좌측도 시그널이 좋게 나옵니다."

곱슬머리에 금테 안경을 낀 의사가 다행이라는 눈빛으로 나와 최홍선 대리를 번갈아 보았다.

"앙, 근데 왜 근력이 안 돌아오죵?"

최홍선 대리가 엉덩이를 흔들며 떼쓰듯 물었다.

"그건 말이죠."

의사가 미니스커트에서 늘씬하게 뻗어 나온 최홍선 대리의 허벅지에서 눈을 떼지 못했다. 최홍선 대리가 대답을 보채듯 엉덩이를 다시 흔들었다.

"흐흠, 두 분 어떤 사이라 하셨죠? 지난번에 말씀하신 거 같은데 까먹었네요. 하하하."

의사가 과장되게 웃었다.

"음, 지난번에 말씀드린 적 없⋯⋯는데."

최홍선 대리가 손가락으로 볼을 터치하며 귀여운 표정을 지었다.

의사가 입을 크게 벌리며 아, 하는 표정을 지었다.

"우리 사촌 오빠예요. 친척이라곤 저 하나뿐이니."

의사가 "아, 그러시구나" 하면서 반색했다.

"맥브라이드하고 통합약관 장해가 필요하시댔죠? 재활의학과에 근력 테스트 신청해드릴 테니 검사만 받고 가십시오. 검사 결과를 토대로 이번 주까지 발급해드리겠습니다."

PC에 진찰 내용을 입력하면서도 의사의 눈은 최홍선 대리의 허벅지에 꽂혀 있었다.

"이 오빠, 장해가 잘 나와야 하는뎅. 하나밖에 없는 핏줄이라. 전, 선생님만 믿을게용."

최홍선 대리의 콧소리에 의사의 얼굴이 상기되었다.

"너무 걱정하지 마십시오. 근력 검사만 잘 나오면 제가 알아서……."

의사가 최홍선 대리를 바라보며 눈을 찡긋거렸다. 최홍선 대리가 의사의 어깨를 손바닥으로 톡 쳤다.

"나중에 식사라도 한번 대접할게용."

"아, 예!"

의사가 벌떡 일어나려다 간호사가 방에 있는 걸 확인하고 다시 앉았다.

일주일 후, 장해진단서가 발급되었다.

최홍선 대리와 함께 보험회사 접수처에서 보험금청구서를 작성하고 진단서, 초진기록지, 경과기록지, 검사결과지와 함께 장해진단서를 제출했다. 오후에 휴대폰으로 접수 확인 문자메시지가 왔다. 심사팀 담당자의 이름과 전화번호, 일주일 내에 사고조사 담당자를 배정하여 연락하겠다는 내용이었다. 사고조사는 보험회사에서 조사업체에 의뢰하는 거였다. 서부화재 담당자에게도 같은 서류를 제출했다.

"조사업체 담당자를 잘 만나는 것도 복이야."

보험금 청구를 마치고 나올 때 최홍선 대리가 한 말이었다.

나는 보험금 청구를 한 후에도 계속해서 입원했다. 하지 마비 환자는 그러는 거라고 했다. 다행이었다. 이주삼과 가까이 있을 수 있기 때문이었다. 며칠 후 사고조사 담당자로 'B업체 대리 김홍식'에게 배정되었다는 문자가 왔다.

"김홍식 대리면 나도 좀 아는 사람이야. 예전에 다른 건으로 안면이 좀 있거든. 깐깐하지 않고 원만한 사람이니까 잘됐다."

최홍선 대리는 담당자가 조사를 나왔을 때 주의할 점을 일일이 알려주었다.

"우선 사고 내용에 대해 물을 거야. 그냥 있는 그대로 이야기하면 돼. 경찰서 사고 처리까지 된 사건이니까 여기에 큰 문제는 없어. 다음으로 오빠 상태에 대해 집중적으로 물을 거야. 그것도 있는 그대로…… 아니지, 근력이 돌아오고 있다는 말 같은 건 절대 하면 안 돼. 무의식적인 동작을 유발하기 위해 갑자기 이름을 부르면서 '자, 일어서보세요' 하고 소리쳐도 절대, 절대 시키는 대로 하면 안 돼! 화재경보기가 울려도 오빠 일어서면 안 돼, 알았지?"

다음 날 보험회사에서 다시 문자메시지가 왔다. 이주삼과 병실에 있을 때였다.

당사의 사정으로 조사 담당자를 B업체 김홍식 대리에서 ㈜SIS 차설록 부장으로 변경하였음을 알려드립니다. 조사담당자: 차설록, 연락처: 010-5425-**72

나는 휴대폰을 떨어뜨릴 뻔했다. 숨이 가빠오고 손이 덜덜 떨렸다.

그때 전화가 걸려왔다. 차설록의 번호였다.

벨이 다섯 번 울린 후에야 나는 통화 버튼을 눌렀다.

"노재수 씨."

낮고 차가운 음성이었다.

"담당이 바뀌어서 놀랐나?"

"……."

"한번 인연을 맺었으면 끝까지 가야지, 안 그래?"

나도 모르게 전화를 끊어버렸다. 정말 머저리 같은 행동이었다. 전화는 다시 걸려오지 않았다. 나는 똥 마려운 강아지처럼 휠체어로 병실 안을 이리저리 돌아다녔다. 차설록은 그 후 일주일이 지나도록 나타나지 않았다. 그게 나를 더 불안하게 했다.

"주삼 씨, 나 사실, 다리 신경 돌아왔어. 일어설 수도 있고 조금씩 걸을 수도 있어."

이주삼이 바나나를 먹다가 나를 한참 동안 보았다. TV 화면만 벽에서 반짝거릴 뿐 병실은 조용했다. 나는 절박한 심정으로 이주삼을 바라보았다. 그가 정상이라면 이럴 때 내가 해야 할 행동에 대해 등대가 되어줄 것이었다. 그러나 지금 이주삼은 그럴 상황이 못되었다. 이주삼이 먹던 바나나를 내게 디밀었다. 바보 이주삼의 눈에도 내 몰골이 불쌍해 보였나 보다.

"아냐, 나 먹고 싶지 않아. 주삼 씨 많이 먹어."

이주삼이 다시 바나나를 입에 욱여넣고 우걱우걱 씹었다.

"차설록이 거짓말탐지기라도 쓰자고 하면 어쩌지? 나 거짓말 못하는 거 주삼 씨도 알지?"

나는 문가에 아무도 없는 것을 확인한 후 휠체어 손잡이를 잡고 일어섰다. 왼쪽 다리가 부들거렸지만 일어서는 데 지장은 없었다. 한두 걸음을 걸어보았다. 왼쪽 발이 바닥에 끌리는 것 같았지만 걷는 것도 가능했다. 이주삼이 씹던 것을 멈추고 나를 말끄러미 보았다. 나는 다시 휠체어로 돌아와 자리에 앉았다. 이주삼이 클클, 하고 웃으며 박수를 쳤다. 나를 걸음마 떼는 아이로 여기는 듯했다.

"주삼 씨 없이 내가 차설록을 이길 수 있을까?"

나는 세 번째 바나나 껍질을 벗기고 있는 이주삼을 바라보며 한숨을 내쉬었다.

7장 위험한 복수

1

서류를 접수한 지 2주가 지났다.

7일째 되던 날 보험회사에서 문자가 왔다. '사고 조사로 지급이 지연되니 양해 바랍니다.' 그리고 어제 다시 문자메시지가 날아왔다. '서류상 확인할 게 있어 심사가 늦어지니 양해 바랍니다.'

나는 보험회사에서 무슨 일을 벌이고 있는지, 무슨 조사를 하고 있는지 전혀 알 수가 없었다. 최홍선 대리가 일러준 대로라면 사고조사 담당자가 찾아와 사고 내용을 묻고 장해 상태를 확인한 뒤 정보공개동의서에 사인을 받아 가는 게 순서였다. 그런데 차설록은 나를 한 번도 찾아오지 않았다. 첫날 차가운 목소리로 전화 한 통 한 것이 전부였다. 차설록은 대체 무슨 조사를 벌이고 있는 걸까.

이주삼과 간병사와 예배에 참석했다. 7월 첫째 주일예배였다. 목사가 강대상에서 침을 튀겨가며 설교했다. 이따금 뒤에 있는 청동 십자가상을 손가락으로 가리키며 십자가에서 피 흘려 돌아가신 주 예수그리스도의 보혈로 여러분이 죄 사함을 받았다는 말을 몇 번이고 되풀이했다. 십자가상이 오늘따라 거대하게 느껴졌다.

고정원 권사는 항상 그렇듯 목사가 설교하는 와중에도 강대상 주변을 맴돌며 〈내게 강 같은 평화〉를 불렀다. 더위가 일찍 시작된 탓에 강당 구석에 설치된 에어컨이 풀가동되고 있었다. 간병사는 앞좌석 한가운데에 앉아 감격한 표정으로 목사의 설교를 듣고 있었다. 설교가 끝나고 기도가 이어졌다. 이주삼은 내 옆에 서서 바나나를 쩝쩝거리며 먹고 있었다. 나는 손가락을 입에 대며 쉬, 라고 했다. 이주삼이 눈동자를 이리저리 굴리더니 손가락으로 자신의 중요 부위를 가리키며 고개를 저었다. '소변이 안 마렵다'는 뜻이었다. 나는 허탈하게 웃고 말았다.

설교가 끝나고 밴드의 찬양 공연이 이어졌다. 신나는 리듬의 복음성가가 흘러나오자 환자들이 하나둘 중앙으로 나와 춤을 추기 시작했다. 간병사가 이쪽으로 오더니 이주삼을 끌고 나갔다. 이주삼은 밴드 음악과 전혀 따로 놀았다. 춤을 추는 것 같기는 한데 내게는 물속에서 허우적거리는 것처럼 보였다. 그러면서도 이따금 내 쪽을 바라보았다. 고정원 권사는 십자가상 아래에서 신이 나 있었다. 십자가상 바로 아래는 목사가 설교하는 강대상이 있는 자리로, 나름 신성시되는 구역이어서 다른 환자들은 그곳에 가지 않았다. 고정원 권사에게만 용인되는 일종의 특권이었다. 분위기가 무르익자 내 몸도 리듬에 따라 움찔거리기 시작했다. 어깨가 들썩거리고 입에서 흥얼거리는 소리가 나오며 고개도 주억거려졌다. 이대로 분위기가 이어진다면 벌떡 일어서서 춤을 출 것만 같았다. 나는 휠체어 바퀴를 엇박자로 움직여 춤을 대신했다. 그러다 무심코 뒤쪽 출입구를 바라보았다. 차설록이 캠코더를 든 채 이쪽을 응시하고 있었다. 그가 서 있는 모습이, 마치 커다란 불곰 한 마리가 출입구를 봉쇄하고 있는 것 같았다. 캠코더에서 빨간 점이 반짝거리고 있었다. 나를 촬영하고 있는 거였다. 차설록은 나와 눈이 마주쳤는데도 촬영을 계속했다.

그때였다. 천장에서 우지끈하는 소리와 함께 청동 십자가상 상단부가 벽에서 분리되었다. 그리고 아래로 서서히 기울기 시작했다. 고정원 권사가 십자가상 바로 아래에서 춤을 추고 있는 게 보였다. 누군가가 고정원 권사를 피신시키지 않으면 십자가상은 고정원 권사를 그대로 덮칠 거였다. 무대 중앙에서 춤을 추고 있는 사람들은 밴드 음악에 열중한 나머지 십자가상이 기울고 있는 상황을 인지하지 못했다. 나는 순간적으로 차설록을 바라보았다. 차설록은 비릿한 미소를 띤 채 캠코더에서 눈을 떼지 않고 있었다. 나는 침을 꿀꺽 삼키며 다시 고정원 권사 쪽을 보았다. 내가 아니면 당장 고정원 권사를 구할 사람이 없었다. 짧은 순간, 사기단 학교에 입학할 때부터 지금 이 자리에 오기까지의 과정이 떠올랐다. 소희와 명희의 얼굴도 반짝하고 스쳤다. 내가 고정원 권사를 구하기 위해 일어선다면 그 순간, 내 목숨을 담보로 설계한 10억이 날아가버린다. 나는 눈을 질끈 감았다. 눈물이 나왔다. 내 인생은 늘 물거품이었다. 변기통에서 부글거리다 이내 톡톡 터져버리는 물거품. 내 팔자에 무슨 10억이냐. 나는 이를 악물고 기울어지는 청동 십자가상을 노려보았다. 그대로 일어서서 고정원 권사에게 달려가 그녀를 창가로 밀어내면 되는 거였다. 휠체어 손잡이를 잡은 양손에 불끈 힘을 주었다. 허벅지와 종아리에 힘이 들어가며 상체가 들리려 했다.

"형님, 안 돼!"

이주삼이 강대상으로 튀어 나가 고정원 권사를 벽 쪽으로 세게 밀었다. 청동 십자가상과 고정원 권사의 머리가 맞닿으려는 순간이었다. 고정원 권사가 바닥으로 나뒹구는 것과 동시에 십자가상이 이주삼의 머리를 때렸다. 순식간에 벌어진 상황이었다. 환자들이 비명을 지르며 출입구로 빠져나갔다. 간병사가 악, 하고 소리를 질렀다. 나는 휠체어를 밀어 강대상 쪽으로 질주했다. 몇몇 사람들이 십자가상을 옆으로 밀어내고 이주삼을 빼냈다. 이주삼의 입가에 피가 흐르고 있었다. 나는 휠체어에서 미끄러지듯 주저앉아 이주삼을 두 팔로 안았다. 이주삼이 눈을 가늘게 뜨고 나를 바라보았다. 나는 정신 차리라며 이주삼을 흔들었다. 이주삼이 내 얼굴을 쓰다듬으려다가 희미하게 웃으며 눈을 감았다. 주삼 씨, 안 돼! 남자 간호사들이 달려와 이주삼을 들것에 싣고 나갔다. 나는 바닥에 앉은 채 눈물을 쏟아냈다. 그때 누군가가 내 뒤로 다가와 귓속말로 속삭였다. 차갑고 끈적거리는 입김이었다.

"다 잡은 사냥감을 놓쳤을 때의 심정을 아나?"

고개를 돌리자 차설록이 내 멱살을 잡아챘다.

"네가 일어났어야지, 안 그래?"

차설록이 내 멱살을 바투 잡고 자기 얼굴 앞에 들이댔다. 살기가 느껴졌다.

"가서 백작에게 전해. 법으로 안 되면 다 죽여버리겠다고. 알겠어?"

차설록이 팽개치듯 내 멱살을 풀었다. 그리고 바지 주름을 손으로 탈탈 턴 후 절뚝거리며 밖으로 나갔다. 나는 이주삼이 실려 나간 출입구를 멍청하게 바라만 보았다.

편백나무 숲에서 바람이 불어왔다.

자로 잰 듯한 직선과 직각의 회양목은 보라색 꽃봉오리를 이제 막 틔우기 시작한 천일홍 군단을 보호라도 하듯 빙 두른 채 도열해 있었다. 천일홍은 거꾸로 매달린 연등이었다. 그 연등이 편백 숲에서 이는 바람결에 이리저리 흔들렸다. 바람은 본래의 제

모습이 없어 사물의 흔들림으로 모습을 드러낸다. 연등의 모습으로, 구름의 모습으로. 그는 바람이어서 이주삼으로 살다 갔다.

매장을 마치고 인부들이 돌아갔다. 마중근 원장이 흰 장갑 낀 손으로 비석을 쓰다듬었다. 최홍선 대리가 눈처럼 하얀 수국 한 다발을 마른 화병에 꽂았다. 윤치영 씨, 정호연, 박씨 아저씨가 침울한 표정으로 비석을 바라보았다. '형님, 누가 죽기라도 했수? 거, 얼굴 좀 피슈.' 이주삼이 비석 앞에 앉아 나를 보며 껄껄거렸다.

강당에서 사건이 벌어진 다음 날 마중근 원장이 인맥을 동원해 보안실 CCTV 녹화 영상을 확인했다. 사고 발생 세 시간 전, 그러니까 예배가 시작되기 두 시간 전에 복도로 연결된 통로에서 차설록이 강당 출입문으로 들어가는 모습이 포착됐다. 그리고 30여 분 후 같은 문으로 차설록이 나왔다. 손에 공구가방을 들고 있었다. 강당 안에는 CCTV가 없어서 그가 안에서 무얼 했는지는 알 수 없었다. 병원 보안팀에서는 청동 십자가상이 애초에 시공할 때 벽에 단단히 고정되지 않아 상단부의 볼트가 풀린 것으로 결론 내렸다. 병원은 배상책임보험으로 이주삼의 장례비 일체와 일정 보상금을 지급할 거라고 했다. 영상을 살피고 나오던 마중근 원장은 입을 굳게 다문 채 깊은 생각에 잠긴 듯했다.

최홍선 대리가 눈물을 터뜨렸다. 박씨 아저씨가 봉분에 소주 한 잔을 올렸다. 잘 가게, 이 사람아. 마중근 원장이 손을 모아 마지막 기도를 올렸다.

"우리가 왜 이 세상에 온지 아무도 모릅니다. 어떻게 살아야 하는지, 어떻게 죽어야 하는지 아무도 가르쳐주지 않습니다. 이 주삼은 누구보다 치열하게 삶을 살다 갔습니다. 그리고 한 인간을 구하고 자신을 버렸습니다. 행여 신이 계신다면 그의 영혼을 거두어 다음 생에는 화목한 가정에서 다시 태어나게 해주십시오."

마중근 원장이 먼저 내려가고 일행이 뒤를 따랐다. 정호연이 내 휠체어를 밀고 따라왔다. 주차장에 도착했을 때 마중근 원장의 휴대폰이 울렸다. 모르는 번호인 듯 고개를 한 번 갸우뚱하며 마중근 원장이 전화를 받았다.

"어디요? 추모 공원, 도로 건너, 버스 정류장이요?"

마중근 원장이 휴대폰을 귀에 댄 채 도로 쪽으로 급하게 걸어갔다. 우리가 있는 곳에서 도로까지는 50여 미터 거리였다. 마중근 원장이 주차장 끝 화단을 넘어 도로를 건너갈 때였다. 검은색 모하비 한 대가 빠른 속도로 달려오는 게 보였다. 마중근 원장은 휴대폰을 귀에 댄 채 버스 정류장 쪽만 보고 있었다.

"악!"

최홍선 대리의 비명이 터져 나옴과 동시에 마중근 원장의 몸이 허공에 붕 떠 한 바퀴 돌더니 도롯가에 툭 떨어졌다. 모하비는 그대로 달아났다. 순식간에 벌어진 일이었고, 누구도 차량 번호를 볼 수 없었다. 박씨 아저씨가 절뚝거리며 도롯가로 달려갔다. 최홍선 대리가 119에 신고를 했다. 마침 추모 공원에서 나오는 구급차가 있어 바로 병원으로 이송될 수 있었다.

마중근 원장은 응급실을 거쳐 수술실로 옮겨졌다. 뇌에 출혈이 있다고 했다. 나는 박씨 아저씨, 최홍선 대리와 함께 수술실 앞에서 가슴 졸이며 수술이 끝나기를 기다렸다. 세 시간쯤 흘렀을 때 의사가 수술실에서 나와 보호자를 찾았다.

"약간의 뇌출혈이 있었고, 갈비뼈가 여러 개 부러지며 폐를 찔렀습니다. 흉관삽입술을 시행했으니 흉부 쪽은 괜찮을 겁니다. 다행히 빨리 후송되어 생명에 지장은 없습니다만, 의식이 언제 돌아올지는 저희도 모릅니다. 중환자실로 옮겼으니 그쪽으로 가시면 됩니다."

생명에 지장이 없다는 말에 우리는 안도했지만 뒤이어 나온, 의식이 언제 돌아올지 모른다는 말에 모두의 표정이 다시금 어두워졌다.

최홍선 대리는 경찰서 사고처리반에 전화를 걸어 가해 운전자를 빨리 잡아내라고 소리를 질렀다. 항상 발랄하고 순수한 그녀였지만 지금은 극도로 예민해진 것 같았다. 이주삼의 죽음을 충분히 애도할 겨를도 없이 벌어진 마중근 원장의 교통사고는 우리 모두를 예민하게 만들었다. 박씨 아저씨가 내 휠체어를 밀어 엘리베이터 앞에 놓았다.

"재수 씨는 일단 병실로 돌아가 쉬세요. 중환자실은 나하고 최 대리가 교대로 지키고 있겠습니다. 내일 아침 일찍 중환자실로 다시 오세요."

나는 뜬눈으로 밤을 지새우다시피 하고 아침이 밝자마자 중환자실로 향했다. 두 사람은 중환자 대기실에서 밤을 지새운 모양이었다. 나 혼자 편히 잔 것 같아 미안한 마음이 들었다. 마중근 원장은 아직도 의식이 돌아오지 않은 듯싶었다. 2, 3일이 고비라고 했다.

아홉 시쯤 경찰서에서 전화가 걸려왔다. 사고 운전자가 자수했다는 것이었다. 경찰 말로는 약물을 잘못 복용하여 불가피한 상황이었다고 했다. 최홍선 대리는 마중근 원장의 보호자로 중환자 대기실을 지켜야 했기 때문에 나와 박씨 아저씨가 대신 경찰서를 방문하기로 했다.

박씨 아저씨가 내 휠체어를 밀고 교통사고조사반으로 들어갔다.

조사관 이름을 대며 자리를 물어보자 여자 경찰관이 구석에 있는 젊은 조사관을 가리켰다. 조사관 앞자리에 차설록이 앉아 있었다. 차설록은 팔짱을 낀 채 거만하게 앉아 조사관과 대화를 나누고 있었다. 그가 왜 이곳에 있을까? 나는 박씨 아저씨에게 저 사람이 차설록이라고 말해주었다. 학교에 압수수색을 하러 왔을 때 박씨 아저씨도 차설록을 한 번 본 적이 있어 그를 알고 있을 것이다.

우리는 담당 조사관에게 다가가 신분을 밝혔다. 담당 조사관이 차설록을 바라보며 이분들이 피해자 측이니 사과의 말씀이라도 하시라고 주문했다. 차설록이 일어서더니 박씨 아저씨와 나를 향해 공손하게 인사를 했다. 이거 죽을죄를 지었습니다. 선처를 부탁드립니다. 차설록은 그렇게 말한 후 다시 자리에 앉았다. 담당 조사관이 우리에게 입구에서 잠시 기다려달라고 말했다. 입구 쪽으로 가면서 나는 치가 떨렸다. 마중근 원장을 친 장본인이 차설록이라니, 어찌 이런 악연이 있단 말인가. 나는 하도 어이가 없어 박씨 아저씨를 바라보았다. 박씨 아저씨는 굳게 입을 다문 무표정한 얼굴이었다.

차설록은 여전히 당당하게 조사를 받고 있었다. 그것이 나를 더 분노케 했다. 사람을 저 지경으로 만들어놓고 어떻게 저렇게 당당할 수가 있나. 이곳으로 올 때 휴대폰으로 검색해본 게 있었다. 속도위반이나 음주 운전 같은 중과실 사고가 아닌 경우에도 피해자가 중한 상해를 입으면 형사처벌이 가능하다는 것이었다. 특히 사지마비나 식물인간이 된 경우 피해자와 합의가 이루어지지 않으면 형사처벌의 대상이 된다. 나는 속으로 다짐했다. 가해자가 누구인지는 모르지만 절대로 합의를 해주어선 안 된다고. 그것은 내 권한이 아니겠지만, 박씨 아저씨나 최홍선 대리도 나와 생각이 같을 터였다. 나는 고개를 돌려 박씨 아저씨에게 절대 형사 합의를 해주면 안 된다고 다짐을 받았다. 박씨 아저씨야 평생 식당에서 일을 한 분이니 혹여 마음이 약해져 선뜻 합의를 해줄지도 모르기 때문이었다.

10분 정도 기다리자 차설록이 일어서며 조사관과 악수를 했다. 그리고 몸을 돌려 우리 쪽으로 걸어왔다. 그가 나타날 때마다 자동 반사처럼 일던 두려움 대신에 분노가 치밀었다. 나는 분노하고 있었다.

"이거 어쩌나? 내가 백작을 친 거 같네?"

차설록이 내 귀에 대고 나직한 음성으로 말했다. 나는 그대로 고개를 돌려 차설록을 직시했다.

"당신, 절대 용서하지 않을 거야."

나는 이를 갈며 일갈을 날렸다.

"이주삼도 없고 백작도 없는데 네가 할 수 있는 게 과연 뭘까?"

차설록이 몸을 일으키려다가 한마디 덧붙였다.

"나는 아직도 네가 쇼를 하고 있다고 생각하는데?"

차설록이 일어서서 나가려다 문득 내 뒤에 서 있는 박씨 아저씨를 바라보았다. 박씨 아저씨가 모자를 벗어 예를 표했다. 저런 인간에게 예를 표하다니. 나는 박씨 아저씨에게도 화가 나 혼자 휠체어를 밀고 조사관 앞으로 갔다. 박씨 아저씨가 모자를 눌러쓰며 이쪽으로 걸어왔다.

조사관이 박씨 아저씨에게 의자를 권했다.

"저분, 이 바닥에서 꽤 유명하신 분이죠."

만나서 영광스럽기라도 하다는 듯 조사관이 싱글거렸다.

"뺑소니 아닌가요?"

내가 단도직입적으로 물었다. 조사관이 얼른 표정을 정리했다.

"아, 일반적인 경우라면 뺑소니 맞습니다."

"그럼, 일반적인 경우가 아니란 말인가요?"

"저분 모야모야병을 앓고 있어요. 아, 왜, 그거 있잖습니까. 뇌에 혈관이 연기처럼 뻗어나가는 병. 여기 진단서 보십시오."

조사관이 진단서를 펼쳐 보였다. 진단서에 '모야모야병, 상세불명의 뇌경색증'이라고 쓰여 있었다.

"그래서요?"

사고 후 뺑소니를 친 것과 진단서가 무슨 관계가 있다는 건지, 나는 화가 나기 시작했다.

"모야모야병에 걸린 사람은 치료제로 프레탈정을 매일 한 알씩 복용합니다. 이것이 혈관을 팽창시켜 피를 잘 돌게 하기 때문이죠. 그런데 아스피린과 함께 복용하면 혈관에 미세 출혈이 생겨 의식상실이 올 수도 있다고 합니다. 여기 처방전하고 의사소견서가 첨부돼 있습니다. 보시죠."

소견서에는 '프레탈정 복용 부작용에 의한 의식상실로 통제 불가능한 상황이 수십 분간 지속되었을 수 있습니다'라고 기재되어 있었다.

"본인은 의식상실로 사고를 낸 줄도 몰랐다고 합니다. 모하비 전면부가 찌그러진 것을 보고 블랙박스 영상을 확인해서 알았다고 하더군요. 종합보험도 가입되어 있고 운전자보험에도 가입되어 있다고 하니 치료받는 데 지장은 없을 겁니다."

386

주먹에 힘이 들어가고 몸이 부르르 떨렸다.

"그럼 차설록 씨는 형사처벌을 받지 않는다는 뜻인가요?"

"마약이나 음주와는 달리 치료 과정에서 복용한 약물 부작용에 의한 사고는 불가항력으로 보아 처벌되지 않습니다."

휠체어 잡은 손이 부들부들 떨렸다. 이게 무슨 귀신 씻나락 까먹는 소린가.

차설록은 분명 계획적으로 마중근 원장을 친 것이다. 약물 복용 따위는 교묘히 빠져나가기 위한 구실에 불과하다. 혈관과 관련된 약이라면 하루 이틀 복용한 게 아닐 텐데 교차 복용 시 부작용이 일어날 수 있는 약을 굳이 함께 복용했다는 게 납득이 가지 않았다.

"어디에 다녀오던 중이라고 합니까? 운전하면서 아스피린을 먹는다는 게 좀 이해가 안 돼서요."

나는 무엇이라도 확인해야 할 것 같아 이렇게 물었다.

"아산 큰아버지 댁에 다녀오던 중이랍니다. 갑자기 머리가 아프고 열이 나서 자기도 모르게 아스피린을 복용했다고 그러더군요. 아, 아스피린은 대시 보드에 상비약으로 늘 가지고 다닌답니다."

"사실관계 모두 확인하신 거죠?"

"무슨 말씀이신지?"

"차설록이 아산에 다녀온 게 맞는지, 아스피린은 진짜로 복용한 건지, 이런 거 말입니다."

조사관이 어이없다는 듯 웃었다.

"여긴 '교통사고조사반'입니다. 저희가 운전자의 동선까지 파악할 의무는 없다는 뜻입니다. 의사 소견서가 있고 가해자가 자수까지 한 사건에서 뭘 더 조사한단 말이죠?"

조사관의 어이없는 대답에 나는 박씨 아저씨를 쳐다보았다. 박씨 아저씨는 나보고 알아서 하라는 듯 무심한 표정이었다. 순간 나 혼자만 열을 내고 있는 것 같아 조금 서운한 생각마저 들었다.

조사관은 사고 당시 차량의 위치와 최초 충격 지점이 표시된 사고 약도를 보여주며 수정할 부분이 있는지 물어봤고, 나는 없다고 대답했다. 조사관이 서랍에서 명함을 꺼내 건넸다.

"진단서가 발급되면 팩스로 보내주십시오."

조사관은 수고하셨다며 형식적인 인사를 건네고는 피곤하다는 양 기지개를 켰다.

박씨 아저씨는 나를 병원 현관에 내려주고 학교에 볼일이 있다며 택시를 잡았다. 나는 윤치영 씨에게 전화를 걸어 차설록의 고향을 아느냐고 물었다.

2

"갑자기 차설록의 고향은 왜 가자고 그러는 겨?"

윤치영 씨는 운전대를 잡은 채 궁금하다는 듯 나를 보았다.

"그냥 뭐 좀 확인할 게 있어서요. 아산시 온수동이라고 그러셨죠?"

"거까지밖에 몰러. 내가 가본 것도 아니고. 얼핏 들은 것뿐이니께."

온수동은 아산시 외곽에 위치한 작은 동네였다. 슈퍼에 들러 홍삼 음료 세트를 사며 통장 집이 어딘지 물었더니 다행스럽게도 인근에 살고 있었다. 통장은 차설록에 대해 잘 알고 있었으며 차설록의 큰아버지와도 막역한 사이라고 했다.

통장이 안내한 집은 2층짜리 주택으로 한눈에도 비싸 보이는 집이었다.

통장이 초인종을 누르고 신분을 밝히자 문이 열렸다. 통장은 유쾌하게 내 휠체어를 밀고 마당으로 들어갔다. 우리는 마당에 있는 파라솔에 앉아 주인을 기다렸다. 잠시 후 현관문으로 80대 중반으로 보이는 노인이 지팡이를 짚고 천천히 다가왔다. 통장이 노인에게 걸어가 귓속말로 뭐라 한 후 우리가 앉아 있는 곳까지 모셔 왔다.

"저는 바빠서 이만."

통장은 노인에게 정중히 인사한 다음 대문 밖으로 사라졌다. 노인이 의자에 앉았다. 금테 안경 너머 노인의 표정이 어두웠다.

"설록이 그 녀석에 대해 별로 말하고 싶은 게 없습니다."

노인의 표정은 차가웠다. 아무래도 차설록에 대해 안 좋은 감정이 있는 것 같았다.

윤치영 씨는 마당을 둘러싼 노송을 바라보며 감탄사를 지르고 있었다.

"조카분께서 어제 이곳에 들렀었나요?"

노인이 눈을 치켜뜨고 나를 보았다.

"그 녀석 얼굴 본 지 10년도 넘었습니다."

노인의 표정으로 보아 에둘러 말하는 건 먹힐 것 같지 않았다. 나는 차설록이 약에 취해 마중근 원장을 차로 친 것과 동생이 정신병동에 입원한 사실 등을 천천히 말해주었다. 이야기를 들으며 노인은 표정이 점점 더 굳어갔고 지팡이를 잡은 손이 부르르 떨리기까지 했다.

"설록이, 현록이. 두 녀석은 내 동생이 입양한 아이들입니다."

나는 깜짝 놀라 노인의 얼굴을 바라보았다.

"그럼 두 사람이 고아였단 말인감요?"

윤치영 씨가 물었다.

"제 동생은 목사였습니다. 슬하에 자녀가 없어서 처와 상의하여 사내아이 둘을 입양하기로 한 것이었지요."

그때 차설록은 열 살, 차현록은 다섯 살이었다고 한다. 둘의 성격은 너무도 달랐다. 차설록은 공부도 잘하고 총명했으나 성격이 거칠고 집착이 강한 반면, 차현록은 공부에 관심도 없고 소심한 성격이었다. 목사 부부는 언제나 차설록을 먼저 챙겼고 차현록은 늘 뒷전이었다. 차설록이 중학교에 입학하자 목사 부부는 기념으로 몽블랑 만년필을 선물로 사주었다. 당시로서는 엄청난 고가의 물건이었다. 차설록은 몽블랑 만년필을 애지중지하며 동생인 차현록에게는 만져보지도 못하게 했다. 그러던 어느 날 만년필이 감쪽같이 사라졌다. 차설록은 동생을 의심했다. 그러나 차현록은 자신은 모르는 일이라고 잡아뗐다. 그때부터 차설록은 동생을 미워하기 시작했고 그 미움은 점점 도가 지나치게 되었다. 같이 밥도 먹지 않으려 했고 언젠가부터는 손찌검까지 하기 시작했다. 목사 부부는 만년필을 다시 사줄 테니 동생 좀 그만 괴롭히라며 동생 편을 들기 시작했다. 그때부터 차설록은 부모와 대립했다. 고등학교에 다닐 때는 나쁜 친구들과 어울려 다니며 술을 먹고 들어와 왜 자기를 의심하고 동생을 감싸고도느냐며 대거리를 하기도 했다. 반항은 점점 거세졌다. 어느 날 술에 취해 목사 부부에게 대들던 중 벽에 걸린 예수상을 방바닥에 던지는 일이 벌어졌고 화가 난 목사는 아들의 뺨을 때렸다. 그 후로 차설록은 집을 나갔고, 그해 겨울 교회 사택에 불이 났다. 그 사고로 목사 부부는 목숨을 잃었다. 차현록은 다행히 그때 집에 없어서 목숨을 건졌다. 경찰 조사가 시작되자, 누군가가 화재가 발생하기 전 동네에서 차설록을 보았다고 진술했고 경찰이 방화 용의자로 차설록을 지목해 추궁했다. 그러나 증거가 없어 결국 실화失火에 의한 사고로 마무리되었다. 당시 중학생이던 차현록은 큰아버지가 데리고 있으려 했지만 차설록은 동생을 데리고 사라졌다. 교회는 그대로 문을 닫았고 지금까지도 흉물로 남아 있다.

"나는 압니다. 그때 그 화재는 절대 실화가 아니란 것을요."

노인의 눈빛이 이글거렸다.

"그 녀석은 자기의 목적을 이루기 위해 수단과 방법을 가리지 않는 악한입니다. 선생이 아는 분을 그 녀석이 차로 치었다고 했지요? 그랬다면 그건 사고가 아닙니다."

윤치영 씨가 휠체어에서 나를 부축해 조수석에 앉히고 휠체어를 접어 트렁크에 실었다.

"차설록이 그런 인간인 줄도 모르고 내가 미쳤던 게여, 암."

윤치영 씨가 시동을 켜고 에어컨 풍량을 최대로 올렸다.

"영감님이 처음 목격했다는 그 사고 장소가 여기서 가깝지 않나요?"

윤치영 씨가 경계하는 눈빛으로 나를 보았다.

"거긴 왜?"

"온 김에 한번 가보려고요. 아, 그리고 마중근 원장…… 아니, 김치수 씨가 운전했던 액셀 차 번호 기억나세요?"

"글쎄, 하도 오래전이라. 집에 가면 노트에 적어놓은 게 있을 겨. 나는 중요한 일은 공책에 꼭 써놓거든."

윤치영 씨가 아내에게 전화를 걸어 책상 서랍 어디를 말해주며 노트를 찾아보라고 했다. 전화기 너머에서 짜증을 내는 듯했다. 그러다 한참 만에 노트를 찾는 데 성공하여 마침내 차량 번호를 알 수 있었다. **충남1나 879***. 나는 자동차등록사업소에 있는 친구에게 전화를 걸어 등록원부 조회를 부탁했다. 차주는 김치수, 주소는 '충남 아산시 송학면 두길리 74-1번지'였다.

"영감님, 오늘 하루 제 운전기사 좀 해주세요."

한 시간쯤 후 사고 장소에 도착했다. 윤치영 씨가 기억을 더듬어 찾은 아산교차로 사건 현장이었다. 지금은 차로가 넓어져 왕복 6차로에 달했다. 도로변 논에 벼들이 푸르게 자라고 있었다. 신호등 위에 CCTV도 설치되어 있었다. 윤치영 씨가 차에서 내려 액셀과 에쿠스의 사고 당시 위치와 진행 방향을 입체감 있게 설명해주었다. 23년의 세월이 흐른 사고 현장에서는 아무것도 찾을 수가 없었다. 나는 딱히 무언가를 찾으려고 온 게 아니었다. 그냥 23년 전의 사고 현장을 둘러보고 싶은 것뿐이었다.

나는 중환자실에 누워 있을 마중근 원장의 얼굴을 떠올려보았다. 그는 차설록이 타고 있던 차량—두 번은 이영재가 운전했지만—에 세 번이나 치이는 사고를 당했다. 이번에도 마중근 원장은 자리에서 일어날 것이다. 나는 그렇게 믿고 싶었다. 우리는 김치수의 고향인 두길리로 향했다.

두길리는 20여 호쯤 되는 작은 농촌이었다. 논일을 하던 중이었는지 이장은 허벅지까지 올라오는 장화를 신고 있었다. 이장은 나이가 예순 정도 되어 보였다.

"동네를 떠들썩하게 만든 그 사건을 잊을 리가 있나."

이장은 김치수에 관해 정확히 기억하고 있었다. 워낙 작은 마을이기도 했지만, 공중파 방송의 뉴스에도 나온 사건이어서 잊을 수가 없다고 했다.

자식이 교통사고로 식물인간이 되었지만, 가해자라는 사실에 김치수의 모친은 얼굴도 제대로 들지 못하고 늘 죄인처럼 지냈다. 가슴에 한이 쌓인 탓인지 모친은 시름시름 앓다가 5년 후에 세상을 떠났다. 김치수의 친구가 상주 노릇을 하며 장례를 치르더니 얼마 뒤에 마을에서 사라졌다. 김치수가 깨어났다며 두 사람이 다시 마을에 나타난 것은 그로부터 2년이 지난 후였다. 두 사람은 집을 수리하고 함께 살면서 동네일도 거들고 때때로 며칠씩 도시에 나갔다 오곤 했다. 식물인간에서 깨어난 사람치고 김치수는 빠르게 건강을 회복해갔다. 마을 사람들은 그가 워낙 체력이 좋아서일 거라고들 했다. 그렇게 5년의 세월이 흘렀고 두 사람은 여행을 간다며 떠났는데, 친구만 돌아왔다. 김치수가 변산반도에서 교통사고를 당해 낭떠러지로 떨어져 실종됐다는 것이었다. 1년 후 친구는 김치수의 남은 유품으로 장례를 치르고 뒷동산에 묘를 썼다. 모친 바로 옆이었다. 마을 사람들은 김치수의 죽음을 기정사실로 받아들였다. 그러던 어느 날 김치수의 집이 불에 홀랑 타버렸고 김치수의 친구도 마을에서 홀연히 사라졌다.

"그 친구라는 사람은 누군가요?"

"다들 '김 선생'으로 불렀어."

"김 선생이요?"

"치수하고 둘도 없는 친구였지. 대학교 다닐 때 방학만 되면 여기 내려와 형제처럼 지냈어. 의지할 데가 없는 눈치더라고. 치수하고 키며 얼굴이며 많이 닮기도 했지만, 치수 모친을 친어머니처럼 따라서 치수 어머니도 김 선생을 친아들로 대했어. 서울에 있는 어느 초등학교 교사가 되었다지. 치수 모친은 사기 아들처럼 그걸 자랑스럽게 떠들고 다녔어. 김 선생 그 양반, 치수 병시중에다 모친 간병에다 아주 쎄빠졌을 거여. 모르긴 해도 아마 교사로 번 돈 치료비로 다 날렸을 거이구먼."

이장이 더운 듯 모자를 벗어 부채질을 했다.

"김 선생이 떠나고 보름쯤 되었을 건디 한 남자가 찾아왔어. 몸집이 황소처럼 크고 한쪽 다리를 절드만. 인상이 고약하더라고."

이장은 그 남자가 A4 용지에 출력된 사진을 들이밀었다고 했다. 한 남자가 은행 창구에서 돈을 찾는 모습이 찍힌 사진이었다. 출력된 용지 속의 인물은 흑백이어서 얼굴 윤곽이 뚜렷하지는 않았다고 했다.

"사진을 보여주며 박순길이 맞느냐고 묻더라구."

"박순길이요?"

"그려, 치수하고 동네 친구여. 근데 사진 속 인물은 순길이가 아녔어. 순길이는 땅딸막헌디 사진 속 남자는 키가 훤칠하더라고."

이장을 찾아온 남자는 차설록이 분명했다.

"박순길을 왜 찾던가요?"

"뭔가 확인할 거이 있다고 했어. 그 남자가 다녀가고 궁금해서 박순길을 찾아가봤지. 그랬더니 사람이 겁을 잔뜩 먹고 있는 게, 어째 보기 딱하더라고."

"그 남자가 무슨 짓을 하고 간 거죠?"

"낸들 아나. 그 뒤로 순길이는 사람이 싹 바뀌었어. 동네 사람들하고 잘 어울리지도 않고 교회당서 놀러 간대도 혼자만 빠지고. 외톨이가 돼야버렸어."

나는 이장에게 물어 박순길의 집을 찾아갔다.

박순길은 경운기에 퇴비용 풀을 가득 싣고 막 집으로 돌아오는 중이었다. 이장 말대로 작은 키에 다부져 보였다. 박순길의 아내가 냉수를 한 잔씩 따라주었다. 마당에 가지런히 잘라놓은 참나무에서 표고버섯이 자라고 있었다. 10년 전에 무슨 일이 있었던 거냐고 묻자 박순길이 낫으로 풀단을 내리치면서, "난 아무것도 모르니께 험한 꼴 보기 싫거든 둘 다 돌아가유" 하고 말했다.

윤치영 씨가 박순길에게서 멀리 떨어졌다.

"이이가 참."

박순길 아내가 말리듯 남편을 제지했다. 박순길은 현관문으로 들어가 나오지 않았다.

"식물인간이 됐다던 김치수가 깨어나 마을로 돌아왔고 이듬해던가 두 사람이 이 양반을 찾아왔어요. 무슨 사업을 하는데 남편 신분증을 빌려주면 나중에 5천만 원을 준다는 거였어요. 시상이, 5천만 원이 어디 적은 돈인감유?"

아주머니가 마루에 걸터앉아 말을 이었다.

박순길은 아무 의심 없이 신분증을 빌려주고 두 사람이 가져온 서류에 사인을 했다. 얼핏 보험회사 서류 같았다. 농협에서 통장과 도장도 만들어주었다. 잔액이 들어 있다면야 선뜻 내주지 않았겠지만, 나중에 이곳에 5천만 원을 넣어준다니 박순길은 마다할 까닭이 없었다. 그렇게 몇 년이 흘렀고 문제의 사건이 터졌다. 김치수가 변산반도에서 교통사고로 실종되었다는 뉴스가 나온 것이다. 그때까지만 해도 박순길 내외는 무슨 일이 벌어질지 알지 못했다. 친구가 김치수의 묘를 쓰고 사라졌다. 열흘쯤 지나 소포가 도착했는데 열어보니 예전에 만들어준 농협 통장과 도장이 들어 있었다. 통장 잔액이 5천만 원이었다. 통장의 거래 내역을 살펴보니 일주일 전에 한국생명에서 20억이 입금되었고 19억 5천만 원이 인출되었다. 부부는 떨리는 손으로 한동안 통장을 장롱 속에 숨겨놓았다.

보름 후 차설록이 찾아왔다. 보험사기에 가담했으니 감옥에 갈 각오를 하라고 그가 협박했다. 김치수 사망보험금의 수익자가 박순길로 지정되어 있었던 것이다. 차설록은 김치수의 친구가 어디로 갔느냐고 다그쳐 물었지만, 박순길은 알 도리가 없었다. 그 뒤로도 차설록은 수시로 찾아와 친구의 행방을 물었다. 마을 사람 누구도 김치수 친구의 행방을 아는 사람이 없던 터라 박순길은 매일을 공포에 떨며 지내야 했다. 그런데 이상한 것은, 김치수한테서 연락이 오면 자기에게 반드시 알려야 한다고 그가 재차 다그쳤다는 것이다. 어떻게 죽은 사람이 연락을 하겠느냐며 박순길이 되묻자 차설록이 이렇게 말했다고 한다. 김치수는 죽지 않고 살아 있다고.

"그 눈빛이 얼매나 차갑고 무서웠는지, 지금도 저이는 동구

밖에 외지 차량만 보여도 벌벌 떤다니께유. 그놈의 5천만 원이 웬수지, 웬수."

아주머니가 머리에 두른 수건을 벗어 기둥에 털었다.

돌아오는 길에 변산경찰서 교통사고조사계 직원과 통화를 했다. 10년 전 사건이라 담당자를 찾는 데 한참이 걸렸다. 당시 사건 담당자는 여전히 사고처리반에 근무하고 있었다.

"그 사건을 잊을 리 있겠습니까?"

마치 하고 싶은 이야기를 이제야 할 수 있게 되었다는 듯 담당자는 시원시원하게 말을 이었다. 공소시효가 지난 사건이라 부담이 없어 그럴 것이다. 나는 목격자도 없는데 어떻게 이영재가 신호 위반한 것으로 결론이 난 것인지 물었다.

"잘나가는 대기업 대표가 구속되느냐 마느냐 하는 사건이어서 여기저기서 청탁이 수없이 들어왔어요. 그런데 제보 영상이 딱 있으니 어쩝니까? 대통령이 와도 뒤집을 수 없죠."

"제보 영상이요? 누가 그걸 보냈는데요?"

"우리도 모릅니다. 익명으로 왔으니까요. 이상한 건 영상의 해상도가 아주 선명했고 지바겐과의 거리가 일정했다는 겁니다. 누군가 캠코더를 들고 지바겐을 따라가며 촬영했다는 뜻이죠. 마치 이영재가 사고 내기를 기다리기라도 한 것처럼 말입니다."

나는 전화를 끊고 한참 동안 생각에 잠겼다.

"무슨 생각을 그리 골똘히 하는 게여?"

전면을 주시한 채 윤치영 씨가 물었다. 윤치영 씨는 운전을 느리게 했다. 내가 생각을 정리하기에 알맞은 속도였다.

"23년 전 영감님 차에 블랙박스만 설치되어 있었어도 이런 비극은 발생하지 않았을 텐데요."

"뭔 뚱딴지같은 소리여. 블랙박스라니?"

"그랬으면 김치수가 가해자로 몰리는 억울한 일도 안 당했을 거고, 7년 후 깨어나 이영재에게 복수도 안 했을 테니 하는 말입니다. 하긴 그랬으면 영감님하고 제가 지금처럼 한차에 타고 있을 일도 없었겠죠."

나는 유리창을 내려 불어오는 바람을 들이켰다. 뜨겁고 끈적한 바람이었다.

3

아산에 다녀온 지 열흘이 지났다. 원래는 바로 다음 날 윤치영 씨와 만나 마중근 원장의 머리에 난 수술 자국을 확인할 계획이었다. 지금까지의 경과로 보아 마중근 원장이 김치수이며 백작일 확률이 99퍼센트였다. 하지만 마중근 원장의 좌측 두부에 난 수술 자국을 확인하기 전까지 그가 백작이라고 단언할 수는 없었다. 그런데 저녁 늦게 윤치영 씨에게서 전화가 걸려왔다. 해외 근무 중인 아들에게 일이 생겨 아내와 함께 두바이에 다녀와야 한다는 것이었다. 그리고 열흘이 지난 어젯밤 귀국했다는 연락을 받았다. 나는 최홍선 대리에게 아산에 다녀온 일을 자세히 이야기한 후 내일 오전 중환자실에서 만나 최종적으로 백작의 정체를 확인하기로 했다.

나는 어제 오후 보험회사에서 보내온 카카오톡 알림 메시지를 다시 읽어보았다.

[보험금 지급 내역 안내]

청구하신 보험금의 손해사정 결과 아래와 같이 안내 및 송금하여드립니다.

사고번호: 20230106-15596

보험금 지급 합계: 1,006,000,000원

담보별 지급 내역: 고도후유장해(80% 이상) 700,000,000원

입원 일당 36,000,000원

고도장해연금(일시금) 270,000,000원

보험금 지급일: 2023.07.30.

보상 담당자: 김성수(02-6276-897*)

중환자실 앞에서 윤치영 씨, 최홍선 대리가 먼저 와 기다리고 있었다.

나는 보험금이 입금되었다고 말해주며 최홍선 대리에게 카카오톡 메시지를 보여주었다. 최홍선 대리가 뛸 듯이 기뻐했다.

"오빠, 이제 고생 끝이다. 축하해."

윤치영 씨도 입맛을 쩍 다시며 부러운 눈으로 나를 보았다.

마중근 원장에게 매달려 목숨을 담보로 얻어낸 돈이었다. 이

주삼의 목숨과 맞바꾼 돈이었다. 액정 속 숫자가 꼭 게임 머니처럼 느껴져 실감이 나지 않았다. 이주삼의 기지로 합의금 천만 원을 받았을 때는 날아갈 듯이 기뻤다. 그러나 10억 원이라는 돈이 통장에 찍힌 지금은 하나도 기쁘지 않았다.

"호연이 불러서 우리 파티 한 번 더 햐. 주삼이는 빠졌지만."

최홍선 대리가 갑자기 눈시울을 붉혔다. 윤치영 씨가 아차 싶었는지 헛기침을 해댔다.

최홍선 대리가 눈물을 훔치더니 내 다리를 내려다보았다.

"오빠, 다리는 좀 어때?"

나는 걸을 수 있는 수준까지 회복되었다고 말해주었다.

"보험금 지급됐다고 방심하지 말고 1년 지날 때까지는 절대로 휠체어에서 일어나면 안 돼. 송다나 사건 알지?"

이젠 너무 들어서 귀에 딱지가 앉을 정도였다.

이주삼도 늘 송다나 사건을 예로 들며 감각이 돌아왔을 때 절대로, 무슨 일이 있어도, 휠체어에서 일어나선 안 된다고 말했다. 보험금을 지급한 후 피보험자가 방심한 틈을 타 영상을 촬영해 고발하는 경우도 많다고 했다.

중환자실 면회는 윤치영 씨와 최홍선 대리만 하기로 했다. 면회는 한 번에 두 명씩만 하게 돼 있었고 보호자로 최홍선 대리가 등록되어 있었기 때문이다.

10분 후 면회를 마친 두 사람이 중환자실에서 나왔다. 윤치영 씨의 얼굴이 어두웠다.

"마중근 원장의 왼쪽 머리에 흉터가 없어."

나는 당황스러웠다.

"흉터가 없다니, ……그게 무슨 말이죠?"

"마중근 원장은 김치수가 아녀. 백작이 아니라고."

윤치영 씨가 고개를 떨구었다.

"그럼, 백작은 변산반도에서 발생한 교통사고로 죽었다는 말
인가요?"

최홍선 대리가 끼어들었다.

"오빠, 경찰서에서 원장님 신원 조회를 했다고 하니까 일단
결과 나올 때까지 기다려보자."

이틀 후, 최홍선 대리가 병실로 찾아왔다. 마중근 원장의 신
원이 밝혀졌다는 것이다.

마중근 원장의 본명은 김중배. 1967년 3월 27일생. 주소는 서
울시 동작구 **동이었다.

"동작구 소망초등학교 교사였는데 15년 전에 갑자기 사표를
내고 자취를 감췄대."

"초등학교 교사요?"

15년 전이면 김치수가 식물상태에서 깨어났을 때다. 그때까
지 서울에서 초등학교 교사를 하고 있었다면 그가 김치수가 아
닌 것은 확실했다.

나는 두길리 이장이 말해준 김치수의 친구라는 사람이 생각
났다. 그 친구가 김치수의 모친 간병도 했고 김치수의 치료비도

내주었고 김치수가 식물상태에서 깨어났을 때 같이 고향을 방문했고 김치수가 변산반도에서 사고로 실종됐을 때 그의 장례를 치러주고 돌연히 마을에서 사라졌다. 마중근 원장은 두길리 이장이 말한 '김 선생'이었다. 그렇다면 김치수는…….

그때 모르는 번호로 전화가 걸려왔다.

"저 기억하시지예? 작년 여름 검문소에서 박 선생님하고……."

박씨 아저씨와 금산시장에 갈 때 검문소에서 만났던 나이 든 경찰관이었다.

"이영식 경장님?"

"기억하시네예?"

이영식 경장이 잠시 뜸을 들였다.

"박 선생님이 전화를 안 받으셔서예. 작년 화재 현장에서 아이 구한 사건 아시지예? 마, 그기로 경찰청장 표창을 받게 됐다 아입니꺼. 절차상 쬐매 늦었지만서도, 마, 축하드릴 일이지예?"

"아, 네. 잘됐네요. 근데 제 전화번호는 어떻게 아셨어요?"

"그날 쌍둥이집에서 박 선생님하고 소머리국밥 같이 드셨지예? 주인아주머니가 그러데예, MC 보던 노재수 씨라고. 그래서 방송국에 알아봤지예. 박 선생님하고 같이 계시는 거 아인교?"

"아니요."

"하, 오늘 꼭 만나서 표창 일정도 잡고 기자 인터뷰도 따야 카는데."

이영식 경장은 전화를 끊으려다 한마디 덧붙였다.

"박순길 선생님께 꼭 전해주이소. 이번에는 사양하지 마시라고예. 끊심더."

나는 하마터면 휴대폰을 떨어뜨릴 뻔했다.

"무슨 전환데 그렇게 넋 나간 사람처럼 그래, 오빠?"

최홍선 대리가 걱정스러운 표정으로 나를 보았다.

나는 박씨 아저씨에게 급하게 전화를 걸어보았지만, 음성사서함으로 넘어갈 때까지 박씨 아저씨는 전화를 받지 않았다.

나는 장애인 콜택시를 불러 타고 학교로 향했다.

'예전에 다친 일이 있는데 해마다 4월만 돌아오면 이렇습니다.'

사택에 병문안을 갔을 때 박씨 아저씨는 이렇게 말했다. 변산반도 교차로에서 지바겐과 코란도 간 교통사고가 발생한 게 2012년 4월 30일이었다. 박씨 아저씨는 그때 다친 것이다.

나는 택시 기사에게 빨리 가달라고 재촉했다. 한 시간이 채 안 되어 학교에 도착했다.

마중근 원장이 사고로 입원한 이후 학교는 잠정적으로 폐쇄되었다. 박씨 아저씨 혼자 남아 학교를 지키고 있었다. 나는 기사에게 사택 앞까지 가달라고 부탁했다. 생각 같아서는 정문에서부터 뛰어가고 싶었지만, 그러다가 누군가의 카메라에 찍혀

덜미를 잡힐 수도 있었다. 최대한 장애인 행세를 해야 했다.

사택은 인기척이 없었다. 나는 마루로 이어지는 경사면을 따라 휠체어를 밀고 올라가 방으로 들어갔다. 문을 닫고 휠체어에서 일어났다. 다리에 제법 힘이 들어갔고 거동도 가능했다. 아랫목에 박씨 아저씨가 누워 있던 침대가 덩그러니 놓여 있고 방한가운데에는 앉은뱅이책상이 하나 놓여 있었다. 벽에 한 아주머니의 흑백사진이 걸려 있었다. 비밀 창고에서 꺼낸 영정 사진속 여인과 같은 인물이었다. 그러고 보니 박씨 아저씨와 많이닮은 것 같았다. 앉은뱅이책상 아래에 신분증이 떨어져 있었다. 신분증의 사진은 박씨 아저씨인데, 이름은 '박순길'이었다. 나는두길리 이장에게 전화를 걸어 박순길의 주민등록번호를 물어보았다. 내가 들고 있는 신분증의 주민등록번호와 일치했다.

휴대폰이 마구 울어댔다. 차설록이었다. 순간 불길한 예감이들었다.

"백작을 찾고 있나, 노재수?"

온몸에 소름이 돋았다.

"당신이…… 박씨 아저씨를?"

내 목소리가 떨리고 있었다.

"오랜 추적 끝에 마중근 원장이 백작일 거라고 결론 내렸는데, 하마터면 애먼 사람을 죽일 뻔했어. 그때 사고조사반에서박 씨가 모자를 벗어 인사하는데, 솔직히 유령이라도 본 줄 알았어. 천하의 백작이 학교 식당에 쥐새끼처럼 숨어 있을 줄은 꿈에도 몰랐거든."

"당신은 살인마야!"

"아직은 아니지. 마중근 원장도 살아 있고 백작도 살아 있으니까. 그리고 이주삼이 죽은 건 네가 머뭇거렸기 때문이지 내 잘못이 아니야."

"교회에 불을 질러 부모님을 돌아가시게 했잖아!"

"……허, 이거 놀라운데 그래? 내 뒷조사를 하다니. 그 부분은 노코멘트야. 누구에게나 '감정선'이란 게 있거든. 그 선을 그 사람들이 건드렸어."

"박씨 아저씨, 어쩔 거야?"

"만약에 말이야, 누군가가 네 다리를 불구로 만들고 20억을 타낸 놈이 있다면, 노재수 넌 어쩔 거 같냐?"

"윤치영 씨를 사주해 박씨 아저씨를 가해자로 만든 게 당신이잖아. 애초에 원인 제공자는 당신이야."

"한 번만 더 '원인 제공'이란 말을 쓰면 죽여버릴 줄 알아!"

"……."

"내가 제일 아끼던 만년필을 잃어버렸는데, 동생 놈이 감춘 게 분명한데, 나만 질책했어. 잃어버린 원인을 제공한 건 너라면서. 그렇게 따지면 그 양반들이 죽은 것도 모두 자기들이 원인을 제공한 셈이니 내 잘못이 아니지."

차설록은 이미 이성을 잃은 사람처럼 보였다. 더는 그를 자극하면 안 될 것 같았다. 박씨 아저씨의 안전이 최우선이었다.

"나한테 원하는 게 뭡니까?"

"난 진실을 원해. 노재수 네가 걸을 수 있다는 걸 내게 보여주기만 하면 돼. 아, 보험사기 자료도 나한테 건네주고. 그러면 백작도 너도 무사할 거야."

차설록은 박씨 아저씨와 통화를 하게 해주었다. 박씨 아저씨의 목소리는 너무도 담담하여 오히려 내가 당황할 정도였다. 차설록이 박씨 아저씨에게 전화를 바꿔준 이유는 사기단 자료가 어디 있는지 내게 알려주기 위해서였다. 나는 휴대폰을 스피커폰 모드로 바꾼 후 박씨 아저씨가 알려주는 대로 마루로 나갔다. 사기단 자료는 부식거리가 들어 있던 빈 상자와 라면 상자들 틈에 섞여 있었다. 총 세 박스였다. 중요한 자료가 숨겨져 있을 거라고는 누구도 예상하지 못할 곳이었다. 나는 자료가 든 상자들을 봉고에 실었다.

"노재수, 이제부터가 중요하다. 지금 바로 은행으로 가서 네 통장에 입금된 보험금을 현찰로 찾아 사과 박스에 담아라. 5만 원권으로 찾으면 사과 박스 한 개 반이면 될 거다. 그리고 내가 문자로 보내주는 장소로 가져와라. 백작은 공장 승강기에 묶어둘 거고, 행여 경찰에 신고하면 승강기를 바로 추락시킬 테니 명심해라."

잠시 후, 주소와 공장의 사진이 담긴 문자메시지가 왔다.

"노재수 씨, 마루에 있는 웃음 가스를 기억하세요!"

박씨 아저씨가 수화기 너머로 소리쳤다. 차설록이 전화를 끊어버렸다.

문자의 장소는 도시 외곽에 있는 식품 공장이었다. 원래 간장을 제조하던 곳이었는데 부지를 다른 곳으로 이전하고 현재는 폐공장으로 남아 있다. 나는 트렁크에 실린 박스를 바라보았다. 이것들이 차설록에게 전달되면 모든 게 끝장이다. 나와 박씨 아저씨, 마중근 원장은 보험사기범으로 구속될 것이고 이미 성공한 단원들도 죄다 조사를 받을 게 뻔하다.

보험금 지급 안내 문자를 열어보았다. 이주삼의 목숨과 맞바꾼 10억이 이렇게 허무하게 사라지게 될 줄이야. 그렇다고 섣불리 경찰에 신고할 상황도 아니었다. 자칫 잘못하면 승강기에 묶인 박씨 아저씨가 추락할 수도 있는 상황이었다. 차설록은 자신의 목적을 이루기 위해서라면 무슨 짓이라도 할 인간이다.

나는 마루로 걸어가며 박씨 아저씨가 말한 '웃음 가스'의 의미를 생각해보았다. 그것은 질소가스를 말한 게 분명했다. 나는 마루에 걸터앉아 바닥에 놓인 가스통을 바라보았다. 몇 개는 마룻바닥에 세워져 있고 몇 개는 상자 속에 들어 있었다. 상자를 열어보니 크고 작은 질소가스 통과 타이머 같은 게 들어 있었다. 윤치영 씨가 허리를 다쳤을 때 최홍선 대리가 가져와 마취를 해주던 기억이 났다.

'웃음 가스야. 치과에서 마취제로 쓰는 건데, 인체에 무해해. 혈액에 녹아들어 헤모글로빈의 산소포화도를 낮춰서 일시적으로 기분을 좋게 만들어. 이 오라버닌 지금 홍콩에 가 있을 거야.'

박씨 아저씨는 대체 이것으로 무엇을 하라는 말일까. 도무지 알 수가 없었다. 인체에 무해한 가스를 차설록에게 뿌려봤자 아무런 치명상을 주지 못한다. 더군다나 호흡기가 아닌 외부에서 분사해서는 기분이 좋아져서 웃어대기만 할 뿐이다.

박씨 아저씨와 차설록이 조우한 건 딱 두 번이다. 첫 번째는 압수수색 당시 먼발치에서 모자를 쓴 채였고 두 번째는 마중근 원장 사고로 경찰서를 방문했을 때였다. 박씨 아저씨는 그때 모자를 벗어 차설록에게 예를 표했다. 박씨 아저씨가 모자를 벗은 건 그때가 처음이었다. 지금 생각해보면 박씨 아저씨는 일부러 모자를 벗은 게 틀림없다. 머리에 난 상처를 보여주며 '내가 백작이다' 하고 공개를 해버린 것이다. 그건 아마도 차설록이 또다시 마중근 원장에게 위해를 가하지 못하도록 못박기 위한 행동일 거였다.

차설록은 모야모야병을 앓고 있고 약을 복용 중이었다. 그것을 이유로 차설록은 형사책임을 피해 갔다. 나는 스마트폰의 검색창을 열었다. 아무래도 차설록이 앓고 있는 병명과 관련이 있을 것 같았다.

모야모야병은 대뇌로 들어가는 주요 혈관이 좁아지거나 막히면서 그 주변에 아지랑이처럼 가늘고 약한 비정상적 혈관이 만들어지는 질환으로…… 관악기를 연주하거나 풍선을 불다가 혈관이 터지기도 하며 격하게 울거나 웃다가 혈관이 터지는 경우도……

박씨 아저씨가 질소가스를 굳이 '웃음 가스'로 바꾸어 부른

이유를 알 것 같았다.

나는 소화기 크기의 가스통과 타이머를 사과 박스에 실었다.

가까스로 은행 업무 마감 전에 현금을 찾았다. 현금 10억 원은 차설록의 말대로 사과 박스 하나 반을 채우는 양이었다.

해가 서쪽 하늘로 많이 기울었다. 저 멀리 공장이 보였다. 공장 본동과 그보다 더 높은 탑사일로가 웅장하게 서 있었다. 멀리서 보아서인지 공장이 아직도 가동되는 양 느껴져서 스산함 같은 것은 찾아볼 수 없었다. 차설록은 주 진입 도로가 아닌 곁길로 오라고 주문했다. 그 길은 농로로, 차량이 급하게 공장으로 진입하기가 불가능했다. 아마도 내가 봉고로 자기를 향해 돌진하는 것을 미연에 막기 위함인 듯했다. 공장에 거의 다다를 무렵 담장과 인접한 도랑이 나타났고 길이 'ㄱ'자로 꺾였다. 꺾인 위치에서 우측으로 20미터 전방에 차량 한 대가 지나갈 수 있는 작은 다리가 놓여 있었다. 공장의 후문 같았다. 공장 마당에 세워놓은 SUV 차량 앞에서 차설록이 나를 응시하며 서 있었다. 후문 입구에 1.5미터 높이의 무인지게차 한 대가 서 있는 게 보였다. 전화벨이 울렸다.

"거기서 멈춰!"

차설록이 휴대폰으로 내게 지시를 내렸다.

나는 'ㄱ'자로 꺾어지기 바로 직전에 차를 세웠다. 나와 차설록은 도랑과 공장의 담장을 사이에 두고 서로 마주 보는 모양새가 되었다. 나와 차설록 사이의 거리는 불과 50미터 정도로, 서로의 표정이 보일 정도였다.

"차에서 내려!"

차설록이 캠코더로 나를 촬영하기 시작했다.

나는 차에서 내렸다. 차설록이 손을 휘저으며, 내게 걸으라는 신호를 보냈다. 나는 도로를 따라 걸었다. 차설록이 더 빨리 걸으라는 듯 손을 빙빙 돌렸다. 나는 빠른 걸음으로 걷기 시작했다. 차설록이 만족한 표정을 지으며 촬영을 계속했다. 발가벗은 채 번화가를 걷는 것처럼 치욕감이 몰려왔다. 30여 미터를 걷자 차설록이 멈추라는 듯 팔을 꺾어 손바닥을 폈다. 나는 다시 봉고로 돌아왔다.

차설록이 휴대폰을 뒷주머니에 찔러 넣더니 바닥에 있는 리모컨을 집어 들었다. 공장 후문에 세워둔 지게차가 털털거리며 다리를 건너와 봉고 차량 앞에서 멈춰 섰다. 다시 전화가 걸려왔다.

"거기에 가져온 걸 모두 실어!"

"박씨 아저씨가 안전한지부터 확인시켜주세요."

차설록이 비릿하게 웃으며 SUV에 오르더니 20여 미터 떨어진 사일로를 향해 후진했다. 까마득한 높이의 탑사일로 꼭대기에 공업용 승강기가 매달려 있었다. 가공식품의 재료를 싣고 내리는 공업용 승강기라 지붕이 없는 개방형이었다. 차설록이 사일로 입구 벽에 붙은 버튼을 눌렀다. 꼭대기에 있던 승강기가 빠르게 내려오다 중간에 멈췄다. 박씨 아저씨가 몸이 묶인 채 승강기 위에 있었다. 거리와 높이 때문에 박씨 아저씨의 표정은 보이지 않았다.

"자, 이제 박스를 꺼내 내용물을 보여봐."

통화가 영상통화 모드로 바뀌었다. 나는 트렁크에서 박스를 하나씩 꺼내 내용물을 차설록에게 보여주었다. 첫 번째 박스와 두 번째 박스에는 영상 CD가 가득 들어 있었다. 프로젝트를 실행하기 전 금한돈 과장이 촬영한 자료들이었다. 영상에는 촬영한 날짜가 고스란히 찍혀 있을 것이고 그 시점은 프로젝트를 실행한 날보다 앞선 것이어서 보험사기의 유력한 증거가 될 터였다. 세 번째 박스에는 차용증과 각서들이 잔뜩 들어 있었다. 나와 윤치영 씨, 정호연이 사인한 각서도 들어 있을 게 뻔했다. 내용물을 확인한 차설록이 나머지 두 개의 박스도 열라고 주문했다. 차설록의 목소리가 살짝 떨렸다. 나는 남아 있는 두 개의 사과 박스 중 하나를 열고 휴대폰 전면 카메라에 그것을 담았다. 5만 원권 지폐 다발이 한가득 들어 있었다. 나는 마지막 박스를 긴장된 표정으로 바라보았다. 미적거리며 박스를 열려는 순간이었다.

"됐다! 빨리 지게차에 실어!"

나는 개봉할 때와는 반대의 순서로 박스를 지게차에 실었다.

지게차가 털털대며 공장으로 들어가 차설록이 서 있는 탑사일로 앞에서 멈췄다. 차설록이 사일로 앞을 떠나지 않는 이유는 분명했다. 혹시라도 내가 다른 행동을 할 경우 박씨 아저씨의 목숨이 위태로워질 거라는 일종의 경고를 하기 위함이었다. 차설록이 지게차에 실린 박스를 열어 내용물을 다시 확인한 후 박스를 하나씩 SUV에 실었다. 자료가 든 세 개의 박스를 다 실은 차설록은 현찰이 든 두 개의 박스를 한동안 바라보며 회심의 미소를 지었다. 아마도 그 순간을 영원히 기리고 싶은 모양이었다. 현찰이 든 첫 번째 박스를 연 차설록이 코를 들이밀어 돈의 향기를 한참 동안 맡았다. 만족한 표정으로 박스를 차에 실은 차설록은 마지막 남은 박스를 말끄러미 응시했다. 열어서 확인할지 그냥 실을지 고민하는 것 같았다.

나는 침을 꿀꺽 삼키며 그 광경을 지켜보았다. 차설록은 결심한 듯 마지막 남은 박스를 열며 천천히 코를 들이댔다. 순간 박스 안에서 강한 압력의 기체가 분사되었다. 순식간에 벌어진 상황이라 차설록은 미처 피할 새도 없이 분사되는 기체를 그대로 들이마셨다. 채 1분이 안 되어 차설록은 그 자리에 주저앉아 히죽거리며 웃기 시작했다. 그러다 픽 쓰러졌다.

나는 서둘러 차에 시동을 걸고 공장 안으로 들어가 사일로 앞에 멈춰 섰다. 차설록이 입에 거품을 문 채 쓰러져 있었다. 나는 차설록의 휴대폰을 들어 119에 전화를 걸었다. 그리고 승강기 버튼을 눌러 박씨 아저씨를 꺼내주었다. 다행히 박씨 아저씨는 몸에 이상이 없었다. 우리는 서로 누가 뭐랄 것도 없이 SUV에서 박스를 꺼내 봉고에 옮겨 실었다. 박씨 아저씨가 차설록의 상태를 살폈다. 표정으로 보아 생명에 지장은 없는 것 같았다. 멀리서 구급차 달려오는 소리가 들렸다. 박씨 아저씨는 서둘러 차설록의 휴대폰과 캠코더를 집어 들고 조수석에 올라탔다. 우리는 후문으로 봉고차를 몰아 공장을 빠져나갔다.

4

정태성 회장의 축사가 끝나고 초대 가수 설웅도의 노래가 이어졌다. D컨벤션홀을 가득 채운 방청객들이 가수의 노래와 백댄서의 율동에 맞추어 한껏 흥을 내고 있었다. HBC 창사 10주년 행사는 여느 때보다 뜻깊은 자리였다. 지역방송으로 시작하여 지금은 타 지역에 송출까지 하는 명실상부한 주요 방송사로 거듭났기 때문이다. 맨 앞자리에서 다리를 꼰 채 무료한 표정으로 앉아 있는 사람은 정호연이었다. 내가 양 손바닥을 뒤집어 '바운스, 바운스' 하며 흥을 독려했지만 정호연은 여전히 시니컬한 표정이었다. 설웅도의 노래가 끝났다. 나는 휠체어 바퀴를 밀어 무대 중앙으로 나갔다. 마이크는 휠체어에 달린 수액걸이를 개조하여 턱 높이에 고정되게 해놓았다.

"초대 가수 설응도 씨에게 다시 한번 뜨거운 박수를 부탁드리겠습니다."

방청석에서 와, 하는 함성과 함께 박수가 쏟아졌다. 나는 잠시 눈을 감은 채 화려한 조명과 뜨거운 박수갈채 소리를 음미했다. 얼마나 고팠던 방송이던가.

"노재수 파이팅!"

맨 앞자리에서 아주머니 한 분이 나를 향해 주먹을 불끈 쥐며 웃었다. 금산 소머리국밥집 쌍둥이 아주머니였다. 팬이었다. 한 명의 팬. 나는 울컥하는 마음을 누르고 다음 멘트를 이었다.

"앞으로 HBC는 여러분을 위한 여러분의 방송이 될 것을 진심을 다해 약속드리겠습니다. 자, 마지막 초대 가수는 요즘 여러분의 사랑을 듬뿍 받고 있는 김영웅 씨입니다!"

화려한 조명과 백댄서의 율동이 다시 시작되었다. 나는 무대 뒤로 내려왔다.

"재수야, 멋지다."

명희가 활짝 웃었다.

"아빠, 파이팅!"

소희가 꽃다발을 들고 있었다.

"야, 내가 가수인 줄 알겠다."

"난 아빠가 김영웅보다 훨씬 멋있어."

"방탄보다도?"

"그건, 쫌."

정태성 회장이 정호연, 홍수철 부장과 함께 대기실로 들어왔다. 대기실에 있던 출연자들이 모두 일어서서 정태성 회장에게 예를 표했다.

"네가 소희구나."

정태성 회장이 소희의 머리를 쓰다듬었다. 어리둥절한 표정으로 다들 소희를 바라보았다.

"처음에 우리 호연이가 노재수 씨를 메인 MC 자리에 앉히자는 제안을 했을 때 전 좀 망설였습니다. 물론 왕년에 잘나갔던 분이란 건 알고 있었지만, 불미스러운 이유로 그만두었고, 다리에 장애까지 있어서 그랬지요. 그때 우리 호연이가 그러더군요. 노재수 씨 부녀를 보면 세상 살맛이 난다고요. 자기에게 그런 감동을 준 사람이라면 모두에게도 감동을 줄 것이니 믿어보라고요. 그리고 1년이 지났고 노재수 씨는 기대 이상으로 잘해주고 있습니다. 물론 앞으로도 그러리라 기대하고요."

주변에 있던 출연진과 스태프들이 와, 하고 박수를 쏟아냈다. 명희가 눈물을 글썽였다.

정태성 회장과 정호연이 밖으로 나갔다.

"재수 씨, 이건 내가 기획한 새 프로그램인데 말이야."

홍수철 부장이 수첩을 꺼내며 말했다.

대기실에서 나오는데 기자가 현관 입구에 서 있었다. 화장기 없는 맨얼굴에 초췌한 모습이었다.

"얘기 좀 해."

명희가 기자와 나를 번갈아 보더니 소희를 데리고 밖으로 나갔다.

"당신, TV에서 봤어. 예전보다 더 멋지더라."

"그 말 하러 여기까지 온 거야?"

기자가 입술을 깨물었다. 화를 누르거나 이성을 찾으려고 할 때 나오는 버릇이었다.

"나, 영무네 집에서 나왔어. 알고 보니 쩨쩨한 놈이더라고. 그래서 하는 말인데……."

기자가 잠시 뜸을 들였다. 나는 명희와 소희가 사라진 현관문을 바라보았다. 내가 휠체어 바퀴를 밀며 바쁘다고 말하려는데 기자가 앞을 막아섰다.

"나, 1억만 빌려줄래? 로데오 상가에 액세서리 점포가 싸게 나온 게 있거든. 이자까지 쳐서 꼭 갚을게, 응? 우린……."

내가 말을 잘랐다.

"우린 뭐? 부부였다고?"

기자가 주춤했다.

"그럼 그러지 말았어야지."

나는 휠체어 바퀴를 밀어 현관으로 향했다. 기자가 바닥에 털썩 주저앉았다.

현관문을 열고 나오자 명희와 소희가 기다리고 있었다.

"장애인 행세 언제까지 할 거야?"

"왜? 힘들어?"

"아니. 난 네가 평생 장애인이라도 좋아."

명희가 웃으면서 나를 보았다. 그때 최홍선 대리에게서 전화가 걸려왔다.

"……천안 폐수련원이요? 대지 천 평에 수용 인원 50명까지 가능하고…… 외부와 차단됐고…… 식당 동이 별도로 있다고요? 네, 거기로 계약하죠. ……학교 이름이요?"

나는 잠시 생각한 후 이렇게 말했다.

"'주삼힐링학교'로 하죠."

명희가 차에 시동을 걸며 물었다.

"이제 어디로 갈 거야?"

나는 최홍선 대리가 말한 장소를 떠올리며 미소를 지었다.

작가의 말

문학상에 도전한 첫 작품이 최종심에 올랐다는 기사를 본 게 정확히 10년 전이다. 우연히 네이버 기사를 검색하다 내가 쓴 작품에 대한 심사위원의 평을 읽을 때의 그 가슴 떨림을 지금도 생생하게 기억한다. 이태 뒤 다른 문학상 최종심에도 올랐다는 전화를 받았다. 그때만 해도 뭔가 될 것 같았다. 그러나 거기까지였다. 전공하지 않은 분야에 도전한다는 건 결코 쉬운 여정이 아니었다. 어떤 식으로든 내가 가진 다른 것을 내어주어야만 하는 길이었다. 의기소침함이 나를 지배했고 나는 책상 위에 놓인 노트북을 애써 외면한 채 내 생활로 돌아갔다. 친구를 만나고 업무에 열중하고 좋아하던 '솔캠'을 다녔다. 그러면서도 가지 않은 길에 대한 미련이 발바닥에 껌딱지처럼 붙어 끈적거렸다. 그렇게 시간이 흘러갔고 나는 그 길에 대한 미련을 완전히 잊는 듯했다.

그러다 우연히 한 권의 소설을 읽게 되었다. 영화로도 만들어져 한창 유명세를 치르고 있던 작가의 소설이었다. 너무도 재미있게 소설을 읽고 늘 그래왔듯 이야기 끝에 달린 작가의 말을 읽기 위해 페이지를 넘겼다. 순간 나는 전율이 일었다. 내 이름이 그곳에 나와 있는 게 아닌가. 내가 읽은 소설은 오래전 모 문학상에 당선된 작품이었고 심사평이 다섯 페이지나 서술되어 있었다. 그중 한 페이지가 내 작품에 대한 평이었다. 나도 모르는 사이 최종심까지 올랐던 것이었다. 응모했던 기억마저도 가물거릴 정도의 시간이 흐른 후였다. 나는 감전된 것처럼 그 자리에서 꼼짝할 수 없었다. 그리고 눈물을 흘렸다.

출근할 때마다 하는 기도가 있다. 홀로 계신 아버님의 건강과 가족의 행복을 비는 기도다. 그러면서 말미에는 항상 내가 진정 행복한 일을 하게 해달라고 빈다.

부족한 작품을 출판하게 해준 '나무옆의자'와 출판의 길을 열어주신 하지순 편집주간님께 진심으로 감사드린다. 이 소설은 '가족'과 '정'에 대한 이야기다. 그것만 진실이고 나머진 허구다. 사고를 당하여 피해자 입장에 서신 분들과 업계에 종사하시는 분들께 행여 누가 되지 않았으면 좋겠다.

지금도 가끔 이런 생각을 해본다. 만약 10년 전 문학상에 당선되었더라면 어땠을까. 지금보다 훨씬 더 젊은 나이에 많은 작품을 쓰지 않았을까. 그러다 다시 생각을 고쳐먹는다. 그때 그 소설을 읽지 않았더라면 나는 어쩌면 이 길을 완전히 포기했을지 모른다고. 그래서 감사하기로 했다. 지금은 세 번째 소설을 쓰고 있다. 작품을 쓸 때마다 나의 첫 독자가 되어준 동반자 김부영, 문우 이종성, 한지수 씨에게 고맙다는 말을 전하고 싶다.

2024년 여름

이홍석

먹고 기도하고 사기쳐라

초판 1쇄 인쇄 2024년 7월 12일
초판 1쇄 발행 2024년 7월 17일

지은이 이홍석
펴낸이 이수철
주 간 하지순
교 정 최장욱
디자인 최효정
마케팅 오세미, 전강산
영상콘텐츠기획 김남규
관 리 전수연

펴낸곳 나무옆의자
출판등록 제396-2013-000037호
주소 (10449) 경기도 고양시 일산동구 호수로 358-39 동문타워1차 703호
전화 02) 790-6630 팩스 02) 718-5752
전자우편 namubench9@naver.com
인스타그램 @namu_bench

ISBN 979-11-6157-185-0 03810